모트
MORT(E)

제우미디어

MORTE

Copyright © 2015 by Robert Repino

Korean translation rights arranged with Jean V. Naggar Literary Agency, Inc., New York through The Danny Hong Agency, Seoul.

korean translation copyright © 2017 by Jeu Media

모트

초판 1쇄 | 2017년 1월 18일

지은이 | 로버트 레피노
옮긴이 | 권도희

펴낸이 | 서인석
펴낸곳 | 제우미디어
출판등록 | 제 3-429호
등록일자 | 1992년 8월 17일
주소 | 서울시 마포구 상수동 324-1 한주빌딩 5층
전화 | 02-3142-6845
팩스 | 02-3142-0075
홈페이지 | www.jeumedia.com

ISBN | 978-89-5952-546-1
ISBN | 978-89-5952-548-5(set)
• 파본은 본사나 구입하신 서점에서 교환해드립니다.

제우미디어 소설 공식 카페 | cafe.naver.com/jeunovels
제우미디어 페이스북 | www.facebook.com/jeumedia

만든 사람들
출판사업부 총괄 손대현 | **편집장** 전태준 | **책임 편집** 이경인 | **기획** 홍지영, 최현준
디자인 총괄 디자인 수 | **제작** 김금남 | **영업** 김영욱, 박임혜

여호와께서 나귀 입을 여시니 발람에게 이르되, "내가 네게 무엇을 하였기에 나를 이같이 세 번을 때리느뇨?" 발람이 나귀에게 말하되, "네가 나를 거역하는 연고니 내 손에 칼이 있었다면 곧 너를 죽였으리라!" 나귀가 발람에게 이르되, "나는 네가 오늘까지 네 일생에 타는 나귀가 아니냐? 내가 언제 네게 이같이 하는 행습이 있더냐?" 가로되 없었느니라. 때에 여호와께서 발람의 눈을 밝히시매 여호와의 사자가 손에 칼을 빼어들고 길에 선 것을 보고 머리를 숙이고 엎드리니……

—민수기 22장 28장 – 31절

하느님은 사랑이시다. 예전에는 그랬다.
하지만 우리가 거역하자……

—마거릿 애트우드 〈시녀 이야기〉

1부

전쟁

제1장

세바스찬과 시바 이야기

그가 새 이름을 얻기 전, 동물들이 폭동을 일으켜 압제자들을 무릎 꿇리기 전, 예언과 구세주에 관한 이야기가 알려지기 전에 위대한 전사 모트는 인간 주인들에게 세바스찬으로 불리는 애완용 고양이에 불과했다.

이제 그때의 일들은 꿈에서 보거나 신기루처럼 아주 잠깐 떠올랐다 사라져 버리곤 했다. 물론 시바만은 예외다. 그녀와의 추억은 항상 손톱 밑 가시처럼 그의 가슴 속에 박혀 있었다.

길고양이였던 세바스찬의 엄마는 픽업트럭 짐칸에서 새끼들을 낳았다. 만약 그러려고 노력한다면 모트는 형제자매들과 보냈던 젖먹이 시절도 희미하게나마 기억할 수 있으리라. 엄마의 털에서 느껴지던 온기와 핥아 주던 혓바닥의 촉감, 달래는 엄마의 목소리, 몸 위에 올라타 있던 형제자매들의 냄새며 축축한 숨결들을.

하지만 그는 어쩌다 가족들과 떨어지게 된 것인지 기억하지 못했다. 변화한 뒤에 조사해 봤지만 기록을 찾을 수 없었다. 때문에 '어느 날 아침 트럭 운전수가 화물칸에 있던 고양이 가족을 발견했고 운전수는 마티니 부부와 친분이 있었던 것 같다' 정도로밖에 생각할 수 없었다.

세바스찬의 엄마는 인간들이 자기 새끼를 데려갈 때마다 으르렁거리며 할퀴었을 것이다. 하지만 결국엔 자식들을 데려간 것을 고맙게 여겼을지도 모른다. 진화상의 본분을 완수했다는 본능적인 만족감을 느꼈을 수도 있다. 엄마는 앞으로 새끼를 더 많이 가질 수 있을 만큼 젊었으니까.

어린 세바스찬은 그날 아침으로부터 며칠간의 기억을 잃었다. 당시 재닛과 대니얼 마티니는 신혼부부였다. 결혼한 지 일 년이 채 되지 않은 그들은 앞으로 태어날 아이들을 위해 집을 개조하고 있었다. 세바스찬은 혼자 남겨질 때마다 멋대로 행동했다. 서까래 위로 올라가고, 새로 만든 천장과 벽 사이를 돌아다녔다. 이 은신처에서 세바스찬을 내몰기 위해 인부들이 목재를 쌓기도 했다.

일단 거실이 완성된 후 세바스찬은 햇살이 네모나게 비치는 양탄자 위에 비스듬히 누워, 주위에 떠도는 먼지들을 지켜보며 비몽사몽 잠에 빠져드는 게 일과가 되었다. 마티니 부부가 출근하고 나면 집은 낮 시간 내내 조용했다. 밤이 되면 세바스찬은 주인들을 보기 위해 식탁으로 갔고, 가끔은 대니얼의 무릎 위에 올라가 앉았다. 남자는 화학세제, 금속, 잉크 냄새 같은 인쇄소의 냄새가 고스란히 배어 든 청바지를 입고 있었다. 간혹 숨을 깊이 들이마시면 그 인공적인 냄새가 세바스찬의 코를 찔렀다. 그러다 대니얼은 작은 변기용 상자와 먹이와 물을 놓아 둔 지하실 계단으로 고양이를 데려가곤 했다.

세바스찬은 엄마나 형제자매들에 대해 별로 생각하지 않았다. 어느 날 아침, 앞마당 건너편을 일렬로 지나고 있는 길고양이 가족들을 보기 전까지는. 엄마고양이가 앞장서고 새끼고양이들이 얌전히 그 뒤를 따랐다.

세바스찬의 시선을 느끼자 엄마고양이는 걸음을 멈추고 꼬리를 치켜세웠다.

창턱에 발을 걸친 채 자신을 쳐다보고 있는 세바스찬을 엄마고양이가 정면으로 노려보았다. 엄마고양이가 하악, 하고 위협하는 소리를 내자, 세바스찬도 같은 소리로 받아쳤다. 그러자 엄마고양이는 발을 들어 올려 발톱 세 개를 날카롭게 세워 보였다. 세바스찬이 움찔하며 물러나자, 엄마고양이는 만족스럽다는 듯 다시 걸어가기 시작했다. 새끼고양이들도 마지막으로 세바스찬을 한 번 쳐다본 뒤 다시 엄마 뒤를 따랐다.

그때 개 짖는 소리가 들렸고 고양이들의 걸음이 다급해졌다. 행크. 건너편에 살고 있는 갈색 잡종견이었다. 빨간 나일론 목줄이 팽팽해지도록 앞으로 달려 나온 행크는 그 외엔 인생의 다른 목적이 없는 것처럼 무시무시하게 짖어 댔다. 평소에도 개는 차가운 잔디의 촉감을 느끼고 싶을 때마다 창턱에서 잠을 자는 세바스찬에게 화풀이를 하곤 했다. 그날 세바스찬은 창가에서 물러나기 전에 잠시나마 행크가 짖게 내버려 두었다. 일종의 자비를 베푼 것이다.

세바스찬은 자신의 발을 쳐다보다가 다른 고양이들과 달리 발톱이 없다는 사실을 처음으로 알아차렸다. 발가락이 잘린 것이다. 어떻게 이렇게 된 건지 알 수 없었다. 이 정도 부상을 입을 만한 사고가 있었다면 기억하지 못할 리 없었을 텐데.

하지만 그 순간 모든 것들이 명확해졌다. 자신이 이 집에 살면서 잠만 자는 동안 과거의 많은 것들을 잊었다는 것을. 바깥세상에는 많은 고양이들과 다른 동물들이 있었고 세바스찬 또한 그들의 일원이었다. 하지만 지금 그는 여기 있고, 자신과 같은 종들로부터 떨어져 있다. 심지어 세바스찬은 지금껏 이 집에서 나갈 방법을 찾아본 적도 없었다.

무서워서? 그랬을지도 모른다. 다른 대부분의 기억들과 마찬가지로 이 순간마저 잊게 될까 봐. 이곳엔 따뜻한 잠자리와 음식이 있었고 호기심을 불러일으키는 재미난 것들이 많았다. 거실에 깔려 있는 플러시* 양탄자는 털로 덮여 있던 엄마 배보다 부드러웠다.

거실 한쪽에는 벽면을 거의 꽉 채울 만큼 크고 요란한 거울이 걸려 있는데, 거울을 달고 처음 몇 주일 동안은 이 집에 무슨 일이 일어난 건지 이해할 수가 없었다. 몰랐던 또 다른 방이 생겨난 데다 다른 고양이도 있었다! 이 낯선 고양이는 이마에서부터 시작된 오렌지색 줄무늬가 하얀 턱을 지나 등과 꼬리까지 퍼져 있었다. 세바스찬은 그 다른 고양이가 환영이라는 사실을 깨닫고 안도했지만 그 뒤로도 거울 앞을 지나갈 때마다 계속해서 그 사실을 떠올려야만 했다.

세바스찬은 며칠 내내 깜박거리는 화면, 끝없이 돌아가는 와이어들과 전기 회로망을 갖춘 새 텔레비전만 보면서 지내기도 했다. 언젠가 마티니 부부가 다락문을 열어두고 나갔을 때 세바스찬은 온갖 장난감과 종이상자들, 명절용 장식품들로 가득한 새로운 세계를 정복했다. 해 질 녘 시작된 그의 원정은 다음날까지 계속되었다. 다락 창문을 통해 회색 지붕들, 초록색 잔디밭, 비에 젖어 번들거리는 거리, 이미 알고 있는 세상의 끝인 지평선을 따라 끝없이 이어지는 자동차들의 행렬을 볼 수 있었다.

그리고 재닛이 어린 아기를 데리고 집으로 돌아왔다. 며칠 뒤 대니얼은

---

*벨벳과 비슷하나 길고 보드라운 보풀이 있는 비단 또는 무명 옷감

세바스찬을 번쩍 안아 올리더니 침대에 깔아 놓은 수건 위에 남자아기를 눕혀 놓은 침실로 데려갔다. 처음 있는 일이었다. 대니얼은 세바스찬을 침대 위에 내려놓기 전에 살살 흔들며 부드럽게 말을 건넸다. 세바스찬은 아기의 부드럽고 깨끗한 살결 냄새를 맡았다. 아기가 까르륵거리며 양팔을 흔들었다. 대니얼은 한참 동안 세바스찬을 침대 위에 놔두었다.

세바스찬은 마이클이라는 이름을 가진 그 아기가 좋았다. 1년쯤 뒤에 대니얼이 델리아라는 이름의 또 다른 여자아기를 데려왔을 때도 세바스찬은 행복했다. 이들이 세바스찬의 가족이었고 세바스찬도 그들에게 속해 있었다. 집. 그곳에서 세바스찬은 안전했다. 부족한 것 없는 생활이었다. 아무것도 필요하지 않았다.

많은 동물들은 호르몬이 분비되면서 변하기 시작한다. 세바스찬도 마찬가지였다. 재닛이 옆집 남자와 잠자리를 갖기 시작했을 때 진짜 변화가 시작됐다.

하루는 그 이웃집 남자가 마티니 일가의 진입로 앞에 나타났다. 아기들이 위층에서 자고 있는 동안, 재닛은 그 남자와 잡담을 나누었다. 세바스찬은 그 광경을 창문으로 지켜보았다. 그 이웃집 남자는 큰 키에 긴 머리카락을 뒤로 넘긴 모습이었고, 빛이 반사되는 방향에 따라 이따금 번쩍이는 둥근 안경을 끼고 있었다.

그 남자 옆에는 개 한 마리가 꼼지락거리며 서 있었다. 커다란 갈색 눈을 가진 개였다. 전체적으로 흰 털에, 엉덩이부터 어깨까지 부분부분 오렌지색 털이 섞여 있다. 다른 세상에서 온 것처럼 신비하고 이국적인 존재였다. 이웃집 남자는 가끔씩 개에게 가만히 있으라고 목줄을 잡아당기곤 했다.

세바스찬은 그 개가 재닛을 공격할 거라고 생각했다. 그래서 경고하기 위해 창턱에 발을 올렸다. 만일 세바스찬이 전에 본 길고양이 가족처럼 날카로운 발톱을 세울 수 있었다면 창문을 할퀴는 소리도 들렸을 것이다. 결국 개는 남자에게 옆구리를 한 대 걷어차인 뒤에야 가만히 자리에 앉았다. 그 개는 확실히 그 남자의 소유였기에 더 이상 위협적인 모습을 보이지 않았다.

세바스찬은 남자가 개를 제어하기 위해 무력을 썼다는 사실에 놀라지 않을 수 없었다. 그가 벌을 받은 건 안락의자에 올라갔을 때 말고는 없었기 때문이다. 재닛이 계속해서 자신을 찰싹찰싹 때리자 세바스찬은 그녀와 의자 사이에 뭔가 관계가 있으며, 거기 올라가면 재닛이 달려온다는 사실을 알게 되었다.

이웃집 남자가 작별 인사를 할 무렵에야 개는 세바스찬의 존재를 알아차렸다. 개는 고개를 꼿꼿이 들고 창문 뒤에 있는 작은 생명체가 무엇인지 알아내려고 애썼다. 이웃집 남자가 목줄을 다시 잡아당기자, 개는 주인을 따라 돌아갔다.

그 개의 이름은 시바였다. 몇 번인가 해가 뜬 뒤에, 이웃집 남자와 개는 자기 집 마당에서 이상한 의식을 행했다. 남자가 형광 녹색의 공을 던지면 개는 쫓아가 공을 물고 다시 남자에게 돌아가기를 반복했다. 그 일을 하는 동안 남자와 개는 둘 다 즐거운 듯 보였다. 세바스찬은 또 다시 궁금해졌다. 저 개는 어떻게 이웃집 남자에게 그렇게 지배당하게 된 것일까. 그 순간 남자는 개가 자리에 앉기를 기다리면서 먹을 것을 들고 흔들었다.

세바스찬은 그 개가 집에 쳐들어와 자신의 가족들을 앗아가는 꿈을 꾸기도 했다. 꿈속에서 그는 오싹할 정도로 추운 창문 밖에 서 있고 개는 거실 안, 원래 세바스찬이 있던 자리에서 자신을 내다보고 있었다.

얼마 뒤 마티니 부부는 또 다른 낯선 사람을 집에 들였다. 타냐라는 이름의 십대 소녀였다. 그리고 마티니 부부는 새 옷으로 갈아입었다. 재닛은 긴 은색 드레스 차림에 모래색 머리를 위로 틀어 올렸으며 대니얼은 재킷을 입고 타이를 맸다. 그들은 아이들에게 입을 맞추고 나서, 델리아가 집에 온 뒤 처음으로 함께 밖으로 나갔다. 타냐는 소파에 앉아 텔레비전을 보았다. 그녀에게선 사탕 같기도 하고 꽃냄새 같기도 한 묘한 박하 향이 났다. 때때로 그 여자애는 위층으로 올라가 아이들이 잘 있는지 확인했다. 세바스찬은 멀찍이 거리를 유지한 채 의자 뒤나 식탁 아래 숨어 여자애를 감시했다.

가족에게 무슨 일이 생긴 것이 분명했다. 왜 그랬는지는 모르지만 타냐가 그들을 갈라놓았다. 영리한 아이였다. 집에 찾아오는 다른 사람들처럼 그 여자애 역시 미소를 지으며 부드러운 손길로 인사를 건넸다. 세바스찬은 그 여자애로부터 도망쳤다. 믿을 수 없어서. 타냐는 그의 집에 침입한 침략자일 뿐이었다. 그리고 세바스찬은 혼자다. 혼자서 이곳을 지켜야만 했다.

타냐가 아이들 방으로 올라갈 때마다 세바스찬은 충분한 거리를 유지한 채 꼬리를 세우고, 여자애가 자신을 덮치거나 본색을 드러낼 경우를 대비했다. 그런 상황이 여러 번 반복되자 세바스찬은 버티고 서기 힘들 만큼 지쳐 버렸다.

여자애가 다시 아이들 방으로 들어갔다. 세바스찬은 복도에서 기다렸다. 그리고 여자애가 부드럽게 속삭이며 손바닥으로 이불 위를 다독이는 소리를 들었다. 불빛이 어두워졌다. 무슨 일인가 벌어지고 있는 것이다.

분노한 세바스찬은 머리로 문을 들이받으며 방 안으로 돌진했다. 문에 부딪치는 소리가 폭발음처럼 들렸다. 타냐가 비명을 질렀다. 세바스찬은 이제껏 한 번도 낸 적 없는 날카로운 소리를 질렀다. 방 안에 있던 아이들이 울기 시작했다. 타냐는 작은 소리로 아이들을 달래기 시작했다. 세바스찬의 머릿속엔 한 가지 생각뿐이었다. 저 여자애는 마티니 부부를 속였던 것처럼 아이들도 속이려는 것이다. '저 사람 믿지 마. 내가 여기서 너희들을 지켜 줄게.' 세바스찬은 그렇게 말하고 싶었다.

마침내 마티니 부부의 차가 진입로에 들어섰다. 세바스찬은 소리 지르는 것을 멈추고, 이제 곧 마티니 부부를 불러올 수 있다는 사실에 안도했다. 그때까지도 아이들은 계속 울고 있었다. 베이비시터는 창문으로 얼굴을 내밀고서 마티니 부부에게 큰 소리로 도움을 청했다. 목소리가 너무 커서 옆집에 있던 시바가 짖기 시작했다.

재닛이 먼저 도착했다. 세바스찬은 주인들이 나타날 때까지 오랜 시간 동안 침입자를 붙잡아 두었다는 사실을 자랑스럽게 여기며 재닛을 지나가게 해 주었다. 재닛은 방문을 열려 했지만 안에서 잠겨 있었다. 그녀가 몇 번인가 문을 두드리자 타냐가 문을 열었다. 타냐의 얼굴은 눈물범벅이었고, 빨갛게 충혈된 눈은 퉁퉁 부어 있었다. 재닛은 그녀를 안아준 뒤 아이들을 재우기 위해 요람을 흔들었다. 패배한 여자애는 의자에 주저앉아 훌쩍거렸다.

세바스찬은 아래층으로 내려갔다. 거기서 벽에 기대 서 있는 대니얼을 발견했다. 땀에 전 피부는 노래졌고, 타이를 풀어헤친 모습이었다. 세바스찬은 대니얼에게서 낯선 냄새가 난다는 것을 알아차렸다. 재닛의 향수가 썩은 것 같은 냄새였다. 대니얼은 커다란 거울을 통해 아랫입술에 침이 매달려 있는 자기 모습을 들여다보고 있었다.

세바스찬은 남자에게 다가갔다. 어찌된 영문인지 설명해 주기를 바랐지만 대니얼은 발로 세바스찬을 밀어냈다. 세바스찬은 멍하니 그 자리에 서 있었다.

그러는 사이에 재닛이 큰 충격을 받은 여자애를 데리고 내려왔다. 재닛과 대니얼은 말싸움을 했다. 모트가 몇 년 뒤에 생각해 보니 재닛은 이런 말을 한 것 같았다.

"저 고양이가 당신보다 더 아이들을 걱정하는 것 같다니까."

그리고 그가 술을 마신 걸 책망했을 것이다. 대니얼이 화를 내며 뭐라고 대꾸했지만 재닛은 들은 척도 하지 않았다. 잔뜩 취해 있던 대니얼은 비틀거리며 침실로 들어가더니 그대로 잠이 들었다.

집안이 조용해졌다. 세바스찬은 무슨 일이 있었던 것인지 혼자 생각해 보았다. 자신에게 있어 진짜 적은, 침입자는 누구일까. 세바스찬은 집에 갇혀 있는 포로이면서 동시에 버팀목이기도 했다. 저들은 그의 몸을 훼손했고 이름뿐인 경비 자리를 내주었다. 끝없이 펼쳐져 있는 앞날을 그려 보다가 세바스찬은 이곳에서 혼자 죽을 수도 있다는 사실을 깨달았다.

잠시의 순간이 지난 뒤 세바스찬은 창문 쪽으로 다가갔다. 타냐는 떠났고 재닛은 진입로에 선 채 또 이웃집 남자와 이야기를 나누고 있었다. 그 개도 있었다. 이번에는 시선을 맞출 때까지 기다릴 필요가 없었다. 개는 꼬리를 흔들며 세바스찬을 쳐다보았다. 아무래도 개들은 꼬리를 자기 마음대로 조절할 수 없는 모양이었다.

몇 분 뒤, 이웃집 남자와 재닛은 주방 식탁에 앉아 차를 마시며 웃음을 터트렸다. 마티니 부부가 몇 년 전에 그랬던 것처럼. 세바스찬은 더 이상 낯선 사람을 상대로 버티고 설 힘이 없었다. 뿐만 아니라 창가 옆에 그대로 있고 싶었다. 시바가 문손잡이에 목줄이 묶인 채 진입로에서 기다리고 있었기 때문이다.

그들 사이를 유리가 가로막고 있었다. 세바스찬은 좀 더 가까이 다가갔다. 시바도 창문에 발을 올리더니 세바스찬의 얼굴을 핥고 싶은 것처럼 유리창을 핥기 시작했다. 세바스찬은 시바가 유리창에 묻힌 침에 코를 대고 냄새를 맡아 보았지만 아무 냄새도 나지 않았다.

그날 밤, 두 인간이 잡다한 이야기와 농담들을 주고받는 동안 세바스찬과 시바는 계속 그렇게 있었다. 저녁에 있었던 일들은 머릿속에서 사라지고 시바의 따뜻한 갈색 눈동자와 유리창을 핥던 혓바닥만 남았다.

새로운 의식이 시작되었다. 대니얼은 지역 전문대학의 야간 강좌에 나가느라 일주일 중 며칠은 집을 비웠다. 그런 날마다 재닛이 아이들을 재우고 나면 이웃집 남자가 시바를 데리고 조용히 정원 쪽에 모습을 나타냈다. 대니얼의 차가 진입로를 떠나자마자 나타나는 일도 간혹 있었다. 재닛은 주방에서 그들을 맞이했다. 먼저 개의 머리를 쓰다듬어 준 뒤, 이웃집 남자와 뜨겁고 격정적인 키스를 나누었다. 한번은 두 사람이 너무 오래 키스하는 바람에 시바가 두 사람을 보며 짖은 적도 있었다. 잠깐 이야기를 주고받은 뒤 두 사람은 침실로 들어갔다.

세바스찬은 캐비닛 위에 앉아서 그 광경을 지켜보았다. 가까이서 보니이 남자는 대니얼과 많이 달랐다. 이 집 주인이 키가 작고 땅딸막하며 점차 대머리가 돼 가고 있는 반면 이웃집 남자는 키가 크고 호리호리했다.

또 가무잡잡한 피부에 긴 머리는 밧줄처럼 가닥가닥 땋아 내렸다. 남자의 이름은 트리스탄으로, 근처에 있는 대학의 문학 교수였다. 이 집의 보호자인 남편이 엄연히 있는데도 재닛이 왜 그런 남자에게 애정을 품은 건지 세바스찬으로선 이해할 수가 없었다.

트리스탄은 시바의 목줄을 식탁 다리에 매어 둔 뒤 재닛에게로 향했다. 시바가 작은 소리로 신음하자 남자는 다시 돌아와 개를 달래 주었다. 재닛이 칭얼거리는 애완견으로부터 트리스탄을 떼어놓으려는 듯 벨트 구멍에 손가락을 끼워 넣고는 계단 쪽으로 끌어당겼다. 이 개는 혼자 있지 못하는군. 세바스찬은 깨달았다. 주인에게 너무 많이 의지하고 있기 때문이었다. 그리고 분명 재닛은 트리스탄의 집에서 만나는 것을 거절했을 것이다. 아이들만 남겨 놓고 집을 비우는 것보다는 차라리 개를 데려오는 편이 낫다고 생각했을 테니까.

세바스찬은 2층에서 나는 소리를 들었다. 시바는 천장만 쳐다보고 있었다. 이제 어떻게 되는 걸까. 세바스찬은 혼란스러웠다. 유리창을 사이에 두고 있을 때는 안전했다. 하지만 유리창 없이는 이 낯선 동물에게 다가설 준비가 되지 않았다. 아무리 시바가 매혹적이라고 해도 말이다. 세바스찬은 트리스탄이 다시 아래층으로 내려와 시바와 함께 집을 나설 때까지 그 자리에서 가만히 지켜보는 수밖에 없었다.

다음번 집에 오던 날 시바는 주방 바닥에 온통 오줌을 싸 놓았다. 재닛은 엉망이 된 주방을 보고 비명을 질렀고, 문 앞에 깔아놓은 양탄자 위에 생긴 오줌 웅덩이를 보자 머리를 쥐어뜯었다. 트리스탄은 그녀를 진정시키려고 애를 썼다. 그리고 주인이 밖으로 나가자 시바는 고통스럽다는 듯 울었다. 마치 어린아이가 우는 소리 같았다. 세바스찬의 귀에는 그게 비명

소리처럼 들렸다. 이웃집 남자가 이곳에 올 때마다 개를 데려오는 것도 당연한 일이었다. 그러지 않으면 그 개는 무슨 일이 일어나고 있는지 사방팔방에 알릴 테니까.

트리스탄은 한 손에 키친타월 두루마리, 다른 손에는 거품 세제가 들어 있는 초록색 플라스틱 통을 들고 나타났다. 주머니에는 고무장갑이 꽂혀 있고 겨드랑이에는 자루걸레를 끼고 있었다. 그는 양탄자를 치운 뒤 깨끗이 청소했다. 세바스찬조차 아무 냄새도 맡지 못할 정도로 바닥을 꼼꼼히 닦았다. 다음 날 밤, 대니얼이 일을 마치고 집에 돌아왔을 때는 새 양탄자가 깔려 있었다.

그 일이 있은 뒤로 트리스탄은 시바를 지하실에 묶어 두었다. 개가 또다시 사고를 치더라도 청소하거나 숨기기 훨씬 편할 것이기 때문이었다. 세바스찬은 트리스탄과 재닛이 평소처럼 침실에 들어가 소리를 낼 때까지 기다렸다. 그리고 그는 시바를 찾아갔다.

개는 자신을 향해 다가오는 세바스찬을 가만히 지켜보고 있었다. 그가 자기 범위 안에 들어서자 시바는 세바스찬의 머리 냄새를 맡았다. 세바스찬은 시바의 혀가 어떤 느낌일지 궁금했다. 그 순간 시바가 세바스찬의 눈에서부터 머리, 뒷목까지를 핥기 시작했다. 세바스찬은 뒤로 물러섰다. 시바는 그를 향해 다가가려 했지만 목줄 때문에 그러지 못했다. 세바스찬은 시바가 핥은 머리가 마를 때까지 앞발로 그곳을 문질렀다.

머리가 마른 다음 다시 시바에게 다가서자 개는 또 다시 세바스찬을 핥았다. 이번에는 좀 더 부드러웠다. 세바스찬은 시바가 더 이상 핥지 못하게 막으면서 자기 털과 개의 털이 섞이는 것을 느꼈고, 시바의 가슴에 기댄 채 심장이 뛰는 소리와 숨소리를 들었다. 몇 분 뒤 그들은 서로 끌어안은 채 잠이 들었다. 동물의 세계에서는 끌어안는다는 것이 실상 온기를 나누기 위한 것이긴 했지만.

세바스찬은 지금껏 행복이란 것이 무엇인지 알지 못했다. 그러나 시바가 찾아오게 되면서 평생 처음으로 자신을 이해해 주는 존재가 생겼다. 그가 누구든 있는 그대로 받아 주는 누군가가 생긴 것이다.

세바스찬은 거세당한 데다 태어난 뒤로 지금껏 다른 고양이들을 만난 적이 거의 없었기 때문에, 시바와 끌어안는 것이 그로서는 처음 경험하는 육체적인 친밀감이었다. 하지만 그것만으로도 충분했다. 그들이 잠들 때 위치를 결정하는 단순한 행위는 점차 깊은 의미가 생겼다. 거의 신성하다고 볼 수 있는, 모든 면에서 노골적으로 짝짓기를 하는 것 같은 복합적인 행위였다.

시바는 보통 안아 주는 것을 좋아했고 세바스찬은 안기는 것을 좋아했다. 물론 잠을 자는 동안 숨을 쉬기 위해, 혹은 혈액순환을 위해 자세를 바꿔야 할 때도 있었다. 때때로 그들은 그저 이마만 닿아 있거나 세바스찬의 머리가 시바의 등을 베고 있는 정도로도 만족했다.

혹시 특별히 길었던 하루라면 그들은 서로 마주보며 다리를 포갠 채 끌어안았다. 둘 중 가만히 있지 못하고 먼저 자세를 바꾸는 건 항상 시바였다. 때때로 트리스탄과 재닛이 그들을 깨울 때도 있었다. 두 사람은 자신들의 애완동물이 서로 친하게 지내는 것을 보고 기뻐하는 것 같기도 했다.

어느 정도 확신이 생기자 시바도 세바스찬과 함께 집안 순찰에 나섰다. 그들은 함께 지하실을 답사하면서 곳곳에 있는 오래된 도구들과 운동기구들의 냄새를 맡았다. 한번은 트리스탄이 제대로 목줄을 묶어 두지 않은 덕에 풀려난 시바가 세바스찬을 따라 위층으로 올라간 적도 있었다. 그들은 이층의 많은 방들과 탁자 아래, 계단 뒤, 열려 있는 벽장 속을 탐험했다.

세바스찬은 주인들의 침실을 지나 가장 멀리 떨어진 곳에 있는 금지된 다락으로 시바를 이끌었다. 시바는 처음에는 무서워했지만 세바스찬이 그랬던 것처럼 이내 그곳이 매혹적인 장소라는 것을 알아차렸다. 그 다락은 그들만의 비밀스러운 세계이자 점령지였다. 그곳에 시바가 있다는 것만으로 공간이 새롭게 다시 태어난 것 같았다.

여름 태양이 저물어가는 것을 보며 세바스찬은 오래 전에 했던 끔찍한 생각을 떠올렸다. 언젠가 이곳에서 죽을 거라는 생각. 만일 세바스찬에게 어깨가 있다면 한 번 으쓱하고 말았을 것이다. 만일 십년 뒤에, 혹은 지금 바로 여기서 죽는다고 해도 이제는 상관없었으니까. 시바의 숨결이 목덜미에 묵직하게 느껴졌다. 세바스찬은 머리를 시바의 쭉 뻗은 다리에 기댔다. 지금, 바로 이 순간이 전부였다. 너무도 완벽한 순간이었다.

세바스찬은 트리스탄의 뒷마당에서 시바가 뛰어 놀 때마다 잔디밭에 스치는 발소리를 알아들을 수 있었다. 그곳엔 큰 나무가 한 그루 서 있었다. 가지 위에 윙윙거리는 소리가 들리는 벌집이 있고, 나무 몸통은 덩굴 가지에 휘감겨 있었다. 어쩌면 시바가 세상에서 가장 좋아하는 곳일 것이다. 그곳에 있을 때면 시바는 세바스찬의 존재를 전혀 알아차리지 못했다. 만일 세바스찬을 알아봤다면 인사차 소리 내어 짖었을 것이다. 가끔씩 길 고양이들이 시비를 걸면 시바는 그들이 발톱을 세우기 전에 그대로 쫓아 버리곤 했다.

어느 날, 세바스찬은 길 건너편에 사는 행크가 마티니 부부의 진입로에 나타난 것을 보고 놀랐다. 행크는 지친 듯 천천히 걷고 있었다. 뭔가 크게 잘못됐다는 것을 느끼고 세바스찬은 뒷마당에 있을 시바를 찾았다. 시바는 나무에 몸을 기댄 채 그늘 아래에 누워 있었다. 행크는 세바스찬과 눈이 마주치자 종종걸음으로 걷기 시작했다. 개의 표정으로 보아 뭔가를 훔쳤다는 것을 알 수 있었다.

어떤 면에서, 영원한 것은 없다는 사실을 세바스찬이 아직 이해하지 못한 것은 행운이었다. 시바가 함께 있는 동안 전쟁의 조짐이 성큼성큼 다가오고 있다는 것을 그는 모르고 있었다. 시바가 이상하게 행동하기 시작했을 때도 세바스찬은 처음엔 알아차리지 못했다. 잠시 후 시바는 잠든 것처럼 보였다. 그들은 더 이상 끌어안는 의례적인 행동을 하지 않았다. 세바스찬이 먼저 잠들어 버린 시바를 발견하고 그 옆으로 기어들어가면 시바는 잠에서 깨어 귀찮다는 듯 세바스찬을 밀어냈다. 세바스찬은 아랑곳하지 않고 자리를 옮긴 뒤 다시 잠이 들고는 했다.

그 외의 것들. 그러니까 다른 모든 상황들은 계속 악화되고 있었다. 재닛은 혼자 있을 때면 텔레비전 앞에 웅크리고 앉아 화면에 나오는 귀신 같은 사람들을 지켜보곤 했다. 언제나 똑같았다. 폭발하는 광경과 정신없이 뛰어다니는 사람들, 불붙은 건물들, 고속도로를 달리는 초록색 트럭의 행렬, 철모를 쓰고 행진하는 남녀 무리, 다리를 건설하는 모습, 그 외 파괴된 모든 것들. 화염방사기가 만들어낸 거대한 잿더미를 비추는 화면 하단에 끊임없이 문자가 지나가고 있었다.

세바스찬은 이 영상 모두에 등장하는 생명체들이 창문 밖 잔디밭을 기어가고 있는 모습을 본 적 있었다. 개미. 텔레비전에 나오는 개미들은 항상 줄지어 행군하고 있었고 가끔씩 들판을 뒤덮거나 죽은 가축의 살갗을 뜯어내기도 했다. 세바스찬은 사람들이 마티니 부부의 차와 같은 크기의 개미들을 피해 도망치는 것을 보았다. 괴물 개미들은 뒷다리로 걸을 수 있었고 턱은 사람을 허리 높이까지 들어 올릴 정도로 강인했다.

대니얼이 집에 돌아와 아내가 보고 있던 텔레비전을 끌 때까지 며칠 동안 계속해서 그런 화면들을 보고 또 봤다. 부부는 곧 서로에게 고함을 질러 대며 싸우기 시작했고 싸움이 끝나자 재닛은 혼자 방에 들어 앉아 흐느꼈다. 그 뒤로 재닛은 남편이 집에 없을 때만 텔레비전을 틀었다.

그 무렵 마이클은 혼자 힘으로 걸을 수 있게 되었다. 한번은 마이클이 잠을 자려 하지 않아서 재닛이 텔레비전을 보여 준 적이 있다. 모든 채널에서 똑같은 화면이 방송됐다. 개미들, 그리고 화재 현장 말이다.

그러다 갑자기 새로운 생명체가 화면에 등장했다. 뒷다리로 일어나 걷고 있는 늑대 떼가 카메라를 향해 다가왔다. 늑대 중 한 마리는 대니얼이 망치를 잡는 식으로 골프채를 들고 있었다. 그 뒤로 다른 동물들이 대형 개미들과 나란히 물결처럼 일렁이며 행군했다. 세바스찬은 사람들의 비명소리를 들을 수 있었다. 그 광경을 보고 마이클이 울음을 터트렸다. 재닛은 텔레비전을 끄고, 아이가 진정할 때까지 달래 주었다.

얼마 뒤 대니얼이 물병과 야채통조림, 땅콩버터 통이 담긴 상자들을 지하실로 나르기 시작했다. 어느 날 밤에는 도구들을 보관하는 선반 뒤에 이상한 물건을 숨겼다. 나무 받침 위에 긴 금속관이 달려 있는 물건이었다. 대니얼은 그 물건 측면에 달린 구멍 속에 작은 빨간색 원통들을 넣었다. 그런 다음 나무 받침을 어깨 위에 올리고는 금속관으로 세바스찬을 겨냥한 뒤 입으로 탕탕, 하는 소리를 냈다. 주인이 잠자리에 든 뒤 세바스찬은 그 물건의 냄새를 여러 번 맡아 보았지만 무슨 물건인지 알 수 없었다.

며칠 동안 대니얼이 지하실을 차지한 덕에 그의 체취가 강하게 남았다. 세바스찬은 다락에 몸을 숨겼다. 그곳에는 각종 트로피와 낡은 전축, 사진이 담긴 앨범들, 옷걸이에 아무렇게나 걸려 있는 겨울코트 여러 벌이 있었다. 평생 동안 모은 값진 물건들이었다. 하지만 그 물건들은 아주 오랫동안 그곳에 방치되어 있었다. 퀴퀴한 냄새도 많이 나고, 낡아 버렸다.

그러나 그 물건들 모두 시바와는 상대가 되지 않았다. 순간적으로 세바스찬은 다락 어딘가에 시바가 숨어 있을지도 모른다는 생각을 했다. 야옹하고 울고 나서 시바가 답해 주기를 기다릴 수도 있을 것이다. 아니면 낡은 이불 위에서 낮잠을 자다가 깨어나면 시바가 옆에 있기를 기대해 볼 수도 있을 거고. 하지만 아무것도 하지 않았다.

며칠 밤이 지난 뒤 대니얼이 밖으로 나가자 마침내 시바를 볼 수 있었다. 언제나처럼 재닛은 그들을 맞이한 뒤 트리스탄을 끌어안았다. 그리고 그 두 사람은 위층으로 올라가기 전에 시바를 지하실로 데려갔다.

세바스찬은 뭔가가 잘못됐다는 사실을 바로 알 수 있었다. 시바는 그 자리의 소유권을 주장하는 양 다리를 접고 몸을 잔뜩 웅크렸다. 그러곤 세바스찬을 보며 으르렁거렸다. 그는 시바가 지금 뭔가 놀이 같은 걸 하는 거라고 믿고 싶었다. 그래서 시바가 있는 쪽으로 계속 다가갔다. 하지만 그때 시바가 이빨을 드러내고 짖어 대기 시작했다.

세바스찬은 다락으로 도망쳤다. 그는 한숨과 함께 야옹 소리를 내면서 재닛의 침실에서 나오는 신음소리를 시바가 들은 건지도 모르겠다는 생각을 했다. 세바스찬은 다시 죽음에 대해 생각했다. 하지만 그런 상념도 순식간에 사라졌다.

이상한 소리들과 함께 창문이 덜그럭거리기 시작했다. 세바스찬은 밖을 내다보다 텔레비전에서 본 것과 같은 차들이 고속도로 경사로를 가득 메운 것을 보았다. 커다란 녹색 트럭들과 앞에 길쭉한 관이 툭 튀어나와 있는 움직이는 금속 상자들이 있었다. 엔진 소리와 함께 배기관에서 연기가 피어올랐다. 시바가 좋아하는 마당의 나무 때문에 집 뒤쪽은 잘 보이지 않았지만 세바스찬은 그 차량들이 이미 마을을 에워쌌다는 것을 확신할 수 있었다.

멀리서 사이렌이 울렸다. 시바의 울음소리와 같은 경보음으로, 점점 더 소리가 커졌다. 세바스찬은 시바의 이상 행동과 침입자들 사이에 뭔가 연관이 있다고 굳게 믿었다. 이 침입자들의 영향으로 모든 게 바뀌어 버렸다. 마티니 부부가 서로에게 적대적인 것, 그리고 세바스찬이 이제는 하루에 두 번이 아니라 한 번씩 먹이를 먹게 된 것도.

아이들이 더 많이 울게 된 것이나, 라디오에서 더 이상 음악이 나오지 않고 오직 화가 잔뜩 난 것 같은 긴장된 목소리만 시종일관 들려오는 것도 그 때문인 것이다. 텔레비전 화면에 괴물들의 모습이 비치는 것도, 재닛이 종종 흐느껴 울면서 양손을 깍지 낀 채 혼잣말을 중얼거리는 것도 마찬가지다. 모든 게 엉망이 되어 버렸다.

그때 재닛이 비명을 지르기 시작했다. 세바스찬이 지하실에 도착해 보니 트리스탄이 계단을 뛰어 올라오고 있었다. 그 남자는 키친타월 두루마리와 행주를 집어 들더니 다시 지하실로 내려갔다. 세바스찬도 트리스탄의 뒤를 따라갔다.

세 번째 계단까지 내려가자 세바스찬도 무슨 일이 일어났는지 한눈에 볼 수 있었다. 시바는 잔뜩 지쳐 숨을 헐떡이며 바닥에 누운 상태였고 그 앞에는 강아지 세 마리가 바들바들 떨며 누워 있었다. 트리스탄은 엉망이 된 바닥을 열심히 닦아 내고 있었다. 그가 재닛에게 소리쳤다. 세바스찬은 두 사람의 땀 냄새에 두려움이 깃들어 있다는 것을 느꼈다. 대니얼이 돌아오기 전에 이곳을 깨끗이 치우는 건 불가능할 것이다.

시바는 세바스찬을 쳐다보려 하지 않았다. 갓 태어난 새끼들에게 넋이 나가 있었다.

그때 차가 진입로에 들어오는 소리가 들렸다. 트리스탄과 재닛은 작은 소리로 싸우기 시작했다. 그녀는 트리스탄의 어깨에 손을 올리더니 그만 나가 달라고 애원했다. 대니얼이 앞문으로 들어왔을 때 트리스탄은 뒷문으로 빠져나갔다. 재닛은 지하실의 불을 껐다.

남편과 아내가 포옹을 했다. 몇 주일 만에 처음 있는 일이었다. 위층에서 델리아가 울기 시작했고, 재닛은 육아실로 올라갔다.

세바스찬은 시바에게 다가갔다. 그제야 세바스찬을 알아본 시바는 불과 얼마 전까지 적개심을 보였던 건 까맣게 잊어버린 것처럼 행동했다.

'난 널 알아.' 이렇게 말하는 것처럼 세바스찬에게 애정을 보였다.

'그 동안 어디 있었어?' 어린 새끼들이 뒹굴었다.

세바스찬은 강아지들의 이마에 코를 대고 냄새를 맡았다. 그런 다음 시바에게 발을 내밀어 온기를 느꼈다. 세바스찬이 가르릉거렸다.

'걱정 하지 마. 슬퍼하지 마. 난 강하니까. 내가 옆에 있을게. 난 강해.'

'변화'가 일어난 뒤 수많은 동물들이 처음 각성했던 순간을 떠올리며 그 역사적인 순간에 자신들이 어디에 있었는지 서로 이야기를 나누었다. 세바스찬에게는 지금이 그 순간이었다. 종과 환경이 다른 둘 사이의 우정을 순간적으로 인식했다. 그는 운이 좋았다. 다른 동물들은 각성의 순간에 텔레비전이나 거리 표지판을 알아보게 되었거나 인간 사이의 상호작용을 보고 있었다고 기억했다. 그런 평범한 경험들과 달리 세바스찬에게는 평온함과 즐거움이 북받쳐 오르는 더없이 행복하고 진실한 순간이었다.

하지만 그 느낌은 이내 사라졌다. 세바스찬은 이제 시바를 잃게 될 거라는 걸 알 수 있었다. 시바는 강아지들과 함께 떠날 거고 자신은 이 집에 혼자 갇힌 채 남겨질 것이다. 이곳에서 다시 익숙한 냄새가 나고 소리가 들리게 될지도 모른다. 어쩌면 마티니 부부가 또 다른 아이를 낳을 수도 있을 것이다. 사료와 물을 마음껏 먹고, 거실의 햇살이 비치는 구역에 화장실용 상자를 놓고 살지도 모른다. 하지만 그렇게 되지 않을 수도 있고, 어쩌면 그가 할 수 있는 일이 아무것도 없을 수도 있다.

주인이 이 집안에 없다는 것을 느낀 시바가 낑낑대기 시작했다. 숨을 쉴 때마다 약하게 새어나오는 새된 소리였다. 그러다 시바는 늑대처럼 울부짖기 시작했다. 세바스찬은 깜짝 놀랐다. 그는 시바에게 조용히 하라고 말하며, 그래야 문제가 생기지 않을 거라고 했다. 발소리가 다가왔다. 남편이 지하실에 들어가지 못하게 재닛이 말을 걸며 가로막았다. 지하실에 불이 켜졌다. 세바스찬은 불빛에 눈이 부셔 눈을 가늘게 떴다.

대니얼은 그 광경을 보고 그 자리에 얼어붙었다. 시바는 가까이 다가오는 사람이 트리스탄이 아니라는 사실을 알아차리자 계속해서 울부짖었다. 그렇게 하면 그 남자가 주인으로 바뀌기라도 할 것처럼. 재닛은 자신도 깜짝 놀랐다는 듯 연기하고 있었다.

남자는 아무 말도 하지 않았다. 재닛이 남편에게 괜찮은지 묻자 대니얼은 손등으로 그녀의 턱을 후려갈겼다. 재닛은 그대로 바닥에 쓰러졌다.

남자가 세바스찬의 목덜미를 움켜잡더니 옆으로 던져버렸다. 강아지들은 아직 바닥에 엎드려 있었다. 재닛이 비명을 질렀다. 시바가 자리에서 일어나 새끼들을 위험으로부터 지키려 애를 썼다. 대니얼이 시바의 갈비뼈를 발로 찼다. 시바는 비명을 질렀다. 시바는 뒷다리로 버티고 서서 남자의 팔을 물었다. 그러자 대니얼은 또 다시 시바의 엉덩이를 있는 힘껏 걷어찼다.

시바가 그에게 달려들었다. 대니얼은 시바가 발톱을 내밀고 있는데도 겁도 없이 목덜미를 움켜잡더니 그대로 벽 쪽으로 밀쳐냈다. 세바스찬이 깜짝 놀랄 정도로 큰 소리가 났다. 대니얼은 시바를 죽일 작정이었다. 시바로선 도망칠 수밖에 없었다. 마지막으로 강아지들을 한 번 돌아본 뒤, 시바는 세바스찬의 옆을 지나 쏜살같이 계단을 올라갔다. 대니얼이 시바를 쫓아 낡은 나무 계단을 쿵쾅거리며 뛰어올라갔다. 세바스찬이 그의 앞길을 가로막는 바람에 대니얼은 어설프게 뛰어넘는 수밖에 없었다. 그 덕분에 시간을 번 시바는 뒷문으로 도망칠 수 있었다.

시바가 사라지자 대니얼은 바로 옆에 있는 트리스탄의 집으로 향해 문을 쾅쾅 두드렸지만 아무도 대답하지 않았다. 화가 잔뜩 난 대니얼은 차고로 가서 밝은 노란색의 대걸레 용 물통을 찾아들고 다시 지하실로 내려왔다. 세바스찬은 주방 식탁 아래 숨었다. 그 남자는 계단을 내려가 무력하게 깽깽거리는 강아지 세 마리를 물통에 담았다. 재닛이 남자를 따라가 제발 그만하라고 애원했다. 그녀가 물통에 손을 대려는 순간 대니얼은 아내를 손바닥으로 밀쳤다. 그리고 욕실로 들어가 문을 쾅 닫았다. 욕조에 물받는 소리가 들리자 재닛은 벽에 몸을 기댔다. 그리고 그 자리에서 스르르 미끄러져 무릎에 머리를 기댔다. 그녀는 세바스찬을 보자 울기 시작했다.

강아지들의 깽깽거리는 울음소리는 더 이상 들리지 않았다.

세바스찬은 주방으로 돌아왔다. 문이 열려 있었다. 지금까지 한 번도 이집 밖으로 나간 적이 없었다. 보이지 않는 장벽이 그를 가둬 두고 있는 것같았다. 이제는 거실에서 낮잠을 자는 게 집을 나가는 것보다 무서웠다. 생각해보면 너무 분명한 일인데, 단지 몰랐다는 이유로 바깥세상을 두려워했다니. 스스로도 믿기지 않을 정도였다. 그래서 세바스찬은 밖으로 나갔다. 시바의 체취를 쫓아갔지만 마당 한복판에서 놓치고 말았다. 들리지않을 거라는 사실을 알면서도 그는 시바를 불렀다.

세바스찬이 나온 뒤 재닛이 현관문을 닫았다. 그리고 그녀와 남편은 또다시 싸우기 시작했다. 세바스찬은 더 이상 무섭지 않았다. 집안으로 돌아가고 싶지 않았다. 그 대신 탐험을 하고, 많은 것들을 알고 싶다는 충동에사로잡혔다. 지금까지 세바스찬은 새집이나 거미집의 거미줄을 가까이서살펴본 적이 없었다. 그런데 지금은 좀 더 많은 걸 알고 싶다는 욕구와 갈증이 솟아 참기 힘들 정도였다.

덩굴 식물이 트리스탄의 집 잔디밭 위에 있는 나무를 에워싸고 있었다. 개미 군단은 부상 입고 버둥거리는 메뚜기를 해체해 개미굴로 끌고 가는중이었다. 슬퍼 보이는 여자가 차에 짐을 싣고, 아이들을 태운 뒤 길을 떠났다. 하늘 위로 헬리콥터와 전투기들이 구름을 헤치고, 폭발로 연기가 자욱한 남쪽을 향해 날아갔다. 위협적인 기세였다. 그 뒤로 한참 동안 마티니 부부가 부부 싸움으로 지칠 대로 지치고 날 때까지, 세바스찬은 이웃집을 돌아다니면서 눈에 보이는 것 전부를 모았다. 그저 단순히 물건들을 비축하는 것이 아니라 하나하나 그 의미를 떠올렸다. 모든 것이 궁금했다.

문득 세바스찬은 영원한 것은 세상에 없다는 사실을 깨달았다. 모든 것은 부패할 것이다. 혹은 떠날 것이다. 죽을 것이다. 사라질 것이다. 없어질 것이다.

그날 밤, 마티니 일가의 차고 뒤에 앉아 있는 동안 발에서 털이 빠지기 시작했다. 세바스찬은 놀라지 않았다. 앞발가락이 손가락처럼 길게 늘어나자 남아 있는 털을 털어낸 뒤, 손바닥을 맞대고 비볐다.

아까보다 더 많은 수의 전투기들이 머리 위로 쏜살같이 지나갔다. 멀리서 들리던 폭발음이 점점 더 가까워지고 있었다. 세바스찬은 차고 지붕 위로 올라가 산울타리 너머를 내다보았다. 몇 킬로미터 떨어져 있는 도시가 불타고 있었다. 헬리콥터들이 시체에 모여든 파리 떼처럼 불길 위를 맴돌았고 부서진 건물들 위는 온통 거대한 불덩이였다. 바로 그때 동네 모든 곳의 전기가 끊겼다. 멀리 보이는 불길들만이 유일한 빛이었다.

세바스찬은 그 자리에서 밤새 지켜보며 생각에 잠겼고, 기억을 더듬었다. 해가 뜨고 나면 정말 많은 것들이 달라지리라는 걸 알 수 있었다. 달라지거나, 사라지거나, 혹은 죽거나.

계속 차고 지붕 위에 있던 세바스찬은 집 유리창이 깨지는 소리에 잠에서 깨어났다. 눈을 떴다. 지평선에 걸친 도시의 풍경은 검은 연기에 휩싸여 잘 보이지 않았다. 세바스찬은 마티니 일가의 집 쪽으로 몸을 돌려 귀를 기울였다. 재닛이 버럭 소리를 질렀다. 그녀는 배낭을 메고 양팔에 아이들을 한 명씩 안고 있었다. 세바스찬은 재닛이 그렇게 힘이 센 줄 처음 알았다.

대니얼이 그녀 뒤를 쫓아오며 갈라진 목소리로 말했다.

"우린 함께 있어야 해."

세바스찬은 순간 멈칫했다. 그 말이 뜻하는 것을, 아주 정확히 알아들을 수 있었다!

"이 집엔 더 이상 있을 수 없어."

재닛이 말했다.

세바스찬은 그 말을 따라해 보았다. '이 집엔 더 이상 있을 수 없어.'

가족들이 진입로 앞에 세워둔 차로 향하는 동안 대니얼은 다시 집안으로 들어갔다. 뒷자리에 유아용 시트가 달려 있고, 차체 양쪽에 진흙이 묻어 있는 은색 SUV였다.

대니얼이 다시 밖으로 나왔다. 팔꿈치를 굽힌 채 검은색 금속관을 내밀고 있었다.

"내 아이들은 못 데려가."

그의 말에 재닛은 들은 척도 하지 않았다.

"엄마, 아빠! 뭐하는 거야?"

마이클이 물었다.

"내 말 듣고 있어?"

대니얼이 물었다.

"쏘고 싶으면 그냥 쏴, 대니얼! 어차피 우리 모두 곧 죽을 테니까. 그냥 쏘라고!"

퉁퉁 부은 데다 벌겋게 달아오른 얼굴로 재닛이 얼굴로 말했다.

대니얼은 아무 말도 하지 않았다. 그저 눈을 깜박이며 입술을 씰룩거리는 것만 반복했다. 그는 그 금속관을 집 한쪽 벽에 기대 세운 뒤 다시 집 안으로 들어갔다.

델리아는 울음을 터트렸고, 마이클은 계속 질문을 퍼부었다.

"차에 타."

재닛이 말했다.

그녀가 델리아를 달래느라 정신이 없는 동안, 마이클은 지붕 위에 있는 세바스찬을 발견했다.

"엄마, 저기 좀 봐!"

세바스찬은 자신이 사람처럼 뒷다리로 서 있다는 사실을 깨달았다. 하지만 재닛이 보기 전에 대니얼이 다시 집 밖으로 나왔다. 그는 재닛의 머리채를 휘어잡더니 그대로 잡아당겼다.

재닛은 뒤로 끌려가면서도 큰 소리로 울고 있는 델리아를 달래려고 애썼다.

"대니얼, 그만해!"

마이클은 불안해 보이는 부모와 차고 지붕 위에 선 악마를 번갈아 보며 망설이고 있었다. 그러다 아빠를 불렀지만, 대니얼은 대답하지 않았다. 곧 가족 모두가 다시 집안으로 들어갔다. 쾅 소리와 함께 문이 닫히고, 현관문을 잠그는 소리가 들렸다.

몇 분 뒤, 세바스찬은 대니얼이 다시 현관문을 여는 소리를 들었다. 아마 아까 세워 둔 금속관을 가지러 나온 모양이었다. 세바스찬은 주인이 그 금속관을 가족에게 사용할 작정이라는 걸 알 수 있었다. 대니얼이 아내와 아이들을 욕실로 끌고 가 비명소리가 그칠 때까지 물을 틀어 놓는 광경을 떠올렸다. 세바스찬은 그대로 지붕에서 뛰어내려 그 금속관을 향해 달려갔다.

대니얼이 문밖으로 나오다가 사람처럼 두 발로 곧게 선 채 무기를 휘두르고 있는 세바스찬을 발견했다. 세바스찬은 남자의 눈에서 공포와 절망감을 보고 분노했다. 자기 가족도 알아보지 못하는 건가? 세바스찬이 침입자로부터 이 집을 보호했고, 책임감을 갖고서 아이들을 지켰다는 사실을 기억하지 못하는 건가?

"날 모르겠나?"

세바스찬이 물었다. 목구멍에서 덜거덕거리는 것 같던 말들을 입 밖으로 내뱉으니 기분이 이상했다. 원래부터 계속 그 자리에 있던 무언가가 족쇄가 풀리기를 기다렸던 것 같았다. 딱 맞는 어휘를 찾을 때까지 계속 머리를 흔드는 것? 말을 한다는 행위는 그런 느낌이었다.

남자가 입술을 달싹거렸다. 소리는 나오지 않았다. 세바스찬은 무기로 대니얼의 머리를 겨누며 앞으로 다가갔다.

"내 말을 알아들었나?"

세바스찬이 물었다.

"그래. 알아들었어."

대니얼이 대답했다.

전투기 세 대가 집 위로 급강하했다. 엔진 소리에 창문이 일제히 흔들린다. 멀리서 들리는 폭발음은 아까보다 훨씬 더 잦아졌다.

"안으로 들어가지. 거기서 얘기해."

세바스찬이 말했다.

그러자 대니얼이 앞장 서 거실로 들어갔고 세바스찬도 그 뒤를 따랐다. 실내에선 땀내와 피 냄새가 진동했다. 안락의자 옆 바닥에 재닛이 델리아를 끌어안은 채로 쓰러져 있었고, 마이클은 그 옆에 무릎을 꿇고 앉아 있었다. 재닛의 찢어진 눈썹에서 흐른 피가 플러시 양탄자에 얼룩을 만들었다.

"봤지? 내가 말했잖아!"

마이클이 엄마에게 말했다.

아이는 세바스찬을 알아보았다. 지금 눈앞에 일어나는 일을 조금도 이해할 수 없는 듯, 재닛의 표정이 멍해졌다.

대니얼은 마이클에게 착한 아이가 되려면 조용히 하라고 말했다. 세바스찬은 거울에 비친 자신의 모습을 보지 않을 수 없었다. 그는 똑바로 서서 걸을 수 있었다. 그리고 주인보다 키가 더 컸고, 털 아래는 모두 근육이었다. 팔다리는 길고 가늘었다. 앞발은 이제 손과 같은 기능을 했다. 만일 그에게 앞발톱이 있었다면 대니얼이 저항하려고 할 때 할퀼 수도 있었을 것이다.

대니얼은 소파에 앉았다. 그리고 처음으로 세바스찬에게 안락의자에 앉으라고 권했다. 세바스찬은 그 말대로 안락의자에 앉은 뒤, 무기는 무릎 위에 올려놓았다. 재닛이 바로 옆에 있는데 금지된 의자에 앉다니, 당혹스러운 경험이었다. 하지만 모든 게 변했다. 그리고 지금 재닛은 세바스찬에게 훈계 같은 걸 할 상황이 아니었다.

"내가 누군지는 알겠지?"

세바스찬이 물었다.

"세바스찬?"

귀에 익은 말이다. 마티니 부부, 심지어 아이들조차 계속 자신을 그렇게 불렀으니까. 예전에는 그 말을 여러 가지 뜻으로 받아들였다. '안 돼, 이리 와, 먹어. 앉아.' 하지만 실제로는 바로 자신을 가리키는 이름이었다. 세바스찬. 세-바-스-찬.

"있을 수 없는 일이야."

대니얼이 떨리는 입술로 말했다.

"당신이 나한테 이름을 지어준 건가?"

"그래."

대니얼이 대답했다. 그의 시선은 금속관을 잡고 있는 세바스찬의 핏기 없는 분홍색 손에 고정되어 있었다.

"그럼 당신이 내……."

세바스찬은 말을 끝마치기 전에 적당한 단어를 찾았다.

"아버지인 건가?"

"어떻게 말을 하게 된 거지?"

"질문은 받지 않는다. 지금은 내 질문에 대답해."

세바스찬이 말했다.

대니얼은 아내가 무슨 말인가 해 주기를 바라는 것 같았다. 그녀가 아무 말도 하지 않자, 그는 불안한 듯 웃으며 고개를 내저었다.

"대답해."

세바스찬이 말했다.

"난 네 아빠가 아니야."

"그럼 뭐지?"

"넌……."

대니얼이 잠시 뜸을 들였다.

"넌 우리 애완동물이야."

"그게 무슨 뜻이지?"

"우리가 네 주인이야. 우리 소유란 거지. 그래서 여기서 살게 해 주고, 먹을 걸 주고……."

대니얼은 거의 애원하듯 말했다.

세바스찬은 그 말에 대해 생각했다.

"지금 무슨 일이 일어난 것 같은데. 어떻게 된 일인지 설명해 봐."

대니얼은 고개를 끄덕였다. 그는 양손을 휘저으며, 적당한 말을 찾고 있는 것처럼 충혈된 눈동자를 이리저리 굴렸다.

대니얼의 말에 따르면 개미의 습격은 아프리카와 남미에서 시작되었다. 그야말로 기이한, 전례가 없는 이상 현상이 발생한 것이다. 머지않아 개미들을 막을 수 없다는 사실이 명확해졌다. 도시들을 전부 다 포기할 수밖에 없었다.

바로 그때 이전에는 한 번도 목격된 적 없는 대형 개미들이 나타났다. 이 개미들은 총을 쏴도 죽지 않았으며 금속까지 물어뜯었다. 그리고 다른 동물들도 모습이 변하고 인간처럼 직립보행을 시작했다. 어찌된 일인지 개미들은 점점 더 영리해졌고, 다른 동물들도 개미들을 닮아 갔다. 그리고 전 세계에 흙과 진흙으로 쌓은 거대한 탑들이 생기기 시작했다.

과학자들은 각 탑의 꼭대기에 있는 소형 탑에서 초음파 신호가 흘러나온다는 것을 알아차렸다. 탑을 파괴하려고도 시도해 봤지만, 몇 시간이면 재건할 수 있는 능력이 개미들에게 있다는 사실만 알게 되었을 뿐이다. 인간들이 무슨 짓을 하든 상관없이 더 많은 곤충들이 계속해서 나타났다. 그리고 대서양 어딘가에서 느닷없이 거대한 섬이 솟아올랐다. 개미들이 만들어 낸 섬. 아무것도 없던 곳에 다음 날이면 무언가가 생겨나는 일이 거듭됐다.

대니얼은 곳곳에서 벌어지는 전투와 피난민들, 유럽의 후퇴, 아시아에서 일어난 대량학살, 사우디아라비아에서의 집단자살, 한반도의 원자폭탄 폭발 등에 대해 횡설수설 떠들었다. 그리고 트리스탄에 대해서도. 대니얼의 세계의 또 다른 일부가 매일 조금씩 흐트러지다 결국 이 순간에 이른 것이다. 자신이 키우던 애완동물이 무기를 들고 앞에 서서 차분히 질문을 하고 있는 바로 지금 말이다. 대니얼이 말하는 동안 세바스찬은 마이클이 어느새 이 상황을 조금은 이해할 수 있을 만큼 자랐다는 사실을 깨달았다. 아이는 아마 처음으로 자신들에 관한 무언가를 알게 되었을 것이다.

대니얼은 대서양에 나타난 섬을 공격했다가 실패한 이야기를 하고 있는 중이었다. 그때 세바스찬이 대니얼의 이야기를 가로막았다.

"그 개는 어디로 갔지?"

세바스찬이 물었다.

"개?"

세바스찬이 대니얼을 노려봤다.

"시바 말이군. 도망친 뒤로는 보지 못했어. 유감이야."

대니얼이 대답했다.

"당신은 시바의 새끼들을 죽였어. 그리고 자기 가족도 죽이려고 했지."

세바스찬이 말했다.

대니얼의 얼굴이 땀으로 번들거렸다. 금속관이 달린 무기를 어떻게 사용하는지 정확히 모르고 있음에도, 이제 세바스찬은 그에게서 이런 반응을 이끌어내려면 어떻게 해야 하는지를 알게 되었다. 세바스찬이 대니얼을 향해 무기를 겨누면 남자는 모든 것을 다 털어놓았다.

"내겐 남은 게 없어. 아무것도. 화가 났지. 그리고 아내는……."

대니얼이 그렇게 말하곤 양손에 얼굴을 파묻었다.

"아내가 말한 대로야. 어차피 우린 죽게 되겠지. 어쩌면 내가 그렇게 한 게 강아지들한테는 더 좋은 건지도 몰라. 안 그래?"

대니얼이 눈물을 참으며 말을 이었다. 그는 세상이 미쳐 돌고 있다는 걸 표현하고 싶은 듯 팔을 마구 흔들었다.

"당신이 한 짓, 그리고 하려던 짓을 생각하면 죽여야겠지. 어쨌든 당신은 진실을 말한 거군. 실제로 당신은 죽을 테니까."

세바스찬이 말했다. 대니얼이 아니라 자기 자신에게 하는 말 같았다.

대니얼은 입술을 꾹 다물고 아무 말도 하지 않았다.

"머릿속에 많은 단어들이 떠올라. 어떻게 말을 할 수 있게 된 건지는 잘 모르겠어. 난 꿈을 꾸었을 뿐인데, 아침에 깨어나 보니 이렇게 말을 할 수 있게 됐더라고. 그 말 중 하나가 '사랑'이야. 난 당신 가족들을 사랑해. 하지만 당신들에게 나는 장난감에 불과했지. 나는 시바를 사랑해. 그런데 지금 그녀는 이곳에 없어."

그렇게 말한 세바스찬이 자리에서 일어섰다. 이제 마지막이리라 생각하며 그는 햇살이 비치는 양탄자를 바라보았다. 세바스찬은 재닛과 아이들에게 손짓을 했다. 재닛이 비틀거리며 자리에서 일어났다. 그녀는 델리아를 안고 마이클의 손을 잡은 채 전엔 그들의 애완동물이었던 존재를 조용히 지나쳐 갔다. 마이클이 손을 내밀어 세바스찬의 꼬리를 만졌다. 재닛이 아이의 손을 찰싹 때렸다.

세바스찬은 문이 닫히는 소리가 들릴 때까지 기다렸다. 그런 다음 대니얼을 돌아보며 말했다.

"그럼 이만."

"그래."

대니얼이 말했다.

세바스찬은 온전치 못한 손으로 무기를 느슨하게 든 채 거실을 나섰다.

그는 주방으로 터벅터벅 걸어갔다. 시바를 찾아야만 한다. 설령 시바가 이미 죽었거나 자신이 죽게 되는 한이 있어도.

세바스찬이 문 앞에 다다랐을 때 나무에 금속이 긁히는 것 같은 쉭쉭거리는 소리가 또렷하게 들렸다. 재닛이 음식을 준비할 때 나는 것 같은 소리였다. 세바스찬이 돌아보자, 대니얼이 스테이크용 칼을 손에 들고 돌격해 오고 있었다. 세바스찬은 그 칼을 막아내기 위해 금속관을 들어 올렸으나 톱니모양의 칼날에 발목이 찔리고 말았다. 남자가 다시 칼을 휘둘러 세바스찬의 늑골을 깊숙이 찔렀다. 옆구리에 뜨끈한, 기묘한 느낌이 퍼져 나갔다. 세바스찬은 뒤로 쓰러지면서 리놀륨 바닥에 머리를 부딪쳤다. 대니얼이 세바스찬의 몸 위로 타고 올랐다. 그가 피에 젖어 끈적한 손으로 휘두르는 칼을 막아내기 위해 세바스찬은 무기를 놓을 수밖에 없었다.

"내 가족을 데려갈 수 있을 줄 알았냐? 네 놈 따위가."

대니얼이 악문 입에서 침을 흘리며 으르렁거렸다.

세바스찬이 대니얼의 손목을 깨물려고 하자 남자는 손을 높이 들어올렸다.

"그 빌어먹을 시바는 내가 죽였다! 도망치는 걸 총으로 쏴 죽였지!"

대니얼이 말했다.

금속관은 세바스찬의 머리 옆에 놓여 있었다. 그는 대니얼이 들고 있는 칼에서 시선을 떼지 않은 채 꼬리로 그것을 조금씩 끌어당겼다.

대니얼은 몸무게를 이용해 칼을 아래쪽으로 내리며 세바스찬 쪽으로 칼날을 비틀었다. 순간 세바스찬은 잡고 있던 대니얼의 손을 놓쳤다. 그는 최대한 빨리 왼손을 내밀어 무기를 잡은 뒤 대니얼을 후려쳤다. 나무로 된 개머리판이 대니얼의 얼굴을 강타했다. 남자는 이마를 부여잡으며 그대로 쓰러졌다. 세바스찬은 몸을 옆으로 굴린 뒤 자리에서 일어났다. 그는 무기를 잡은 손에 힘을 주었지만, 어떻게 사용해야 하는지 방법을 몰랐다. 곧 대니얼도 자리에서 일어났다. 칼날을 밑으로 한 채 칼을 들고 있었다. 그의 눈 위쪽이 찢어져 뺨과 목에 피가 흘러내렸다.

"저 자를 쏴."

누군가가 말했다.

문 밖에서 들리는 소리였다. 대니얼과 세바스찬이 돌아보니, 엄마 길고양이가 보였다. 무섭게 몸집이 커졌고, 인간처럼 두 발로 선 모습이었다. 길고양이는 방충망을 통해 집 안을 들여다보고 있었다.

"이렇게 하는 거야."

길고양이가 왼손을 내밀고서 손톱이 위쪽으로 향하도록 둥글게 말았다. 오른손은 몸 옆으로 올려 주먹을 쥐더니, 집게손가락을 들고 흔들었다.

세바스찬이 무기 사용법을 모른다는 사실을 대니얼도 알아차렸다는 것을 눈빛에서 읽을 수 있었다. 남자는 그냥 도망칠 수도 있었으리라. 그때 대니얼이 도망쳤으면 좋았을 거라고, 모트는 오랜 세월이 흐른 뒤에도 생각했다. 하지만 대니얼은 칼을 치켜들고 다시 세바스찬을 공격했다.

세바스찬은 숨을 들이마신 뒤, 총열을 더듬어 손가락을 방아쇠에 걸었다. 그리고 발사했다. 총알이 가슴에 그대로 박히면서, 남자는 붉은 피 안개를 흩뿌리며 바닥에 쓰러졌다. 허공으로 날아간 칼은 요란한 소리를 내며 조리대 위에 떨어졌다. 대니얼은 무슨 말인가 하려는 듯 입술을 달싹거렸다. 입술 위로 딸기 빛깔 핏방울과 침이 끓어올랐다. 오른쪽 발이 떨리다가, 자기 몸에서 쏟아낸 피 웅덩이 위에 멈춘 뒤 영영 움직이지 않았다. 창문으로 들어온 빛이 쓰러진 그를 비췄다.

세바스찬은 대니얼의 시신 앞에 웅크리고 앉아 흐느끼고 싶다는 강렬한 충동을 느꼈다. 하지만 그러는 대신 몸을 돌려 문을 열고 밖으로 나갔다. 엄마 길고양이가 옆으로 물러섰다. 그 뒤에는 새끼고양이가 두 마리가 똑바로 서 있었다. 재닛과 인간 아이들은 집 벽에 기대 서 있었다. 재닛의 턱에 난 상처가 보라색으로 변하기 시작했다. 마이클이 흐느꼈지만 그녀는 아들을 달래지 않았다. 이보다 더 나쁜 일은 일어나려야 일어날 수도 없을 테니.

"아빠가 정말 우리를 해치려고 한 거야?"

아이가 물었다. 재닛이 할 수 있는 일은 아들의 머리를 쓰다듬어 주는 것뿐이었다.

"넌 올바른 일을 한 거야."

엄마 길고양이가 세바스찬에게 말했다. 길고양이 새끼들 중 한 마리가 제 엄마에게 무슨 말인가를 속닥거렸다. 엄마고양이는 새끼고양이를 조용히 시켰다.

세바스찬은 마당 한복판으로 걸어갔다. 이렇게 짧은 거리인데, 단 한 번도 여기까지 와 본 적이 없었다. 어쨌든 그는 이제 창문을 통해 세상을 보지 않을 것이다. 더 이상은. 밖으로 나가 세상의 일부가 될 것이다. 세상 역시 그의 일부가 되리라. 그는 앞으로 배우고, 행동하고, 또 바라볼 것이다.

길고양이들이 뭔가 얘기를 했지만 세바스찬은 듣지 않고 있었다. 그는 옆구리의 상처를 손바닥으로 누르며 물었다.

"혹시 개가 지나가는 거 못 봤어?"

"무슨 개?"

엄마 길고양이가 물었다.

"털에 흰색과 오렌지색이 섞여 있어. 나처럼."

"저쪽으로 도망쳤어. 아마 쭉 가다 보면 냄새를 맡을 수 있을 거야. 하지만 저쪽으로 갔다가 죽을 수도 있어. 개미들이 오고 있거든. 인간들이 후퇴하면서 전부 다 파괴하고 있어."

엄마 길고양이가 시내 쪽을 가리키며 말했다.

"우리처럼 변신한 다른 동물은 만난 적 없어?"

세바스찬이 물었다.

"행크를 봤지."

"행크?"

"길 건너편에 사는 개야. 행크도 자기 주인 일가를 죽였어. 다들 그렇게 하지."

엄마 길고양이는 집에 먹을 게 남아 있는지 물었다. 세바스찬은 알아서 찾아보라고 대답했다. 엄마 길고양이는 새끼들 중 한 마리에게 냉장고를 확인해 보라고 시켰다.

"너하고 내가 저 사람들을 맡자."

엄마 길고양이가 남아 있던 새끼고양이에게 말했다. 곧 그들은 인간에게 접근했다. 마이클은 어찌할 바를 모르고 울음을 터뜨렸다.

"배가 고파 죽을 지경이야."

엄마 길고양이가 말했다.

"세바스찬!"

마이클이 외쳤다.

지금껏 이 집을 지키려고 애써 왔던 마음이 배신당했지만, 그래도 세바스찬은 아이의 부름에 응해야 한다고 느꼈다. 독재자의 명령과는 다르다.

순진한 아이가 간절히 도움을 청하고 있는 것이다. 그래서 모든 상황이 변해 버린 이 순간에도 그는 부름에 답하기로 했다.

세바스찬은 길고양이들에게 총을 겨눴다. 집 안에 있던 세 번째 고양이는 뭔가 잘못됐다는 것을 느꼈는지 갑자기 문을 열어젖혔다. 입 주위의 털에 대니얼의 피가 잔뜩 묻어 있었다.

"진짜 쏠 생각은 아니겠지."

엄마 길고양이가 말했다.

"난 조금 전에 주인도 쐈어. 못 쏠 이유가 없지."

세바스찬이 말했다.

"저자들은 적이야! 널 죽이려 했던 사람들이라고!"

엄마 길고양이가 외쳤다.

세바스찬은 길고양이들을 겨냥한 라이플총을 내리지 않았다. 불편한 시간이 잠깐 흐른 뒤, 결국 길고양이들이 물러섰다. 세바스찬은 마티니 가족에게 손을 흔들었다. 또 다시 인간들은 시선을 피하며 그를 지나쳐갔다.

"이봐, 여자."

세바스찬이 부르자, 재닛이 멈춰 섰다. 하지만 시선은 여전히 바닥을 향한 채였다.

"난 시바를 찾아야 해."

"시바는 도망갔어! 아빠가 쫓아갔는데—"

마이클이 말했다.

"조용히 하렴."

재닛이 아들의 말을 막은 뒤 힘들게 고개를 들고 세바스찬을 쳐다보며 말했다.

"나도 네가 시바를 찾았으면 좋겠어. 널 위해 기도할게."

세바스찬은 재닛의 말이 무슨 뜻인지 알 수 없었다.

마티니 가족은 진입로에 세워둔 SUV 차량을 향해 천천히 걸었다. 차문은 열려 있었다. 그들은 차에 올라타고 문을 닫았다. 탁, 탁……. 재닛이 주먹을 쥐고 운전대를 내리쳤다. 창백한 피부 밖으로 손의 관절이 불거졌다.

차가 출발했다. 마이클은 세바스찬을 바라보면서 손바닥으로 창문을 두드렸다.

차가 떠나자, 세바스찬도 길고양이들을 겨누고 있던 총을 내렸다.

"너도 서쪽으로 가는 게 좋아. 여긴 위험하니까."

엄마 길고양이가 말했다.

"난 시바를 찾아야 해."

세바스찬이 말했다.

"그 개 말이야?"

엄마 길고양이는 인간처럼 실실 웃었다. 그러곤 새끼들에게 이렇게 말했다.

"봤지? 저렇게 하면 죽게 되는 거란다. 인간들을 지키거나, 사라진 연인을 찾는다거나 하면 말이야."

"그럴지도 모르지."

세바스찬이 말했다.

엄마 길고양이는 세바스찬이 자신과 시선을 마주칠 때까지 계속 쳐다보았다.

"기운 내, 애송이 고양이. 너한테 강아지 여자 친구는 필요 없어. 이제 네겐 이게 있으니까."

엄마 길고양이가 자기 관자놀이를 가리켜 보였다.

"지난주까지만 해도 네겐 입과 엉덩이, 생식기밖에 없었지. 그래, 어쩌면 이제 생식기는 예전처럼 쓸 수 없을지도 모르겠네. 어쨌든 이제 뭔가 달라졌으니까. 너한테 반갑지 않은 일일 수도 있을 거야. 이 집에서 실컷 얻어먹으면서 행복하게 사는 게 더 좋았을지도 모르지. 하지만 이제 넌 네 자신의 생각을 가지게 됐어. 그 생각을 이용해. 그렇지 않으면 죽을 테니까."

엄마 길고양이가 새끼고양이들을 이끌고 집안으로 들어갔다. 세바스찬은 그들을 막지 않았다. 주위가 고요했다. 심지어 멀리서 들리던 폭발음조차 그친 상태였다. 미친 듯이 뛰던 가슴이 진정되자 세바스찬은 다시 생각에 잠길 수 있었다. 모든 사실들이 명료해졌다.

'시바는 여기 없다. 난 시바를 찾아야만 한다(시바는 아마 죽었을 것이다). 시바는 남쪽으로 갔다. 나는 시바를 찾아야만 한다(시바는 죽었다).'

세바스찬은 라이플의 손잡이를 꼭 쥔 채 걸음을 옮기기 시작했다.

제2장

하이메놉테라 우누스의 이야기

여왕은 모든 것을 보았다. 눈과 더듬이로 탐욕스럽게 더 많은 정보, 냄새, 색상, 말들을 감지하고 흡수했다. 그녀가 지켜보는 동안 수십 억 마리의 딸들이 콜로니*의 범위를 인간 세상까지 확장시켜 주었고, 그렇게 인간의 경험까지 전부 끌어 모았다. 많은 것들이 계획대로 이루어졌기에 여왕은 기뻤다. 그녀의 정신은 곧 콜로니의 정신이었다. 콜로니가 성장하자 여왕의 가슴은 뛰었고, 어둠 속에서 빛을 이끌어낼 수 있었다.

그리고 그것이 그녀를 죽이고 있었다.

하지만 여왕은 '자격 없는 여왕'의 딸, 하이메놉테라 우누스였다. 인간들은 악마의 손, 지하세계의 군주라고 불렀다. 막중한 책임감, 그리고 그것과 함께 닥치는 무섭고 끔찍한 고통은 오롯이 그녀만의 것이었다.

여왕이 알고 있는 것을 진정으로 이해할 수 있는 자는 아무도 없었다.

---

*여러 개체들이 모여 하나의 생물체처럼 만들어진 집단

딸들은 확실히 아니고, 인간들도 아니었다. 살아있는 신 같은 억압된 생활에서 벗어나게 해 주는 지상 동물들도 아니다. 여왕의 아이들은 그녀를 위해서라면 모든 것을 희생할 것이고 그건 고마운 일이다. 하지만 그들은 여왕의 눈으로 보는 세상을 알지 못했다. 그들은 전체의 일부이기 때문에 스스로를 혼자라고 느끼지 않는다. 그러니 후회 같은 감정을 느낄 일도 없다. 그들에게 있어 무의미한 것이기 때문이다.

여왕은 수천 년을 살아왔고 그녀의 정신에는 콜로니의 집단 기억들이 보존되어 있었다. 이제까지 거둔 승리와 패배, 모든 끔찍한 죽음의 기억들이 종의 화학적인 언어로 기록된 채 그녀의 뇌 속에 저장돼 있었다. 살아있는 모든 것은 한 번의 죽음조차 감당해 내기 힘들다. 하지만 그녀는 수십 억 번의 인생을 살았고 수천 년의 세월을 버텼다.

이름 없는 전쟁이 시작되면서, 바다 위에 새로 생긴 섬 속에 깊이 파묻혀 있던 여왕의 집을 인간들이 발견할 뻔했다. 인간들의 전쟁 기계 때문에 대지가 흔들렸다. 쿵쾅거리는 발소리와 함께 나타난 수천 명의 인간들은 폭탄과 땅을 파는 기구들을 가져왔다. 방에 엎드려 누워 있던 여왕은 부풀어 올라 대형 고래만큼 몸집이 커져 있었다. 콜로니에서 처음 태어났을 때보다 훨씬 더 큰 공간을 차지하게 되었던 것이다.

여왕의 뇌는 계속해서 어마어마하게 발달하고 있었지만, 몸은 여진히 아무 힘없는 산란 공장이나 마찬가지였다. 비록 자진해서이긴 하지만 여왕은 아무 힘없이 갇혀 있었다. 그것이 인간들이 이곳에 접근하는 것을 반드시 막아내야만 하는 이유이기도 했다.

그들은 마법 책과 주술사들이 말한 예언을 실천하고 있다고 굳게 믿으며 여왕을 불태울 거고, 그 시신 위에서 춤을 출 것이다. '콜로니가 그렇게 끝나선 안 된다.' 여왕은 다짐했다. 그녀는 몇 세기에 걸쳐 치밀한 계획을 세운 뒤 전쟁을 시작했다. 이 전쟁으로 인간은 모두 죽고, 그녀가 구상한 세계에서 살아갈 자격이 있는 동물들이 새로 탄생할 거라는 사실을 여왕은 알고 있었다.

인간들과 곤충 부대들이 땅 위에서 싸우는 동안 대지는 계속 흔들리며 신음하고 있었다. 지상에서 또 다른 폭발이 일어나자, 그 충격에 여왕의 방이 흔들리더니 천장이 무너져 내렸다. 그 순간 여왕의 모습을 본 인간들은 공포심에 미쳐 버렸다. 동물들은 궁지에 몰리면 위협하는 태세를 취한다. 하지만 인간들은 멸종 위기에 처하자 예측불가능의 혼돈 상태가 되어 완전히 야만적으로 변했다.

여왕 주위를 감싸고 있던 딸들은 계속해서 부풀어 오른 배를 핥아 주었다. 새로운 알들이 무사히 태어날 수 있게 병원균과 지저분한 것들을 혀로 깨끗하게 닦아냈다. 만일 방들이 전부 무너지거나 모든 딸들의 머리가 잘려 나갔다고 해도, 산소와 혈액 부족으로 뇌가 정지하기 전까지 그들은 계속해서 여왕의 배를 핥을 것이다. 여왕을 모시는 딸들의 헌신은 절대적이었다.

몸집이 큰 일개미들이 장차 인간보다 더 크게 자랄 알파개미들의 투명하다시피 한 유충을 입에 물고 옮겼다. 이 알파개미들은 인간을 반토막내고 탱크를 공격할 수 있으며 총과 대포를 비롯해 인간이 사용하는 온갖 발사 무기를 견뎌낼 수 있었다. 알파개미들이 부화하면 여왕은 오랜 임무를 수행하기 위해 그 군사들의 매개체, 즉 더듬이를 잡고 자신이 알고 있는 거대한 지식들을 전달했다. 물론 지식 전부는 아니고 그들이 임무를 수행할 때 필요한 만큼만. 사실 군사들은 많이 안다 해도 감당할 능력이 없었다. 딸들도 여왕처럼 모든 것을 분석하거나 고민하는 일 없이 그저 그녀의 명령만을 따랐다.

그 특별한 날에 새로 태어난 군사들은 상당히 어려운 임무를 수행하게 되었다. 콜로니의 승리가 다가오고 있었지만 아직 패배할 위험도 있었다. '자격 없는 여왕'이라고 불렸던 어머니 역시 오래 전에 같은 결정을 내려야만 했다. '자격 없는 여왕'은 하이메놉테라에게 모든 것을 주기로 결정했다. 그것이 하이메놉테라의 위대함과 고통의 근원이었다. 그녀가 그 선물을 증오하면서도 받아들이지 않았다면 콜로니는 그대로 패배의 길을 걸었을지도 모른다. 인간들이 일찌감치 승리를 확정했을 수도 있었다.

여왕은 알파개미들 각자에게 그날의 전투 상황을 요약한 내용과, '사라진 여왕'이라고 불리던 할머니가 통치하던 시절까지 거슬러 올라간 콜로니의 역사를 전달해 주었다. 할머니가 실패한 탓에 결국 인간과의 충돌이 일어나게 되었다. 이 어리석은 군주는 몇 천 년 전에 아무런 의심도 없이 광대한 땅과 지하 세계를 다스렸다. '사라진 여왕'은 자신이 이 행성의 정당한 지도자라고 생각했다. 그들에겐 종을 이끌어 갈 지도력이 있었다. 감상이나 두려움에 휘둘리지 않고, 이 세상이 오로지 자신들을 위해 만들어졌다는 잘못된 믿음만으로 종을 이끌었다.

'자격 없는 여왕'이 아직 유충 단계에 있을 때, '사라진 여왕'은 콜로니가 인간들에게 밀려나 땅과 음식, 물, 그리고 다른 생명체들에 대한 지배권까지 모두 빼앗길 수도 있다는 사실을 뒤늦게 깨달았다. 여왕이 자신이 위험에 둘러싸였다는 것을 알아차리지 못하고 지체하고 있는 동안, 인간들은 자신들의 도시들 중 한 곳에 봉기한 개미탑들을 공격했다.

인간들의 샌들에서 나는 악취와 그들의 쿵쾅거리는 발걸음 소리에 경계 태세를 갖췄으나 때는 이미 늦었다. 인간들은 날카로운 도구와 횃불을 가져왔다. 사막의 태양 아래 개미들의 움직임이 둔해졌을 때, 인간 진영은 온종일 공격해 왔다. 수백만 마리의 개미들이 목숨을 걸고 콜로니를 지키라는 명령을 받았다. 혈통 전체가 사라졌다. 모든 길과 터널마다 올레산 냄새, 다시 말해 개미들의 죽음을 알리는 냄새가 진동했다. 그들이 패했다는 증거였다.

이전에도 개미들이 공격당한 적은 있었지만, 그때는 나름대로의 조화가 있었다. 개미들과 그 적들 모두 장기적으로 봤을 때 상대방을 몰살시키는 것은 영리한 일이 아니라는 것을 알고 있어서였다. 결국 균형이 필요하기 때문이다. 하지만 지금 인간이 해 오는 공격은 뭔가 달랐다. 샌들을 신은 남자들은 그저 두 세계에 경계를 세우기 위해 싸우는 게 아니라, 개미들을 마지막 한 마리까지 죽일 작정이었다. '사라진 여왕'은 그제야 자신들이 사악하기 그지없는 종을 상대하고 있다는 것을 깨달았다. 인간들은 쾌감을 위해 살생을 하면서도 자신들의 고통만을 고통으로 인식했다. 그런 종이니 설득은 애초에 불가능하다. 그들에게 자비란 없었다.

그렇게 인간들이 맹격을 가하면서 개미들의 도시를 파헤치자 '사라진 여왕'의 딸들은 지하묘지로 후퇴했다. 지상이 다시 조용해졌을 무렵, '사라진 여왕'은 일개미들에게 밖으로 나갈 길을 파라는 명령을 내렸다. 모든 노력을 그 일에 돌렸다. 심지어 번식과 먹이를 모으는 일조차 잠시 중단했다. 기존 유충들을 분류해 그중 약해 보이는 것들은 땅을 파는 개미들의 먹이로 삼았다. 땅을 파는 개미들이 지쳐 죽으면 그 다음 줄이 그 자리를 대신하곤 했다.

개미들이 흙더미를 뚫고 나오니 방대한 곡물 밭이 끝없이 펼쳐져 있었다. '사라진 여왕'의 도박은 성공했다. 사방이 먹을 것이었다. 여왕은 딸들에게 곡물을 먹어치우라고 지시했다. 밭이 사라지면 인간들의 도시도 힘을 잃을 터였다.

불과 몇 시간 만에 개미들은 엄청난 양의 곡물들을 먹어치웠다. 아침에 밭으로 나온 농부들은 수확할 양식이 형편없이 파괴된 모습을 목격했다. 그들이 반격에 나서기 전에 개미들은 과감하게 인간들의 발목으로 무리지어 올라가 살을 물어뜯었다. 행복한 복수의 순간에 수많은 용감한 개미들이 공포에 질린 인간들이 휘젓는 손에 깔아뭉개져 목숨을 잃었다. 농부들 중 한 명은 너무 놀라 과호흡 증상을 일으키며 의식을 잃고 바닥에 쓰러졌다. 다른 인간들은 성곽으로 후퇴했다.

'사라진 여왕'은 의식을 잃은 남자의 몸에 기어 올라가 입과 콧구멍, 귓구멍 속으로 들어갔다. 그로부터 수천 년이 지났지만, 하이메놉테라는 그때의 기억에 접근할 수 있었다. 그녀는 개미들이 인간의 살을 물어뜯는 소리를 들을 수 있었다. 개방 모세관의 냄새도 맡을 수 있었는데, 척박한 땅속에 너무 오래 묻혀 있다 나온 터라 철 냄새가 한층 더 강렬했다. 남자는 경련을 일으킨 채로 쓰러져 움직이지 못했다.

'사라진 여왕'은 성곽으로 정찰병을 보냈다. 성곽으로 들어간 정찰병들은 인간들이 성당 제단에 쌓은 거대한 장작더미에 불을 붙이고 전염병으로부터 구해 달라고 기도하는 모습을 지켜보았다. 며칠 동안 개미들은 그 농부의 시신을 파먹었다. 인간은 동물들을 불태워 죽이면서 창조주를 실망시킨 자신들의 죄가 사해지기를 빌었다. 그 뒤에 받은 신의 대답이 불확실한 데다 만족스럽지 못하자 이번에는 살아있는 여자와 아이들을 불태워 죽이기 시작했다. 그 과정을 옆에서 지켜보던 인간들은 진화가 덜 된 원숭이들처럼 주먹으로 가슴을 두드리며 함성을 질렀다. 피비린내 나는 의식. 개미들이 보기에 이보다 영장류의 타락과 폭력성, 허무함을 상징적으로 보여 주는 것은 없었다.

마침내 도시의 성문들이 열렸다. 인간들은 기름 같은 액체가 가득 담긴 양동이를 들고 밭으로 나왔다. 그리고 홰를 액체에 적신 뒤 불을 붙여 작물들 속으로 던졌다. 이번에는 개미들이 공포에 질릴 차례였다. '사라진 여왕'은 또 다른 인간을 본보기로 삼을 수 있다는 자신감에 다시 공격 명령을 내렸다. 하지만 제대로 떨어진 횃불들이 진로를 가로막았다. 여왕이 자멸할 수 있는 인간의 능력을 과소평가했던 것이다.

농부 한 명의 죽음에 대한 복수를 위해, 혹은 눈에 보이지도 않는 신을 기쁘게 하기 위해 남아 있는 곡식을 모두 파괴할 수 있는 존재. 그게 인간이라고는 여왕도 생각지 못했다. 여왕이 인간들의 잔혹성에 대해 가지고 있었을지도 모를 의문들은 횃불을 던지던 인간들 중 한 명의 옷자락에 실수로 기름이 쏟아지면서 그의 몸에 불이 붙은 순간 전부 다 사라졌다. 그것이 그들에게 내려진 저주의 일부라고 생각한 다른 인간들이 불붙은 남자를 그대로 곡식 속으로 밀어 버렸다. 그 남자는 그대로 뜨거운 땅 위에 쓰러진 채 목숨이 끊길 때까지 엄청난 고통 속에서 몸을 뒤틀었다.

개미들은 점차 뜨거워지는 열기를 견디지 못하고 서로 충돌했다. 복부가 파열되자 희생자들은 고통을 덜 수 있는 방법을 찾거나 혹은 새로운 명령이 떨어지길 기다리면서 무기력하게 더듬이만 흔들었다. 강한 개미들은 안전한 곳을 찾아 죽은 남자의 몸 위로 올라가려고 하다가 불길만 옮겨 붙었다. 수천 건의 화학 경보가 울려 퍼졌다. 안전한 곳으로 이끌어 주던 냄새는 사라졌다. 방향 감각을 잃은 개미들이 맡을 수 있었던 건 타들어가는 자신의 살 냄새뿐이었다.

전투의 패배와 함께 '사라진 여왕'은 실종됐고, 죽은 것으로 여겨졌다. 살아남은 개미들은 지하 묘지로 돌아갔다. 그들 사이엔 아무 소통도 없었고 살아남았다는 안도의 기색도 찾아볼 수 없었다. 몇 주일 동안 땅만 판 것 같았다. 마침내 예전에 살던 터널에 도착하자 그들은 다시 모였다.

개미들에게 신화 같은 건 필요 없었지만 그 절망적인 순간에 '자격 없는 여왕'이 태어난 건 개미 세상의 전설이라고 할 만 했다.

일꾼들은 지하묘지에서 알들을 찾아 다녔다. 수많은 육아실이 무너져 있었고 기온의 변동까지 겹쳐 알들은 그 생명을 잃었다. 그 사이 또 다른 개미 무리들은 임시 여왕을 모실 수 있는 살아남은 자들의 위치를 찾고 있었다. 수컷과의 교미로 알들을 수정할 수 있는 암컷이 한 마리밖에 남지 않았기 때문이다.

3일 뒤, 개미들은 유충 방으로 들어갔다. 그 안에는 수많은 수컷들과 정신없이 짝짓기를 한 탓에 아픈 여왕이 있었다. 여왕 옆에는 콜로니를 완성하기 위해 봉사한 수컷들이 죽은 채 쓰러져 있었다. 정상적인 상황이었다면 연례 짝짓기 날이 아닐 때 정액을 모은 여왕은 추방되었을 것이다. 그 대신 일꾼들은 튼튼한 알들을 새로운 궁전으로 옮기기 시작했다. 터널마다 그들의 화학 신호가 퍼져 나갔다. '길을 치워라.'

알들을 옮기고 나서 '자격 없는 여왕'은 일을 시작했다. 여왕의 첫 번째 임무는 임신이 가능한 암컷들을 키워 내는 일이었다. 잔뜩 지쳐 죽기 직전의 상태에 이르자 여왕은 앞에 놓여 있는 알들 중 한 개를 먹으려고 했다. 일꾼들이 여왕을 부드럽게 잡아당기며 마지막 알을 수정했을 때처럼 주저 앉혔다. 그리고 새 여왕의 첫째 아이가 부화했다.

'자격 없는 여왕'이 죽어가는 동안 위대한 지도자로서의 운명을 타고난 여왕은 탈피를 마쳤다. 새로 태어난 여왕들의 알 중 가장 크고 튼튼했다. '자격 없는 여왕'은 딸을 향해 몸을 내밀고 오래전부터 내려온 그들만의 교신 방법, 즉 더듬이를 맞대는 것으로 왕위를 계승해 주었다.

위대한 하이메놉테라가 어머니로부터 제일 처음 받았던 화학 신호는 다음과 같았다.

너는 너의 지혜의 빛과

마음의 어둠으로

우리 종의 복수를 하게 될 것이다.

너는 모래사장을 넘고, 바다를 넘어서까지 여행하게 될 것이다.

너는 도시를 건설하고, 산을 무너뜨릴 것이다.

너는 네 종의 냄새를 결코 잊어선 안 될 것이다.

너는 짐승들이 이 땅을 두 발로 쿵쾅거리고, 하늘을 향해 소리치는 동안

네 입으로 세상을 꽉 깨물게 될 것이다.

너는 그 야만인들을 숨어서 기다려야 할 것이다.

비록 그들의 불길이 너를 불태우거나

그들의 무기가 너를 공격할지라도.

너는 일어서게 될 것이다. 너는 일어서게 될 것이다.

그때가 되면 강이 네 쪽으로 흐를 것이며

언덕들은 네게 절을 할 것이다.

태양은 네 주위를 돌 것이며

이 땅의 생명체들은 너를 숭배하게 될 것이다.

바람은 너를 향해 불어올 것이다.

너는 일어서게 될 것이다.

너는 일어서게 될 것이다.

하이메놉테라는 언제나 알파개미들에게 여기까지만 이야기해 주었다. 그 다음에 일어난 일들은 혼자만 기억하기 위해서.

어머니로부터 처음이자 마지막 전언을 받은 어린 하이메놉테라는 '자격 없는 여왕'의 머리를 잡아 뜯어낸 뒤 그대로 먹어치웠다. 배가 고파서였기도 했지만 지도자가 되기 위한 준비이기도 했다. 인간 때문에 여왕의 종족들도 이런 야만성을 가지게 되었다. 여왕이 자신의 어머니를 죽이게 만든 건 다른 누구도 아닌 인간들이다. 이제 모든 게 끝날 것이다. 여왕의 종족들은 일어서게 될 것이다. 더 이상 갈 곳이 없으므로.

그 모습을 보고 안심한 일꾼들은 다른 여왕의 알들을 파괴했다. 그들은 하이메놉테라에게 너무 지쳐 머리조차 들지 못하게 된, 죽어가는 일꾼들을 먹이로 주었다. 새로운 여왕은 그 일꾼들을 먹어치웠고, 더듬이를 이용해 자신에게 저항하는 자가 있는지 알아냈다. 모든 희생은 다수를 위한 것이다. 정복하고 통치하는 것이 이 종족의 운명이다. 그리하여 새로운 시대가 시작되었다.

하이메놉테라는 알파개미인 딸들에게 들려 줄 이야기를 다시 선별했다. 태어난 순간부터 종족의 축적된 지식을 이어받아 머릿속에 간직하게 된 전설의 시작에 대해 알려 주었다. 그때부터 그녀는 수세기에 걸쳐 복수를 계획했다.

콜로니는 인간들이 자원과 땅을 집어 삼키는 방식을 습득했다. 개미들은 크고, 강인하며 피에 굶주린 인간들보다 더 잔인한 전사들로 구성된 군대를 만들었다. 그들은 인류를 다각도로 탐구하고 연구했다. 언어, 공동체 의식, 생리, 역사, 과학, 그리고 인간들에게 생기를 불어넣으며 그들을 한층 위대하게 만들거나 역으로 파멸로 이끄는 반과학인 종교에 대해서까지.

또한 다른 개미 종족들에게도 지배권을 행사했고 인간을 공통의 적으로 여기는 다른 종들과 접촉했다. 이제 콜로니는 단순한 생존 그 이상의 목표를 가지게 되었다. 그 대상이 목적이 되었다. 그들은 순환이 아닌 직선의 개념으로 역사를 보고 인식할 수 있었다. 적들과 마찬가지로 대재앙을 예견했다.

콜로니는 빠른 속도로 배우기 시작했다. 그러는 동안 여왕은 자신의 생명을 계속 유지하게 해 줄 의료 계급을 양성했다. 그녀는 계속 몸집을 키우면서 탈피를 했고 오래지 않아 지구상에서 가장 크고 나이가 많은 생명체가 되었다. 불바다에 희생된 '사라진 여왕' 시절로부터 1세기도 지나기 전에 개미들은 인간의 언어를 해석할 수 있게 되었다. 인간의 언어는 목구멍이라는 발달된 기관에서 나오는 음파였다.

그리고 다시 2백년이 지나자 그들은 인간 세계의 몇 몇 언어를 읽을 수도 있게 되었다. 훔친 문서 조각에 나오는 내용이 무엇인지 제대로 이해할 수 없자 여왕은 발에 후각 감지기를 단 변종들을 양성했다. 그 '해석자'들은 잉크를 따라 글씨 주위를 행진했다.

오랜 세월동안 연구한 끝에 여왕은 인간의 언어가 원시적이고 자멸적인 의사소통 형태이며, 매우 즉각적이고 확실하면서도 미묘한 차이를 잘 나타내 주는 자신들의 화학적 언어와는 몇 광년의 수준 차이가 있다는 것을 알게 되었다. 인간의 언어는 모든 것을 표현할 수 있지만 동시에 아무 것도 아니기도 했다. 여왕은 이처럼 부적절한 시스템을 가진 종이 어떻게 자손을 낳고, 창조를 하며, 또 진화를 거듭해 살아남을 수 있었던 것인지 궁금했다. 언어 연구를 통해 여왕은 인간들을 상대하는 게 얼마나 쉬운 일인지 깨달았다. 호모 사피엔스에게 있어 언어는 약점이며 속임수의 일종이기도 했다.

여왕이 소유한 지식은 더듬이를 맞대기만 하면 완벽하게 전달되는 데 반해, 인간들은 번역 방식과 저자, 역사적인 맥락, 상징, 의미를 놓고 다툰다. 자신들이 모아 놓은 지식을 전달하기 위해서는 이야기를 하는 사람의 정확하지 않은 기억력과 필경사의 편향된 해석, 그리고 비효율적인 관료들의 변덕에 의지할 수밖에 없다.

어떤 면에서 여왕은 실망했다. 그녀는 어떤 식으로든 인간들이 자신을 깜짝 놀라게 해 주기를, 대적할 만한 가치가 있다는 것을 알려줄 새로운 능력을 가지고 있기를 바랐다. 하지만 인간들은 그저 말하는 원숭이였고 동물 왕국의 고상함을 더럽히는 나쁜 변종에 불과했다. 그리고 이로 인해 전 지구가 피해를 입었다.

이처럼 호모 사피엔스의 정신세계를 이해하기 위한 노력과 더불어 여왕은 딸들에게 새로운 미생물과 바이러스들을 양성하라는 지시를 내렸고 다양한 단계를 거쳐 성공을 거두었다. 가장 악명 높은 사례를 들어 보면, 서혜임파선에 감염된 벼룩의 위력이 그야말로 대단했다. 여왕은 포유동물들을 여러 가지 방식으로 다뤄 본 결과, 인간의 위협을 제일 효과적으로 제거할 수 있는 방법이 전염병이라는 결론을 내렸다.

실제로 수 세기 동안 인간들에게 착취를 당한 지상에 사는 생명체들에게 지상 세계를 넘겨 주는 것이 여왕이 지구에 대해 그리고 있는 포부에서 필수적인 요소가 되었다. 그때가 되면 동물들은 인간들의 잘못을 알게 될 것이고, 좀 더 위대한 존재가 되리라. 이는 개미들이 이 행성에서 진정한 신이라는 사실을 입증하는 여왕의 장대한 실험이 될 것이다.

어쩌면 동물들도 '자격 없는 여왕'이 갖고 있던 자질들을 조금이라도 가질 수 있을 만큼 성장할지도 모른다. 자신을 지켜낼 용기와 종족을 위한 희생, 이 우주 속에서 자신들이 사는 세상을 폭넓게 인식하는 것, 현실적인 면과 겸손함, 미신에 대한 거부, 진실에 대한 두려움 없는 포용. 아마 그렇게 될 거라고 여왕은 생각했다. 뭐가 어떻든 지상에 사는 동물들도 인간의 지배에서 벗어나 자유롭게 살 수 있는 기회를 가질 자격이 있다.

전쟁 초기에 개미집들이 처음으로 생겨나기 시작했을 때 인간들은 위급한 상황이 아니라 재미있는 구경거리라도 되는 것처럼 보고 있었다. 하이메놉테라 우누스는 그들에게 새로운 운명에 순응할 기회를 줄 생각이 없었다. 그러자 인간들은 단편적인 반응을 보이기 시작했다. 그들은 수많은 개미들을 피해 계속해서 후퇴하다가 결국 마을을 떠났다. 살충제를 쓰려는 시도도 있었지만, 환경 파괴 문제를 놓고 저희들끼리 싸움이 일어나기도 했다. 여왕이 보기에는 이제껏 토양 오염보다 더한 짓들을 해온 인간들이 그런 걱정을 한다는 사실이 어처구니가 없었다. 살충제 투여에 실패하자 인간들의 정부는 재빨리 개미들이 들끓는 지역을 격리하기로 했다. 그중엔 울타리만 치면 개미들을 막을 수 있을 거라고 착각하는 인간들도 있었다. 실제로 울타리는 부유층이 사는 지역에 개미가 아닌 피난민들이 들어가지 못하게 막는 역할만 했을 뿐이다.

개미들이 장벽 아래를 파고 들어가면 인간들은 이를 막기 위해 불을 지르곤 했다. 불길이 치솟는 경계선들을 우주에서 내려다본다면 빛나는 오렌지색 리본이 연기 기둥을 내뿜고 있는 것처럼 보일 것이다. 인간들은 자신들의 기발한 재간과 연대의식에 취해 성공을 자축하면서 가장 빨리 땅을 되찾을 수 있는 방법을 드디어 찾았다고 생각했다.

몇 주일 뒤, 여왕은 알파개미들에게 공격 명령을 내렸다.

처음에 알파개미들은 무조건 아이들만 잡아먹으라고 지시받았다. 전 세계 텔레비전 화면에 학교에서 비명을 지르는 학생들을 흉측한 짐승들이 잡아가는 모습이 방송됐다. 군사들은 자기 자리를 비우고 가족을 지키기 위해 집으로 돌아갔다.

그 누구도 개미들이 어떻게 이런 짓을 할 수 있는 건지에 대한 합당한 설명을 내놓지 못했다. 혼란에 빠진 군 지도자들은 반격을 준비하기보다는 자신들을 위한 방어용 벙커를 짓는 데 집중했다. 과학자들은 그런 현상이 벌어진 것에 대한 원인을 놓고 논쟁을 벌였다. 시민들은 정치인들을 공격했다. 폭도들이 상원의원, 주지사, 대통령과 독재자들을 끌어내 매달거나 더 심한 짓을 하기 위해 군 검문소들을 공격한 일도 한 번에 그치지 않았다. 종교 지도자들은 여왕이 예상한대로 이 참극이 하늘이 내린 처벌이라는 데 의견을 모았다. '알파개미들은 지옥에서 온 짐승들로, 최후의 심판에 대한 인간들의 최악의 악몽이 눈앞에 나타난 것'이라고 그들은 주장했다.

지구상 유례가 없는 끔찍한 이 전투에서 인간들도 맞서 싸웠다. 수많은 종들이 심한 부상을 입어 쇼크 상태에 빠졌거나 죽어갈 때 뛰어난 능력을 발휘하곤 한다. 인간들 중에서도 그런 특성을 가진 자들은 팔다리가 잘려 나갔거나, 동맥에 구멍이 뚫린 상태에서도 싸움에 임했다.

하지만 그런 인간들의 분노는 여왕이 어머니의 죽음에 느끼는 영원한 분노에 비할 바가 아니었다. 3미터 크기의 곤충 수천 마리가 방어 시설을 공격하면서 눈에 보이는 족족 군사들을 찢어발겼다. 인간 군사들이 얼마나 조준을 잘하든, 얼마나 많은 폭탄을 던지든, 수없이 공습을 하든 문제가 되지 않았다. 언제나 개미들의 수가 더 많았으니까. 인간과 달리 알파개미들은 동료들의 죽음에 대해 심각하게 여기지 않았다. 신병을 놀리는 일도 없었고, 누가 먼저 갈 것인지 목숨을 건 내기를 하지도 않았다. 집에서 기다리고 있을 연인의 사진을 보며 자위를 하는 법도 없었다. 인간들은 확신이 없고 두려움을 느끼는 반면 알파개미들은 무자비하고 단호했다.

그런 광기의 한복판에서 여왕은 계획의 마지막 단계인 지상 동물들의 변신을 개시하기로 했다. 여왕의 지도 아래 수석과학자들은 알파개미들을 키우고, 하이메놉테라의 생명을 연장하는 데 사용한 화학 물질에서 추출한 호르몬으로 약품을 개발해 냈다. 개미들은 상수도에 그 약을 풀었다. 이 호르몬은 조류와 파충류, 양서류, 포유류에 골고루 영향을 미쳤다.

그러는 동안 개미들은 대서양에 이름 없는 섬을 만들었고, 각 대륙마다 흙으로 된 수백 개의 탑을 쌓아, 동물들만 들을 수 있는 신호를 송출했다. 뇌가 급속도로 발달한 동물들은 그 신호를 받아들였다. 필요한 기본 지식, 다시 말해 글을 읽는 법과 도구를 쓰는 법, 싸우는 법, 집단을 이루는 방법에 대한 교육이 빈번한 신호를 통해 무의식적으로 새겨진 것이다.

호르몬 주입으로 인한 첫 번째 변화가 일어났다. 제일 먼저, 동물들은 자신들을 속박하고 있던 한계에서 벗어나 스스로를 인식하게 되었다. 그들은 이제 단순히 생존하는 것이 아니라 진정으로 세상을 볼 수 있게 되었다. 일부 동물들에게 자각의 순간은 끔찍한 비극을 초래하기도 했다. 많은 동물이 창문 밖으로 뛰어내리거나 도망치다가 자동차에 치여 목숨을 잃었다. 하지만 대부분의 동물들은 찾기 힘든 공식을 겨우 발견한 것처럼 해방감을 느꼈다.

불과 하루 만에 뇌뿐 아니라 신체도 눈에 띄게 발달했다. 동물들도 말을 할 수 있게 후두부가 확장되었다. 발굽이나 날개가 없는 동물들은 앞발이 서로 마주보는 형태의 엄지손가락이 달린 손으로 변했다. 그리고 뒷다리로는 몸의 무게를 지탱할 수 있게 되었다. 이 과정에서 또 특정 동물들에게 부작용이 발생하기도 했다. 늑대들은 몸에 없던 부위가 새로 생기자 놀란 나머지 물어뜯어 내기도 했다. 하지만 이런 일은 예외적인 케이스에 해당한다. 여왕의 계산에 따르면 실패율은 4퍼센트에서 9퍼센트 정도에 그쳤다. 이제 동물들은 여왕의 충성스러운 딸들도 하지 못했던 일들을 할 수 있게 되었다. 그들은 여왕이 그랬던 것처럼 스스로를 위대한 존재로 끌어올릴 것이다.

많은 동물들이 자신이 잔인한 주인의 노예였다는 사실을 곧바로 깨달았다. 동시에 집과 농장, 실험실, 동물원과 같은 곳에서 새로운 전선이 형성되었다. 이제 인간들은 자신 앞에 우뚝 서서 무기를 휘두르거나 결연하게 노려보는 애완동물이나 가축, 실험용 동물들을 상대해야 했다. 수많은 동물들이 그런 상황에서 처음으로 새로 알게 된 단어들을 더듬거리듯 내뱉으며 말했다. "그러니까, 그래. 그럴 거야. 난 당신을 죽이려고 왔어."

동물들이 순식간에 모여들자 군대는 급속도로 커졌다. 이 문제로 애완동물이었던 동물들과 갈등이 생기는 경우도 있었지만, 인간에게 불리한 증거들이 압도적으로 많았다. 일단 인간은 동물을 잡아먹었으며, 우유와 알을 훔쳐갔다. 동물들의 땅을 침범하고, 애완동물로 만들기 위해 신체를 절단하기도 했다. 그런 반면 여왕은 뚜렷한 목적의식과 미래를 보여 주었다. 알파개미들이 그랬듯 동물들도 스스로 일어서게 되리라는 것을 알게 되었다. 이 세계의 신이 누구인지 깨달았으므로.

알파개미들의 의식이 거의 끝났다. 개미들은 여왕 앞에 말발굽 모양으로 모인 뒤 여왕이 자신들에게 새로운 운명을 내려 주기를 기다리고 있었다. 여왕의 품에는 몸집은 작지만 힘 있게 꿈틀거리는, 유일하게 남은 딸이 안겨 있었다. 새로 군사가 된 개미들은 대담하게 자신들의 의무를 받아들이려는 것처럼 보였다. 여왕은 그들에게 이야기를 전달하며 피로를 느꼈다. 딸들과 함께 보낸 짧은 순간은 그녀가 어머니와 보냈던 시간보다 훨씬 즐거웠다. 사실 여왕은 그때를 굳이 기억하고 싶지 않았다. 계속해서 땅이 흔들거리자 그녀는 무엇이 중요한지 떠올렸다. 전 세계를 마음대로 움직이고, 철천지원수인 적들을 멸종시키기 위해 수세기 동안 계획을 세웠다. 또 할머니의 전철을 밟아 실패할 수는 없다.

여왕은 더듬이로 젊은 군사와 접촉했다. 그녀의 지친 뇌에서 또 다시 그 이야기가 시작되었다. 전쟁, 샌들을 신은 사람들, 기름 냄새 속 죽음. 그리고 시간을 거슬러 '자격 없는 여왕', '사라진 여왕'에 이르렀다. 여왕은 군사에게 어머니가 살아있던 마지막 순간, 자신의 의무를 다하기 위해서 어머니를 살해해야 했던 순간까지 전부 다 전달했다.

천장에서 또 다시 쿵 소리가 울렸다. 군사들은 여왕이 마지막 남은 딸에게 왕위를 물려주기를 기다리고 있었다. 하지만 하이메놉테라는 딸에게 그럴 만한 가치가 있는지 확신하지 못했다. 이 아이에게 몇 세대 동안 자신이 지켜온 자리를 넘겨줄 만한 자격이 있는가.

그래서 여왕은 아이를 입에 물고, 머리를 으스러뜨렸다. 씹는 소리가 온 방안에 울려 퍼졌다. 모두가 그 자리에 그대로 있었다. 아무도 고개를 숙이거나 더듬이를 내밀지 않았다. 먹는 순간의 즐거움은 오래 가지 않았다. 그 대신 짙은 외로움만 남았다. 그녀는 콜로니 자체였지만 콜로니에 소속될 수는 없었다. 어쩌면 여왕이 한 실험은 단순히 말하는 동물들을 만드는 게 목적이 아니라 자신과 '자격 없는 여왕'의 가치를 만들기 위함이었을지도 모른다. 하지만 그때까지 그녀는 혼자였다.

딸의 유해를 전부 삼킨 여왕은 군사들을 한참 동안 그 자리에 세워 두었다가 해산시켰다. 그들이 떠나고 나서 여왕은 어둠 속에 앉아 어머니를 떠올렸다.

제3장

레드 스핑크스

두 달. 그는 두 달 동안 그녀를 찾아다녔다. 폐허가 된 도시에서 두 달을 헤맸다. 그녀의 체취가 발견되기를 바라며 산들바람 한 조각 놓치지 않았고, 발자국들이나 버려진 깡통들도 빠짐없이 살폈다. 하지만 흔적조차 찾을 수가 없었다.

마지막으로 음식을 먹었던 게 언제였던가? 스스로도 기억해 내기 힘들었다. 며칠은 됐을 것이다. 그래도 그에겐 매일 아침마다 처참하게 부서진 고층 건물 계단을 올라갈 수 있는 힘이 아직 남아 있었다. 그곳에 서면 뼈대만 남은 도시 전경을 360도로 볼 수 있었다. 도심 한복판에 우뚝 솟아 있는 강철과 유리로 된 오벨리스크. 많은 창문들이 깨졌고, 해가 뜰 때마다 반사면에 틈이 벌어졌다. 때문에 건물은 마치 이빨 빠진 입처럼 보였다. 세바스찬은 그 틈으로 도시를 내려다볼 수 있었다. 외로운 왕이 아무 가치도 없는 왕국을 살피는 것처럼.

세바스찬은 그 건물에서 일했던 인간들이 남겨 놓은 화이트보드에 날짜를 기록했다. 인간들도 자신처럼 했을 거라는 생각이 들었다. 그들은 무기한으로 이어질 줄 알았던 평온한 일상을 즐겼을 것이다. 그런데 바로 다음 순간 죽어라 도망치게 됐다. 아마 그렇게 하는 게 옳았을 것이다. 세바스찬 역시 그랬어야 했는지도 모른다.

그렇게 시간은 흘러갔다. 매순간이 생생했지만 가끔 그 사이에 짧은 여백이 생겼다. 옆구리의 감염된 상처를 붕대로 감을 때는 눈앞이 캄캄해지곤 했다. 거리를 터덜터덜 걸으면서 버려진 차들을 살피다가, 한 손으론 운전대를 꽉 잡은 채 다른 손으로 관자놀이에 총을 쏜 사람들을 발견한 적도 몇 번 있었다. 그때도 눈앞이 캄캄했다. 참치 캔을 깨서 상한 내용물을 걸신들린 듯 먹어치웠을 때나 쓰레기 더미 밑에서 살이 통통하게 오른 바퀴벌레를 잡아 그대로 집어 삼켰을 때, 그럴 때도 앞이 캄캄해졌다. 잠들어 있는 시간과 망각의 고마움을 느꼈다.

그동안 세바스찬은 많은 것을 배웠다. 그는 이제 자기가 습득한 지식과 어느 순간 갑자기 알게 된 정보들의 차이를 말할 수 있게 되었다. 예전 신문을 읽거나 반복적으로 흘러나오는 마지막 비상 라디오 방송을 들으면서 세바스찬은 대니얼이 말했던 전쟁과 개미, 동물들에 대한 이야기가 사실이라는 것을 알게 되었다. 방송은 노래 몇 곡을 틀어 주는 것으로 끝났다. 그 곡들은 눈앞에 닥친 멸망을 모른 채 사랑과 행복을 노래했다. 그러다 다시 반복되는 구간의 처음으로 돌아가 엄격한 남자 목소리로 종말을 알렸다.

세바스찬은 눈에 보이는 건 무엇이든 읽었다. 그리고 자신의 머릿속에서 단어들이 잡초나 곰팡이들처럼 점차 늘어나는 것을 느꼈다. 생물학 교과서를 읽은 직후라 곰팡이에 비유한 것이다. 도심의 건물들 중에는 벽마다 책이 천장까지 쌓여 있는 곳이 몇 군데 있었다. 그중에는 마음에 드는 책들도 있었다. 기사와 용이 나오는 이야기들이었다. 만화책도 있고, 숫자와 방정식이 가득한 책들도 있었다. 그런 식으로 정보를 습득한다는 게 이상하기만 했다. 어쩐지 자신이 도둑처럼 느껴질 때도 있었다. 그리고 가끔은 책을 읽다가 그 문단 자체가 그대로 튀어 나와 자기 머릿속에 흡수되기를 바랄 때도 있었다.

그러면서 세바스찬은 자신이 귀한 시간을 낭비하고 있다고 느끼곤 했다. 그가 인간들이 입는 망토에 관한 그림책을 읽고 있을 때 시바는 어디선가 죽어가고 있을지도 모르니. 하지만 그로서는 책들을 구하기가 어려운 상황이라 어쩔 수 없었다. 세바스찬은 수면 부족 상태였다. 다시 책을 읽을 때까지 기다리기가 힘들었기 때문이다. 눈을 떴을 때 옆에 놔두었던 책들이 그대로 있는 걸 보고 그는 매번 깊은 안도감을 느끼곤 했다.

하지만 그렇게 지식을 습득한 덕에 그의 머릿속에는 많은 것들이 남게 되었다. 숫자와 기초적인 어휘, 다양한 생물종의 이름들, DNA 염기쌍. DNA가 무엇인지 구체적으로 파악하지는 못했지만 그는 자신이 DNA로 만들어졌을지도 모른다고 생각했다. 아니면 그 자신의 일부가 DNA로 구성되어 있는 것일 수도 있다. 허나 확실하지 않았다.

인간들은 온종일 이런 일들을 겪었던 것일까? 그들의 광범위한 뇌는 이해할 수 없거나 잊어버리지 못하는 사소한 사실 때문에 내내 고통 받았던 것일까? 만일 그런 거라면 대니얼 같은 인간이 미치고 만 것도 말이 된다는 생각이 들었다.

주인을 죽였던 그날, 세바스찬은 피난민들로 아수라장이 된 시내 쪽으로 향했다. 사방에 사람들이 있었다. 지붕에 짐을 끈으로 묶거나 트렁크에 가득 실은 차들도. 군용 운송 차량은 이미 죽은 사람 같은 눈을 하고 있는 해병들을 전쟁터로 실어 나르고 있었다. 피난민들은 한 손으로는 피가 흐르는 옆구리를 누른 채 다른 한 손엔 라이플을 들고 있는 커다란 고양이가 나타난 것을 보고 기절할 만큼 놀랐다. 군사들이 거대한 개미탑에 불을 지르자 콘크리트와 아스팔트가 부서졌다.

세바스찬은 도로 옆에 죽어 있는 동물들을 보았다. 그는 사람들과 거리를 두기로 했다. 어쨌든 적진에 들어와 있는 상태였으니까. 도심에 도착한 뒤에는 대니얼과의 싸움에서 다친 상처가 나을 때까지 고층 건물에 숨어 있기로 했다. 피를 많이 흘린 데다 감염 때문에 열까지 나고 있는 상황이라 며칠 쉴 수밖에 없었다. 다시 시바를 찾아 나설 수 있을 정도로 몸이 회복된 뒤 세바스찬은 시내가 텅 비어 있다는 것을 알게 되었다. 바로 그때 새로운 생명체와 마주쳤다. 폭스바겐 자동차 크기의 개미였다.

개미는 뒷다리로 서서 보도를 따라 걷고 있었다. 세바스찬은 개미가 지나가는 동안 버스 뒤에 몸을 숨겼다. 개미가 발을 질질 끌며 바로 앞까지 다가왔다. 갑자기 버스가 흔들렸다. 세바스찬은 몸을 돌리면서 버스 지붕 위쪽에서 자신을 내려다보고 있는 개미를 향해 라이플을 조준했다. 개미는 더듬이를 팔처럼 이용해 세바스찬을 붙잡으려고 했다. 그 개미의 몸은 작은 개미들로 뒤덮여 있어 한 번 움직일 때마다 기름이 흘러내리는 것처럼 보였다. 그런데 개미는 갑자기 멈춰 서서 탐색하는가 싶더니 그냥 자리를 떠났다.

세바스찬은 그런 식으로 몇 번인가 개미들과 마주친 뒤로 그들이 위협적이지 않다는 것을 깨달았다. 그들은 자신 같은 부류가 아니라 진짜 인간들을 쫓고 있었다.

고층 건물의 지정석에서 밑을 내려다보며 세바스찬은 계속 이런 식으로 해선 안 된다는 것을 깨달았다. 그는 자신이 서쪽으로 왔다고 생각했다. 하지만 그 일대 전체를 담은 지도를 보니 '서쪽'은 몇 천 킬로미터나 펼쳐져 있는 광범위한 지역이었다. 처음 그 지도를 보고 세바스찬은 하마터면 울 뻔했다.

이제는 어떻게 해야 할까. 그는 생각했다. 강둑 쪽에서 새로운 전투가 시작되었다. 강과 개미탑들이 쌓여 있는 건너편에 몇 주일 동안 포병대가 진을 치고 있었다. 지금 떠나는 건 안전하지 않다. 곳곳에 불발탄과 파편들이 넘쳐나는 데다, 그는 이미 대형 개미가 골목 구석 소화전 바로 옆에 있던 발사체를 시험 삼아 터트린 것을 본 적이 있었다. 발사체가 폭발하자 개미는 그대로 사라져 버렸고, 깨진 파이프에서 뜨거운 물이 솟아올랐다.

어느 날 아침 세바스찬은 창문을 내다보다가 개미들이 강둑을 점령한 것을 보았다. 거대한 개미들이 느린 동작으로 보통의 곤충들이 흔히 하듯 구획별로 정찰을 하고 있었다. 인간들은 흔적도 보이지 않았다. 개미들이 판 함정에 걸려들어 비명 한 번 지르지 못한 채 잡아먹힌 것이 분명했다.

세바스찬은 시바가 도망쳤다면 저런 장애물을 어떻게 뚫고 지나갔을지 궁금했다. 만일 그녀가 그를 찾는다면? 자신이 시바를 찾기 위해 그랬던 것처럼 그녀도 부근의 지리가 한눈에 내려다보이는 높은 곳에 올라갔을까? 시바도 이렇게 외로웠을까? 두려웠을까? 세바스찬은 시바에게 닥쳤을지도 모를 끔찍한 일들을 떠올리자, 차라리 죽은 게 나을지도 모른다는 생각이 들었다. 하지만 그에게 남아있는 유일한 의문은 어째서 그녀가 아니라 자신이 여태껏 살아있는가 하는 것이었다.

일주일 뒤 날씨가 점차 추워지고 개미들이 굴로 돌아가자, 세바스찬은 서쪽으로 떠나기로 마음먹었다. 그곳 황야에서 시바를 찾으러 다닐 것이다. 물론 그녀를 찾지 못할 수도 있고, 그냥 어딘가에서 얼어 죽을지도 모르지만.

그는 고속도로를 따라 걸었다. 경사로가 있던 구역은 격한 폭발로 인해 끊어진 상태였고 다리의 골격을 이루던 금속 막대들이 부러진 뼈처럼 툭 튀어나와 있었다. 세바스찬은 아래쪽으로 내려가다가 끝에 가서는 몇 십 센티미터 높이에서 뛰어내렸다. 아래로 내려가자 동물들의 냄새가 코를 찔렀다. 그는 꼬리를 치켜들고 귀도 쫑긋 세웠다. 바람이 불자 냄새들이 사라졌다. 세바스찬은 그 자리에서 한참 동안 기다렸다가 다시 발걸음을 옮기기 시작했다.

"시바."

세바스찬이 중얼거렸다. 그는 시바라는 발음을 재닛이 하던 대로 숨찬 소리로 속삭이듯 따라했다.

"시바!"

그가 소리쳤다. 메아리가 울려 퍼졌다. 그는 계속해서 시바의 이름을 소리쳐 불렀다. 아무도 듣지 못하더라도, 소리 내어 말하는 것만으로 기분이 좋았다. 하지만 이 소리를 들었다고 해도 시바가 대답할 수 있을까? 그녀가 그의 이름을 어떻게 알겠는가?

세바스찬의 앞에 골목 너비만큼 커다란 구덩이가 나타났다. 그 위로 차가 지나다닐 수 있도록 누군가 금속 대들보를 두 개 걸쳐 놓았다. 세바스찬은 어깨에 라이플총을 걸치고, 왼쪽 대들보 위로 올라갔다.

"내가 갈게, 시바."

그가 다시금 속삭였다.

세바스찬은 대들보 위를 절반쯤 건넜을 때 다시 이상한 냄새를 맡았다. 고양이 한 마리, 아니 두 마리…… 세 마리인가. 누군가 지켜보고 있었다. 그는 자리에 서서 기습에 대비했다. 대들보가 흔들리면서 아스팔트 위에 금속이 긁히는 소리가 들렸다. 대들보 위에서 굴러 떨어지지 않기 위해 그는 눈에 보이는 건너편 대들보 위로 넘어갔다. 그때 누군가 대들보를 뒤집어 버렸다. 세바스찬은 결국 발 디딜 곳을 찾지 못하고 그대로 미끄러져 아래로 떨어졌다. 3미터가 넘는 구덩이 밑에 네 발로 힘겹게 착륙했다.

"안 돼."

누군가 위에서 말하는 소리가 들렸다. 세바스찬은 라이플을 들고 위쪽을 겨냥했다. 역광에 비친 실루엣을 보니 고양이 다섯 마리였다. 전부 세바스찬처럼 똑바로 서 있었다. 각각 손에 라이플을 들었고, 완전한 손가락 형태로 변한 앞발이 방아쇠 주변을 더듬고 있었다. 그들은 인간 군사들처럼 배낭을 메고 벨트를 한 모습이었다. 배낭은 죽은 사람들에게서 가져온 게 분명해 보였다.

라이플이 점점 무겁게 느껴졌지만 그래도 세바스찬은 그것을 계속 치켜들었다. 다른 고양이들은 각자 자기 총을 어깨에 걸치고 있었다. 그들이 유리했다. 더 안 좋은 점은 자기가 저들이 판 함정에 스스로 빠져 버렸다는 것이었다. 저들은 한참 동안 세바스찬을 지켜보고 있었을 것이다. 만일 저들도 자신만큼 허기가 진 상태라면 세바스찬은 고양이들의 저녁거리가 되어 버릴 수도 있었다.

"계속 우리한테 총을 겨누고 있을 거야?"

고양이들 중 한 마리가 말했다.

"그러는 너흰 왜 내 앞길을 가로막는 건데?"

세바스찬이 응수했다. 그러자 고양이들이 총부리가 흔들릴 만큼 크게 웃음을 터트렸다.

"저 고양이는 자기가 뭐라고 생각하는 거지?"

고양이들 중 한 마리가 물었다.

"우린 널 해칠 생각이 없어."

다른 고양이가 말했다. 무리 중 가운데 서 있는 키 큰 검은 고양이로, 암컷이었다.

"믿을 수 없어."

세바스찬이 말했다.

"마음대로 해. 하지만 총은 그만 내리는 게 어때?"

검은 암컷 고양이가 답했다.

"그건 안 되겠는데. 나도 너희를 해칠 마음은 없어. 그냥 지나가게 해 주기만 하면 돼."

세바스찬이 말했다.

"그 전에 얘기부터 하고 싶은데."

"지금 하고 있잖아."

"시바가 누구야?"

"내 친구야."

세바스찬은 암컷 고양이 왼쪽에 서 있던 고양이가 투덜거리는 소리를 들었다. 수컷으로, 등과 어깨는 검은색 털이고 발은 흰 털로 덮여 있었다. 그래선지 작은 슬리퍼를 신은 것처럼 보였다. 혐오스러워 하는 것 같기도 하고 재미있어 하는 것 같기도 했다. 어쨌든 세바스찬으로선 어느 쪽인지 알 수 없었다.

고양이들은 모두 훈련을 제대로 받았는지 완벽한 자세로 라이플을 들고 있었다. 암컷 고양이가 제일 먼저 총을 내렸다. 그녀는 다른 고양이들에게도 총을 내리라고 손짓했다.

세바스찬은 계속 라이플을 든 채로 암컷 고양이의 초록색 눈 사이를 정확하게 겨냥하고 있었다.

"가는 정이 있으면 오는 정도 있어야지?"

가운데 있던 고양이가 말했다.

"그럴 생각 없어. 그만 물러나."

"정말 우리한테 묻고 싶은 게 없어? 너도 들어 보면 흥미가 생길 텐데……."

"물러서라고 했어."

검은색과 흰색 털이 섞인 고양이가 큰 소리로 웃기 시작했다.

"좋아. 그건 그렇고, 이게 뭔지 알아?"

암컷 고양이가 배낭에서 작은 플라스틱 상자를 꺼내 세바스찬에게 내밀었다.

바로 그 순간에 그 고양이를 쐈어야 했다. 하지만 세바스찬이 상황을 짐작조차 하기 전에 암컷 고양이는 방아쇠를 당기는 것처럼 그 상자를 꾹 눌렀다. 그 안에서 전선 두 줄이 튀어나오더니 세바스찬의 털에 달라붙었다. 그의 온몸에 전기가 통했다. 근육이 경직되어 꼼짝도 하지 않았다. 귀에 거슬리는 폭음이 귓가에 울렸다. 그 소리가 너무 커서 들고 있던 라이플이 발사됐다고 생각했을 정도였다. 전선이 세바스찬의 피부를 관통한 부위에서부터 동심원으로 칼에 찔린 것 같은 파동이 퍼져 나갔다. 바닥이 벌떡 일어서는 것처럼 보였다.

그리고 언제나처럼 고마운 존재인 잠과 망각이 찾아왔다.

정신이 들자마자 세바스찬은 자기가 전신주에 묶여 있다는 것을 깨달았다. 팔을 비롯해 온몸이 팽팽한 나일론 줄로 결박되었다. 꼬리는 하수구로 통하는 쇠살대 쪽에 따로 묶여 있었다. 꼬리를 이용해 전신주에서 빠져나오지 못하게 하기 위해 그런 것이다. 이곳에 잡혀온 고양이가 세바스찬이 처음은 아닌 모양이었다.

조금 뒤, 세바스찬은 해가 기울어가고 있다는 것을 알아차렸다. 이 꼴이 된 지 대여섯 시간이 지났다는 뜻이었다. 어쩌면 저들이 약을 먹였을지도 모른다. 그렇게 오래 잤는데도 피곤한 걸 보면 말이다. 만일 저들이 자신을 잡아먹을 작정이라면 되도록 빨리 끝내 주기만을 바랐다. 몸을 묶고 있는 줄이 너무 꽉 조여 괴로웠다.

길 건너편에는 시멘트 기둥과 흰 계단이 있는 건물이 있었다. 법원? 금융기관? 용도는 알 수 없었다. 건물 정면은 폭발로 날아가고, 계단 위에는 잔해만 쌓여 있었기 때문이다. 그 건물 지붕 위에 고양이 무리가 괴물 석상처럼 우뚝 서 있었다. 그들은 이 지역을 정찰하던 대형 개미들이 하던 방식과 똑같이 서 있었다. 어쩌면 시바도 저들에게 붙잡혔을지 모른다는 생각이 들었다. 세바스찬은 다른 생각을 하려고 노력했지만 시바가 이 전신주에 묶여 있는 광경이 머릿속에서 지워지지 않았고, 그녀가 집에 돌아갈 수 있을지 자꾸만 걱정이 되었다.

다시 잠에서 깨어나자 이번에는 아침이었다. 눈을 떴지만 아직 초점이 맞지 않아 눈앞이 흐릿했다. 뭔가 축축하고 차가운 것이 입술에 닿았다.

세바스찬은 고개를 돌렸다.

"자, 뭐라도 좀 먹어야지."

누군가의 목소리가 들렸다.

검은색과 흰색 털이 섞인 고양이. 전날 그를 보며 코웃음 치다 나중엔 웃음을 터뜨렸던 그 수컷 고양이였다. 고양이는 세바스찬의 입술에 참치가 담긴 숟가락을 대 주었다. 수술용 마스크와 고글로 얼굴을 감춘 상태였다. 사람들이 끼던 수술용 장갑도 끼고 있었다. 고양이의 울퉁불퉁한 관절 때문에 장갑이 손에 잘 맞지 않았다. 왼쪽 이두박근에는 빨간색 동그라미가 그려진 검은색 완장을 둘렀다. 동그라미 안에는 세바스찬이 모르는 동물이 그려져 있었다. 사람 얼굴에, 날개가 달린 고양이였다.

다른 고양이들은 건너편 건물 지붕 위에 그대로 서 있었다. 햇빛을 받아 고양이들의 털이 반짝거렸다.

"어째서……, 어째서 내가 여기 있는 거지?"

세바스찬이 중얼거렸다.

"상당히 실존주의적인 질문이네."

그 고양이가 말했다. 그러곤 숟가락으로 세바스찬의 입술을 톡톡 쳤다. 어쩔 수 없이 세바스찬은 참치를 받아먹었다. 고양이가 다시 참치를 숟가락에 담아 세바스찬의 입에 밀어 넣었다.

'실존주의.' 세바스찬은 곱씹었다. 자신은 모르는 말이었다. 존재와 관련이 있는 건가? 하지만 어차피 모든 건 그 범주 안에 들어간다. 이 고양이는 지금 그를 놀린 것이다.

"날 보내 줘."

세바스찬이 말했다.

"안 돼. 우린 널 관찰해야 하니까."

"어째서?"

"감염됐을 가능성이 있으니까."

고양이는 세바스찬이 엄청나게 바보 같은 질문을 했다는 양 대답했다.

"뭐에 감염된다는 거야?"

세바스찬이 여전히 참치를 씹으며 물었다.

"EMSAH."

"EMSAH가 뭔데?"

고양이가 세바스찬을 가만히 응시했다. 그리곤 참치 통조림을 옆으로 던진 뒤, 건물 쪽으로 돌아섰다.

"이 친구는 EMSAH가 뭔지 모른다는데!"

지붕 위에 있던 검은 고양이가 지붕 끝으로 다가와선 계속하라는 듯 손짓을 했다. 그러곤 팔짱을 꼈다.

검은색과 흰색 털이 섞인 고양이가 배낭에서 물병을 꺼내 세바스찬에게 내밀었다. 세바스찬은 혓바닥을 길게 내밀어 물을 핥았다.

"인간들이 동물들에게 바이러스를 감염시켰어. 일종의 무기였던 거지. 생화학 무기. 생체시스템을 완전히 파괴할 수 있는 바이러스야. 아주 미치게 만드는 거지. 우린 아직 그 바이러스가 어떻게 전염되는지 파악하지 못했어. 치료약도 없고."

그 고양이가 말했다.

물을 다 마신 세바스찬이 대답했다.

"난 감염되지 않았어."

"시내에서 지냈으면 감염되지 않았을 리가 없어. 그리고 이유 없이 '시바'라고 소리치지도 않겠지. 내 귀에는 EMSAH에 걸린 자가 외치는 소리처럼 들렸어."

고양이는 물병을 배낭에 집어넣고 생각에 잠겼다. 그러다 생각이 바뀌었는지 물병을 다시 세바스찬 옆에 내려놓았다.

"네가 감염되지 않았다면 잠시만 기다리면 될 거야. 이제 곧 우리도 알게 될 테니까."

세바스찬은 고양이에게 잠깐만 기다려 달라고 부탁했다. 하지만 그는 세바스찬의 말을 듣지 않고 그대로 자리를 떠났다. 다시 정적이 흘렀다. 해가 이미 중천에 떠 있었다. 다른 고양이들은 여전히 지붕 위에 서 있었다.

그렇게 또 하루가 지났다. 검은색과 흰색 털이 섞인 고양이는 보호 장비를 갖춰 입고 세바스찬에게 먹을 걸 가져다주었다. 그런 뒤에는 다시 안전 거리에 위치한 건물로 돌아갔다. 그가 정말 의사로서 자격이 있는지는 불분명했지만.

세바스찬은 EMSAH에 대해 더 많은 정보를 모았다. 그 '의사'의 말에 따르면 자기네 군사들이 최근에 감염된 개들과 마주쳤는데, 그 불쌍한 동물들을 안락사 시킬 수밖에 없었다고 했다. 세바스찬과 달리 그 개들은 전부 질병의 증상이 뚜렷하게 나타났다고 했다. 입에 거품을 물고, 눈은 핏줄이 터지고, 제 몸을 끊임없이 긁어 대는 바람에 악화된 상처들이 아물지 않았다고 했다.

최후의 증상은 종마다 다양했다. 고양이들은 종종 의식하지 못한 채로 상처를 긁다가, 때로는 발톱으로 자기 눈을 멀게 만드는 경우도 있다고 했다. 세바스찬은 자신에겐 그런 증상이 없다고 주장했다.

"그 점이 이상하긴 해. 증상이 하나도 보이지 않으니 말이야. 그렇지만 넌 계속 혼자 있었고, 대화할 상대도 없었어. 그러니 중간 단계는 건너뛰고 바로 미칠 수도 있다는 거지. 만일의 상황을 무시할 수 없어."

고양이가 말했다. 그의 말에 따르면 문제의 바이러스에서 가장 흥미로운 것이 바로 이 점이라고 했다. 마지막 단계에 이르면 뇌가 완전히 바뀐다는 것이다. 희생자들은 긴장성 좀비가 되거나 사이코패스가 될 수도 있다. 후자의 경우는 빈번하게 나타나는데, 그 개들을 처리할 수밖에 없었던 이유이기도 했다. 고양이들이 세바스찬을 살려 둔 것은 이 생화학 무기에 대해 좀 더 많은 정보가 필요했기 때문이었다. 어떤 변이 증상이든 기록하고 연구해야 했다. 이 전쟁을 끝낼 수 있는 단 하나의 돌파구는 뜻하지 않은 곳에서 나타날 수 있으니까.

"좋은 소식이 있어. 만일 네가 EMSAH에 걸렸다면 내가 첫 번째로 해부하는 고양이가 될 수 있다는 거. 보통은 개미들이 시신들을 다 치워 버리거든. 물론 안전을 위해 그런 거지만 말이야. 그래서 이번이 내가 이 질병을 가까이에서 살펴볼 첫 번째 기회라는 거지."

고양이가 말했다.

세바스찬은 그 말을 무시했다. 대신 감염됐다는 개들을 떠올려 보았다. 그 개들도 똑바로 서서 걸었을까? 개들을 한 줄로 세워놓고 총살한 걸까?

그들 중에 시바도 있었을까?

그는 이제 개에 관한 이야기를 들을 때마다 시바를 떠올려야 하는 운명인 걸까?

고양이가 세바스찬에게 이름을 물었다. 세바스찬은 이름이 없다고 대답했다.

"애완동물이었던 것 같은데. 아닌가? 앞발톱도 뽑혀 있고, 중성화한 흔적도 있는 걸 보면 말이야."

그 고양이가 세바스찬의 생식기를 가리키며 말했다.

세바스찬은 그가 말하는 '중성화'가 거세를 의미한다는 것을 알았다.

"난 이름이 없어."

세바스찬이 다시 말했다.

"난 티베리우스야. 잠깐이긴 했지만, 나도 애완동물이었어. 하지만 전쟁이 일어나기 2년 전부터 혼자 살았지."

고양이는 그렇게 말하고서 건물 지붕 위에 서 있는 다른 고양이들을 가리켰다.

"우리 모두 어느 순간까지는 세상을 떠돌면서 살았어. 티베리우스는 내 노예 시절 이름이 아니야. 내가 그 이름을 골랐어. 만일 너도 여기서 살아남게 된다면 네 이름을 직접 지을 수 있게 될 거야."

"내가 살아남을 경우에 그렇단 말이지."

세바스찬이 말했다.

"네가 EMSAH에 걸렸다면 그런 건 아무래도 좋을 거야. 내 말 믿어."

티베리우스는 세바스찬이 중성화되었다는 사실 때문에 병에 걸렸을 확률이 더 높다고 생각했다. 거세된 동물들, 그러니까 애완동물들이었던 동물들이 EMSAH에 걸리기 쉽다는 소문이 있었기 때문이다. 물론 사실로 입증된 건 아니었지만 티베리우스로선 어떤 상황에든 대비해야만 했다.

"우리 같은 경우에는 신뢰를 얻으려면 남들보다 더 열심히 해야 하지."

티베리우스가 말했다.

"날 여기 얼마나 더 묶어 둘 셈이야?"

"컬드삭이 돌아올 때까지. 그가 대장이야."

세바스찬은 그때가 언제인지 물었다. 티베리우스는 컬드삭에게 달려 있다고 대답했다.

"그는 콜로니를 대변하고 있거든."

"콜로니?"

"개미들. 몰랐어? 여왕이 전쟁을 시작했잖아. 우린 여왕이 이 전쟁에서 승리할 수 있게 돕고 있는 군사들이지. 그 보답으로 우리가 이 지상 세계를 차지하게 될 거야."

티베리우스가 말했다.

세바스찬도 물론 개미들에 대해서는 알고 있었다. 하지만 길에서 본 버려진 신문과 현수막에 콜로나나 여왕이라는 단어는 없었다. 어떤 목적도 죄책감도 없이, 그저 정신없이 날뛰는 곤충 무리에 관한 이야기들뿐.

"여왕은 이 전쟁을 왜 시작한 건데?"

세바스찬이 물었다.

"인간들이 너무 위험하니까. 아까 EMSAH에 대해 말했지? 그조차도 인간들이 우리를 상대로 저지른 아주 작은 범죄일 뿐이야. 우린 인간들과 싸워야 해. 그렇지 않으면 죽거나 노예가 될 테니까. 이제 너도 우리와 합류하게 될 거야."

"아니."

"물론 내가 널 해부하는 일이 없을 경우에 말이지만."

"그럴 일 없을 거야."

티베리우스가 이곳에 너무 오래 있었던 모양이다. 검은색 암컷 고양이가 쉿 소리를 내더니, 빨리 건너오라고 손짓을 했다. 세바스찬은 티베리우스가 한 말 중에 자신이 알아서는 안 되는 뭔가가 있는 건지 궁금했다. 티베리우스는 마지막으로 한마디 남기고 건너편 건물로 건너갔다.

"잘 버텨 봐, 집고양이."

한밤중이었다. 지난 며칠 동안 쇠살대에 묶인 꼬리를 계속 꿈틀거린 끝에 끈이 거의 풀렸다.

바로 그날 밤, 세바스찬은 인간을 보았다.

거대한 새가 급강하하는 것처럼 머리 위에서 펄럭거리는 소리가 들렸다. 뭔가가 별들 사이를 활공하고 있었다. 대형 삼각형 모양의 반투명 천으로, 아래쪽에 누군가 매달려 있었다. 비행하던 물체가 두 블록 떨어진 곳에 내려앉았다. 세바스찬은 그 삼각천이 인간 한 명이 탈 수 있는 엔진 없는 비행기의 일종이라는 것을 알아차렸다. 착륙한 남자는 글라이더를 위성 안테나 뒤에 숨겼다. 그리고 쌍안경으로 주위를 살피더니 무전 장치로 뭔가 속삭였다. 그런 뒤 남자는 그곳을 떠났다.

몇 시간 동안 세바스찬은 이 사건이 자신을 자유롭게 해 줄 계기가 돼 주지 않을지 생각해 보았다. 하지만 티베리우스가 했던 이야기가 떠올랐다. 동물들은 인간들과 전쟁 중이었고 인간들이 동물들에게 어떤 바이러스를 퍼트렸다고 들었다. 세바스찬 또한 자신도 모르는 사이에 그 바이러스에 감염되어 있을 수 있었다.

시바도 감염되었을지 모른다.

이번에도 역시 그 생각이 세바스찬의 뇌리에 떠올랐다. 시바에 대한 생각은 기생충이나 티베리우스가 무서워하는 그 바이러스처럼, 세바스찬의 의사와는 상관없이 자기들이 원하는 아무 때나 불쑥 나타났다.

세바스찬은 꼬리를 묶어 놓은 줄에서 벗어나기 위해 애를 썼다. 그리고 마침내 꼬리를 **빼냈다**. 그는 며칠 만에 자유를 되찾은 꼬리를 시바가 그랬던 것처럼 흔들었다. 옛 친구에 관해 무작위로 떠오르는 기억들을 막을 방법은 없었다. 어떤 경우에도 시바는 세바스찬과 함께 있었다.

해가 뜬 직후에 컬드삭이 도착했다. 바로 그때 세바스찬은 전신주에 묶인 채로 바닥에서 1미터가량 높이까지 올라간 상태였다. 하지만 더 이상은 올라갈 수 없었다. 몸을 묶고 있는 밧줄의 길이 때문이었다. 그는 어떻게든 밧줄을 느슨하게 만들기 위해 애를 썼지만 아무 소용없었다. 밧줄로 세바스찬의 손목과 발목을 두 겹으로 묶어 둔 탓이었다. 힘겹게 전신주 위로 올라가기까지 해보았지만 밧줄은 전혀 느슨해지지 않았다. 그는 전신주의 나무에 뒷발톱을 박아 그 자리에서 버티고 있었다.

컬드삭은 그 전신주 아래에서 검은색 암컷 고양이와 그녀의 부하들을 만났다. 다른 고양이들은 검은 고양이에게 경례를 했고 검은 고양이는 컬드삭에게 경례를 했다. 컬드삭은 단순한 길고양이가 아닌 보브캣*으로, 다른 고양이들보다 훨씬 컸다. 윤기가 흐르는 검은색 얼룩무늬의 옅은 갈색 털을 가지고 있었다. 그가 원래 지내던 황야에서 생활할 때 위장하기 좋은 색이었다. 커다란 머리에는 암회색 귀가 뿔처럼 솟아 있었다. 컬드삭은 권총과 세바스찬이 모르는 여러 가지 도구가 달려 있는 벨트와 검은색 완장을 차고 있었다.

---

*북미에 서식하는 야생고양잇과 들짐승

"거기서 뭐하는 거지?"

컬드삭이 세바스찬에게 물었다.

"댁 친구들한테 물어봐."

"우리는 널 보호하기 위해서 그런 거야. 우리 자신을 지키기 위해서기도 하고."

컬드삭이 말했다.

"증상을 보였어요."

검은색 암컷 고양이가 컬드삭에게 속삭였다.

"그렇게 보이지 않는데."

컬드삭이 말했다.

"망상 증상이 있어요. 이상한 말을 하고요."

"그래서 이틀 동안 묶어 두었단 말이군."

"시바에 대해 물어보세요. 우리가 저자를 찾았을 때 시바라는 이름을 부르짖고 있었거든요."

검은색 고양이가 말했다.

컬드삭은 전신주 앞으로 다가와 세바스찬을 쳐다보았다.

"난 컬드삭이라고 하네. 이쪽은 내 오른팔인 루나."

검은색 고양이가 고개를 끄덕였다.

"내 이름은 묻지 마. 난 이름이 없으니까 대답해 줄 수 없거든."

세바스찬이 말했다.

"좋아. 하지만 시바가 누군지는 말해 줄 수 있겠지?"

보브캣은 세바스찬이 불안정한 상태라는 것을 알아차리고 편안하게 대해 주었다. 컬드삭은 인간처럼, 그것도 끝없이 반복되던 뉴스 방송을 전하던 앵커처럼 말했다. 그 사이 세바스찬은 자꾸만 늘어나는 어휘들 때문에 고군분투하는 중이었다. 그건 묶여 있는 상태라는 점고 마찬가지로 세바스찬에겐 엄청난 약점이었다.

"댁 친구들한테 이미 말했는데. 난 시바를 찾고 있어."

세바스찬이 말했다.

"지난 몇 주일 동안 이 시내에는 아무도 없었다네."

"난 어젯밤에도 봤는데."

"뭘 봤다는 거지?"

"인간을 봤어."

그 자리에 있던 모두가 놀랐다. 갑자기 침묵이 흘렀다. 고양이들은 서로 쳐다보고만 있었다. 그 모습을 보면서 세바스찬은 포로의 입장이었음에도 불구하고 자기에게 힘이 생긴 것 같은 느낌을 받았다.

"그럴 리가 없는데."

그들 중 하나가 말했다.

"어디서 인간을 봤지?"

컬드삭이 물었다.

"그 인간은 뭔가…… 삼각형 같은 걸 타고 날아왔어."

"내가 말했잖아요. 병균을 퍼뜨리기 전에 저 동물을 처리해야 한다고."

루나가 비웃으며 말했다.

세바스찬이 전에 봤던 책들 중에 나왔던 표현이었다. '그자를 처리하라.' 루나는 인간들에게서 그 표현을 훔친 것이 분명했다.

그녀는 혼자서 재미있어하다가 컬드삭이 자신을 노려보고 있다는 사실을 깨달았다.

"저 동물은 우리 일족이야."

컬드삭이 그렇게 답한 뒤 세바스찬에게 말했다.

"이곳에 인간은 단 한 명도 없어. 개미들이 전부 다 쫓아냈으니까. 그래서 우린 강 건너편에 남아있는 군대와 합류할 작정이었지. 그러다 널 발견한 거야."

"난 댁들이 못 가게 막은 적 없어."

세바스찬의 말에 컬드삭과 루나가 시선을 주고받았다.

"잠깐만 기다려 주시죠."

티베리우스가 무리를 뚫고 나와 컬드삭 앞으로 나서며 말했다.

"지금 무슨 생각을 하고 있는지 압니다. 이자를 여기 남겨두고 갈 순 없어요."

"네 말이 맞아. 그래서 처리해야 하는 거야. 가장 확실한 방법이니까."

루나가 말했다.

"대장, 그건 안 됩니다."

티베리우스가 컬드삭에게 말했다.

"맞아. 티베리우스 말을 들어야지."

세바스찬의 말에 티베리우스가 움찔 놀랐다. 그 사이 다른 고양이들은 웃음을 터트렸다.

"지금 뭐라고 했나?"

"저 친구 말을 들으라고 했어."

컬드삭의 물음에 세바스찬이 대답했다.

"아니, 지금 저 친구를 뭐라고 부른 거지?"

"티베리우스?"

그러자 그들은 또 다시 큰 소리로 웃었다. 티베리우스는 수치심을 억누르며 중얼거렸다.

"삭스야."

그러자 더 많은 야유와 조롱이 쏟아졌다.

"이제 알겠지만, 너도 레드 스핑크스 대원이 되려면 이름이 있어야 할 거야."

컬드삭이 세바스찬에게 말했다.

"레드 스핑크스가 뭔데?"

세바스찬이 물었다.

"우리가 바로 레드 스핑크스야. 여왕을 위해 싸우는 길고양이 부대지. 인간들을 죽이는 걸 아주 좋아한다네."

컬드삭이 자기가 차고 있는 완장을 가리키며 대답했다. 그 말에 고양이들은 껄껄거리며 웃었고, 그중 몇 몇은 수긍한다는 듯 고개를 끄덕였다.

"그래서 삭스는 인간의 노예일 때 쓰던 이름은 여기서 쓸 가치가 없다고 생각하지."

컬드삭이 말했다.

"난 댁들이 레드 스핑크스든 뭐든 상관없어. 내 말을 듣긴 한 거야? 여기서 인간을 봤다고 했잖아."

세바스찬이 말했다.

"난 저 친구 말을 믿어."

티베리우스가 말했다.

"넌 가만히 있어."

루나가 티베리우스에게 쏘아 붙인 뒤 컬드삭을 돌아보며 말했다.

"대장, 이제 결정을 내려야 해요. 이미 저쪽과 합류하는 게 많이 늦었어요."

"우린 여기 머문다."

컬드삭은 루나가 대꾸하기 전에 다시 말을 덧붙였다.

"지시사항을 변경한다. 우린 이곳에 남아 이상 활동을 조사하고 보고할 거야."

"하지만 여긴 아무것도 없는데요."

컬드삭은 세바스찬을 쳐다보는 것으로 대답을 대신했다.

"이자 말인가요?"

루나가 물었다.

"이자의 상황을 확인해. 삭스가 EMSAH에 대해 연구하고 싶어 했지. 하고 싶은 대로 해봐."

컬드삭이 대답했다.

그 말에 티베리우스는 기운을 되찾았다.

"우린 EMSAH 발병의 최전선에 있어요. 이 바이러스에 대해 제대로 알아야 할 필요가 있습니다. 그래서 이자의 상태를 6시간마다 확인해야 하는 겁니다."

"정말 이곳에 인간이 있다고 생각하는 겁니까?"

루나가 물었다.

"그러길 바랄 뿐이지. 한동안 먹을 걸 구하지 못했으니까."

컬드삭이 길 건너편 건물 쪽으로 걸어가기 시작하면서 대답했다.

"대장, 지금 어디 가는 겁니까?"

"네 말대로 여기가 정말 조용하다면 좀 쉬어야겠어."

"알았습니다."

다른 레드 스핑크스 대원들은 모두 전신주 아래에서 기다리고 있었다. 루나가 말했다.

"네가 거기 올라가 있는 동안엔 먹을 걸 줄 수 없어."

"달라고 한 적 없는데."

세바스찬이 대답했다.

루나는 그 말을 못 들은 척하더니 건너편 건물 쪽으로 향했다. 다른 대원들도 그 뒤를 따라갔다. 티베리우스가 가장 마지막으로 그들 뒤를 따랐다. 그는 건물 입구로 들어가기 전에 마지막으로 세바스찬을 한 번 돌아보았다.

다음 열두 시간 동안 세바스찬은 전신주에 묶인 몸을 앞뒤로 흔들었다. 지루함과 절망감에서 시작한 일이었다. 처음에는 그 반동으로 몇 센티미터 위로 올라갈 수 있었다. 위로 올라간 덕분에 맞은편 석조 건물의 지붕이 위 아래로 시야에 들어왔다. 지붕 위에서 지켜보고 있던 고양이들의 황록색 눈동자들도 따라 움직였다. 가끔 컬드삭도 다른 고양이들과 함께 지붕에 우뚝 서 있기도 했다. 루나가 그 옆에 선 경우도 있었다. 그들이 동시에 똑같이 팔짱을 끼고 서 있을 때마다 세바스찬은 자신이 작은 승리를 거둔 것 같다고 생각하곤 했다.

티베리우스는 늘 정확한 시간에 음식을 들고 나타났다.

"이제 그만해."

그가 말했다. 세바스찬은 매 순간 조금씩 움직이고 있다는 느낌을 받으면서 전신주를 계속 흔들었다.

"저쪽에서는 널 총으로 쏴 죽이겠다고 하고 있어. 루나는 네가 정말 미쳤다고 생각해. EMSAH 말기라면서."

세바스찬은 대답하지 않았다.

"컬드삭이 루나의 의견을 꺾었어. 대장이 적시에 돌아와서 다행이었던 거지. 루나가 나한테 널 죽이라고 했을 수도 있는 상황이었으니까. 이젠 너도 내 이름을 알았겠지. 하지만 난 그 이름을 좋아하지 않아."

티베리우스의 말을 들으며 세바스찬은 투덜거렸다. 속도를 유지하는 동시에 몸무게를 이동시키는 일은 쉽지 않았다.

"다음번에는 이렇게 식사를 가져다 줄 수 없을지도 몰라. 모두들 네게 먹을 걸 줄 이유가 없다고 생각하니까 말이야."

티베리우스는 전신주 밑에서 한참 동안 세바스찬의 상태를 살폈다. 세바스찬에게 어떤 병적인 징후도 보이지 않는다는 것을 확인하자 티베리우스는 나중에라도 내려와서 음식을 먹으라고 소리쳤다. 그리고 그 자리를 떠났다.

세바스찬은 나무에 몸을 힘껏 밀어붙였다. 쉽지는 않았다. 고개를 뒤로 젖히고 푸른 하늘을 올려다보니, 구름이 모여들었다가 동쪽으로 뻗어나가는 게 보였다. 세바스찬은 가슴을 앞으로 내밀면서 숨을 힘껏 들이마셨다. 밧줄이 털과 살을 파고들었다. 어쩔 수 없이 전신주 위에서 고개를 숙이고 아래를 내려다보니 아스팔트 바닥과 보도 위에 놓여 있는 음식 접시가 보였다. 그 광경을 보니 텅 빈 위가 쪼그라들었다.

그 순간 세바스찬은 어떤 소리를 들었다. 그리고 느꼈다. 우지끈하는 것이, 대니얼이 저녁 식사 자리에서 손가락 관절을 꺾을 때 나던 것과 비슷한 소리와 느낌이었다. 그 소리가 척추를 통해 진동하자 배고픔이 사라졌다. 세바스찬은 좀 더 빨리 움직이기 시작했다. 이번에는 몸을 앞뒤가 아니라 양옆으로 흔들었다. 그러자 전신주가 빙글빙글 돌기 시작했다. 또 한 번 우지끈 소리가 들리고, 간간이 나무가 신음하는 것 같은 둔탁한 소리가 이어졌다.

이제 고양이들은 전부 세바스찬 쪽을 쳐다보고 있었다. 컬드삭은 엉덩이에 양 손을 올린 자세였다. 세바스찬은 그렇게 빙글빙글 돌다가 결국에는 속이 메슥거려 토했다. 입과 수염에 담즙과 침이 매달렸다. 그런 상황에서도 세바스찬은 여전히 레드 스핑크스에게서 시선을 떼지 않았다. 저들은 그가 시바를 찾으러 가는 걸 막을 수 없을 것이다.

해가 지기 시작했다. 금색과 자주색으로 변한 세상이 계속해서 흔들거리면서 빙글빙글 돌고 있었다.

한밤중에, 세바스찬은 건물의 한쪽 벽에서 반짝이는 루비 같은 빨간색 점이 흔들리고 있는 것을 알아차렸다. 그 빨간 점은 빛에서 나온 것처럼 보였다. 세바스찬은 그 점을 따라가다 근처 지붕 위에서 또 다시 인간을 발견했다. 이번에는 좀 떨어진 병원 건물 위였다. 그 남자는 빨간 점을 비추는 기계를 받친 삼각대 뒤에 서 있었다. 고양이들이 있는 건물 벽을 겨냥하는 것처럼 보였다. 그 빨간 점은 안개라도 껴야 보일 것 같았다. 지금은 세바스찬만이 그 점을 볼 수 있는 위치에 있었다.

세바스찬은 남자가 예전 주인인 대니얼일지도 모른다는 생각을 했다. 어떻게든 살아나, 야음을 틈타 저 이상한 기계를 이용해서 세바스찬에게 복수를 하려는 것인지도 몰랐다.

세바스찬은 다시 기운을 내 전신주를 흔들었다. 마찰열 때문에 어깨와 손목에 화상을 입을 정도였다. 그가 움직일 때마다 다른 전신주들과 연결된 전선들이 물결처럼 흔들렸다. 세바스찬은 그 상황에 너무 몰두해 있어서 고양이들 중 몇몇이 자기가 묶여 있는 전신주 아래에 모여 있다는 것을 알아차리지 못했다. 모두 총을 들었으며, 그 맨 앞에는 루나와 컬드삭이 서 있었다. 세바스찬은 몸을 흔드는 것을 멈추지 않았다. '한 번만 더 하면 줄이 끊어질 지도 몰라.' 그는 생각했다. 그렇게만 되면 도망칠 수 있을 것이다.

"더 이상 상황을 힘들게 만들지 말았으면 좋겠군. 우린 그저 대화를 원할 뿐이야. 너한테 뭔가 문제가 있는 건지 알아보기 위해서."

컬드삭이 말했다.

"난 전신주에 묶여 있어. 이보다 더한 문제는 없지."

세바스찬이 대답했다.

"일단 내려와."

세바스찬은 지붕 위에 있던 인간을 다시 찾아보았다. 삼각대와 기계는 여전히 제자리에 있었다. 남자는 아무래도 몸을 숨긴 모양이었다.

"내가 봤는데……."

세바스찬이 말했다.

"뭘 봤다는 거지?"

"인간을 봤어."

"대장."

루나가 불렀다.

"어디서?"

컬드삭이 물었다.

"우릴 지켜보고 있어."

세바스찬이 대답했다.

이제 나무의 우지끈하는 소리는 고양이들이 움찔할 정도로 크게 들렸다. 그때 세바스찬은 고양이들 뒤쪽에 티베리우스가 서 있는 것을 알아차렸다.

"대장, 더 이상 이대로 놔 둘 순 없어요. 제발 부탁이니까—"

루나가 말했다.

컬드삭이 손으로 루나의 입을 틀어막아 말을 잇지 못하게 했다.

"입 다물고 들어."

고양이들은 이제 불안해하고 있었다. 세바스찬도 곧 그 이유를 알게 되었다. 멀리서 들리던 윙윙거리는 소리가 점차 커지더니, 건물들 사이로 울려 퍼지기 시작했다. 하늘에서 뭔가가 접근하고 있었다.

"그 인간이 댁들 본부에 불빛을 비췄어. 대장, 보이나?"

세바스찬이 말했다.

컬드삭은 루나를 놔준 뒤 건물이 있는 쪽을 쳐다보았다. 그러다 돌연 온몸이 경직되더니 꼬리가 곤두섰다.

"중사! 중사!"

컬드삭이 소리쳤다. 고양이 한 마리가 건물 옆에서 나왔다.

"지금 당장 전부 거기서 피해! 어서!"

컬드삭이 외치자 그 고양이와 부하들이 계단을 뛰어내려왔다. 그 사이 다른 고양이들은 긴장한 컬드삭을 에워싼 채 다음 명령을 기다리며 대기하고 있었다.

"서둘러! 건물 뒤로 숨어!"

컬드삭이 소리쳤다.

"이리 와!"

누군가 외치자 다른 이들도 반복해서 외쳤다.

"어서!"

"뛰어!"

"자리를 피해! 서둘러!"

이윽고 보브캣이 세바스찬을 올려다보며 말했다.

"미안하네."

그리고 다른 고양이들과 함께 뛰어갔다.

윙윙거리는 소리가 점차 커지더니 우레 같은 소리로 변했다.

세바스찬은 전신주를 앞으로 흔들었다. 그러자 그 반동으로 전신주가 뒤쪽으로 넘어갔다. 세바스찬은 소리를 내지르며 온 힘을 다해 어깨로 전신주를 내리 눌렀다. 전신주가 최대한 뒤로 휘어져 더 이상 지평선이 보이지 않게 될 때까지.

곧이어 하늘이 그의 시야를 가득 채웠다. 그 상태로 나무가 갈라지기 시작했다. 뼈가 부러지는 것처럼 전신주가 부서지자 세바스찬의 골격도 덜그럭거렸다. 마침내 전신주가 우지끈 소리와 함께 완전히 갈라지면서 세바스찬도 그대로 바닥에 떨어지기 직전이 되었다. 마침내 전신주에 연결되어 있던 전선들이 요란한 소리를 내면서 뚝 끊어졌다. 세바스찬은 등 쪽으로 바닥을 향해 추락했고, 그 충격에 이빨이 세게 부딪치는 것을 느꼈다.

그나마 전신주 위로 올라갔던 덕에 세바스찬은 45도 각도에 있던 잔디밭 위로 떨어질 수 있었다. 일단 그는 고치처럼 온몸을 꽁꽁 감고 있던 밧줄부터 풀어 버렸다. 이제 다리와 팔, 꼬리 모두 자유를 되찾았다. 온몸에 피가 도는 것이 느껴졌고 털 사이로도 바람이 통했다.

이제 윙윙거리는 소리는 귀청이 터질 정도로 크게 들렸다. 세바스찬은 아직 뻣뻣한 몸으로 아까 인간이 숨어 있던 건물 쪽으로 뛰어갔다. 뭔가가 하늘을 가로지르며 날아갔다. 그 근처 건물에서 불길과 연기가 솟아오르기 시작했다. 주위에 있는 건물 창문들도 온갖 불협화음을 일으키며 요란하게 깨졌다. 폭발의 충격에 세바스찬도 보도 쪽으로 날아갔다. 그의 주위로 깨진 유리 조각들이 바닥에 쏟아져 내리면서 작은 다이아몬드를 뿌려 놓은 듯 바닥이 온통 반짝거리기 시작했다.

누군가 거리 전체가 울릴 정도로 고함을 지르고 있었다. 무너진 건물 잔해들 속에서 컬드삭이 생사를 확인하기 위해 동료들을 부르는 소리였다. 치솟는 불길이 눈송이처럼 떨어지는 재를 비추고 있었다.

세바스찬은 발소리를 들었다. 고양이 발소리가 아닌, 인간들이 신고 다니는 신발에서 나는 소리였다. 시멘트 바닥에서 고개를 들자 아까 본 인간이 교차로를 지나가는 게 보였다. 세바스찬은 자리에서 일어나 남자를 쫓아갔다. 남자는 귀에 걸고 있는 무전 장치에 대고 정신없이 암호명을 외치던 중이라 세바스찬이 뒤따라오는 소리를 듣지 못했다. 그 사실을 알았을 때는 너무 늦은 뒤였다. 세바스찬은 남자에게 달려들어 힘껏 밀었다. 그러자 남자는 콘크리트 바닥 위에 넘어졌다. 세바스찬은 남자의 기름진 머리카락을 잡고 고개를 젖히게 했다.

"누구냐?"

세바스찬이 물었다.

"신이여."

남자가 중얼거렸다.

"뭐라고?"

"신이여, 이 불쌍한 동물들을 용서하소서. 이들은 자신들이 무슨 짓을 하고 있는지도 모릅니다."

그 남자가 흐느껴 우는 것 같은 목소리로 말했다.

세바스찬은 남자의 냄새를 제대로 맡을 필요도 없었다. 대니얼과 똑같 았으므로. 하지만 이 남자는 적이다. 하늘로부터 죽음을 부르는 무시무시 한 무기를 불러올 수 있는, 무서운 적. 세바스찬은 더는 담배와 커피, 지독 한 입 냄새와 땀 냄새, 데오드란트 냄새로 대변되는 과거의 향기에 정신을 빼앗기고 싶지 않았다. 뭔가가 그의 내면에서 무너져 내렸다. 죽은 친구와 변덕스러운 주인들, 거짓된 노예 생활을 그리워하던 마음이.

세바스찬이 뭔가 말하기 전에 레드 스핑크스가 도착했다. 그들은 인간 을 에워쌌다.

"잘했어, 무명 씨. 병은 치유가 된 것 같군."

어디선가 컬드삭이 말했다.

"저 친구는 멀쩡해요."

또 다른 목소리가 말했다.

"이제 여긴 우리가 맡지. 배고프지 않은가?"

컬드삭이 물었다.

세바스찬은 그 인간에게 좀 더 많은 것을 물어보고 싶었다. 여기서 무슨 일이 있었으며, 어째서 이런 일이 일어난 것인지에 대해. 그리고 떠돌아다 니는 개들을 본 적은 없는지도 묻고 싶었다. 하지만 그 남자는 계속 주문 같은 것만 외우며, 일종의 무아지경 상태로 이 자리에 없는 누군가를 향해 말하고 있었다.

세바스찬은 일어섰다. 다른 고양이들이 여전히 총을 겨누고 있었지만, 세바스찬은 저들이 그대로 총을 쏜다고 해도 상관없을 만큼 지독하게 피곤하고, 굶주리고, 몸도 아팠다.

"내 말 들리나, 인간?"

컬드삭이 물었다. 남자는 그들 중 아무도 보이지 않는다는 듯 계속해서 중얼거리고 있었다.

"이제 널 구워 먹을 거야."

보브캣이 검게 그을린 건물을 가리키며 말했다.

"저 동물은 아직 병이 낫지 않았을 수도 있어요. 처리해야 할 상황도 계속 염두에 두고 있어야 해요. 그러니까 우리가—"

"루나."

컬드삭이 루나의 말을 가로막았다.

"네?"

"네 직위를 박탈한다. 넌 더 이상 내 오른팔이 아니야."

루나가 라이플을 살짝 밑으로 내리고 대답했다.

"알겠습니다."

"부하 두 명과 함께 잔치 준비를 하도록."

컬드삭이 지시를 내렸다.

"알겠습니다."

루나와 다른 고양이 두 마리가 인간을 끌고 갔다. 콧구멍에서 콧김이 새어나왔다.

"무명 씨."

컬드삭이 불렀다. 세바스찬이 그를 똑바로 쳐다보았다. 컬드삭은 그 시선을 반항의 뜻으로 받아들인 것 같았다.

"얘기 좀 하지. 둘이서 말이야."

컬드삭이 말했다.

컬드삭과 세바스찬은 물가를 따라 걸었다. 달이 강물에 비치고 있었다. 달빛을 받은 컬드삭의 얼굴은 은색 호박 등처럼 보였다.

고기 굽는 냄새가 나기 시작했다. 강바람에 가끔씩 냄새가 날아가긴 했지만 그 순간을 제외하곤 사방에서 냄새가 진동했다. 톡 쏘는 것 같은 맛있는 냄새가 세바스찬의 입과 콧구멍을 찔렀다.

"너도 실컷 먹도록 해. 난 쥐나 벌레들을 잡아먹으면서 자랐지. 날것으로 말이야. 이제는 콜로니가 자신들이 운영하는 유기농 농장에서 나오는 고기를 제공해 주고 있어. 먹을 만해. 하지만 맛이 없지. 그래서 구운 인간 고기가 별미가 됐다네."

세바스찬은 컬드삭의 말을 알아들었다는 의미로 고개를 끄덕였다. 그러나 아직 그는 인간 고기로 만든 만찬을 함께 할 수 있을지 확신이 서지 않았다. 아무리 배가 고프다 해도.

"넌 집고양이였어. 그 집의 노예로 쭉 갇혀 지냈을 테지. 그러니 틀림없이 궁금할 거야. 어째서 이 모든 것이 파괴되었는지."

"맞아."

"그건 인간들이 위험했기 때문이지. 인간들의 과학 기술과 전염병만을 의미하는 건 아니야. 그자들은 위험한 철학을 갖고 있었어. 독이었지."

컬드삭의 말에 세바스찬이 고개를 끄덕였다.

"너도 모든 것을 지켜봤을 거야."

컬드삭이 말했다.

콘크리트 난간이 강과 두 사람이 있는 곳을 구분하고 있었다. 바람이 불어오자 강물이 일렁였다.

"그런 셈이지."

"인간들은 자신들을 우주의 중심이라고 여기고 있었어. 너나 내가 자연의 섭리대로 짝을 가지고 있었다면, 새끼고양이들을 거느리고 숱한 언덕을 떠돌아다녔을 거야. 그리고 인간들은 그런 우리가 성가시다는 생각이 드는 즉시 없애 버렸을 테지. 여왕은 그런 일이 일어나지 않게 모든 것을 바로잡아 주었어. 우리는 모두 여왕에게 신세를 진 셈이야."

컬드삭이 말했다.

"여왕이 우리를 위해 그런 일을 한 이유는 뭐지?"

세바스찬이 물었다.

"우린 여왕의 실험체야. 여왕이 하는 일은 지식 추구지. 진실을 찾는 거야. 여왕은 인간 대신 우리를 선택해 이렇게 크게 만들어 주었어. 그리고 우리가 스스로 운명을 찾을 수 있게 이끌어 줬지."

컬드삭은 그게 얼마나 중요한 의미인지 강조하고 싶은 듯 양팔을 벌리면서 대답했다.

"우리와 인간이 뭐가 다르단 거지?"

"글쎄. 많은 점이 비슷할 거야."

컬드삭이 한쪽 목을 긁으며 대답했다.

"예전처럼 음식이나 땅 때문에 상대방을 죽이진 못하겠지. 그리고 인간들이 원했던 것과 유사한 사회를 구성하게 될 거야. 우린 집과 직업을 갖게 되겠지. 가족을 이루게 될 거야. 전기가 다시 들어오면 텔레비전을 볼 수도 있겠지. 하지만 한 가지 다른 점이 있어."

컬드삭은 잠시 말을 멈췄다. 세바스찬은 긴장감을 느꼈다.

"우린 이 세상을 우리만의 것이라고 생각하지 않는다는 거야."

"인간들은 정말 그렇게 믿고 있었다는 건가?"

세바스찬이 물었다.

"그보다 더 나쁘지. 수많은 인간들이 하늘에 수염이 난 노인이 산다고 믿었어. 그 노인이 인간들을 위해 세상을 만들었다고 말이야. 그리고 그 노인이 우리를 인간들의 노예로 만들었어. 너도 주인들이 그 노인을 찬양하며 호의와 재물을 청하는 모습을 본 적이 있을 텐데."

컬드삭이 말했다.

세바스찬은 재닛이 앞에 아무도 없는데 속삭이는 걸 본 적이 있다고 대답했다.

"인간들은 죽은 뒤 자기들을 기다리고 있는 또 다른 세계가 있다고 믿어. 물론 그중에는 그렇게 생각하지 않는 인간들도 있지. 심지어 그걸 믿는 인간들 중에서도 진지하게 생각하지 않는 자들도 많아. 하지만 이 신앙은 인간들 모두를 타락시켰어. 그 안에 사악한 속내가 숨어있기 때문이야. 난 인간들이 곤경에 처했을 때 무슨 일까지 저지를 수 있는지 알고 있어. 그런 다음에 신에게 구원해 달라고 기도를 하지. 그보다 더 위험한 건 없어. 더 잔인한 것도, 동물적인 것도 없지."

컬드삭은 그 자리에 잠시 멈춰 섰다. 멀리서도 들리던 레드 스핑크스 대원들의 웃음소리는 인간의 시체가 불길 위에서 타오르기 시작하자 잠잠해졌다.

"그게 우리가 싸우는 이유야. 악으로 뒤덮인 땅을 되찾기 위해서지. 자신들이 우리의 지배자라고 믿고 있는 인간들, 이성과는 거리가 먼 인간들의 사악함과 싸우는 거야. 존재하지도 않는 구름 위의 신을 기쁘게 하겠다고 자신들까지 포함해 모든 것들을 쓸어 버릴 수 있을 만큼 위험한 질병을 퍼트리는 아주 단단히 미친 자들이지. 우리한테는 신이 필요 없어. 여왕이 있으니까. 그리고 여왕은 지키지 못하는 약속은 하지 않아. 자신을 숭배하라고 하지도 지. 여왕은 그저 우리에게 오늘을 위해, 앞날을 위해 평화롭게 살라고만 했어."

컬드삭이 속삭였다. 그리고 그는 세바스찬에게 수천 년 전에는 고양이들이 어땠는지 아느냐고 물었다. 세바스찬은 진화론에 의거해 한때 고양이들의 몸집이 훨씬 컸고 야생에서 살았다는 정도는 안다고 대답했다.

"인간들이 꾀어내 납치하기 전에 우리는 사냥꾼이었어. 포식자로서 이 세상을 보고 있었지. 그게 우리의 본래 모습이었어. 헌데 인간들은 우리를 작은 노예 인형으로 바꾸고 싶어 했지. 개미들은 우리처럼 사냥꾼이야. 난 개미 부대가 한 몸처럼 일사불란하게 움직이면서 평원을 지나가는 모습을 봤어. 개미들은 우리가 한때 그랬던 것처럼 사냥을 하면서 자유를 알게 되었지. 개미들이 바로 우리의 해방자고, 타고난 동지야. 이것이 우리가 싸우는 이유지. 우리는 우리 자신과 후손들의 잃어버린 미래를 위해 싸우는 거야."

컬드삭이 설명했다.

"난 그쪽과 함께할 수 없어. 내 친구를 찾아야 하니까."

세바스찬이 말했다.

"누구도 여기선 오래 살 수 없어. 난 네가 아는 것보다 훨씬 더 오래 전부터 그런 경우들을 봐 왔지. 유감스럽지만, 네 친구는 죽었을 확률이 높아."

컬드삭이 말했다.

"그래도 찾아야 해."

"하지만 지금은 너희 둘 다 달라졌어. 너도 더 이상은 그런 일들에 매달려선 안 돼."

"난 달라지지 않았어. 그게 내가 원하는 거야. 맹세했으니까."

세바스찬이 말했다.

"만일 네가 EMSAH에 감염됐는지 확인하기 위해 우리가 지켜보면서 기다린 이유가 여왕의 지시 때문이었다면 어떻게 하겠나?"

세바스찬은 믿을 수 없다는 표시로 고개를 갸웃했다.

"여왕은 모르는 게 없어. 길 잃은 집고양이 한 마리에 대해서조차 말이야. 여왕은 네가 누군지 알아. 그리고 네가 우리와 함께 싸우게 될 거라고도 했어."

"그걸 네가 어떻게 알지?"

"콜로니와 이야기를 했으니까. 그건 여왕과 이야기를 했다는 의미야."

컬드삭이 말했다.

"어떻게?"

"개미들이 특별한 기계를 줬거든. 개미들의 화학 신호를 해석해 주는 기계야. 내 목소리도 개미들의 언어로 바꿔 주고. 사용법만 익히면 완벽한 교신 수단이 되지. 나중에 보여줄게."

"그럼 여왕을 본 적이 있어?"

"정확하게 말하면 그건 아니야. 콜로니는 화학 신호를 통해 정보들을 수집해. 만일 네가 개미 한 마리와 교신을 하면 그들 전부와 교신하는 게 되는 거야. 쉴 새 없이 최신 정보, 그리고 정확한 정보로 갱신되는 거대한 정보망이지. 그래서 그들이 너에 대해 알고 있는 거야. 나에 대해서도 알고 있는 거고. 루나나 삭스에 대해서도 아는 거지."

컬드삭이 말했다.

"난 군사로는 쓸모가 없을 텐데."

세바스찬이 말했다.

"내 말 들어 봐. 네 친구에 대해서는 유감스럽게 생각해. 하지만 그 일은 네 인생이라기보다는 그저 햇살이 비치는 양탄자 같은 거야."

컬드삭이 말했다.

그 말을 듣자, 세바스찬은 감정을 숨길 수가 없었다. 컬드삭은 세바스찬의 마음을 안다는 것처럼 고개를 끄덕였다. 어떻게 했는지는 몰라도 저 보브캣과 곤충 친구들이 그 꿈을 가로막고 낚아채 간 것이다. 세바스찬이 죽은 줄 알았던 그 순간에. 사람들이 사라졌다는 것을 알게 되었던 바로 그 순간에. 지금 보니 사라진 건 그 자신이었다. 세바스찬은 자신이 누구인지, 무슨 일을 했는지 알고 있는 것 같은 낯선 자들의 함정에 빠진 것이다.

컬드삭은 계속해서 레드 스핑크스에 대해 설명하고, 앞으로 힘든 시간이 이어질 거라는 이야기도 덧붙였다. 그의 말에 따르면 일단 전쟁이 끝났으니 세바스찬은 계속해서 친구를 찾아다닐 수 있을 거라고 했다. 자기들과 함께 돌아다니다 보면 사라진 친구를 찾아다니는 외로운 개와 마주치게 될지도 모른다는 말도 덧붙였다. 시바에게 무슨 일이 있든, 얼마나 멀리 떨어져 있든 상관없이 앞으로 살아갈 수많은 나날이 있지 않느냐며 아무리 지치고, 아프고, 외롭고 슬프더라도 견뎌 내야 할 거라고 했다.

"네겐 선택권이 있어. 하지만 선택할 필요가 없지. 네가 원하는 일이 무엇이든 혼자서는 할 수 없을 테니까. 우리가 네 가족이 되어줄 수 있어."

컬드삭이 말했다.

죽은 남자가 불에 타는 냄새가 다시 불어온 따뜻한 바람에 실려 세바스찬의 코를 찔렀다.

그는 컬드삭에게 레드 스핑크스에 합류하겠다고 대답했다.

"잘 생각했어. 이제 널 뭐라고 불러야 할까?"

컬드삭이 물었다.

제4장

잃어버린 세월

　세바스찬은 자신의 이름을 모트〈Mort(e)〉라고 지었다. 이름은 아주 중요한 것이다. 새로운 이름을 선택하는 것이 독립의 시작이 되는 고양이들도 있었다. 오래지 않아 모트는 레드 스핑크스 대원들의 이름이 가지고 있는 의미를 알게 되었다. 크롬웰, 더치, 벤틀리, 가이 덴, 데인, 루키, 아난시, 셀주크, 스티치, 라오, 비코, 드레드, 텍산, 라이커, 스트라이커, 슈가, 로건, 빈 라이든, 폭스트롯, 폴섬, 한, 조모, 우지, 르 귄, 부르틀, 베일라리나, 헤네시, 쥬크, 비커, 패커, 아이언호크. 레드 스핑크스 대원들은 서로가 그 이름의 어원에 대해 알고 있었다. 아무도 말을 하진 않았지만.

　세바스찬은 자신이 들렀던 오래된 도서관들 중 한 곳에서 봤던 모트*라는 단어를 따 이름을 지었다. 그 단어는 죽음을 뜻했다. 세바스찬은 이미한 번 죽었다. 그는 살인을 한 적도 있었고, 또 다시 살인하게 될 것이다.

---

*Morte : 라틴어로 죽음을 의미

그러니 아주 잘 어울리는 이름이었다.

하지만 이 단어는 일상적인 이름으로도 쓰인다. 사랑하는 사람들에게 둘러싸인 채 살아갈 운명을 타고난 모트(Mort)라는 이름을 가진 보통 남자의 이름이기도 했다. 그런 인생을 살 수도 있겠지만, 기다려야 할 것이다. 그래서 괄호 안에 e자를 넣어야 하는 것이다. 언제 어떻게 될지 모른다. 상황은 언제라도 바뀔 수 있다.

컬드삭은 곧바로 모트를 자신의 명령을 수행하는 참모, 다시 말해 오른팔 자리에 임명했다. 루나는 그 결정이 못마땅한 듯했지만 자기가 그 자리에 어울리지 않는다는 건 스스로도 잘 알고 있었다. 모트가 레드 스핑크스에 합류하기 전, 루나는 EMSAH에 감염된 수많은 동물들을 안락사 시켜야만 했다. 그 일은 결코 녹록치 않았다. 그렇기에 루나는 모트가 바이러스에 감염되었다고 잘못 판단했다는 사실을 알게 되자 자신이 저질렀던 행동들을 뒤늦게 반성했다. 루나는 앞으로 언제 죽을지 모르는 살아있는 동료들과 죽은 동료들을 떠올리며 심란해했다. 모트가 대원으로 합류하고 얼마 지나지 않아 루나는 소방서에 숨어 있던 군대 탈영병과의 짧은 총격전으로 예고도 없이 목숨을 잃었다.

전투는 계속되었다. 노인과 열두 살 된 소년들이 막 판 참호 속에서 녹슨 총을 쏘며 버티는 작은 마을을 포위한 적도 있었다. 벙커를 기습 공격했다가 죽여 달라고 애원할 준비가 된 굶주린 인간들과 마주친 적도 있었다. 일주일 내내 숲과 시내, 버려진 공장이나 창고 깊숙한 곳까지 샅샅이 뒤져도 보이는 건 어둠 속에서 먹잇감을 사냥하고 있는 고양잇과 동물들뿐이었던 적도 있었다.

마을 전체를 다 불태우면 숨어 있던 인간들이 해충처럼 기어 나왔다. 그럼 바로 그 자리에서 인간들을 죽이다가 나중에 가서는 덮치는 속도가 느려지곤 했다. 치열한 격전지에서 총알받이가 되어, 맨 앞에서 알파부대와 함께 싸운 적도 있었다.

컬드삭의 말이 맞았다. 그들 종은 그렇게 할 수밖에 없었다. 그래도 모트는 자신이 그런 끔찍한 일들에 익숙해졌다는 것과 그런 일들을 하면서 어느 정도 쾌감까지 느끼게 되었다는 사실이 슬펐다. 하지만 살인은 그가 느끼는 상실감에 대한 복수였다.

하늘에 있다는 노인에게 작은 소리로 기도하며 자비를 구하던 인간들은 벌을 받았다. 그들 중 누군가가 시바를 죽였을 수도 있다. 아니면 EMSAH에 감염시켰을 수도 있고, 또 다시 노예로 삼았을 지도 모른다. 모든 인간이 적이었다. 지난 몇 년간 이 믿음을 바꿔 놓을 만한 인간은 단한 명도 만나지 못했다.

모트는 자신이 강인하다는 것에, 그리고 너무도 빨리 집고양이 세바스찬의 모습을 벗어버린 것에 스스로도 계속 놀라지 않을 수 없었다. 레드 스핑크스는 밤에 가볍게 이동했고, 배수로나 들판에서 잠이 들었다. 그들은 살아남기 위해 웅덩이에 고여 있는 물을 마셨고, 벌레를 잡아먹거나 너무 많이 익은 산딸기들을 따 먹었다. 모두 기력이 떨어졌고 점점 화가 났다. 그러나 컬드삭이 했던 말처럼 사냥을 계속하기 위해서는 목표물을 정확하게 겨누고 있어야 한다는 사실만큼은 절대로 잊지 않았다.

티베리우스는 결국 자신이 선택한 이름을 갖게 되었다. 심지어 그는 모트의 목숨도 몇 번인가 구해 주었고 모트 역시 그의 호의에 보답했다. 그들은 앞장서 가면서 세 가지 임무를 수행해냈다. 첫 번째는 건물 옆으로 돌아가 지붕 위에 숨어 있는 저격수를 해치운 것, 그리고 두 번째는 정박한 배에 폭탄을 설치하기 위해 물 속에 들어가 헤엄을 친 일이다. 물에 대한 공포가 극심한 다른 고양이들은 모트가 물속에 들어가는 모습을 경외감 어린 눈으로 지켜보았다.

세 번째는 자살 특공 임무나 마찬가지였다. 뒤에 남아 있는 가족들을 지키기 위해 기관총을 마구 난사하는 십대 소녀 세 명을 막아낸 것이다. 그 일이 있은 뒤로, 레드 스핑크스의 나머지 대원들도 그런 임무가 생길 때마다 자신들이 나서겠다고 자원하곤 했다.

그들은 회의론자이자 의사인 삭스와 중성화 수술을 한 집고양이가 전사로 변한 것을 보고 수치심을 느꼈다. 여왕이 직접 선택했다는 새로운 참모는 어떻게 된 일인지 마치 불사신 같았다. 심지어 루나의 밑에 있던 부하들조차 모트가 겁이 없고, 자신들에게 필요한 유능한 지도자라는 것을 인정했다. 모트는 죽음이 자신을 비껴가기라도 한다는 듯 그것을 비웃었다. 그가 곧 죽음이었다.

레드 스핑크스는 전투로 희생된 대원들의 빈자리를 채우기 위해 다른 길고양이들을 모집했다. 그중에는 일부러 레드 스핑크스로 찾아오는 고양이들도 있었다. 두려움을 모르는 모트의 이야기가 전해지면서, 동물들 사이에서 레드 스핑크스는 점차 전설이 되어가고 있었다. 자원자 수가 너무 많은 바람에 컬드삭은 어쩔 수 없이 싸움 대결을 통해 대원을 선발하기로 했다. 가끔씩 시합이 너무 살벌해지면, 모트가 끼어들어 참가자 두 명 모두 자격이 있다고 공표했다.

몇 달이 1년이 되고 거기서 다시 몇 년이 더 흐르자 모트는 자기가 주인을 죽인 것이 2년 전인지 혹은 3년 전인지 더는 정확하게 기억이 나지 않는다는 걸 알게 되었다. 시바를 마지막으로 본 것이 3년 전이던가, 4년 전이던가? 어느 날 아침 그는 꿈에서 깨어나면서, 자신이 시바를 마지막으로 떠올린 것이 언제인지 기억나지 않는다는 사실을 깨달았다. 몇 주일? 몇 달인가? 모트는 시바와의 추억에 용서를 빌고 싶었다. 시바를 잊는다는 건 그녀를 죽이는 것만큼이나 지독한 일이었다.

시바 덕분에 모트는 레드 스핑크스 대원들 중 누구보다도 빨리 고통에 대해, 그리고 그 고통에서 잠시 벗어나는 법 또한 알게 되었다. 끔찍했던 시간의 기억들을 묻어 버리고, 단편적인 조각들은 흐릿한 유리를 통해 본다. 이것이 그가 바랄 수 있는 최선이었다.

하지만 이따금 과거가 그를 찾아올 때가 있었다.

8년 넘게 이어진 모트의 용감한 행동 중에서도 가장 대담했던 것은 그와 티베리우스가 컬드삭의 지시를 어기고 EMSAH 증상으로 죽은 동물의 시체가 즐비한 도시를 살피러 간 것이었다. 티베리우스가 이 질병에 대해 연구할 기회를 달라고 외쳤기 때문이었다. 의사인 티베리우스는 EMSAH가 발병해 똑바로 걸어다니게 된 시체들에 둘러싸이는 악몽에 계속 시달리고 있었다.

그건 고귀하고 이타적인 목적에서 우러나온 행동이었다. 하지만 모트의 진짜 동기는 시바를 찾는 것이었다. 시바는 전염병에 감염된 마을 어딘가에서 그를 다시 만날 수 있을지 궁금해 하면서 죽을 날만 기다리고 있을지도 모른다. 어쩌면 시바는 그에 대해 전혀 궁금해 하지 않을지도 모른다. 그럴 때면 그는 뚱한 기분으로, 만일 시바가 자신을 잊은 거라면 차라리 이미 죽은 게 나을지도 모른다고 생각했다. 모트는 그런 생각을 하는 자신이 싫었다.

모트가 상관의 지시를 어기고 돌발 행동을 했을 때 전세는 이미 콜로니 쪽으로 상당히 기운 상태였다. 인간들은 거의 다 멸종에 이르렀고, 자신들에게 이 세상과 다음 세상까지 모든 것을 주었다고 믿는 상상 속의 창조주와 만나기 일보 직전이었다.

남아 있는 인간들은 점점 더 절망에 빠졌다. 사실상 이 대륙에 있던 인간들의 모든 도시는 점령당하거나 파괴되었다. 게릴라 전술이나 자살 공격 대신 총력전이 벌어졌다. 동물들은 전쟁의 상흔이 남은 땅으로 이주했고 인간들이 떠난 그곳을 다시 재건하기 시작했다.

그런 상황이었지만, 콜로니는 계속해서 EMSAH의 발병을 조심해야 한다고 주의를 주었다. 동물들이 모여 있는 번화한 중심가는 인간 테러범의 주목표가 되었다. 이런 전시 상황에서 처음으로 이름이 알려진 유명인사는 미리엄이란 이름의 침팬지 의사로, 동물원에서 탈출한 과거를 가지고 있었다. 그녀는 EMSAH 치료약을 연구하는 과학자들의 대표로 이름을 알렸다. 미리엄은 수많은 공익 광고에 출연해 그 전염병의 증상들을 경고하고, 연구 진척 상황을 보고했다. 처음에는 딱딱하고 재미없는 미리엄을 흉내 내며 웃음거리 삼는 게 동물들 사이에서 유행하기도 했다.

"잊지 마세요. 무엇이든 보면 알려야 합니다."

동물들은 먼저 팔짱을 끼고, 눈을 가늘게 뜬 채 말했다. 그런 다음 모두들 야생 원숭이의 소리를 흉내 냈다.

"우-우-우-아-아!"

미리엄의 말에 따르면 EMSAH라는 용어 자체엔 아무 의미도 없다고 했다. 그저 그 병을 처음 발견했을 당시 콜로니에서 쓰던 약어라는 설명이었다. 그녀의 연구팀은 밤낮을 가리지 않고 연구한 끝에 그 바이러스가 치료약을 만들기 힘든 변이형태라는 결론을 내렸다.

바이러스의 영향력 역시 일정하지 않았다. 동물의 종이 다르면 증상도 달랐다. 고양잇과는 피부 병변으로 고통 받았다. 발굽이 있는 동물들은 목이 막히고 눈이 붓는 알레르기 증상을 보였다. 개들은 환각증상을 동반한 기면증에 시달렸다.

한편, 신체적으로 드러나는 차이점과 상관없이 감염된 동물은 전부 다 똑같은 증상을 보였다. 정신 이상에, 종종 비이성적으로 난폭해졌으며, 빨리 죽기만을 기다리게 된다. 어떻게 된 일인지 난폭해지는 단계에 이르면 동물들의 몸집이 줄어들었다. 어쩌면 그게 인간들이 원하는 것인지도 몰랐다. 여왕이 창조할 수 있다면 인간들은 파괴할 수 있다는 걸 보여주기 위해서.

미리엄이 열심히 발표하는 분기별 보고서 덕분에 이 질병은 불길한 이름으로 남아, 겁에 질린 어린 새끼들은 밤마다 속닥거리면서 그 병에 관련된 이야기들을 하곤 했다. 새로 설립한 학교에서는 심지어 어린 동물들이 'EMSAH에 걸렸대요! EMSAH에 걸렸대요!'라는 노래를 부르면서 술래잡기를 하는 걸 금지했다. 건물을 죄다 무너뜨리고 살아있는 생명체라면 마지막 미생물 한 마리까지 전부 다 불에 태워 버렸다는 격리 및 몰살 구역이 다시 등장했다는 소문도 퍼졌다.

티베리우스와 모트가 감염된 마을을 직접 조사할 수 있게 해달라고 청하자, 컬드삭은 그곳은 출입금지 구역이라고 잘라 말했다. 그들은 전쟁에서 승리해야만 한다. 골치 아픈 일이라도 생기게 되면 활동에 차질을 빚게 될 것이었다. 티베리우스는 그 질병으로 목숨을 잃은 피해자들을 직접 보지도 않고 어떻게 병을 진단할 수 있겠냐고 물었다. 컬드삭은 미리엄의 보고서에 나와 있는 내용이면 충분하고, 앞으로 상황이 더 좋아질 거라고 대

꿨다. 동물들이 인간들과의 전쟁에서 승리한다면 그땐 바이러스 유포를 막을 수 있을 테니까.

티베리우스는 지시를 어기고 감염 지역을 조사하겠다고 하면 자신을 총살할 거냐고 컬드삭에게 물었다.

"당연하지."

컬드삭의 대답은 간결했다.

어느 날 밤, 컬드삭은 레드 스핑크스 대원들을 전부 소집했다. 그들은 새로 건설한 마을 근처에 있는 숲에서 야영을 했다. 그곳에서 인간들이 무기를 밀반입한다는 보고를 받았던 것이다. 그래서 며칠 동안 시외 구역을 순찰했지만, 아무것도 찾지 못했다. 다행스러운 일이었다.

하지만 컬드삭은 암울한 소식도 함께 전했다. 그 마을은 이미 감염되었다는 소식이었다. 생화학 공격을 받은 것이다. 마을에 정착한 동물들은 이미 모두 죽었고, 개미들이 마을에 남아있는 모든 것을 파괴하고 집어삼키기 위해 다가오는 중이었다. 개미들이 휩쓸고 지나가고 나면 그 마을은 주변 황무지들과 다를 바 없어질 것이다.

"이 전쟁에서 싸우는 이유가 필요하다면 바로 이거다. 적들이 아주 야만적이라는 것. 우리는 강력하게 대응해야 한다. 노예로 사느냐, 아니면 죽느냐, 둘 중 하나다."

아침이 되면 그들은 근처에 있는 육군기지로 떠날 것이다. 컬드삭은 부하들에게 편히 쉬라고 인사한 뒤, 자기가 잘 장소로 향했다.

한밤중에 모트는 티베리우스를 깨워 마을을 살펴보러 가자고 했다. 티베리우스는 잠을 방해받아 짜증난다는 듯 과장되게 몸을 뻗었다.

"대장한테 허락은 받은 거야?"

티베리우스가 하품을 하면서 물었다.

"그래."

"그럴 리가 없는데."

"맞아. 허락받은 거 아니야."

"넌 나한테 명령할 수 없어."

"넌 의사야. 마을 상태가 어떤지 나보다 더 보고 싶잖아?"

"아무리 그래도 총살당하고 싶진 않아."

"너도 허락을 받는 것보다는 용서를 구하는 게 쉽다는 걸 알텐데."

티베리우스는 잠시 생각에 잠겼다가 말했다.

"이걸로 나한테 빚진 거야."

"네가 나한테 빚진 게 먼저일걸."

"그만하자."

그들은 출발했다. 티베리우스는 졸려서 몸도 가누지 못하는 상태였지만 그래도 간신히 따라왔다. 가는 동안 둘은 거의 대화도 하지 않았다.

그때까지는 모트도 시바와 재회할 수 있는 모든 상황을 그려보고 있었다. 전쟁의 여파가 남아있는 곳을 지나다 그는 시바를 발견하리라. 폭발의 여파로 연기가 자욱한 가운데 적군의 시신을 넘어가야 할 테지만, 잔뜩 지친 상태인데도 그를 알아본 그녀가 희미한 미소를 지으며 똑바로 서서 자기 앞으로 걸어오는 것이다.

그는 시바가 자기처럼 마지못해 전사가 됐지만 뛰어난 능력을 가지고 있을 거라고 가정하는 것을 좋아했다. 어쩌면 시바는 레드 스핑크스 사상 첫 번째 개 대원이 되었을지도 모른다. 시바에게 부대의 지휘를 맡겼을 수도 있다. 블루 케르베로스 같은 그런 이름으로 말이다. 컬드삭이 통역기를 통해 모트의 과거를 들여다볼 수 있을지는 몰라도, 가면을 쓰기 이전의 그에 대해 아는 건 시바 밖에 없었다.

그들은 마을 북쪽으로 3.2킬로미터 정도 떨어진 고속도로 근처의 저장 창고에서 멈춰 섰다. 창고는 흙먼지에 반쯤 파묻힌 쓰레기통처럼 보였다. 창고 안에는 의료용품, 식량, 물병들이 있었다. 상비군들이 전선을 따라 요충지에 남겨 놓은 물품들이었다. 아군의 위치가 표시된 지도를 가지고 있는 장교들이 이런 저장 창고를 발견하면 신체적인 어려움이 해결되었다는 안도감보다는 심리적인 면의 사기 진작이 더 컸을 것이다. 이런 창고들은 폭격의 잔해 속에서 문명이 다시 살아날 거라는 믿음을 고집스럽게 보여주는 존재 같았다.

모트와 티베리우스는 방호복과 마스크가 있기를 바랐다. 일반적으로 저장 창고에는 네 벌씩 구비해 두는데, 그 창고에는 두 벌밖에 없었다. 아무래도 정찰에 자원했던 개 군사들이 뭔가 이상하고 무서운 낌새를 느끼고 가져간 모양이었다. 방호복을 입자, 두 고양이는 우주를 가로지르는 우주인처럼 보였다. 냄새를 맡을 수 없게 되자 호흡이 거칠어졌다. 모트는 자신이 전쟁 전에 인간들이 하던 실험 대상이 된 것 같은 느낌이 들었다.

그들은 마을로 천천히 들어갔다. 시바를 생각하자 정신을 집중할 수 있었다. 머릿속에서 부드러운 목소리가 계속 가라고 속삭였다. 한 시간이 채 되지 않아 그들은 격리 지역임을 알리는 철책선 앞에 도착했다. 곳곳에 경고문이 박혀 있었다. 대략 12미터 간격이었는데, 엄격한 표정을 짓고 있는 미리엄의 사진과 함께 이곳에서 떨어져 있으라는 내용이 적혀 있었다.

티베리우스는 철책 위에 장갑 낀 손을 올렸다. 갑자기 그가 비명을 지르면서 온몸을 떨었다. 철책에 흐르는 전기에 감전된 것 같았다. 티베리우스의 꼬리가 방호복 안에서 밖으로 튀어나올 듯 불거졌다. 하지만 이내 비명 소리는 웃음소리로 바뀌었다. 그가 뭔가 반응이 오기를 기대하듯 돌아섰다. 모트는 헬멧 위로 티베리우스의 머리를 한 대 쳤다.

"아야."

티베리우스가 말했다.

"장난치지 마."

그들은 울타리를 넘은 뒤 계속 걸었다. 이내 마을의 목조 지붕들이 보이기 시작했다. 정착지는 건물 몇 개로 구성되어 있었다. 오두막집, 시장, 석조와 모르타르로 지은 회관, 원형 경기장, 관청, 학교, 수수한 군대식 막사와 식당. 모트는 적어도 그곳에 얼굴을 땅에 묻고 쓰러져 죽은 시신이 한 구는 있을 줄 알았다.

그들은 흩어져서 오두막집을 살피기로 했다. 집 안에는 똑같이 생긴 단조로운 가구들 외엔 아무것도 없었다. 부드러운 갈색 소파, 갈색 의자, 나무 탁자. 침실 안에 있는 이불 속까지 살폈지만 아무도 없었다. 변기용 상자들은 깨끗했고 음식 그릇에도 얼룩 하나 없었다. 아무도 급하게 집을 나서지 않았다. 방호복 때문에 냄새를 맡지 못했지만 눈으로 보기엔 아무 냄새도 나지 않을 것 같았다.

모트와 티베리우스는 마을 한복판 대로변에 있는 회관 앞에서 다시 만났다. 시신들은 그곳에 있을 것이다. 모트는 마치 악령들이 날아다니는 것처럼 창문과 굴뚝에서 악취가 날 거라고 상상했다. 그들은 안에 들어서자마자 파리 떼가 윙윙거리며 날아다니는 소리를 들었다. 몇 천 마리가 모여들어 벌어진 상처에서 EMSAH에 오염된 피를 빨아먹고 있을 것이다.

"모트."

티베리우스가 불렀다. 모트는 대답하지 않았다.

양쪽으로 여닫는 문이 살짝 열려 있었다. 모트가 문을 활짝 열었다. 안에 들어서자, 미동도 없는 형체들이 바닥에 붙어 있거나 벽에 기대 있었다. 티베리우스는 벽을 더듬어 전기 스위치를 찾았다. 형광등 불빛이 들어오면서 방 안에 서늘한 흰 빛이 퍼졌다.

"이런."

티베리우스가 중얼거렸다.

그들이 생각한 대로였다. 이 마을에 살던 동물들이 바닥에 줄지어 쓰러져 있거나 어설픈 자세로 벽에 기대 앉아 있었다. 모두 죽었다. 전부 다 눈과 코에서 피를 흘렸고, 털에는 응고된 갈색 얼룩이 달라붙어 있었다. 피부 병변으로 생긴 상처들도 눈에 띄게 벌어진 상태였다.

안쪽으로 걸어 들어갈 수가 없었다. 방 안 전체가 빈틈 하나 없이 시신들로 가득 차 있어서였다. 방 앞쪽에는 학예회나 공청회에 사용했을 무대가 설치됐는데, 개 한 마리가 구부정한 자세로 단 위에 쓰러져 있었다. 하품이라도 하는 것처럼 입을 벌린 모습이었다. 종이 한 장이 그의 무릎에서 바닥으로 떨어졌다. 아마 어떻게 죽어야 할 것인지에 대한 지시사항이라도 전달하려고 했던 모양이었다.

종들 사이에 나타나는 사소한 차이점들도 이 방 안에서만큼은 모두 사라진 것처럼 보였다. 멍한 눈을 한 아기고양이가 늙은 개의 무릎 위에 머리를 올려놓고 있었다. 늑대는 피투성이 너구리를 안고 있었는데, 둘 다 혓바닥을 내놓은 모습이었다. 모트는 그중에서 시바의 흰색 털이 보이는지 찾았다. 시신들의 상반신과 팔다리 아래에 얼룩이 보이는 경우도 있었다. 하지만 시바의 것은 아니었다. 아니, 오히려 그 시신들이 가지고 있는 얼룩무늬가 전부 다 시바의 것처럼 보이기도 했다.

"여긴 무슨 병원이었던 걸까?"

티베리우스가 물었다.

"아, 아냐. 병원이 아니었을 거야."

모트가 말을 더듬었다.

"그렇다면 모두들 여기 모여서 죽기만을 기다렸다는 거야?"

"우리한테 익숙한 방식이잖아."

테베리우스의 물음에 모트가 답했다.

"하지만 이런 식은 아니지."

"스스로 격리시켰을 수도 있어."

"아니면 EMSAH 때문에 전부 미쳐 버렸을 수도 있고."

"그럴지도 모르지. 아직도 부검이 하고 싶어?"

모트가 장갑을 정비하며 말했다.

"그래. 어떻게 된 건지 알고 싶어."

티베리우스가 대답했다.

"내가 도울 일은?"

"음……, 없어. 난 그냥—"

"알았어."

모트는 몸을 간신히 가누며 문 쪽으로 돌아섰다.

"보지 않을 거야?"

"내가 필요하면 불러."

모트가 말했다.

밖에서 모트는 팽팽하게 당겨져 있는 밧줄을 발견했다. 그 끝에 목에 사슬을 단 새끼 여우가 묶여 있었다. 여우와 개가 반반씩 섞인 처음 보는 잡종이었다. 목에 사슬을 단 여우는 전례가 없을 만큼 참혹한 모습이었다. 목 주위가 많이 부어 있었다. 트리스탄이 시바에게 목줄을 달았던 것과 비슷한 상황이었다. 여우는 눈을 감고 있었고, 벌어진 입 안에도 상처가 나 있었다. 이 새끼여우가 도망치는 걸 원하지 않았던 누군가가 인간들이 애완동물에게 했던 것과 같은 방식으로 이 문제를 해결하려고 했다. 그리고 저 안에 있던 자들은 아무도 반대하지 않았다.

회관 안에서 모트는 티베리우스가 시신을 옮겨 목에서부터 사타구니까지 절개하기 위해 준비하는 소리를 들었다.

시간이 지나고 티베리우스가 밖으로 나왔을 때 그가 입은 방호복 가슴 쪽에 얼룩이 묻어 있었다. 어둠 속에서 그 피는 파란색으로 보였다. 티베리우스는 자신이 발견한 사실들에 대해 이야기하기 시작했다. 모트는 자세한 이야기는 나중에 듣자고 했다.

그들은 들어갔던 철책으로 다시 빠져나와 숲속으로 향했다. 야영지와 마을에서 제법 멀리 떨어진 곳에 있는 작은 공터에 다다랐을 때 모트는 티베리우스에게 방호복을 처리하자고 말했다. 그들은 나뭇가지를 모아 불을 붙였고, 불길이 타오르기 시작하자 방호복을 벗어 태웠다. 연기가 치솟았다. 일을 끝낸 다음 그들은 남은 불씨를 발로 밟아 꺼버리고 다시 야영지로 돌아왔다.

"목에 걸린 사슬 봤어?"

티베리우스가 물었다.

"봤어."

"아무래도 그 회관에 전부 다 모여 있던 건 전염병 마지막 단계였기 때문이 아니었던 것 같아. 하지만 그 목줄은 확실히 지독했어. 정말 미친 거지."

티베리우스가 말했다.

"뭔가 다른 이유가 있었을지도 몰라. 어쩌면 EMSAH 때문에 미친 게 아닐지도 몰라. 단지 감당하지 못해서 미친 걸지도 모르지. 인간들처럼 말이야."

모트가 말했다.

"그건 아니었으면 좋겠는데."

앞에서 나뭇가지 부러지는 소리가 들렸다. 그들이 멈춰 서자 뒤에서도 나뭇가지 밟는 소리, 자갈이 밟히는 소리가 들렸다. 수목 한계선에서 흰색 방호복과 헬멧을 쓴 고양이들이 튀어나왔다. 둘을 겨눈 총부리가 난로 불빛처럼 동그랗게 빛났다.

이내 컬드삭이 모습을 드러냈다. 그가 쓴 헬멧은 너무 커서 마치 차 앞 유리처럼 보였다.

"보고 온 거겠지. 아닌가?"

컬드삭의 목소리가 헬멧 때문에 작게 들렸다.

그는 자신의 명령을 어긴 고양이들과 직접 이야기할 수 있게 다른 군사들에게 뒤로 물러나라는 지시를 내렸다. 고양이들은 나무 잎사귀와 가지를 밟는 소리를 내며 뒤로 물러났다.

"왜 그랬나."

컬드삭이 물었다.

"대장, 우리가 알아야 하는 일입니다."

티베리우스가 말했다.

"그럼 뭘 알아냈다는 건지 말해 봐."

모트가 티베리우스를 쿡 찔렀다. 처음에는 주저하는가 싶더니 티베리우스는 이내 입을 열었다. 아무래도 제대로 이야기를 해야 살 수 있을 거라고 생각하는 모양이었다. 그는 희생자들의 손톱과 이빨이 변색되었고 목구멍과 혓바닥에는 덩어리가 생겼다고 설명했다. 만일 티베리우스의 생각대로라면 그건 병의 초기 증상이었다. 신속하게 진단을 내렸다면 효과적인 격리와 정확한 혈액 검사가 가능했을 것이다. 미리엄은 지금도 혈액을 연구하는 중이었다.

컬드삭은 모트에게 덧붙일 말이 없는지 물었다.

"제대로 된 게 아무것도 없었습니다."

모트가 말했다.

"삭스의 말로는 우리가 치료법을 찾아내는 데 거의 근접했다는데."

"EMSAH를 말하는 게 아닙니다. 제대로 된 게 아무것도 없다고 했어요. 저들 모두가 말입니다. 우린 지금 인간처럼 변해 가고 있어요."

모트가 말했다.

컬드삭은 불합리한 추론을 그대로 받아들인 적이 단 한 번도 없었다.

"지금 무슨 말을 하는 거지?"

"난 어째서 저들이 스스로를 건물 안에 가둔 건지 알고 싶습니다."

모트가 말했다.

"저들은 자진해서 격리된 거야. 영웅이지. 우린 저들을 명예롭게 기억해야 해."

"아뇨. 저 질병은 저들이 최악의 모습을 보이게 만들었어요. 단상 위에 있던 개는 저들이 죽어가는 동안 일종의 격려 연설 같은 걸 했죠. 그게 아니라면 바로 그 개가 저들을 회관 안에 가뒀을 거고요."

"그건 모르는 일이잖아."

티베리우스가 끼어들었다.

"그럼 뭘 기대한 건가? 성대한 파티? 저들은 죽어가고 있었어."

컬드삭이 말했다.

"여우 한 마리가 목에 사슬을 달고 있었어요. 마치 동물처럼 말예요."

모트의 말에 컬드삭이 모트가 있는 쪽으로 몸을 내밀었다.

"무슨 일인지 제대로 털어놓는 게 좋을 거야."

모트는 어디서부터 말을 꺼내야 할지 알 수 없었다. 그의 마음은 여전히 죽은 새끼여우의 모습에 사로잡혀 있었다.

컬드삭이 그를 후려쳤다. 고개가 티베리우스 쪽으로 완전히 돌아갈 정도였다. 모트는 다시 고개를 바로 돌렸다. 만일 컬드삭이 두꺼운 장갑을 끼고 있지 않았다면, 모트는 얼굴에서 피를 흘리며 그대로 티베리우스의 발밑에 쓰러졌을 것이다.

그 순간 모트의 안에서 온갖 것들이 다 쏟아져 나왔다. 시바, 대니얼, 햇살이 내리쬐는 양탄자, 낑낑거리며 울던 강아지를 담은 양동이. 아무 이유 없이 시바의 이름을 불렀던 일. 상황을 바꾸기 위해 자신이 할 수 있는 일이 정말로 없었는지에 대한 끝없는 자문. 어째서 그는 살아있고 시바는 떠났는지에 대한 의문. 어째서 다른 이들은 자신들의 과거를 쉽게 극복하는데, 왜 그만은 잊을 수 없는가에 대한 의문.

티베리우스만 해도 자신의 과거를 어깨 한 번 으쓱하는 것으로, 혹은 술자리나 카드 게임 자리에서 하는 농담처럼 그냥 웃어넘길 수 있었다. 컬드삭의 경우에는 자신의 과거를 자신의 용기와 무자비함의 토대이자 명예의 훈장쯤으로 여겼다. 반면 모트에게 있어 과거는 나쁜 추억과 후회뿐이었다. 그는 언제나 옛 기억에 짓눌렸고, 그 여파가 현재까지 오염시키고 있었다. 마치 그가 인간이기라도 한 것처럼.

"넌 시바에 대해 잘 몰라."

컬드삭이 말했다.

"알 만큼은 알아요."

컬드삭은 모트가 아직까지 세상을 인간의 관점에서 보고 있다고 말했다. 진정으로 자유로워지기 위해서는 그런 것들에서 벗어나야 할 필요가 있다는 것이다. 모트는 그 말에 동의하지 않았다. 그는 단지 친구가 그리울 뿐이었다. 이걸 치료할 방법은 한 가지 밖에 없었다.

"지금으로선 시바가 널 싫어할 이유가 많지. 그 사실을 명심해."

컬드삭이 말했다.

"그런 경험을 하는 동물들은 많아. 퇴행성 방어 기제, 즉 RDM (Regressive Defense Mechanism)이라고 부르지. 그들은 어떤 기억들을 놓지 않고 있어. 가끔은 예전 주인을 그리워하면서 우는 경우도 있어서—"

티베리우스가 끼어들었다.

"입 다물어, 삭스!"

컬드삭의 날카로운 외침에 티베리우스는 입을 다물었다.

"네가 어떻게 해야 살 수 있을지는 모르겠다. 내가 할 수 있는 건 죽으라는 말뿐이니까. 만일 네가 예전 노예 생활을 할 때의 뭔가가 그리운 거라면 이렇게 나서서 불평을 늘어놓을 수도 있겠지. 하지만 나는 우리가 인간들처럼 되어 간다는 말도 안 되는 이야기는 참아줄 수 없어. 그 이유를 설명해 줘야 하나?"

컬드삭이 말했다.

"아닙니다."

"난 네가 필요해. 계속 내 옆에 있어 주겠나?"

컬드삭이 말했다.

"네."

모트는 자신의 말이 거짓인지 진실인지 불확실한 상태로 대답했다.

"그럼 이제 너희들도 그걸 봤다는 거로군. 그 병에 대해 미리엄만큼 많이 알게 된 거야."

컬드삭은 결정을 내리기 전에 한참 동안 침묵했다. 그러다 마침내 팔짱을 끼면서 이렇게 말했다.

"난 너희들을 죽일 수 없어. 그리고 너희들이 본 것을 다른 이들에게 알리는 것도 괜찮을 것 같아. 소문은 빨리 퍼지는 법이니까. 의구심도 그렇지만."

컬드삭은 잠시 서성거렸다.

"사흘간 여기서 지내도록 해. 그때까지 아무 증상도 나타나지 않으면 델타 캠프로 합류하도록. 만일 증상이 나타나면 각자 알아서 목숨을 끊어. 아니면 한쪽이 상대방을 죽인 뒤에 자살하는 법도 있지. 선택지는 여러 개니까."

컬드삭이 물러서며 신호를 하자, 부하들도 그를 따라 숲으로 들어갔다.

"제대로 된 보고서를 기대하고 있겠네."

레드 스핑크스는 숲속에서 흩어졌다.

모트는 몸이 휘청거릴 만큼 진이 빠졌다. 그때 티베리우스가 참지 못하고 울음을 터트려서 다행이었다. 그 덕분에 모트는 눈물을 참을 수 있었기 때문이다.

두 사람은 보다 정확하게 확인하기 위해 닷새 동안 그 자리에 머물렀다.

이틀째 되는 날, 마을 외곽에 개미탑이 솟아올랐다. 움푹 파였는가 싶더니 이내 작은 화산과 비슷한 모양이 되었다. 그 다음날이 되자 알파부대가 쏟아져 들어왔다. 모트와 티베리우스는 경사진 언덕에서 개미들이 마을을 해체하고, 흔적을 전부 없애고, 동물 시신들을 죄다 영양분으로 바꿔버리는 광경을 지켜보았다. 모트는 백혈구가 박테리아와 바이러스를 퇴치하는 것도 이와 똑같은 방식일 거라고 상상했다. EMSAH가 그 마을을 쓸어버렸다. 이제 콜로니가 EMSAH를 싹 쓸어낼 것이다.

잠시 뒤, 모트는 그들이 멀리 떨어져 있어 자세히 보이지 않는 것을 다행으로 여기게 됐다. 알파부대가 산산조각 낸 희생자들을 입에 물고 회관에서 밖으로 끌어내고 있었다. 곤충들은 기계적인 입놀림으로 끈적거리는 피가 들러붙은 살점들을 끌어당기고 있었다. 죽은 이에 대한 최소한의 예의인 사망자 명단을 만들 생각도 없었다. 희생자들은 죽어서조차 살아 생전 자신들이 겪은 지독한 악운 때문에 벌을 받고 있는 것이다.

모트가 있는 곳이 너무 멀어서 목줄을 매고 있던 새끼여우는 볼 수 없었다.

콜로니는 마을의 모든 시신들을 한 번에 쓸어 옮기는 데 필요한 알파부대원의 수를 정확하게 계산해서 파견했다. 이 콘도르 개미들은 새로 쌓은 개미탑을 향해 일렬로 행진했다. 그 사이 다른 개미들은 마을에 있던 건물들을 차례대로 무너뜨렸다. 조약돌을 던졌을 때 잔잔한 물가에 파동이 일어나는 것처럼, 건물들은 안에서부터 무너져 내렸다. 개미들은 그 잔해를 옮긴 다음, 흙으로 덮어 버렸다. 해 질 녘이 되자 남은 건 온통 진창인 정육각형 형태의 대지뿐이었다. 여왕은 과거를 덮어 버렸고 영원한 것은 없다는 사실을 다시 한 번 입증했다. 오직 여왕만이 무엇을 남기고 무엇을 버릴 것인지 결정할 수 있었다.

모트와 티베리우스는 서로의 눈을 보며 혈관이 터졌는지 살폈다. 상대방의 입 속에 병변이 될 보라색 덩어리가 있는지 확인했다. 그들은 미리엄이 제시한 추천 질문 목록에 따라 기본적인 사항들을 서로에게 물어보았다.

'노예 시절 이름은? 주인의 이름은? 처음으로 읽었던 단어는? 처음으로 말할 수 있었던 단어는? 우리의 적은 누구인가?'

티베리우스는 직위상 이 질문들에 대한 레드 스핑크스 대원들의 대답을 모두 알고 있었다. 마지막 질문에 대한 대답은 모두 동일했다. 게다가 그들이 그 마을에서 본 것을 떠올리면 이전보다 훨씬 대답하기가 쉬웠다. 적은 인간들이다. 이제와 같이, 앞으로도 영원히.

모트와 티베리우스에게는 아무 증상도 나타나지 않았다. 두통이나 피로감조차 없었다. 그래서 그들은 델타 캠프로 가서 레드 스핑크스와 다시 합류했다. 캠프는 육각형 모양으로, 벽이 통나무로 되어 있고 여섯 개의 끝점 중 세 곳에 감시탑을 세운 목조 건물이었다.

정찰병이 모트와 티베리우스를 발견하고 모두에게 알렸다. 레드 스핑크스 대원들이 입구에서부터 반갑게 맞아 주었다. 이 무적의 고양이들은 이번에도 죽음을 비껴갔다. 인간들과의 전쟁사에서 이들은 살아있는 승리의 상징이었다.

모트는 그들 사이에서 컬드삭을 발견했다. 그 보브캣은 고개를 치켜들고 모트에게 즐길 수 있을 때 즐기라는 신호를 보내고 있었다. 컬드삭이 모든 이야기를 자신에게 유리한 쪽으로 바꿔 놓았다. 그래서 다른 대원들은 컬드삭이 모트와 티베리우스에게 자살 특공 임무를 내려주었고, 충성심이 투철한 그들이 즉시 임무를 수행하러 나간 것으로 알고 있었다. 인간들의 특성 중 이런 이중성 같은 건 이따금 쓸모가 있었다.

모트는 한참 동안 시바 이야기를 꺼내지 않았다.

그는 그 뒤로 다시 몇 년간을 전쟁에서 간신히 살아남았다. 다행히 EMSAH 현장 전문가가 필요한 일들이 많아지면서 모트와 티베리우스는 어느 정도 유명인사가 되었고, 여왕의 실험에서 중요한 자산이 되었다. 레드 스핑크스가 기지나 정착지를 지날 때마다 정규군 장교들이 격리에 대해 물어보지 않을 때가 없었다.

컬드삭의 지시에 따라 그들은 희생자들이 마지막 단계에서 보이는 충격적인 행동을 중시하지 않고, 그 대신 신체적 특성의 증상과 진단에 집중했다. 티베리우스는 다른 동물들의 생체 해부에 불려 다녔고, 종종 모트에게도 함께 가자고 청했다. 원하건 원하지 않건 모트는 의학 교육 분야의 감사를 맡게 되었다.

티베리우스는 계속 치료약을 찾을 수 있을 거라고 믿으면서 죽었다. 레드 스핑크스가 인간들의 지하 벙커를 급습하던 날, 통풍을 위해 수직으로 판 갱으로 잠입을 시도하다 벌어진 일이었다. 인간들이 침입을 알아차리고 총을 쏘기 시작했다. 티베리우스는 도망칠 수가 없었다. 그 소란 통에서 모트는 티베리우스의 이름을 불렀지만 대답을 들을 수 없었다.

인간들을 모두 처리하고 벙커를 차지한 컬드삭은 생존자들을 자기 손으로 직접 처형했다. 레드 스핑크스는 티베리우스를 강 근처에 묻은 뒤,

그 위에 의료 기관의 상징인 십자가 형태로 돌을 놓았다. 그 후로 모트는 전선에서 들려오는 끊임없는 승전보에도 불구하고 더 이상 자신들이 그 질병의 치료법을 찾는 데 진전이 없다는 사실을 받아들이기 시작했다.

어느 날엔가 레드 스핑크스는 또 다른 정착지를 지나고 있었다. 모트만이 그곳 주민들의 풍족한 생활에 대한 쓸쓸함을 입 밖으로 내지 않았다. 그도 그곳 주민들처럼 살고 싶었다. 집을 찾아 정착해서 시바가 돌아오기만을 기다리고 싶은 마음도 있었고, 여전히 계속 그녀를 찾아다니고 싶기도 했다. 그는 죽음보다는 삶을 탐구해야 했다. 죽음에 대해서는 더 이상 배울 것이 없었다. 이 세상에 정의라는 것이 있다면, 이 정도로 혹독한 대가를 치른 모트에게 시바를 돌려주어야만 했다. 하지만 그건 인간들의 사고방식이다. 세상은 그에게 빚진 것이 없었다.

새로운 정착지들이 모습을 보이기 시작했고 전쟁은 '과도기'에 접어들었다. 마침내 계획을 이행할 때가 온 것이다. 개미들은 선택받은 동물 대사들을 통해 모든 것이 정상으로 돌아가기 위해서는 자신들의 요구에 따르라는 말을 자신만만하게 전했다. 지시를 받는 것과 생존을 위해 살아가는 것에 익숙해진 동물들은 그 말에 따랐다.

콜로니는 그러한 충성심을 바탕으로 종족 수에 맞춰 모든 종의 연장자들이 대표로 참석하는 의회를 만들었다. 의회의 첫 번째 안건은 재건에 관한 온갖 일들, 다시 말해 공사 계약, 재배차 지원, 고아들을 위한 입양 시설, 지역 경찰제도, 교육, 의료를 관장하는 부서를 만들자는 것이었다. 오랜 전쟁에 지쳐 있던 동물들은 이런 일상적인 일들을 기꺼이 받아들였다. 참전 군사들은 집으로 돌아갔고 건설 노동자들이 버스를 타고 도착했다. 모든 것들이 다시 돌아가기 시작했다. 거리가 생겨났다. 심지어 휴대폰을 다시 쓸 수 있게 전에 쓰던 전신탑을 다시 세우자는 말까지 나왔다.

컬드삭은 이런 변화들을 무시하고서 레드 스핑크스 대원들에게 계속 함께 지내자고 청했다. 그는 적들이 여전히 그들을 지켜보고 있다고 경고하면서, 정치인들이 전쟁이 끝날 거라고 선언했다고 해서 마음을 놓아선 안 된다고 말했다.

"새로운 체제를 반드시 수호해야 한다. 누군가는 쓰레기 청소부들과 학교 선생들을 지켜야 할 것 아닌가."

컬드삭은 인간들의 선전 방송에 나오는 것 같은 말을 했다.

모트가 자란 나라의 한쪽에 '웰빙'이라고 알려진 새로운 정착지가 생겼다. 그는 조용히 레드 스핑크스를 떠났다. 옳은 선택이었다. 그렇게 했기에 지금껏 살아있는 것이다. 누구도 그가 떠나는 것에 토를 달 수 없을 만큼 모트는 수많은 이들의 목숨을 구했다. 하지만 컬드삭은 실망감을 감추지 못했다. 그는 모트를 절대로 용서하지 않겠다고 말했다.

모트는 레드 스핑크스를 그만두기로 결정하면서 또 다른 대가도 치러야 했다. 그는 전쟁 영웅으로서 누렸던 수많은 특권을 내려놓았다. 그리고 정착민 캠프로 가서 다른 주민들과 함께 기다렸다. 여전히 그에겐 선택권이 있었다. 반면 컬드삭은 돌아갈 집이 없었다. 그는 평생을 싸우며 살아왔다. 몸의 변화로 영리해졌지만 싸움은 끝나지 않았다.

모트는 캠프에서의 생활에 금세 적응했다. 매일 똑같은 음식만 나왔고 대형 강당 바닥에 일렬로 깔아놓은 초라한 잠자리에서 잠을 청해야 했지만. 점차 일상적인 생활에 익숙해졌다. 그 동안 수많은 임무를 수행하느라 떨어진 체력도 다시 회복했고, 마음도 편해졌다. 관리자들이 참전용사인 그에게 창가 옆 가장 좋은 자리를 내 주었기 때문이다. 심지어 관리자들은 모트에게 관리 명부까지 보여주었다. 비록 명부 어디서도 시바의 이름을 찾지는 못했지만.

모트가 흐릿한 불빛 아래에서 강당에 울려 퍼지는 다른 이들의 목소리를 들으며 아무 생각 없이 깜박 잠이 들었을 때였다. 대장이 그를 찾아왔다. 컬드삭이 발로 모트를 걷어찼다. 모트가 인사를 하기 위해 자리에서 일어났지만, 컬드삭은 커다란 손을 내밀며 만류했다.

"인사는 됐어."

그는 특유의 직설적인 화법으로 최근에 있었던 산속 요새 기습 작전에서 죽은 동료들의 이름을 읊었다. 컬드삭은 양 손을 허리에 올리고 있었는데 아이들이 우는 소리가 들릴 때마다 귀가 씰룩거렸다. 약하기 그지없고 고마움을 모르는 주민들로 가득한 이 캠프는 사실 컬드삭이 대표하는 모든 것, 그가 가진 전부를 모욕하는 거나 마찬가지였다. 컬드삭에게는 전쟁이 필요했다. 그에게 있어 평화는 죽음이나 마찬가지였다.

"이제 너도 다른 동물들처럼 게을러지고 살이 찌겠군. 안 그런가? 이 새로운 체제도 당연한 것으로 받아들일 테고."

컬드삭이 말했다.

"새로운 체제 같은 건 없어요."

모트가 대답했다.

중재를 해 주던 티베리우스가 죽은 뒤로 최근 몇 년간 모트와 컬드삭의 논쟁은 점점 더 격렬해졌다. 둘의 오랜 관계를 잘 모르는 레드 스핑크스의 신입 대원들은 종종 대장의 뜻에 맞서는 모트의 목숨을 걱정하곤 했다. 모트의 눈에는 컬드삭이 논쟁을 즐기는 것처럼 보이기도 했다. 컬드삭에게 이런 논쟁은 전투를 하는 것과 마찬가지로 뭔가를 준비하고 배우는 연습이었다.

"아무리 꽉 막혔기로서니……. 콜로니가 널 위해 큰 계획을 세워 두었을 거라는 생각은 안 해봤나?"

컬드삭이 물었다.

"난 콜로니를 위해 군사로 복무했습니다. 이제 전쟁은 끝났어요. 나한테 다른 계획 같은 게 있을 리가 없잖습니까."

모트가 대답했다.

"넌 최고의 지위에 오를 수도 있어."

모트는 컬트삭의 말을 비웃었다.

"정말 그렇게 되면 우리 모두가 답답해질 겁니다. 대체 무슨 말을 하는 거예요? 여왕한테 들은 말이라도 있는 겁니까?"

모트의 말에 컬드삭이 손을 내저었다.

"그런 건 아니야. 그저 이건 좀 아닌 것 같아서 그러지."

"우린 점점 인간처럼 되어 가고 있어요. 정확한 겨냥이니 하는 헛소리는 아무래도 상관없어요. 여왕이 우리에 대해 잘못 안 거예요."

언제나처럼 모트가 말했다. 컬드삭은 만일 모트의 예측대로 된다면 얼굴을 한 대 치기라도 하겠다는 투로 응수했다.

"이런 일로 널 죽일 순 없겠지."

"알았어요. 다음에 만나면 내가 뭘 하고 있을지 알게 될 겁니다."

모트가 마디가 굵고 상처가 많은 컬드삭의 손을 잡으며 말했다.

"어쩌면 이게 마지막 만남일 수도 있겠지만."

대강당 어디선가 강아지 두 마리가 동물 인형을 놓고 싸우고 있었다. 어른들이 나서서 말린 뒤에야 조용해졌다.

"시바를 또 찾아다닐 생각이군. 아닌가? 이제 넌 모든 걸 알게 됐어. 내가 전부 가르쳤지. 그런데도 아직 그녀를 만날 생각을 하는 거야?"

컬드삭의 말에 모트는 잠시 생각에 잠겼다가 깊은 한숨을 내쉬었다.

"그래요. 맞아요."

그가 대답했다.

2부

다시 태어나다

제5장

굴욕

모두 사원 입구에 모였다. 위대한 전쟁에서 끝까지 저항했던, 지구상에 남아 있는 인간 전부가 모습을 나타내기를 기다리며 모든 종의 동물들이 빠짐없이 모여 있었다. 탐욕스럽게 죄를 짓던 인간들은 마침내 벌을 받았고 여기서 최후의 굴욕적인 시간을 가졌다. 인간들은 신에게 기도했다. 그들은 스스로 쌓아올린 기술과 정부를 믿었지만 그 무엇도 그들을 구해 주지 못했다.

콜로니는 웰빙에서 몇 달에 한 번씩 이런 추방 의식을 거행했다. 주민들은 좋아했다. 그들은 깊숙한 개미굴에서 알파부대에게 끌려 나오는 인간 포로들을 보면서 야유를 퍼부었다. 새롭게 자유를 얻은 동물들의 행복과 분노를 압축시키기에 이보다 더 좋은 행사는 없었다. 이 정도면 충분했다. 여기서 인간들은 이질적인 존재이자 놀잇감이며, 언제라도 버릴 수 있는 존재였다.

이번 추방 의식이 있는 날에는 주민들 사이에서 계급이 높은 장군이나 정치인들, 어린아이들—인간들은 여전히 번식을 하고 있었다—을 보게 될 거라는 소문이 돌았다. 주민들은 가끔은 소리 내서 말하기도 했지만, 대부분은 마음속으로 자신들의 예전 주인들을 보게 되면 어떨지 궁금해 했다. 그리고 포로들이 모습을 보이면 관중들은 누가 먼저 울음을 터트릴지, 누가 먼저 비명을 지를 것인지, 누가 먼저 기도할 것인지, 누가 먼저 저항할 것인지, 누가 먼저 애원할 것인지, 누가 마지막까지 아무 말 없이 자신의 운명을 받아들일 것인지 등등을 두고 내기를 하곤 했다. 이 거창한 행사는 주민들에게 자신들이 어떻게 승리했는가와 더불어, 그 승리가 쉽게 사라질 수도 있다는 사실도 상기시켜 주었다.

하지만 모트는 이제 지긋지긋했다. 이제 레드 스핑크스에서 나온 지도 1년이 넘었고, 마티니 가족이 은색 SUV를 타고 떠난 건 100년도 전에 있었던 일인 것 같았다. 이런 추방 의식이 예전 주인이나 시바에 대한 실질적인 단서를 알려주는 게 아니라면 그로서는 엄청난 시간 낭비에 불과했다.

모트는 지금은 이런 일들이 정상적인 것처럼 보여도, 다음 세대로 넘어가면 무슨 일이 있었는지 전부 다 잊어버릴 거라는 사실을 알고 있었다. 모트를 비롯해 현 시대를 겪은 세대들이 전부 죽고 나면 예전 삶에 대한 그들의 기억도 모두 사라지게 될 것이다.

동물들은 해가 저물어 어둠이 내려앉을 때까지 기다렸다. 신전인 피라미드 크기의 거대한 개미탑은 해가 떠 있을 때는 황갈색이었다가 해가 지면 갈색으로 변하고, 별이 뜨면 회색으로 변했다. 마침내 신전의 입구가 열렸다. 출입구는 오직 개미들만 조종할 수 있는 바이오메커니즘의 힘으로만 열 수 있었다. 처음에는 주먹 크기였던 구멍이 조리개처럼 점점 크게 벌어졌다. 개미탑은 형광등 위에 바구니를 씌운 것처럼 밤하늘 높은 곳에서부터 빛줄기를 내리 비추고 있었다.

동물들이 자세를 바꿔 모두 네 발로 땅을 짚었다.

알파부대가 똑바로 선 채로 입구에 모습을 보였다. 그들이 걸음을 뗄 때마다 배가 나란히 흔들렸다. 더듬이는 마리오네트 인형의 팔처럼 흔들렸다. 분절된 눈은 모든 것을 다 보고 있으면서 동시에 아무것도 보지 않는 상태였다. 날카로운 모서리에 경첩과 장비가 달려 있는 입은 기계의 부속처럼 보였다. 외골격에 튀어나와 있는 털들은 거칠었다. 수천 마리의 작은 개미들이 그들의 몸을 뒤덮고 있어 피부가 움직이는 것처럼 보이기도 했다. 예전에 인간들은 이와 비슷한 생명체가 출현하는 악몽 때문에 괴로워했다. 그런데 지금 그들이 똑같은 모습으로 이 자리에 있었다.

군중들은 알파부대를 위해 길을 내주었다. 모트는 몇 줄 떨어진 뒤쪽에 섰다. 자신을 알아보지 못하는 개 두 마리와 서로 아무 말도 하진 않지만 함께 도착한 한 쌍의 고양이 뒤였다. 그 개들은 위생 시설 일꾼들이 입는 오렌지색 조끼를 입고 있었다. 모트는 인간들이 놔두고 간 머스크 코롱 향으로 뒤덮인 희미한 죽음의 냄새를 감지했다. 모트는 그 일꾼들이 숨겨져 있던 시신을 운반한 모양이라고 생각했다. 아마 방공호 속에서 말라 죽은 인간들의 시신을 옮겼을 것이다.

모트는 앞에 서 있는 고양이의 주머니에 팸플릿이 꽂혀 있는 것을 알아차렸다.

'EMSAH 증상. 다음과 같은 증상들을 조심해야 한다.'

팸플릿에는 이렇게 쓰여 있었다. 일꾼들은 그 질병 덕분에 문명 사회 재건을 위해 자신들이 하는 일에 대한 목적 의식을 가지게 되었다. 만일 티베리우스가 이 자리에 있었다면 그들에게 EMSAH에 관한 일반상식을 물어보고, 틀린 답을 할 때마다 야단을 쳤을 것이다. '지금 잠복기를 모른다

고 말하는 건가?'

모트는 최근 들어 공공장소로 나갈 일이 생길 때마다 시바가 있는지 찾아보곤 했다. 한참을 찾다 보면 눈에 보이는 전부가 시바를 닮은 것처럼 보였다. 그럴 때면 마치 모든 이들이 그를 비웃는 것처럼 느껴졌다. 시바가 무릎에 강아지를 안고 있다. 시바가 광부 모자를 쓰고 불빛을 비춰보며 다음날 할 일을 점검하고 있다. 시바가 쌍안경을 들고서 알파부대가 인간 포로들을 끌고 나오는 것을 기다리고 있다. 언제나처럼 모트의 눈은 다시 현실에 적응하고, 시바가 아무데도 없다는 사실을 마음속으로 받아들였다.

모트가 완전히 생각에 빠지기 전에 첫 번째 인간 포로가 나왔다. 추방이 시작되었다. 모두가 긴장한 채, 목을 길게 빼고 등과 꼬리를 곧게 쭉 폈다. 모트는 포로들이 너무 많은 것을 보고 깜짝 놀랐다. 대부분이 여전히 위장복을 입고 얼굴에 진흙을 칠한 미국 군사들이었다. 인간들이 동굴이나 하수관에 숨어 있다가 하루라도 생명을 더 연장하기 위해 무시무시한 전쟁 기계를 이용한다는 소문이 돌곤 했었다. 모트는 그 소문을 퍼트린 것이 콜로니가 아니었을까 의심했다. 동물들이 경계심을 늦추지 않게 하는 데 효과가 좋았기 때문이다.

포로들 중엔 잠든 아기를 안고 있는 여자도 있었다. 거기서 모트는 다시 한 번 놀랐다. 보통 알파부대는 어린아이를 잡아먹는 걸 좋아했기 때문이었다.

알파부대는 앞에서 길을 터주는 동물들 무리를 모르는 척하며 엄한 모습으로 걸어갔다. 포로들 중에 훌쩍거리며 우는 사람들이 있었다. 그중에서 50대로 보이는 여자 포로가 모트의 눈에 들어왔다. 머리가 백발인 그녀는 오랜 세월 전쟁을 겪었음에도 불구하고 통통했다. 옆에 있던 젊은 여자가 그 나이든 여자를 달래 주었다.

뒤쪽은 수많은 알파부대원들이 빈틈없이 지키고 있었다. 그들 뒤로 신전의 출입구가 닫혔다. 개미탑의 내부에서 무적*같은 우르르거리는 소음이 들렸다.

그 신호로 동물들은 무슨 일이 일어날지 알아차렸다.

동물들이 동시에 뒷다리로 일어섰다. 포로들, 그들 중에서도 냉정한 것처럼 보였던 자들까지 포함해 인간들은 모두 그 광경에 깜짝 놀랐다. 그 의식이 상징하는 건 명백했다. 인간들의 시대는 끝났으며, 과학을 통해 삶을 연장시키고 종교를 통해 죽음을 속이려 했던 시도들은 모두 실패로 끝났음을 의미했다.

동물들은 다 같이 팔을 들어 올려, 포로들을 향해 흔들었다. 모트의 손은 다른 동물들보다 작았지만 짤막한 손가락들은 제대로 기능했기에 무리 없이 흔들 수 있었다.

누군가 울음을 터트렸다. 군사 한 명이 참지 못하고 흐느끼고 있었다. 다른 군사가 그를 안아 주었다. 그런 다음 그는 동물들 쪽을 돌아보며 침을 뱉었다. 거의 동시에 다른 인간들도 모두 울기 시작했다. 그에 답하듯 동물들이 소리를 질렀다. 그렇게 시작된 비웃음은 이내 구호로 바뀌었다.

"추방하라! 추방하라! 추방하라! 추방하라!"

동물들이 연호했다.

관중들은 포로들 주위를 에워싸더니 배가 정박해 있는 강 쪽으로 몰고

---

*항해중인 배들에게 안개를 조심하라는 뜻에서 부는 고동

가기 시작했다. 반쯤 물에 잠긴 잠수함과 비슷한 모양에 대나무와 진흙 같은 유기농 재료로 만든 배였다. 선체에 창문은 없었고, 한쪽에 출입구만 있었다. 부두에서 배로 건너갈 때 디딜 접이식 판자만 치우고 나면 포로들은 배 안에 갇히게 될 것이다. 거기서부터 인간들은 배를 타고 이름 없는 전쟁에서 동물들이 승리를 거뒀던 이름 없는 장소, 여왕의 궁전이 있는 섬으로 가게 될 예정이었다.

콜로니의 선전 광고에서는 미리엄과 다른 과학자들이 인간 포로들을 EMSAH 치료약을 찾아내기 위한 실험 대상으로 삼을 거라고 했다. 하지만 모트는 그 인간들 중 일부는 동물원에 전시될 거라고 생각했다. 어쩌면 억지로 인간들을 번식시켜 그들의 후손들도 똑같은 공포를 느끼며 영원히 노예로 살아가게 만들지도 모른다. 그런 짓은 인간들이 동물들에게 했던 짓과 다를 바가 없었다. 모트가 컬드삭에게 늘 말했던 것처럼.

개미들이 모든 정착지에서 형식적으로 시행하는 마지막 절차를 시작했다. 부두에서 진행되는 이 의식을 동물 군대의 일급 병사들이 주관하게 하는 것이다. 모트가 보기에 이 의식은 개미들이 지상 동물들에게 권력을 이양한다는 것을 보여주기 위한 어설픈 홍보였다.

황갈색 개가 앞으로 나섰다. 예전에는 인간들에게 그레이트 데인이라는 멍청한 이름으로 불렸을 것이다. 하지만 이번엔 이 개가 인간들을 배웅하는 특권을 차지했다. 계급이 대령임을 알 수 있는 밤색 띠를 두른 그 개는 접이식 판자 근처에 놓여 있던 마이크를 집어 들었다. 인간들은 찡그린 얼굴로 기다리고 있었다. 그건 확실히 공포가 아니라 짜증이었다.

"전쟁은 아직 끝나지 않았습니다. 하지만 이번 추방으로, 인간들이 퍼트린 전염병과의 싸움에서 우리는 최종 승리에 한 걸음 더 다가가게 될 것입니다."

황갈색 개의 말에 군중들은 환호성과 함께 또 다시 구호를 외쳤다.

"추방하라!"

대령이 정숙을 요구하며 양 손을 들어올렸다.

"인간들이 퍼뜨린 전염병을 이겨낸 최종 승리, 그리고 인간들과 그 전염병까지 모두 이겨낸 최종 승리가 될 겁니다."

개가 강조했다.

추방 의식은 EMSAH를 언급하지 않으면 끝난 것이 아니다. 그에 대한 응답으로 동물들은 인간들을 손가락질 하며 소리 질렀다.

"창피한 줄 알아라! 창피한 줄 알아라!"

동물들이 제각각 외치는 바람에 분위기가 한층 더 어수선해졌다.

"우린 그 병의 증상이 어떤지 알고 있다. 네 놈들의 마지막 수단이었던 그 끔찍한 무기에 똑같이 당하게 될 것이다."

대령이 포로들을 보며 말했다.

"이제 한 목소리로 외쳐봅시다. '우린 하나다.'"

추방 의식 때마다 동물들이 외우는 맹세의 첫 구절이었다. 예상했던 대로 군중들은 즉시 따라 하기 시작했다.

"우리는 서로에게 맹세한다. 이 새로운 세상에서 평화를 추구하고, 정의를 뿌리내리며, 질서를 지키고, 전쟁에 대비할 것이다. 우리는 모두 하나가 되어 이 새로운 세상을 목숨 바쳐 지킬 것을 약속한다. 여왕과 콜로니, 의회의 이름으로 맹세한다."

모트는 이 맹세를 따라 하지 않았다. 아무도 눈치채지 못했다.

개는 벨트에 달려있던 기계를 떼어냈다. 컬드삭이 콜로니에 보고할 때

쓰던 것과 똑같은 통역기였다. 그건 이제껏 만들어진 것들 중 가장 뛰어난 기술 혁신의 결과물이었지만 여기선 그저 형식적인 의식의 소도구로 쓰일 뿐이었다.

개는 헤드셋을 착용한 뒤 알파부대 대장 앞으로 다가가 그 구역의 상황을 보고했다. 그 과정에 몇 분이 소요됐는데, 아마 통역기가 천천히 작동되는 모양이었다. 그런 간단한 대화에서조차도 문자 창을 가득 채울 만큼 충분한 정보가 포함될 수 있기 때문에 사용하는 쪽의 입장에서는 그 기계가 느리게 작동하는 것처럼 보일 수도 있었다. 그런 점은 여왕의 정신 능력을 흉내 낸 것으로 보였다.

'보고'가 끝나자 그 개는 옆으로 물러났다. 알파부대가 포로들을 배에 태웠다. 보통 때는 이 시점에서 선창하는 이가 있으면 관중들 모두가 노래를 함께 따라 불렀다. 그러나 이번에는 조용했다. 그날 밤에 구호를 너무 많이 외쳤기 때문일 거라고 모트는 생각했다.

군중들은 사방으로 흩어졌다. 동물들은 투덜대기도 하고 수다를 떨기도 했다. 그들은 그날의 추방 의식이 전날 자신들이 예상했던 것과 얼마나 일치하는지 비교했다. 모두 똑같이 실없는 이야기들을 늘어놓았다.

사원의 빛이 어두워졌다. 의식이 끝나고 머지않아 동물들이 모두 떠나간 길 한복판에서, 모트만이 위안을 주는 어둠과 침묵 속에 숨은 채 그 자리에 서 있었다.

제6장

정상적인 생활

다음 날 모트는 쓰레기 트럭을 얻어 타고 예전 집, 그러니까 전 주인들의 집으로 향했다. 트럭 운전기사는 덱스터라는 이름의 비글로, 예전에 인간들이 씌운 입마개를 하고 있었다. 모트는 그가 변화 이후에도 노예 시절 이름을 쓰고 있을 거라고 생각했다. 덱스터는 계기판에 관리국에서 발급한 신분증을 자랑스럽게 붙여 놓았다. 그 트럭이 재건 사업의 지정 차량이라는 것을 입증하는 표시였다. 신분증에는 발굽과 날개로 아틀라스처럼 지구를 떠받치고 있는 관리국 로고가 새겨져 있었다.

차를 태워 주는 것은 웰빙에서는 당연한 예의였다. 모트는 종종 이런 작은 호의들이 얼마나 오래 지속될 수 있을지 궁금했다.

그들은 이 지역에서 진행 중인 건설 계획에 대해 이야기를 나누었다. 그 개는 근처에 있는 다리 보수가 지연되고 있다는 사실에 짜증을 냈다.

"부끄러운 줄 알아야 해요."

그런 다음 개를 제외한 다른 모든 종들을 비난했다.

"탓하자는 건 아니지만, 어떤 쥐들은 전동 드릴을 사용하기는커녕 들어

올리지도 못한다니까요."

덱스터가 말했다.

모트는 작년보다 많이 늘어난 피난민 캠프에 관한 이야기로 화제를 돌렸다. 하지만 아직도 예전에 살던 집으로 돌아가려고 한다거나 다른 지원을 받으려는 자들이 많았다. 덱스터도 캠프에서 지내다가 운전을 배운 덕분에 밖으로 나갈 수 있었다. 모트는 덱스터가 트럭 운전기사로 일하는 보수로 맨션에서 살고 있는 모양이라고 추측했다.

"당분간은 위생 관리로 바쁠 겁니다. 잔해를 치우는 데만 1년은 걸릴 거예요. 시신이나 오염된 식량 보급품들 같은 생물학적 위험물질들은 제외하고도 말예요."

덱스터가 말했다.

그는 모트에게 캠프에서 무슨 일을 했는지 물었다. 모트는 위생 관리 일을 했다고 대답했다. 어느 정도는 사실이었다. 덱스터는 그 말을 듣고 자신과 모트가 '공감'할 수 있다는 점에 기뻐했다. 모트는 고개를 끄덕이면서 덱스터가 계속 물어볼 경우에 대비해 간결하고 애매한 대답을 준비했다. 다행히 덱스터는 더 이상 물어보지 않았다.

트럭이 집 앞에 도착했다. 덱스터는 모트가 차에서 내리는 동안에도 계속해서 말하고 있었다. 그 건물의 한쪽 면에 땅딸막한 서체로 찍혀 있던 주소는 비와 햇살에 바래 부분적으로 지워져 있었다. 519. 오-일-구. 오-십구. 오백 십구. 모트가 처음으로 글을 읽을 수 있게 됐을 때 읽었던 것이었다.

덱스터가 인사를 하고 떠났다. 모트는 그 일대가 다 파괴됐는데도 예전 집만큼은 온전하게 남아 있다는 사실에 안도의 한숨을 내쉬었다. 길 아래쪽에는 콜로니가 세운 개미탑이 있었다. 지금 그 거대한 신전은 무서울 정도로 적막하고 황폐한 상태로 버려져 있었다.

모트가 금속으로 된 손잡이에 손을 내민 순간, 문이 저절로 열렸다. 그는 지금 앞에 서 있는 암컷 고양이가 조던일 거라고 생각했다. 조던은 모트에게 옛 집이 준비되었다는 것을 알려준 관리국 직원이었다. 윤기가 흐르는 회색 털을 가진 통통한 고양이었다. 품종은 러시안 블루. 모트는 이제 쓸모가 없어진 그 정보를 재빨리 머릿속에서 지워버렸다.

그는 조던이 모트와 달리 중성화 수술을 하지 않았다는 사실도 알아차렸다. 비록 새끼를 가지기에는 너무 나이가 많았지만. 모트는 조던을 만난 적이 없는 상태에서 자기가 이 암컷과 짝짓기를 하고 싶어질 것인지 궁금했다. 거세된 상태에 이점이 있을 것인지, 아니면 자신을 행복하게 해 줄 뭔가를 빼앗아 간 것인지 궁금해서였다. 아마 인간들은 자신들의 욕구를 조절하며 살았을 것이다. 이들이 남긴 포르노 비디오나 잡지들을 보면 꼭 그런 것 같지도 않지만.

조던이 찾던 집이 맞느냐고 물었을 때, 모트는 예전에 많은 시간을 보냈던 갈색 양탄자 위에 서 있었다. 날이 흐렸음에도 불구하고 여전히 그 양탄자 위로 흐릿한 햇빛이 비치고 있었다. 모트는 숨을 들이마셨다. 겁먹은 동물들처럼 조심스럽게 냄새를 맡는 것이 아니라, 더 많은 기억을 떠올리기 위해서였다.

"맞았다는 뜻으로 알게요."

조던이 말했다.

비록 음식 냄새는 오래 전에 사라졌지만, 모트는 오래된 안락의자에서 나는 나무 냄새와 곰팡내를 맡을 수 있었다. 조던은 일주일 전에 만났던 개에 대한 이야기를 했다. 유명한 전투에서 다리를 잃은 개로, 예전에 살던 집으로 돌아가고 싶어 했다. 그래서 그 집을 찾았더니 이미 열 마리가 넘는 고양이들이 거기 살았던 모양이었다.

"그러자 자긴 고양이 냄새를 싫어한다고 하더군요. 내 면전에서 말예요!"

조던이 말하며 웃었다. 그러다 그녀는 기침을 하기 시작했다. 모트는 조던에게 괜찮으냐고 물었지만 그녀의 기침이 여간해서 멈추지 않아 물을 뜨러 개수대로 갔다.

"그 물은 아직 마실 수 없어요. 난 괜찮아요."

기침을 하면서 조던이 말했다.

이윽고 그녀는 손바닥 위에 털 뭉치를 토해냈다. 당황한 듯 눈이 휘둥그레진 조던은 모트 몰래 그 끈적거리는 털 뭉치를 서류판 위에 떨어뜨렸다. 고양이들 중에는 여전히 예전 습관을 버리지 못하고 자기 몸을 핥는 경우가 있었다. 모트는 이미 극복했지만 그 은밀한 즐거움을 버리지 못한 고양이들도 있었던 것이다.

그는 조던이 전쟁에 나간 적이 없을 거라고 생각했다. 절제력이 부족했기 때문이다. 조던은 아마 전쟁 기간 내내 인간들이 보관해 둔 통조림이 가득한 창고 같은 곳에서 숨어 지냈을 것이다.

"지하실을 보고 싶군요."

모트가 말했다.

조던은 고개를 끄덕이곤 그를 거실로 안내했다. 한쪽 벽면을 거의 다 채우는 대형 거울을 걸어둔 덕에 공간이 두 배는 넓어 보였다.

"여기 다른 고양이가 있다고 착각하면 안 돼요!"

조던이 말했다. 모트는 그녀가 털과 침으로 범벅이 된 서류 판에 그 말을 써 놨을 거라고 생각했다.

"지하실이 보고 싶다고 했는데요."

모트가 다시 말했다.

"어쩌면 꼭대기 층에 계속 있어야 할지도 몰라요. 지하실은 수리를 해야 할 것 같아서요."

조던이 말했다. 모트는 그녀의 목소리가 인간들의 가냘픈 울음소리처럼 들린다는 것을 알아차렸다. 조던은 뭔가 숨기고 있었다.

모트는 지하실 쪽으로 향했다.

"모트, 기다려요. 우리가 2층 침실에 새 침대를 갖다 놨어요."

"난 아래층에서 잤어요."

조던의 말을 흘려버린 그는 전등 스위치를 켰다.

뒤따라온 조던이 계단을 내려가는 모트의 어깨에 손을 올렸다.

"새로 커튼도 달았어요. 꽃무늬에요!"

그녀가 애원하듯 말했다.

모트는 지하실을 살폈다. 아무것도 변한 게 없었다. 여전히 빨래 바구니가 놓여 있었고, 맨 위에 푸른색 후드 티 소매가 튀어나와 있었다. 대니얼의 책상에 놓여 있는 컴퓨터의 모니터는 먼지가 뽀얗게 쌓여 있었다.

하지만 기억을 더럽히는 이상한 냄새가 섞여 있었다. 모트는 그 냄새가 뭔지 알아내기 위해 숨을 깊이 두 번 들이마셨다. 매직펜 냄새였다. 누군가 그 펜을 여기서 하루 전, 혹은 그보다 더 가까운 시기에 사용한 것 같았다.

"모트, 여기 기물이 좀 파손됐어요."

조던이 말했다.

한쪽 벽에 집에서 만든 선반이 걸려 있고, 비디오테이프들이 잔뜩 쌓여 있었다. 그중에는 제목을 매직 펜으로 쓴 테이프들도 있었다. '가필드 할로윈 스페셜, 이너스페이스.' 하지만 오래 전에 쓴 것이라 냄새는 나지 않았다. 모트는 천장에 달린 파이프에 걸어놓은 커튼 쪽으로 몸을 돌렸다. 온수기와 보일러를 가리는 커튼이었다. 그 커튼 뒤는 모트가, 고양이 시절의 모트가 시바가 도망쳤던 날 마지막 몇 분 동안 함께 있었던 곳이기도 했다.

모트가 커튼을 젖히려는 순간, 조던이 그의 꼬리를 붙잡았다. 무례하기 그지없는 행동이었다. 어미라 해도 새끼들의 꼬리를 잡지는 않는다.

"내 잘못이 아니에요. 오늘 아침까지 몰랐어요. 오지 말라고 하기엔 이미 너무 늦은 시간이었어요."

조던이 말했다.

"진정해요."

모트가 부드럽게 꼬리를 빼내며 말했다.

조던은 인간처럼 코를 훌쩍거리고 숨을 헐떡이며 울었다.

"당신이 보기 전에 해결하려고 했어요. 난 이 직업을 잃을 수 없어요. 다른 건 할 줄 아는 게 없으니까요."

"기물 파손 같은 건 상관없어요. 다시 집에 돌아와서 기쁠 뿐이니까."

모트가 말했다.

그가 괜찮다고 말하는데도 조던은 계속 울기만 했다.

모트는 파이프에 달린 금속 링에 걸려 있는 커튼을 옆으로 젖혔다. 그 소리가 채 가시지도 않은 상태에서 모트는 벽에 쓰여 있는 낙서를 발견했다.

밝은 빨강색 매직 펜으로 다음과 같이 쓰여 있었다.

'시바는 살아있다.'

조던은 거듭 사과하면서 원래대로 수리해 놓겠다고 맹세했다. 모트는 커튼을 다시 친 뒤, 집의 나머지 부분은 볼 필요가 없다고 말하면서 모건을 현관 쪽으로 데려갔다.

"이 집 안내는 내가 더 잘할 거요."

조던은 계속해서 관리국에서 그 낙서를 지워 주겠다고 말했지만, 모트는 직접 하겠다고 고집을 부렸다. 그는 조던을 밖으로 내보낸 뒤 문을 닫았다.

모트는 숨을 깊이 들이마셨다. 하지만 먼지가 자욱한 공기 중에 시바의 흔적은 없었다.

'이게 네가 원하는 거야? 노망난 돼지처럼 온종일 시바 냄새만 찾아다니는 게?'

모트는 거울 속에 비친 자신의 모습을 응시했다.

'맞아. 그러면 안 돼?'

그는 생각했다. 이제부터 그렇게 할 것이다. 어쩌면 시바의 냄새에 중독될지도 모른다. 중성화 수술을 한 늙은 고양이들 중에는 그런 이들도 있었다.

예전에는 모트가 지나가도 조용했던 계단이 이제는 삐걱거리는 소리가 났다. 그는 대니얼이 시바의 새끼들을 죽인 욕실을 지나쳐 재닛과 대니얼이 잠을 자던 침실 문을 열었다. 침대에 푸른색 이불이 깔려 있었다. 이 집을 떠난 뒤 아무도 손대지 않았다는 것을 쌓여 있는 먼지로 알 수 있었다.

모트는 다락으로 통하는 문을 열었다. 차가운 공기가 계단 아래에서까지 느껴졌다. 계단을 올라 마지막 계단 앞에 선 모트는 다락을 살펴보았다. 이 집에서 유일하게 변화가 있었던 공간이었다. 당장 눈에 보이는 피해는 창문이 깨진 것뿐이긴 했지만.

다락에서는 상자들, 코트 걸이, 낡은 장난감들이 그를 기다리고 있었다. 겨울 외투가 가득 들어있는 상자 근처의 자리, 다락을 정복한 뒤에 모트가 시바와 함께 잠이 들었던 그 자리는 아무도 손대지 않은 채 그대로 남아 있었다. 그의 인생에서 가장 찬란했던 시절이었다. 모트는 그 자리에 다가가 다시 냄새를 맡아보았다. 오래된 나무 냄새밖에 나지 않았다.

모트는 다시 지하실로 돌아갔다. 보일러를 켜자 우르릉 소리가 나면서 파란 불꽃이 올라오기 시작했다. 어딘가에서 수리 팀이 가스선과 수도관을 수리하기 시작한 모양이었다. 정상적인 생활로 돌아갈 수 있게끔 모든 일들이 차분히 진행되고 있다는 신호였다. 모트는 책상다리를 하고 앉았다. 꼬리가 보일러의 금속 몸통에 부딪쳤다.

모트는 그 벽에 낙서가 없는 것처럼 시바의 냄새가 나는 척 가정할 수도 있었다. 하지만 마음 한편으로는 그 낙서의 내용을 믿고 싶었다. 이웃들 중에 살아남은 누군가가 모트를 괴롭히고 싶어서 그런 글을 써 놓았을 가능성을 무시하고 싶었다.

어쩌면 건너편에 살던 개, 행크의 짓일 수도 있었다. 행크는 모트가 결코 알 수 없는 방식으로 시바에 대해 알고 있었으니. 그 개는 여전히 모트를 경쟁자로 생각하고 있거나 시바의 새끼들이 죽은 것도 모트의 탓으로 생각하고 있을지도 모른다. 아니면 예전에 집 밖에 살았던 길고양이들이 벌인 짓일 수도 있었다.

모트는 누군가 EMSAH의 마지막 단계에서 입에 거품을 문 채, 의미 없이 그 글을 썼을 가능성에 대해서도 생각해 보았다. 그러나 만일 그랬다면 개미들이 먼저 알아챘을 것이다. 그리고 그의 고향 마을은 육각형 형태의 흙먼지로 사라졌을 것이다.

누가 그 낙서를 썼든 시바가 살아있을 리는 없다. 그럴 수 없었다. 그녀의 흔적은 사라졌고 단서는 어디에도 남아 있지 않았다. 모트는 시바가 이 세상에 없다는 상실감과 슬픔을 힘겹게 받아들였다. 이 멍청한 낙서로는 아무것도 바뀌지 않았다.

제7장

생기 없는 눈동자들의 행렬

모트는 꿈속에서 냄새를 맡았다. 페인트, 개털, 떡갈나무, 구운 닭고기, 다람쥐 오줌, 새 모이, 변기 물, 향수, 낡은 양탄자, 퀴퀴한 담요, 섬유 유연제 냄새. 꿈속에서 그는 아무것도 볼 수 없었지만 그건 상관없었다. 왜냐하면 세상 전체가 그의 뜻대로 되었기 때문이다.

지하실의 제일 좋아하는 자리에서 잠을 자는 동안, 모트는 마티니 부부의 SUV가 진입로에 들어와 지하실 창문으로 들어오는 빛이 차바퀴에 가려지는 꿈을 꿨다. 단내, 샴푸, 베이비파우더 같은 아이들에게서 나는 냄새들이 그의 콧구멍을 간지럽혔다.

잠에서 깨어보니, 차 소리는 진짜였다. 진입로에 차 한 대가 들어왔다. 차문이 열렸다 닫히는 소리가 들렸다. 모트는 발굽이 바닥에 부딪치는 발걸음 소리를 들을 수 있었다. 또 다른 하나는 고양이거나, 훈련을 제대로 받은 개인 것 같았다.

모트가 이곳으로 이사 온 지 닷새가 지났다. 매일 밤 그는 그 낙서가 있는 지하실 벽 앞에서 잠들었다. 지금도 그는 그 자리에서 반쯤 눈을 뜬 채였다. 매직 펜 냄새는 지하실에서 나는 다른 냄새에 섞였다. 낙서는 그대로 남아 있었다. '시바는 살아있다.' 여전히 그렇게 쓰여 있었다. 그 낙서는 어쩌면 상기시키기 위해서나 혹은 경고, 약속일 수도 있었다. 꿈일 수도 있고.

그는 초인종 벨이 울리기를 기다렸다가 자리에서 일어났다.

모트가 문 앞에 도착하기 전에 벨이 세 번 이상 더 울렸다. 문을 열어 보니 1미터 80센티미터가량의 돼지가 서 있었다. 고양이와 개들은 자주 보았지만 새로운 생활에 적응한 가축들은 보기 드물었다. 적어도 이쪽 지역에서는 그랬다. 농장에서 자란 동물들은 이런 새로운 세상에서 살아남기에 지능이 부족하다고 생각하는 이들도 많았다. 하지만 그건 풍문에 불과했다. 자신들은 나이가 많아 변화한 몸을 충분히 즐길 시간이 많지 않다는 것을 알고 있는 심술궂은 늙은 고양이들이 지어내 퍼트린 이야기였다.

아직 말이나 소, 돼지들에게는 발굽이 남아 있었기에 많은 이들이 똑바로 서서 걷는 것을 그만두었다. 그들은 다른 동물들처럼 자유롭게 사용할 수 있는 손이 없는 상태에서 똑바로 걷는 것은 의미가 없다고 생각했다. 더군다나 그들은 도축되기 전까지 우리에 갇혀 지내거나 들판에서 풀을 뜯어먹으며 살았다. 돼지들 중에는 돌팔이 의사들을 찾아가 입에 어금니를 박아 넣는 성형 수술을 하는 이들도 있었다. 그렇게 하면 자신들이 가축이 아니라 멧돼지라고 주장할 수 있기 때문이다. 돼지들의 그런 가짜 어금니는 인간들의 부분 가발처럼 바람만 불면 떨어지곤 했다.

그럼에도 지금 모트 앞에 서 있는 돼지는 인상적이었다. 그 돼지는 팔을 양옆에 붙인 채 똑바로 서 있었다. 종종 발굽이 있는 동물들은 다른 종들과 있을 때는 '손'을 등 뒤로 숨기곤 했다. 자신들의 부끄러운 발굽을 숨기려고 하는 자의식이 강한 돼지들을 만나면 티베리우스는 이렇게 묻곤 했다.

"환불 받고 싶어? 의료 과실로 여왕을 고소라도 하고 싶은 거야?"

그 돼지는 가솔린 엔진을 개조한 덕분에 야채 기름 악취가 풍기는 군용 험비 차량을 타고 왔다. 그는 공병 부대 소속이라는 것을 의미하는 파란색 띠를 두르고 있었다. 대위의 직급을 나타내는 모트의 초록색 띠는 위층에 있는 짐 속 어딘가에 박혀 있을 것이다. 그는 그 띠를 받은 뒤로 한 번도 둘러 본 적이 없었다. 그런데 그보다 중요한 건, 그 돼지가 레드 스핑크스 휘장이 그려진 검은색 완장을 두르고 있다는 사실이었다. 모트도 레드 스핑크스 대원으로 다른 종을 받기로 했다는 이야기를 전해 듣긴 했지만, 지금 그의 집 진입로 앞에 서 있는 신입 대원을 직접 보고서도 믿기 힘들었다.

모트는 그 돼지의 어깨 너머로 시바가 걸어오는 모습을 보았다. 세바스찬으로 지낼 때 오랫동안 그려왔던 모습 그대로 시바는 두 다리로 걷고 있었다. 둘 사이에서만 통하는 농담을 할 때처럼 그녀는 혓바닥을 쏙 내밀고 있었다.

모트는 정신을 차리기 위해 눈을 비볐다. 시바가 아니었다. 다른 모든 암컷들과 마찬가지로 모트의 상실감을 되살리고 그를 고통스럽게 만들기 위해 나타난 또 다른 개였다. 그는 마지막으로 암컷과 대화를 나눈 것이 언제인지 기억나지 않았다. 설사 그런 기회가 있어도 모트는 금세 자리를 뜨곤 했다.

모트처럼 이 개도 군사였다. 그녀는 직급이 중위임을 알리는 회색 띠를 두른 채 입을 꾹 다물고 있었다. 아침 햇살에 동공이 수축되고 건조해졌는지 고양이처럼 눈을 모은 채 잔뜩 찡그리고 있었다. 핏불테리어와의 잡종으로, 털색은 옅은 갈색이며 입마개를 하고 있었다. 얼굴 왼쪽에는 입에서부터 거의 눈 근처까지 울퉁불퉁한 분홍색 흉터가 남아 있었다.

"모트 대위님이신가요?"

그녀가 물었다.

"그렇소만."

모트가 대답했다.

"전 와와 중위라고 합니다. 이쪽은 보나파르트 특수 대원이에요."

모트가 미소 지으며 물었다.

"나폴레옹은 이미 있을 텐데?"

"여러 번 있었죠."

돼지가 대답했다.

"대위님이 아주 영리한 분이라고 들었습니다."

와와가 말했다.

"누가 그러던가요?"

"컬드삭 대령님이요."

모트는 아직도 가끔씩 그 이름을 떠올렸다. 그 이름은 모든 의미가 사라질 때까지, 컬드삭의 탁한 목소리가 머릿속에서 들리지 않을 때까지 계속해서 맴돌곤 했다.

"이제 대령이 된 거요? 누가 죽기라도 했나?"

모트의 물음에 그 돼지가 코웃음을 쳤다. 그리고는 웃지 않았다는 듯 입을 닦으며 기침했다.

"대령님께서 대위님의 참석을 요청하셨어요. 채석장에서 일이 벌어졌습니다."

일. 참석을 요청. 그 개가 아무 의미 없는 말들을 그토록 심각하게 말하고 있다는 것이 재미있었다. 모트는 자신이 퇴역했다는 사실을 설명했다. 그녀는 레드 스핑크스에서 모트에게 기밀 정보 취급 허가가 떨어졌으며 인수인계의 일환이라고 대답했다.

"인수인계라니 무슨 말이오?"

모트가 물었다.

와와는 그가 아무것도 모르고 있다는 사실에 깜짝 놀라며, 레드 스핑크스가 정규군에 편제되었다고 설명했다. 이건 좀 이상한 정도가 아니었다. 레드 스핑크스 대원들은 경찰이 아니다. 콜로니에 직접 보고하는 암살자 집단이었다. 모트는 여왕이 더 이상 살인 기계들을 이용하지 않는 편이 낫다고 여겼으며, 현재로서 제일 큰 관심은 도로를 건설하고 배관을 설치하는 일이기 때문일 거라고 나름대로 결론을 내렸다.

"사양하겠소."

모트가 대답했다.

"그건 곤란합니다."

와와가 말했다. 모트는 그녀 쪽으로 다가갔다. 그의 뒤에서 현관문이 닫혔다.

"곤란하다고? 내가 그 말을 따르지 않는다면 총으로 쏘기라도 하겠다는 건가?"

모트가 물었다.

"고자들이란."

돼지가 고개를 저으며 한숨을 쉬었다.

"대위님께 총을 쏘진 않을 겁니다. 하지만 대위님이 협조를 거절할 경우 대령님이 전하라고 하신 말이 있어요."

와와가 말했다.

"전언이 뭐요?"

"대령님은 '네 말이 맞았어.'라고 하셨어요."

"내 말이 맞았다고 했다고?"

"그렇게만 전하면 대위님이 알 거라고 하셨어요. 그 뜻이 뭔지는 스스로 알아보셔야 할 것 같습니다만."

컬드삭은 와와를 책상 앞에 차렷 자세로 세워 둔 채 이 순간을 예측한 것이다. '그 친구는 알았다고 할 거야. 그 집에 영원히 숨어 살 순 없을 테니까.' 아마 대령은 비웃으며 말했을 것이다. 어쨌든 컬드삭이 그렇게 말한 이상, 모트는 이 낯선 자들과 함께 가는 수밖에 없다는 것을 알고 있었다. 그로선 아무래도 상관없었다. 돌아올 때쯤에는 양탄자에 햇살이 내리쬐고 있을 것이다.

"짐을 챙겨서 나오겠소."

모트는 말했다. 아무에게도 깊은 인상을 주지 못할 꾸깃꾸깃한 대위의 띠를 제외하면 사실 가져갈 것도 없었다.

모트는 험비 뒷좌석 가운데 자리에 앉았다. 보나파르트가 운전을 하고 와와는 무릎 위에 서류 더미들을 올려놓고 뒤적거리고 있었다. 보나파르트가 이전과 거의 변화가 없는 발굽으로 운전을 한 탓에 운전대에는 큼지막한 자국이 남아 있었다. 모트는 채석장을 지도에서 본 적은 있었지만 실제로 가는 건 처음이었다. 채석장은 고속도로 바로 옆에 있는 구덩이로, 포스터가 잔뜩 붙어 있는 나무 울타리에 둘러 싸여 있었다. 바로 한 달 전부터 채굴 작업이 시작된 곳이었다.

그들은 오래된 집들을 수선하고 있는 주민들을 지나쳐갔다. 마티니 일가의 집이 있는 골목 끝에 있는 집을 설치류 기술자들이 페인트칠하고 있었다. 빛에 민감한 눈을 보호하기 위해 편광 고글을 쓰고 있는 그들의 털에는 하얀 페인트가 묻어 있었다. 아마 그들은 모두 친족일 것이다. 쥐 가족은 지상 세계에서 자신들을 써 줄 고용주를 찾았고, 변화 이전에 자신들이 갉아먹기 좋아했던 집들을 수리하는 일을 얻었을 것이다.

모트는 와와에게 어디서 근무하는지 물었다. 그녀는 최근 민간 치안에 관련된 일들을 하고 있다고 대답했다. 할 일이 많지는 않다고 했다. 대지 경계선에 관련된 소소한 분쟁, 운전 교습의 실질적 부족 때문에 발생하는 자동차 접촉 사고, 소음 불만—주로 옆집에 개들이 살 경우—등이었다. 와와는 개들이 울부짖음 조절에 실패하는 경우가 종종 있다고 말하면서 눈동자를 굴렸다. 그녀는 종족들이 자신과 같은 수준으로 규율을 따르지 않는 것에 실망한 것처럼 보였다.

와와는 공공장소에 출몰하는 취객들도 처음에는 가끔씩 보이다가 이제는 일상적인 골칫거리로 바뀌고 있다고 설명했다. 많은 새 집주인들이 전 거주자들이 남겨 놓은 신기한 술 진열대를 탐사했다. 피난민 캠프에서 받았던 온갖 경고에도 불구하고, 많은 동물들은 마음을 굳게 먹고 '서던 컴포트' 위스키나 '까베르네 소비뇽' 와인을 마셔 보기로 결심했다.

모트가 지냈던 피난민 캠프의 관리관들은 전쟁 이전에 십대 인간들이 개에게 맥주를 먹이는 온라인상에서 유명한 동영상을 보여주기까지 했다. 인간들이 미친 듯이 웃고 있는 동안 술을 마신 그 불쌍한 동물은 벽에 부딪치고, 계단에서 굴러 떨어졌다. 그 동영상은 4천 7백만 번 넘게 시청

한 것으로 나왔다.

와와는 소가 빨대로 잭 대니얼스를 빨아 마신 뒤에 울타리 기둥 사이에 머리가 끼었다는 이야기를 해 주었다. 그때 보나파르트가 코웃음을 쳤다. 모트는 처음으로 코웃음에 혐오감을 담을 수도 있다는 것을 알았다.

그리고 그는 지독한 냄새를 맡았다. 신선한 공기를 마시기 위해 자세를 바로 잡아 보았지만 아무 소용이 없었다. 사방에서 그 지독한 악취가 났다. 와와 또한 말을 멈추고 손으로 코를 막았다. 확실히 죽음과 부패의 냄새였다. 예전 이웃이 공격을 당해 목숨을 잃은 뒤 며칠 동안 길거리를 가득 메웠던 악취와 똑같았다. 대니얼의 시신도 그 악취에 한 몫 했을 것이다. 시바의 시신도 그랬을 것이고.

"내 말이 맞았다고 했습니까?"

모트가 물었다.

와와가 고개를 끄덕였다. 눈에 눈물이 고여 있었다. 입 가리개 사이로 작은 흐느낌이 새어나왔다.

개 병사 두 명이 채석장 문을 열어 주자 험비가 안으로 입장했다. 그 안에 있는 구덩이 가장자리에 모든 종의 군사들이 줄을 지어 서 있었다. 그들은 구덩이 속을 들여다보는 중이었다. 일부는 고개를 젓기도 했다. 많은 이들이 천이나 스카프로 주둥이를 가린 모습이었다. 아마 채석장 바닥에서 독성이 강한 연기가 올라온 모양이었다. 모트는 그 광경을 볼 수 있을 거라고 생각했다.

오렌지색 고양이가 험비 앞으로 달려오더니, 보나파르트에게 차를 오른쪽으로 몰라는 듯 팔을 크게 휘저었다.

"트럭들을 세워둔 쪽으로 가!"

그 고양이가 외쳤다.

보나파르트는 험비를 트럭 옆에 세웠다. 모트는 차 안에서 돌아보고서야 그 고양이가 왜 그렇게 흥분했는지 알 수 있었다. 발굽 자국들이 구덩이 쪽으로 이어져 있었다. 구덩이 너비는 6미터는 될 것 같았다.

모트가 험비에서 내리자 악취가 밀랍처럼 피부에 들러붙는 것 같이 느껴졌다. 그는 몸을 핥고 싶다는 충동을 느꼈다. 와와는 계속 코를 틀어막고 있었다.

"대령님이 보입니까?"

보나파르트가 물었다.

모트는 다른 동물들과 함께 다가오는 컬드삭을 바로 알아볼 수 있었다. 옛 친구가 이쪽으로 오는 동안 그도 구덩이 속을 들여다보지 않을 수 없었다. 개 세 마리가 슬픔에 잠겨 울부짖고 있었다. 모트는 그들에게 조용히 하라고 말했다. 그리고 다른 이들의 어깨 너머로 구덩이 속을 들여다보았다.

채석장 바닥에는 사슴 떼가 쓰러져 있었다. 뿔이 하늘로 솟구친 채, 인형처럼 겹겹이 쌓여 전부 다 죽어 있었다. 사슴들의 몸은 생물학적 변화과정에 따라 길게 늘어나 있었다. 부패가 진행되면서 지독한 악취와 함께 사슴들의 배는 크게 부푼 상태였다. 시신들 위쪽에 검은색 안개 같은 것이 흐릿하게 끼여 있었다. 모트는 그 안개가 악취의 정수일 거라고 생각했다. 하지만 그건 죽어가는 시신에 모여든 파리 떼였다.

바람이 살짝 불어오자 파리 떼는 바로 흩어졌다. 그 모습은 텔레비전 화면에서 봤던 눈이 내리는 장면과 비슷해 보였다. 파리 떼들 사이로 번들거리지만 생기가 없는 사슴들의 눈동자가 비난하는 것처럼, 애원하는 것처럼, 대답할 수 없는 질문을 하는 것처럼 모트를 쳐다보고 있었다. 개미들이 천년에 걸쳐 이뤄낸 엄청난 성과물이 절벽에서 떨어졌다.

모트의 왼쪽에 있던 쥐 한 마리가 그 광경을 보고 구토했다. 동료들은 그 모습을 보고 웃었다.

"이 정도는 익숙해진 줄 알았는데!"

누군가 외쳤다.

"냄새 때문이 아니야. 파리 때문이지. 난 파리가 싫어."

쥐가 대답했다. 그리고 기침을 한 뒤 침을 뱉었다.

"콜로니에서 파리를 똑똑하게 만들지 않아 다행이지. 그랬다면 파리들은 자기들이 시체나 배설물을 먹는다는 걸 알게 되었을 테니 말이야."

개가 말했다.

컬드삭은 이미 이 소동을 알고 있었다는 것을 모트는 알아차렸다. 그는 친구와 제자, 견습생을 알아보고 자세를 똑바로 했다. 모트는 그의 앞으로 걸어갔다. 웬 고양이가 대령에게 질문을 퍼붓다가 상대방에게 들리지 않는다는 사실을 깨닫고 멈추었다. 컬드삭은 모트를 향해 팔을 내밀었다.

모트는 주먹으로 대령의 콧대에 한 방을 날렸다. 컬드삭은 항상 이렇게 말하곤 했다.

'얼굴을 조준하지 마. 머리 뒤쪽을 조준해야 해. 네 주먹이 적군의 뇌를 뚫고 들어가 뼈와 살을 뽑아낸다고 상상해.'

순식간에 사방에서 총을 꺼내 모트를 겨냥했다. 반짝거리는 총구들이 모트의 얼굴 바로 앞에서 빛나고 있었다. 그는 그 총구들 뒤에 있는 주인들을 살폈다. 고양이의 가늘게 뜬 눈, 설치류의 반들거리는 눈, 개의 부드럽고 촉촉한 눈.

"모두 무기를 내려 놔. 어서."

컬드삭이 말했다. 그는 콧대가 부러지지 않았는지 확인하려는 것처럼 코를 쓰다듬고 있었다. 라이플들이 내려갔다.

"자네도 마찬가지야, 중위."

컬드삭의 말에 와와가 총을 권총집에 집어넣었다. 그녀는 그 상황이 마음에 들지 않는 것처럼 보였다. 모트는 와와를 이해할 수 있었다. 컬드삭과 눈도 제대로 마주치지 않는 누군가의 목을 따버릴 절호의 기회였으니까.

"이 친구가 누군지 아나? 바로 모트야. 앨러게니 전투의 영웅. 체서피크만 다리 폭파작전의 지휘관. 대낮에 피츠패트릭 장군을 암살한 미친 놈. 이 고자 친구는 자네들이 태어나기도 전에 인간들을 죽였지."

컬드삭이 말했다.

모트로서는 컬드삭이 '고자'라는 표현을 한 것이 이번만큼은 다행으로 여겨졌다. 그 말이 자신에 대한 기대치를 낮추어 줄 테니.

"내 전언을 들은 모양이군. 축하해. 아무 이유 없이 널 똑똑하다고 하진 않지."

컬드삭이 모트 쪽으로 몸을 내밀면서 말했다.

"날 여기 부른 이유부터 말해요."

모트가 말했다.

"네가 원했던 거잖아? 내 기억에는 너와 티베리우스는 내 명령도 듣지 않고 이런 장소를 기웃거렸던 것 같은데."

컬드삭이 말했다.

"티베리우스는 죽었어요."

모트가 말하자, 컬드삭은 고개를 끄덕였다. 그는 군사들을 쭉 살피다가 죽은 사슴 사진을 찍고 있는 개를 불렀다.

"사진은 전부 찍었나, 이등병?"

"예, 대령님."

"좋아. 그럼 이제 전부 다 깨끗하게 치우게."

컬드삭의 말에 부하 몇 명이 다시 자신의 부하들에게 큰 소리로 명령을 내렸다. 그러자 이내 모여 있던 동물들이 웅성거리면서 다시 움직이기 시작했다. 짐칸이 노출된 트럭들이 구덩이 가장자리 쪽으로 이동했고, 방호복을 입은 군사들이 채석장 밑으로 내려갔다.

컬드삭은 모트와 와와를 데리고 걸어가기 시작했다. 모트는 이런 시끄러운 상황에 아랑곳없이 험비 옆에 서 있는 보나파르트를 힐끗 쳐다보았다. 그 돼지는 싱긋 웃으면서, 발굽으로 펀치를 날리는 동작을 해 보였다.

그들은 급히 설치한 것처럼 보이는 텐트로 들어갔다. 컬드삭은 탁자 쪽으로 향했다. 모트로서는 전혀 관심 없는 용어들이 즐비한 서류들이 탁자를 뒤덮고 있었다. 컬드삭은 차갑게 식은 커피 잔을 문진처럼 쓰고 있었다. 대부분의 동물들, 특히 야생에서 살던 동물들은 커피를 얕봤다. 그들은 평생을 두려움 속에 살았기 때문에 그런 흥분제가 필요할 일은 절대 없다고 말했다. 하지만 이유가 뭔지는 몰라도, 컬드삭은 커피를 마셨다. 어쩌면 기력이 쇠해져 그에 대한 보상으로 마시는 것일 수도 있었다.

컬드삭은 서류 중 한 장을 집어 들어 탁자 위에 펼쳤다. 그 지역 지도로, 빨간 X표와 다른 표시들이 되어 있었다.

"이 일이 처음 벌어졌을 땐 너한테 연락하지 않았어. 그때도 뭔가 심상치 않다는 건 알았지만 말이야."

컬드삭이 말했다.

"이런 자살 사건이 또 있었다는 겁니까?"

모트가 물었다.

"자살뿐이면 다행이지."

자살과 살인은 전쟁이나 미신, 미용 잡지, 리얼리티 TV프로그램, 인간 문명에서 야기된 온갖 부패들과 마찬가지로 지난 세월의 유물로 여겨지고 있었다. 개미들은 콜로니의 명령이 있을 때만 동족을 죽인다. 전설처럼 전해 오는 이야기에서 여왕이 자기 어머니를 죽인 것을 포함해서. 하지만 최근에는 그런 희생조차 드물었다.

"와와 중위가 이 일을 담당하고 있어."

컬드삭이 말했다. 그가 고개를 끄덕이자 와와가 앞으로 나섰다.

그녀의 말에 따르면 레드 스핑크스는 바이러스의 신체적 증상이 나타난 주민들이 있다는 보고를 받았다고 했다. 이제까진 아무도 양성 반응을 보인 적이 없었다. 와와의 팀은 상황을 계속 주시하다가 그 증상이 나타난 주민들이 사는 지역의 모든 주민들의 혈액 검사를 지시했다. 하지만 곧 예측할 수도 없고 우려스러운 이상 행동들이 나타나기 시작했다는 것이다.

"대위님의 집에서 멀지 않은 곳에 사는 고양이 가족이 있었습니다. 그들은 모두 목을 매서 죽었죠."

와와가 지도에 나와 있는 X표를 가리키며 말했다.

"엄마 쥐가 자기새끼들을 물에 빠뜨려 죽인 뒤에 스스로 목숨을 끊은 사례도 있습니다. 그들은 전쟁으로 정신적 외상을 입은 참전용사들도 아니었어요."

그녀가 얼굴을 찡그리면서 말을 이었다.

"악의는 없었습니다."

모트는 계속하라고 말했다. 와와는 그 부모들은 관리국에서 일했고, 아이들은 일 년 뒤에 학교에 들어갈 예정이었다고 했다.

"그리고 여기서―"

와와가 갈색 손톱으로 지도 위에 선을 그으며 말을 이었다.

"― 살인과 자살 사건이 일어났습니다. 위생 시설에서 일하던 개가 이웃을 찌르고, 자신의 반려와 새끼 두 마리를 독살한 뒤에 스스로 독을 먹고 자살했죠."

"그러니까 그 사건들이 바이러스 감염 보고와 연관이 있다고 생각하는 겁니까?"

"그렇습니다. 입증할 수는 없지만요."

와와가 대답했다.

"생각과는 달리, 모든 이들이 변화를 기뻐하지 않았을 수도 있어요. 그런데 이 일이 나와 무슨 상관이죠?"

"모든 일들이 대위님이 그곳으로 이사 간 뒤에 일어났어요."

와와가 말했다.

"솔직히 말해 보게. 집에 돌아간 뒤에 이상한 일은 없었나?"

컬드삭이 물었다.

보브캣의 질문이 채 끝내기도 전에, 모트의 눈앞에는 지하실 벽에 있던 낙서가 떠오르면서 심장이 뛰기 시작했다.

"아뇨. 인간들이 남긴 쓰레기를 치우고 집을 수리하고 있는 중입니다만, 이상한 점은 없었습니다."

모트는 거짓말을 했다.

"모트. 이번 일이 무엇을 의미하는지는 누구보다 잘 알 거야."

컬드삭이 말했다.

"물론이죠. 당연한 일 아닙니까? 여왕은 수십 억의 사람들을 죽였고, 세상을 뒤집었어요. 그리고 우리가 고마워하기를 바라고 있죠."

"고마워해야지. 노예였던 우리를—"

"그만 하세요. 지금은 노예가 아닌 것 같습니까?"

모트가 날카롭게 말을 잘랐다.

"우린 이 지구의 주인이고—"

"주인이 되기 위해 여왕의 허락이 필요하다면 그게 정말 노예인 겁니다."

"모트 대위님. 이런 말씀을 드려도 될지 모르겠지만, 그간의 공적 때문에 모두 대위님을 우러러보고 있습니다. 하지만 전 대위님에 관해 전부 알고 있어요. 캠프에 있던 치료사는 대위님에게 변화로도 해결되지 않은 문제들이 있다고 했습니다. 대령님이 대위님을 처음 발견했을 때도 지금 같은 상황이었다고 들었어요. 그때는 무엇 때문에 그런 겁니까? 죽은 동물의 이름을 소리쳐 불렀다죠?"

와와가 끼어들었다.

"아, 그랬지. 시바였어. 최근에 그 이름 들어본 적 있나?"

컬드삭이 물었다.

모트는 '어쩌면'이라고 대답하려다가 다시 생각했다.

"내가 그렇게 이상한 사람이라면, 어째서 기밀 취급 허가가 떨어진 겁니까?"

"내가 결정한 일이 아니야. 콜로니에서 지시가 내려왔어."

컬드삭이 말했다.

사실 콜로니가 컬드삭이 이끄는 레드 스핑크스를 받아들인 것도 이상한 일이었다. 그런데 이제 그들은 소소한 인사 문제까지 관여하고 있었다.

"전쟁을 치르면서 저들도 네 이상한 짓은 잊어버린 거겠지. 네 말대로 티베리우스는 죽었어. 그리고 이 근방에서 바이러스에 관해 가장 잘 아는 건 너지. 그래서 이번 일에 네가 도움이 될 거라고 생각한 거야. 이 일에 대해서는 아무한테도 말하지 말아야 할 거야. 아무리 놀라운 광경을 보게 되더라도 말이지."

컬드삭이 말했다.

"뭘 봐도 놀랄 일은 없어요."

모트가 말했다.

"아마 네 말이 맞겠지. 어쩌면 이 이상 현상들은 과거로의 회귀인지도 몰라. 이런 일들을 일시적인 현상이라고 분류할 수 있으면 좋겠군."

컬드삭이 말했다.

"아니면 EMSAH겠죠."

모트의 그 말이 컬드삭의 신경을 건드렸다. 그는 번쩍거리는 눈을 가늘게 떴다.

"이 근방에서 그 말을 꺼낼 때는 조심해야—"

"EMSAH 말입니까?"

모트가 더 크게 말했다.

"공식적으로 이번 일은 새 정착지의 보안 기준 절차의 일부야. 비공식적으로는 중위의 우려를 함께 나누고 있는 거고. 그래야만 하지. 그게 내 일이니까."

컬드삭이 말했다.

모트는 티베리우스라면 이번 일을 어떻게 다루었을지 생각해 보았다. 아마 그는 주민들이 이상한 말과 행동을 하거나 비논리적인 일들을 믿는 건 EMSAH 때문이라고 지적했을 것이다. 그 바이러스가 다른 단계의 증상들이 나타나기 전에 환자를 자살로 몰고 가는 건 드문 일이었다. 만일 사슴들이 EMSAH에 걸렸다면 그런 극적인 상황을 생각하고 실행할 상황이 아니었을 것이다. 그러니 바이러스가 변이를 일으켜서 전혀 새로운 증상들을 나타낸 거라고 보는 것이 합리적일 것이다. 그런 것이 바이러스의 본성이니까.

"안심하세요, 대령님. 만일 바이러스가 퍼진 거라면 지금쯤 우린 격리당했을 테니까요."

모트가 말했다.

"앞으로 며칠 동안은 대위님을 찾아갈지도 모릅니다. 대위님도 뭔가 알아내신다면 저희한테 알려주셨으면 좋겠어요."

와와가 말했다.

"그러죠. 그쪽에서도 뭔가 알아내면 알려줘요."

모트가 말했다.

와와가 자기 연락처가 담긴 명함을 건네줄 때 텐트 입구에 개 한 마리가 나타났다. 그 개는 래브라도 종으로, 너무 젊어서 전쟁을 기억하지 못할 것 같았다. 모트는 젊은이들을 만나면 항상 말하곤 했다. 그들의 눈동자는 해맑고, 무서운 것이 없었다. 하지만 이 개는 좀 달랐다. 뭔가에 겁을 집어먹고 있었다. 그 개는 헐떡거리면서 최대한 제대로 보고를 하려 애를 썼다.

"방해해서 죄송합니다."

컬드삭과 와와가 애써 경례를 하고 있는 젊은 신병을 돌아보았다.

"무슨 일이지?"

"콜로니에서 특사가 왔습니다."

와와의 물음에 젊은 개가 대답했다. 컬드삭은 양손을 문지르더니 고개를 끄덕였다.

"보나파르트에게 가서 기계를 가져오라고 해."

그 개가 밖으로 나가자 텐트가 펄럭거렸다.

"자, 모트. 굽실거리는 내 모습을 또 보겠군."

컬드삭이 말했다.

그들은 밖으로 나갔다. 알파개미 두 마리가 나란히 뻣뻣하게 서 있었다. 심지어 더듬이조차 꼿꼿했다. 그리고 그 커다란 머리에서 반구로 툭 튀어나와 있는 겹눈은 수백 가지 방향을 보고 있었다. 모트는 그들이 자신을 보고 있는지 아닌지 판단할 수가 없었다.

그들의 발아래에는 작은 개미들이 들끓고 있었다. 그 개미들은 몸집이 큰 알파개미들이 놓칠 수도 있는 지형 정보를 모으고 있었다. 실제로 알파개미들은 그 작은 개미들의 지시를 받았다. 컬드삭은 종종 알파부대를 원격 조종 로봇과 비교하곤 했다. 그리고 이런 말도 했었다.

"아마 저 자들의 머릿속에는 전선이 붙은 감자가 들어 있을 거야."

보나파르트가 짤막하고 통통한 팔로 기계를 끌어안은 채 나타났다. 그 통역기는 예전에 그레이트데인이 추방 의식에서 사용했던 것보다 훨씬 발전된 형태였다. 이 기계는 아주 중요할 뿐만 아니라 보안을 유지해야 하는 물건이었기 때문에 모든 부대에서 담당하는 병사가 개별적으로 지정되어 있었다.

통역기는 기본적으로 콜로니의 과학자 조합이 유기물질로 만든 헬멧 형태로 되어 있었다. 만일 그 기계가 자발적인 희생으로 죽은 알파개미들의 신체 부위로 만들어졌다고 해도 모트는 놀라지 않았을 것이다.

개미들이 성상처럼 우두커니 서 있는 동안, 컬드삭은 커다란 머리에 그 기계를 착용했다. 통역기가 머리에 간신히 들어갔기 때문에 더듬이는 하늘을 찌를 듯 곤두섰고 송화구는 컬드삭의 수염 위에 떠 있었다.

"하던 일들 계속하도록."

와와가 부하들에게 소리쳤다. 그들 대부분이 하던 일을 멈추고 자신들의 대장이 개미들과 대화하는 광경을 지켜보고 있었다. 보통 장교들이 그 통역기를 사용하는 법을 배우는 데만 해도 몇 개월이 걸렸다. 정신적으로 평온한 상태가 되어 있어야만 폭포수 아래 찻잔처럼 되는 일 없이 방대한 정보들 중에 필요한 내용을 검색하고, 저장하고, 해석할 수 있기 때문이었다.

많은 동물들이 그 기계를 사용하다가 정신력 저하와 엄청난 육체적 고통을 겪었고, 조로증에 걸리기도 했다. 그렇긴 해도 그들은 아마 어떤 인간들보다 똑똑할 것이다.

모트는 스피커를 통해 들리는 이상한 목소리를 듣기 위해 가까이 다가가려 했다. 와와가 그를 붙잡았다.

"가까이 가지 마십시오."

와와가 마치 새끼를 보호하는 어미 개처럼 말했다. 모트는 와와도 컬드삭이 예전에 자신에게 그랬듯 오랫동안 공들여 키우는 부하라는 것을 알 수 있었다.

알파개미들과의 대화가 끝나자 컬드삭은 하사들 중 한 명을 쳐다보았다. 수술용 마스크를 쓰고 있는 개였다. 대령은 마무리를 하라는 뜻으로 손짓을 했다. 하사가 고개를 끄덕였다.

그때 갑자기 개미들이 활기차게 움직이기 시작했다. 일제히 서로를 쳐다보며 더듬이를 맞대고, 복부를 떨었다. 그 자리에 컬드삭을 남겨 놓은 채 알파개미들은 작은 개미들과 함께 걸어가기 시작했다. 보나파르트는 어느새 다가와 통역기를 돌려받았다.

"미래를 볼 준비가 됐나?"

컬드삭이 모트에게 물었다.

잠시 뒤, 알파개미들이 돌아왔다. 스무 마리는 넘을 것 같은 알파개미들이 뒤 따르고 있었다. 몇 년 전에 격리된 지역에서 봤던 것처럼 개미들은 일렬종대로 채석장을 향해 진군하기 시작했다. 하사가 정신없이 부하들에게 자리를 피하라고 지시하고 있었다. 개미들이 채석장 입구에 도착하자 구덩이 밑으로 내려갔던 군사들이 재빨리 기어 올라와 옆으로 비켰다. 알파개미들은 손으로 바위를 짚으며 채석장으로 내려갔다.

"소독하러 가는 겁니까?"

모트가 컬드삭에게 물었다.

"재활용을 하러 가는 거지."

모트는 차갑게 비웃었다.

"왜? 전에도 본 적 있잖은가. 그냥 이대로 악취를 풍기는 시신들을 놔두길 바라나?"

컬드삭이 말했다.

몇 분 뒤, 무자비하게 죽은 사슴의 뿔과 시신 일부를 입에 문 알파개미들이 나타났다. 그들은 각자 시신을 날랐다. 개미들이 같은 곳만 밟고 지나간 덕에 길에는 하나의 자국만 남았다. 개미들의 행렬은 입구를 지나 가장 가까운 신전으로 향했다.

와와는 모트에게 어디에서부터 조사를 시작해야 하는지에 대해 말하고 있었다. 하지만 모트는 지금 자신이 여기서 뭘 하고 있는지 묻는 것처럼 멍한 눈으로 쳐다만 보았다.

제8장

컬드삭의 이야기

컬드삭은 이제껏 산 채로 가죽이 벗겨진 광경은 본 적이 없었다. 그는 갖가지 방식으로 훼손되고 부패한 시신들을 보아 왔다. 폭사나 총탄으로 벌집이 된 것도 보았고 증발되고, 목이 잘리고, 소각되고, 삼켜져 소화된 것까지 본 적 있다. 하지만 지금 같은 광경은 이 나이가 되도록 처음 보는 것이었다.

컬드삭이 처음 이 현장으로 와 달라는 전화를 받았을 때, 전화를 건 군사는 이 범죄 현장을 어떻게 설명해야 할지조차 몰랐다.

"첨탑이 있는 집입니다. 크고 뾰족한 탑이요."

그 고양이가 말했다. 컬드삭은 사건에 대해 또 누가 알고 있는지를 물었다. 고양이 군사는 지금까지는 컬드삭과 술탄 중위 밖에 모른다고 대답했다. 그나마 다행이었다. 적어도 레드 스핑크스가 정규군사 얼뜨기들의 방해 없이 현장에 제일 먼저 도착했다는 말이니까. 그 현장을 사진으로 남길 시간은 충분했다.

컬드삭이 현장에 도착해 보니 방호복을 입은 군사 둘이 그 앞을 지키고 있었다. 그는 그들에게 안에 들어갔었냐고 물었다. 군사들은 사건 현장 안에는 중위만 들어갔다고 대답했다. 컬드삭은 고개를 끄덕이고는 그들에게 막사로 돌아가라고 말했다. 둘은 잠깐 눈빛을 교환하더니 아무것도 묻지 않고 그 명령에 따랐다.

컬드삭은 건물 안에서 진동하는 피 냄새를 맡았다. 인간 냄새도 났다. 그는 직접 들어가 보기로 마음먹었다.

컬드삭은 방호복을 입은 뒤 평소 습관대로 권총 벨트를 그 위에 찼다. 그리고 지하실로 내려갔다. 발전기가 돌아가는 덕분에 전깃불이 들어왔다. 술탄이 전등불 아래 서서 피해자의 사진을 찍고 있었다. 컬드삭은 플라스틱 마스크를 통해 보이는 중위의 안색이 좋지 않다는 것을 알아차렸다. 술탄은 컬드삭에게 경례를 한 뒤 계속해서 사진을 찍었다. 한쪽 구석의 끈적거리는 피 웅덩이 위에 분홍색 피부를 드러낸 너구리가 쓰러져 있었다. 번들거리는 살갗에 대비되어 너구리의 안구는 이상할 정도로 하얗게 보였다.

바닥에 내리기 전, 그 시신은 매달려 있었다. 컬드삭은 서까래에 해진 밧줄이 늘어져 있는 것을 알아차렸다. 너구리는 그곳에 거꾸로 매달려 있었다. 동물의 가죽을 벗길 때 사용하는 방법이었다.

"저들은 아주 급하게 떠난 것 같습니다. 시신이 그대로 매달려 있던 걸 보면."

술탄이 사진을 찍으면서 말했다.

"시신이 목적이 아니었으니까."

컬드삭이 대답했다.

범인들은 그 너구리를 거꾸로 매단 뒤, 다리를 최대한 벌려서 묶었다.

그런 다음 날카로운 칼로 발목에서 가죽을 떼어내고 다리에서 꼬리까지, 다시 척추를 지나 어깨와 두개골까지 가죽을 벗겨냈다. 잔인한 범인은 마무리로 눈과 코, 입에서까지 가죽을 벗겨냈다. 그런 뒤에 연달아 배를 갈랐다. 칼 손잡이를 싸고 있던 덮개가 피에 젖어 마치 축축해진 담요처럼 느슨하게 풀어질 때까지.

컬드삭은 이런 내용을 사냥법을 설명한 오래된 책자에서 읽은 기억이 났다. 물론 엄밀히 말해 그가 직접 읽은 건 아니었다. 그 책자에 담긴 내용은 컬드삭이 통역기를 통해 얻은 지식의 일부였다.

그 '파일'에 접속하면 가끔은 흥분되지만 자주 우울해졌다. 경우에 따라서는 자기 자신을 통제할 수 없을 정도로 산만해지기도 했다. 통역기를 제대로 이용하기 위해 그는 전쟁 전의 시간들에 대해 생각했다. 컬드삭은 무리지어 다니면서 먹이를 쫓아 사냥을 시절을 떠올렸다. 통역기를 쓰는 이들은 모두 마음이 편안해지고 평온해지는 생각을 해야만 했다. 온전한 정신 상태를 유지하거나, 가능한 정신을 바짝 차리고 있어야만 했다.

컬드삭은 예전에 했던 그 사냥이 그리웠다.

가죽이 벗겨진 동물 사건이 가장 최근에 있었던 EMSAH 사례였다. 여왕은 아직도 격리를 시작하지 않았다. 여왕은 그 지역에 대한 계획을 세웠다. 컬드삭을 위한 계획이자 레드 스핑크스와 모트, 와와까지 그들 모두를 위한 계획이었다. 개미들 입장에서는 완고하고 끈질긴 호기심 때문이었으니 순전히 운에 달려있긴 하지만, 그 정착지가 여왕이 하려는 실험의 중심지가 되었다. 이제 이곳은 동물들을 재판하는 법정이 되었다. 그리고 그 지식이라는 짐을 운반해 준 대가로 여왕은 컬드삭에게 직위와 권력을 주었다.

"저쪽 구석에서 밀수품도 나왔습니다."

술탄이 말했다.

벽 앞에는 녹색 천이 깔린 탁자가 보였는데 천에는 십자가와 초승달, 육각형별이 수놓여 있었다. 그 위에는 빈 포도주 병들이 올려져 있었다. 이 포도주들은 전쟁 전엔 비싸지 않은 것들이었지만 지금은 값을 매길 수 없을 정도다. 또, 천에는 핏방울이 말라붙어 있었다. 아마 범인들이 동물의 동맥을 찔렀을 때 그 피가 생각보다 멀리 튀었을 것이다.

뒤에서 술탄이 사진을 찍고 있는 동안 컬드삭은 노란색 책장을 휙휙 넘겨보았다. 킹 제임스 성경이었다. 그는 그 책이 있던 곳이 어딘지 정확하게 알고 있었다. '계시' 뒤의 끝부분에 새로운 챕터들을 끼워 넣어 책등에 스테이플러로 박아 놓았다. 급하게 만든 것 같았다.

새로 들어간 챕터들은 문서로 작성해 프린터로 출력한 것이었다. 제목은 각각 『예수의 아들, 예언자 마호메트의 이야기』와 『유배의 서』, 『성 프란시스의 복음』이었다. 컬드삭은 마지막에 나온 이름이 동물들과 평화롭게 지내고자 했던 남자였다는 것을 기억해냈다. 인간들이 자신들에게 일어난 일을 설명하기 위해 예전에는 반목하던 다른 종교의 내용까지 끌어모아 새로운 신화를 만든 것이다.

컬드삭이 보기에 그 교리들은 판타지를 다른 판타지와 합친 것으로, 반쯤 진실인 내용을 윤색하거나 재해석하고, 오역하거나 혹은 잘못 기억하는 것에 불과했다. 그리고 그런 교리를 이용해 형편이 어려운 이들에게서 이윤을 취하는 것이다.

컬드삭은 책장을 넘기다가 '전사와 성모'라는 제목의 챕터에 얇은 빨간 천이 끼워져 있는 것을 알아차렸다. 그건 개미들이 통역기를 통해 알게 된 파일의 하나였다. 어린 예언자가 섬에서 포로로 붙잡힌 내용이었다. 그 예언자는 언젠가 인간들과 동물들이 화해를 하고 여왕에 맞서 싸울 거라고 예언했다.

컬드삭이 그 금서들을 발견할 때마다 그 챕터는 항상 마지막에 있었고 언제나 접혀 있었으며 기름진 인간들의 지문 때문에 책장이 누렇게 변색된 상태였다. 인간들은 그 이야기를 좋아했다. 일부 배신자들이나, 뭐가 뭔지 혼란스러워하는 동물들도 좋아했다.

"불쌍한 녀석. 저들은 아마도 범행을 저지르면서 그 미친 책을 읽었을 겁니다."

일을 마친 술탄이 뒤에서 중얼거렸다. 그는 죽은 동물의 사진을 충분히 많이 찍었다.

대령은 그 책과 포도주를 보며 다시 한 번 생각에 잠겼다. 그러다 갑자기 헬멧을 벗었다.

"대령님, 안 됩니다!"

술탄이 외쳤다.

"괜찮아."

컬드삭이 말했다. 시신 앞에 서서 숨을 들이마셨다. 피 냄새와 썩은 냄새가 가득했다. 하지만 포도주 냄새도 섞여 있었다.

"이자는 자원한 거야."

"네?"

"포도주는 의식에 쓰인 게 아니야. 마취제로 쓴 거지. 아마 마취제로 쓸 만한 게 이것밖에 없었을 거야."

컬드삭이 말했다.

"하지만 산 채로 가죽을 벗겼어요. 어째서 먼저 죽이지 않았던 걸까요?"

술탄이 물었다.

"만일 저들에게 모피가 필요했던 거라면, 죽인 뒤에 가죽을 벗기면 냄새가 변하니까 그랬을 거야. 그렇게 되면 위장용으로 쓸 수가 없었겠지."

컬드삭이 대답했다.

술탄은 금세라도 토할 것처럼 보였다.

"그래서……."

"그래서 저들은 너구리를 가능한 오래 살려 두어야 했던 거지. 너구리는 스스로를 희생한 거야. EMSAH에 걸린 자들 중에서도 극단적인 사례이긴 하지만. 범인이 기술만 좋다면 가죽을 다 벗겨낼 때까지 너구리는 살아있었을 거야."

컬드삭이 말했다.

"감염된 자들이 함께 모여 숨어 지낸다는 말은 들은 적이 있습니다. 하지만 동물이 인간과 함께 일을 하다니요?"

술탄이 물었다.

"그들을 누가 탓한단 말인가? 우리는 감염된 동물들을 적으로 대했는데. 그들이 의지할 수 있었던 건 이 미신 밖에 없었을 거야."

컬드삭이 대답했다.

그러자 술탄은 알아들었다는 듯 고개를 끄덕였다.

"말해 보게. 자네도 이 책을 읽었나?"

컬드삭의 물음에 술탄은 당황한 것 같았다. 이런 걸 보면 안 된다는 공식적인 금지법은 없었지만, 인간들이 손을 댄 물건인 데다가 EMSAH의 매개체가 될 가능성도 있었기 때문이었다.

"봤습니다. 대령님."

몹시 유감스러운 일이다.

"저들은 참 뛰어난 이야기꾼이지. 안 그런가?"

컬드삭이 말했다.

"그런 것 같습니다."

컬드삭은 중위에게 전쟁 전에 인간들과 가깝게 지냈는지 물었다. 대답은 이미 알고 있었다. 술탄의 입으로 듣고 싶었던 것뿐이다.

"전 길고양이였습니다."

중위가 대답했다.

"나도 그랬어. 그럼 자넨 노예 시절의 이름이 없겠군."

컬드삭이 말했다.

"그렇습니다."

"내 진짜 이름은 발음이 너무 어려워. 제대로 발음할 수 있는 자들은 전부 죽었지."

컬드삭이 말했다.

전쟁 이전에 그는 사냥꾼이었다. 호모 사피엔스의 거주지에서 멀리 떨어진, 숲이 우거진 언덕들을 돌아다니면서 컬드삭의 종족은 다른 종들을 지배했다. 그들의 세상은 온통 냄새와 소리, 감촉과 지형으로 이루어져 있었다. 그 모든 것들은 먹잇감이 있는 곳으로 이끌어 주었으며 집으로 돌아갈 수 있게 해 주었다. 그들은 바람처럼 끊임없이 흙먼지를 일으키며 달렸다. 자연의 모든 것이 그의 종족을 계속해서 움직이게 해 주었다.

하지만 그런 폭력에도 조화는 있었다. 보브캣들은 신이 될 순 없었다. 모든 것을 사라지게 만들려는 신.

"인간들은 모든 것을 파괴하려고 했어. 우린 그자들을 막을 수가 없었지. 오직 콜로니만이 그 일을 할 수 있었어."

컬드삭이 말했다.

인간들은 총과 덫으로 그의 종족을 하나씩 하나씩 사라지게 만들었다. 그들이 숲과 언덕들을 에워싸면서, 보브캣들은 서로를 공격할 수밖에 없게 되었다. 동족을 잡아먹고, 도둑질을 하고, 납치를 했다. 모든 자연의 순리는 파괴되고 날마다 규칙이 바뀌었다. 오래지 않아 컬드삭도 스스로 살아남아야 했다.

"그런데 모든 것이 변했지. 우리가 누군지를 각성하게 된 거야."

컬드삭은 변화가 일어난 뒤 며칠 동안 시골 지역을 어슬렁거렸다. 가끔 옛 경쟁자들과 마주쳤다. 퓨마, 토끼, 사슴들도 이제는 모습이 변했다. 하지만 그는 새로운 사냥꾼이 되었다. 인간들은 자신들이 한 짓에 대한 벌을 받아야만 했다.

어느 날, 그는 지붕에 거대한 첨탑이 솟아있는 흰색 목재 건물을 발견했다.

"지금 여기 같은 곳이었지."

컬드삭이 말했다.

그는 건물 안에서 인간 냄새를 맡았다. 땀과 오줌, 피 냄새도 맡을 수 있었다. 바로 두려움과 절망을 나타내는 냄새였다. 인간들은 그 위기를 벗어나기 위해서나 혹은 자기들이 믿는 신이 구원해 주기를 바라면서 지역 교회에 숨어 있었다. 컬드삭이 그곳을 공격해 인간들 중 한 명을 죽이고 교회 제단에 핏자국을 남겼을 때, 인간들이 기대했던 건 신의 구원이었다는 것이 확실해졌다. 그들에게 있어 컬드삭은 흔들린 신앙을 시험하기 위해

지옥에서 올라온 악마였다.

해결책은 한 가지밖에 없다는 것을 인간들은 알고 있었다. 회유였다. 그래서 매일 저녁, 그들은 사람처럼 두 발로 걸어 다니는 짐승에게 바칠 인간을 한 명씩 문 밖으로 내 보냈다. 컬드삭은 동조해 주는 척했다. 인간들이 어떻게 순서를 정하는지는 그도 확실히 알지 못했다.

제비뽑기가 가장 합리적인 방법인 것 같았지만, 신의 계시를 대변한다고 주장하는 인간들이 자기들이 살겠다고 무리 중에서 가장 힘없는 인간을 지목하는 모습도 쉽게 상상할 수 있었다. 희생양들 중 대다수가 문을 두드리며 다시 안으로 들여보내 달라고 애원하면서 죽어갔다. 하지만 그중 몇 몇은 채석장에서 본 사슴이나 지금 이 너구리처럼 좀 더 좋은 세상으로 갈 수 있기를 바라며 자신들의 운명을 가만히 받아들였다. 그들을 잡아먹는 것은 사냥이 아니라 운동이었다. 하지만 맛은 똑같았.

1주일 뒤 알파부대가 도착했다. 그 동안 컬드삭은 여자 아이 두 명, 남자 아이 두 명, 늙은 여자, 고아인 것 같은 아기를 잡아먹었다. 그제야 그는 전쟁에 대해 알게 되었고, 길가에 세워 둔 감염 경고판의 내용과 버려진 신문에 나와 있던 전쟁 상황 보도가 무슨 의미인지를 알게 되었다.

작은 개미들이 온몸을 뒤덮고 있는 알파부대가 새로 개발한 통역기를 통해 컬드삭을 초대했다. 글을 읽을 수 있는 능력도 대단하게 느껴지는 상황에서 그 통역기는 기적이나 마찬가지였다. 컬드삭은 콜로니의 일원으로 여왕과 함께 인간들과의 전쟁에 합류했다.

통역기를 통해 컬드삭은 모든 감각으로 개미들의 사냥을 경험할 수 있었다. 개미들은 아프리카와 남아메리카를 행군하면서 냄새와 소리, 진동을 따라 온갖 방향으로 도망친 먹잇감을 무자비하게 쫓았다. 포유동물들에게서는 찾아볼 수 없는 조직적인 작전이었다. 컬드삭에게 사냥은 안전한 영역이었다. 사냥을 할 때면 이제는 간신히 기억하고 있는, 오래 전에 사라진 어미의 온기를 느낄 수 있었다.

그리고 이제껏 누구에게도 깊은 인상을 주지 못하고 살았던 컬드삭은 통역기의 사용법을 터득하면서 자신의 능력에 대해 자부심을 가지게 되었다. 두 번째 변화가 일어난 것처럼, 그는 이제 동물에서 신으로 바뀌었다.

컬드삭이 그 상황을 설명하자 개미들은 모여서 더듬이를 맞대고 대화를 시작했다. '계속하라.' 개미들이 그에게 말했다. 그들로서는 지나칠 수 없는 연구 기회였다. 컬드삭은 그들의 인내심과 호기심, 미덕을 존경했다. 자신이 개미들이 만드는 그 새로운 세상을 일구며 살아가게 될 것이라는 사실을 그는 알았다. 컬드삭은 지시를 내리는 여왕의 목소리를 들을 수 있었다. 통역기 덕분에 여왕이 바로 옆에 있는 것 같은 기분이 들었고, 그 목소리의 울림이 자신의 온몸을 관통하는 것처럼 느껴졌다.

여왕은 그를 불렀다. 가끔은 속삭였고, 꿈에 나타나기도 했다. 그리고 통역기를 쓰지 않을 때에도 컬드삭은 자신이 여왕의 소유인 것 같았고, 여왕이 그를 통해 말하고 행동한다고 느꼈다. 컬드삭은 자신이 마치 이제는 잊힌 인간들의 시대에 있었던 주술사처럼 여겨졌다. 종족들이 떠난 뒤로 그는 사랑이나 우정을 나눌 상대를 찾는 것을 포기했었다. 그런데 여왕은 그런 사소한 감정들을 초월한 뭔가를 주었다.

사랑은 평생에 한 번이다. 그러나 컬드삭은 수백만 번의 사랑을 경험할 수 있었다. 어떤 면에서는 외로움에 대한 두려움 때문에 사랑을 찾기도 한다. 하지만 이제 그는 혼자가 아니었다. 여왕이 항상 그와 함께 있었다. 그녀는 미래를 함께 할 상대로 컬드삭을 선택했고, 그는 이제 여왕의 일부였다. 적을 베는 칼이었다. 인간이라는 어두운 그림자를 사라지게 하는 횃불이었다. 이전까지 컬드삭에게는 생존 외엔 아무 목적도 없었다. 이제는 언제 어디서나 그 내면의 공허함을 '자격 없는 여왕'의 딸이며, 악마의 손이라 불리는 하이메놉테라 우누스가 채워 주었다.

인간들의 희생은 그 뒤로 5일 동안 더 이어졌다. 매번 노래와 기도문을 외우는 소리가 점점 더 커졌다. 컬드삭은 마음이 누그러지지 않았다. 그동안 개미들은 멀리서 지켜보고 있었다. 컬드삭은 인간들이 새로운 제물을 내놓을 때마다 자기 합리화를 할 거라고 생각했다.

'이번이 마지막일 거야.' 그들은 아마 이렇게 말할 것이다. '이만하면 충분하잖아?' 하지만 끝나지 않았다. 그런 상황에서 컬드삭은 뻔뻔하게 창가로 다가가 사악한 눈으로 교회 안을 들여다보았다. 사람들은 춤을 추고 기도를 했다. 그들은 틀림없이 이렇게 생각하고 있을 것이다. '우리의 신앙심을 충분히 보여주지 못한 거야. 좀 더 열심히 해야 해.'

5일째 되는 날, 생존자들은 도망치다가 알파부대에 포위되었다. 개미들이 컬드삭에게 마지막 식사를 제공했지만 그는 거절했다. 먹잇감으로 가치가 없었기 때문이다. 생존자들은 모두 노인이었다. 교회 장로들인 것 같았다. 컬드삭은 신이 희생양으로 젊고 약한 자들을 원한다고 믿었기 때문에 노인들이 지금껏 살아남은 모양이라고 짐작했다. 여왕은 통역기를 통해 그럴 거라고 말해 주었다. 여왕은 훨씬 더 심한 것도 본 적이 있었다.

"그러니까 자네가 들은 인간들에 관한 이야기는 전부 다 사실이야. 이런 재미있는 이야기로 접근한 뒤에 저런 짓을 하는 거지."

컬드삭이 너구리 시신을 가리키며 말했다.

그러나 컬드삭은 그 이야기가 오히려 역효과를 가져왔다는 것을 알 수 있었다. 술탄은 당황해 하면서 그곳에서 나가고 싶어 했다.

"그만 나가지. 나도 콜로니에 이곳을 파괴하라는 말을 전해야 하니까."

컬드삭이 말했다.

그는 술탄에게 먼저 나가라고 손짓했다. 술탄이 앞서 나가자, 컬드삭은 권총을 꺼내 술탄의 뒤통수에 대고 쐈다. 술탄이 입에서 피를 뿜어냈다. 그리고 온몸이 뻣뻣해지더니 통나무처럼 그대로 바닥에 쓰러졌다. 컬드삭은 무릎을 꿇고 앉아 중위의 어깨를 두드려 주었다. 술탄은 아무 고통도 느끼지 못했을 것이다. 그리고 상관이 자신을 죽였다는 사실도 몰랐을 것이다.

이제는 모트를 눈 여겨 봐야 할 것이다. 컬드삭은 이런 일이 다시는 없기를 바랐다. 모트와 웰빙에 사는 주민들이 여왕이 바라는 대로 행동하는 한은 당연히 이런 일이 없을 것이다. 그러나 만일 여왕의 계획대로 되지 않는다면 모든 것이 위험해진다. 웰빙뿐만이 아니라 지상의 모든 동물들과 지금 진행중인 실험 전체가 위기를 맞을 것이다.

"얘기 들어줘서 고맙네."

컬드삭이 속삭였다. 그는 지하실의 불을 끄고 밖으로 나갔다.

3부

접촉

제9장

와와의 이야기

와와는 모든 것이 바뀌기 전 자신을 소유했던 주인의 이름이 무엇인지 알지 못했다. 하지만 그녀는 주인이 죽었거나 어디선가 죽어가고 있기를 바랐다. 마지막으로 남은 인간들이 죽을 날만 기다리고 있을 눅눅한 동굴 속에서 그자도 함께 죽어가고 있다면 더 좋을 것이다. 그리고 와와는 그자가 꿈속에서 흉터가 남은 그녀의 얼굴을 봤기를 원했다. 그자는 그녀의 이름을 떠올리고 싶겠지만 기억할 수 없을 것이다. 그 사실이 그자를 미치게 만들 것이다. 자신이 그녀를 망가뜨리지 못했다는 사실을 그자는 알아야만 한다. 두려움을 느껴야만 했다.

와와는 그 당시 일들을 다시 떠올릴 시간이 없었다. 시간이 늦었고, 해야 할 일도 많았다. 막사에 있는 비좁은 공간. 빛이라고는 건물 잔해 속에서 건져낸 낡은 컴퓨터에서 새어나오는 옅은 빛이 전부였다. 화면에는 그 지역이 EMSAH에 감염되었을 모든 가능성이 상세히 입력된 스프레드시트가 있었다.

모트도 조사를 시작했기 때문에 와와는 그가 찾아낸 것들도 기록해야 했다. 만일 EMSAH가 퍼진 거라면 레드 스핑크스는 최대한 빨리 모든 것을 자세히 살펴볼 군 조사관들을 파견해야 할 것이다. 물론 그녀도 아직은 EMSAH라는 단어를 파일명으로조차 쓸 수가 없었다. 함구령을 지키기 위해 그 사건들에 관해 지루하고 단조로운 문장으로 기술해야 했다.

'토르(개, 12세). 이웃인 아베로에스(개, 10세)에게 살해당함. Y97.3.에 언쟁 시작. 가해자가 피해자를 칼로 찌름. 그 뒤 저녁 식사 자리에서 가족들을 독살(반려, 새끼 두 마리). 이후 자살.'

아직 비어 있는 사슴 자살 사건의 평가 란에도 이런 식으로 써야 할 것이다. 생물학적 증상들이 나타난 사례에 관한 보고를 받으면 차라리 마음이 놓였다. 그럴 경우 적어도 예측은 가능했으니까. 하지만 지금까지 의심스럽던 사례들은 검사 결과 모두 음성으로 확인되었다. 이제는 이상할 정도로 오랫동안 감기가 낫지 않으면 누구나 검사를 받았다.

물론 와와도 바이러스 감염으로 지도에서 아예 사라진 정착지들에 관한 이야기들을 듣긴 했지만, 실제로 그 과정을 본 적은 한 번도 없었다.

"시험 삼아 한번 생각해 봐."

콜드삭이 말했었다. 와와가 레드 스핑크스에 들어온 것을 포함해 그에겐 모든 것이 시험이었다.

콜드삭은 새로운 대원들을 찾기 위해 와와가 살던 난민 캠프에 나타났다. 그리고 고양이만 뽑는다는 말을 들은 뒤에 와와는 그 신입 대원들에게 싸움을 걸었다. 3대 1이었다. 와와가 그들을 모두 이기자, 콜드삭은 그녀가 대원으로 들어오는 것을 허락했다. 와와는 레드 스핑크스에 들어간 최초의 개였다. 다른 이들은 와와를 멍하니 쳐다보았다.

"나한테 빚진 거야. 나중에 갚아."

컬드삭이 와와에게 말했다.

그녀의 노예 시절 이야기를 들으면서, 컬드삭은 고개를 끄덕이며 미소를 지었다.

"고맙게 생각하게 될 거야. 살아 있다는 사실에, 주인이 입마개를 씌워 분노를 키워준 것에 대해 말이지. 그 덕분에 자기 자신이 누구인지 알게 됐잖아. 그리고 힘도 생겼고. 마음 속에서 전부 태워버려. 절대로 밖에 내보이지 마. 그렇게 하면 자기 자신의 주인이 될 수 있어."

지금 기지 내에서 깨어있는 건 그녀를 제외하면 대령 밖에 없었다. 창문으로 컬드삭의 사무실 불빛이 보였다. 대령은 와와로서는 알 수 없는 수많은 근심들과 저 망할 커피 때문에 잠을 이루지 못할 것이다. 그녀는 커피가 아닌, 전날 보았던 모트의 표정 때문에 잠이 오지 않았다.

그녀는 총으로 모트를 겨냥했다. 그는 자신이 와와보다 낫다고 생각했다. 모트는 용감했다. 컬드삭은 와와나 다른 동료들은 꿈도 꾸지 못할 정도의 총애를 모트에게 쏟았다. 그녀는 모트의 업적에 대해 전부 다 알고 있었다. 와와가 레드 스핑크스 대원이 될 자격이 없다고 생각하는 오만한 고양이들이 술만 마시면 모트에 대한 이야기를 늘어놓았기 때문이었다.

어쩐지 그는 와와의 과거에 대해서도 다 알고 있을 것 같았다.

변화가 일어나기 전에, 그녀의 유일한 삶의 이유는 주인을 부자로 만들어 주는 것이었다. 와와 주변에 있는 개들은 말 못할 고통에 시달리면서 의미 없이 살다가 끔찍하게 죽어 나갔다. 심지어 오랜 시간이 지난 지금도 그때 당시로 돌아가게 될지도 모른다는 생각을 떨쳐버릴 수가 없었다. 전쟁은 꿈이었고, 정신을 차려 보면 여전히 예전과 같은 생활을 하고 있는 것이다.

와와는 함께 태어난 강아지들을 기억하고 있다. 추위와 빛을 피해 형제자매들은 서로를 꼭 끌어안고 있었다. 그러다 엄마와도, 형제자매들과도 떨어지게 되었다. 모두가 흰색으로 바른 토벽 앞에 놓인 우리에 따로 따로 갇혔다. 와와는 형제자매의 소리와 함께 다른 강아지들의 소리도 들을 수 있었다. 위에서, 옆에서, 아래에서 비명 소리가 들렸다. 와와는 그들에게 말을 걸어 보았지만 벽에 튕기며 울리는 비명 소리들 때문에 목소리가 들리지 않았다.

때때로 머리 위로 형광등 불이 켜지곤 했다. 보통 주인이 들어와 먹이를 주곤 할 때였다. 그는 보통 사람들보다 키가 많이 작았고 언제나 운동복 차림이었다. 상의와 바지는 색이 같았는데, 어깨부터 발목까지 흰색 줄무늬가 들어가 있었다. 빡빡 민 머리에는 벙거지 모자나 야구 모자를 쓰고 있었다. 그는 그녀를 제나라고 불렀다. 몇 년 뒤에 주인의 이름을 알아내는 걸 포기한 뒤로 와와는 그자를 '운동복'이라고 부르기 시작했다.

와와가 나이를 먹자 주인과 주인 친구들은 다른 개들과 같이 그녀를 우리에서 꺼내 마당으로 데려갔다. 바깥은 너무 밝아서 눈이 터질 것처럼 느껴졌다. 코와 귀는 온갖 생소한 감각에 얼얼하기만 했다. 풀, 흙, 나뭇잎, 나무, 콘크리트, 녹슨 금속, 밧줄, 바닥을 기어 다니는 작고 딱딱한 생명체, 하늘을 날아다니는 우아한 괴물들이 있었다.

주인은 개들을 죽어가는 나무들에 닿지 않을 정도의 간격으로 묶어 두었다. 그리고 다른 인간들이 도착했다. 방문객들은 대부분 젊은 남자들이었는데, 멍하니 개들을 쳐다보다가 간간이 괜찮다는 듯 고개를 끄덕이고는 했다. 그들은 가끔 그녀를 가리키며 미소를 짓기도 했다. 그녀는 자기가 주인을 지킬 수 있다는 것을 보여 주기 위해 그들을 향해 큰 소리로 짖었다. 그럼 그들은 와와가 거짓 명령에 속고 있기라도 한 것처럼 더 크게 웃었다.

그 남자들은 개들을 검사했다. 뒷다리를 꼭 잡고, 입을 벌려 이빨을 살피기도 했다. 가끔 한참 동안 검사를 한 뒤에 개들 중 한 마리를 데리고 갔다. 그 마당에서 와와는 함께 지내는 다른 개들의 이름을 알게 되었다. 밖에 나올 때마다 다른 개들과 싸우는 갈색 개는 롬멜이었다. 제일 어린 헥터는 날렵하고 재빨랐다. 으르렁거릴 때마다 숨을 쌕쌕거리는 암컷은 카이였다.

어느 날 저녁, 운동복이 우리 안에 와와와 다른 개 세 마리를 넣은 뒤 창문이 없는 밴 뒷좌석에 실었다. 그녀는 다른 개들이 누군지 알았다. 바론, 에이잭스, 그리고 나이가 많은 사이러스였다. 사이러스는 하얀색 털에 검은색 반점이 있었다. 얼룩덜룩한 꼬리와 없어진 왼쪽 귀를 보면 그가 얼마나 오랜 세월 동안 운동복의 심복으로 살면서 무리들을 지켜왔는지 알 수 있었다.

사이러스는 으르렁거리는 것만으로도 다른 개들을 조용히 시킬 수 있었다. 한번은 롬멜로부터 카이를 지키면서 다른 개들에게도 누가 대장인지를 상기시켰다. 그는 나이가 많았고, 개들 중 제일 힘이 셌다. 마당에서도 물을 제일 먼저 마셨으며 음식도 가장 많이 가져갔다.

와와는 주변에서 일어나는 일들에 대해 아무것도 모르는 척, 우리 안에 앉아 몸을 긁고 있는 사이러스에게서 눈을 떼지 않았다. 밴이 목적지에 도착하자 운동복과 친구들이 문을 열고 동물들을 한꺼번에 밖으로 내보냈다.

주인집에서 보던 풍경과 너무 달랐다. 바닥은 편평하고 거칠었으며 딱

딱했다. 높은 장대에 달린 등불들이 커다란 공터에 빛을 비췄다. 한쪽에는 멀리 고속도로가 뻗어 있었다. 그 맞은편에는 네모난 건물이 서 있었는데, 정면에서 보이는 커다란 창문들에서 눈부시게 환한 빛이 새어나왔다. 건물 안에 깔린 리놀륨 바닥이 그 빛을 물웅덩이의 표면처럼 반사하고 있었다.

선반 위에는 밝은 색상의 캔, 가방, 상자들이 놓여 있었다. 카운터 뒤에 서 있던 남자가 운동복을 의심스러운 눈으로 쳐다보았다. 건물 꼭대기 벽에 볼트로 고정된 채 환하게 빛나는 붉은 색 물체는 와와가 모르는 모양으로 자꾸만 형태가 바뀌었다.

그 건물 뒤의 주차장 끝 쪽은 나무가 우거진 장소였다. 일주일 치 쓰레기 냄새를 풍기는 쓰레기통들이 숲으로 들어가는 흙길을 감추고 있었다. 와와는 정신을 바짝 차리고 주인을 쫓아갔다. 불빛이 사라지자 운동복의 옷 색상이 군청색에서 검은색으로 변했다.

굽이진 길을 따라가니 흐릿한 녹색으로 칠한 집이 나타났다. 커튼이 드리워져 있었다. 운동복이 문을 두드리자 곧 문이 열렸다. 집 안에서는 담배와 술, 땀 냄새와 함께 수백 가지 소리가 들렸다.

실내로 들어간 와와는 오고가는 사람들의 다리 때문에 방향 감각을 잃었다. 사람들은 와와가 들어온 것을 알아차리지 못한 것 같았다. 그 대신 군중들은 경기장처럼 보이는 곳에 서 있는 한 남자의 주위를 에워싸고 있었다. 경기장에는 남자의 허리 높이까지 오는 장벽이 설치되어 있었다. 그 장벽의 안쪽에서 개 두 마리가 싸우는 소리가 뚜렷하게 들렸다. 장벽 위로 머리와 꼬리가 얼핏 보였다. 싸우는 도중에 비명소리가 날 때마다 관중들이 환성을 질렀다.

와와가 그 광경을 제대로 보기도 전에 운동복은 그녀를 다른 방으로 끌고 갔다. 담배 연기가 자욱한 그 방 안엔 남자 네 명이 탁자 앞에 앉아 있었다. 모두 거의 무릎까지 내려오는 긴 흰색 티셔츠에 배기 진을 입고, 하이탑 스니커즈를 신은 차림이었다. 그들의 입에 물린 담배 끝이 빨갛게 타올랐다. 그중 한 명은 높이가 낮고 챙이 말려 올라간 모자와 광각 선글라스를 쓰고 있었다. 말을 많이 하진 않았으나 그 남자가 말하면 다른 사람들은 입을 다물고 귀를 기울였다.

와와는 조용히 하는 훈련을 받았지만 운동복에게 그 남자들이 적이라는 사실을 경고하기 위해 그들 사이를 계속해서 맴돌았다. 와와는 그들의 냄새를 맡았다. 그리고 주인의 옷에 밴 땀 냄새를 통해 그가 불안해하고 있다는 사실을 감지했다.

운동복이 나가고 그 방에 혼자 남은 와와는 포식자들에게서 눈을 떼지 않았다. 몇 분 뒤 주인이 목에 줄을 맨 사이러스를 데려왔다. 와와는 친구를 보자 기쁨에 겨워 큰 소리로 짖으며 펄쩍펄쩍 뛰어올랐다. 그러다가 남자들이 옆으로 다가오는 것을 느끼고 자리에 멈춰 섰다. 그들은 차례대로 와와를 쓰다듬었다. 모자를 쓴 남자가 마지막이었다. 두툼한 손으로 선글라스를 들어 올리자 커다란 눈이 보였다. 한쪽 눈은 홍채가 갈색이었고 다른 쪽 눈은 백내장이 있는 듯 흐릿했다. 그 남자는 병에 걸린 눈 색과 똑같은 황백색 이를 드러내며 웃었다. 남자는 와와의 머리를 쓰다듬어준 뒤 방에서 나갔다.

그 남자들은 경기장 맨 앞줄에 앉았다. 바로 그때 운동복이 경기장 한쪽에 사이러스를 데려갔다. 다른 개 주인은 겨드랑이에 얼룩이 남아있는 티셔츠를 입고 있는 뚱뚱한 남자로, 경기장에 내보낸 개는 회색 잡종견이었다. 개 주인들은 가운데에 놓인 양동이와 스펀지로 개들을 깨끗하게 씻겼다. 주인이 격자무늬 수건으로 젖은 털을 닦아 주자 사이러스가 혀를 내밀었다.

심판이 개들을 살폈다. 스포츠형으로 자른 머리에 염소수염을 기른 심판이 쪼그려 앉았다. 개 흉내를 내고 있었다. 사이러스가 그 남자의 냄새를 맡았다. '나도 널 살펴볼 거야.' 이렇게 말하는 것 같았다.

경기장이 점차 조용해지기 시작하자, 와와도 짖는 걸 멈췄다. 몇몇 사람들이 아까 모자를 쓴 남자의 귀에 대고 무슨 말을 속삭였다. 그 남자가 고개를 끄덕였다. 형광등 불빛이 남자의 선글라스에 반사되었다.

그리고 다시 시작되었다. 두 마리의 개는 경기장 한복판으로 나와 서로를 공격했다. 으르렁거리며 서로를 물어뜯는 개들은 더 이상 살아있는 생명체가 아니라 고장 난 기계처럼 보였다. 사이러스는 신중하게 공격에 나섰다. 그러는 동안 상대 개는 어쩔 줄 모르는 것 같았다. 그 개는 입에 거품을 문 채 발톱으로 사이러스를 공격했다.

회색 개는 이내 실수를 저질렀고, 사이러스는 상대를 모퉁이로 몰고 갔다. 나이가 많은 사이러스는 그 개를 꼼짝 못하게 누른 뒤 다리를 물어뜯었다. 그러자 회색 개도 방어에 나섰다. 조금 전의 다리 부상 때문에 피를 흘리던 개는 얼굴에도 오른쪽 눈에서 입까지 할퀸 자국이 남았다. 담배와 맥주 냄새가 진동하고 있었지만 그 가운데서도 와와는 그 쓰디쓴 냄새를 맡을 수 있었다. 사이러스는 지친 것 같았으나 여전히 우세했다. 그는 상대방을 후려쳤다. 회색 개는 비명을 지를 수밖에 없었다. 사이러스는 그 개를 죽일 필요는 없었다. 하지만 죽여야 한다면 죽일 수도 있었다.

시합을 마무리하려던 사이러스가 갑자기 귀를 쫑긋 세우고 그 자리에 멈춰 섰다. 군중들이 사이러스를 재촉했지만 사이러스는 조용히 귀를 기울여보라는 듯 사람들을 향해 짖어대기 시작했다. 와와도 그 소리를 들었다. 뭔가가 이 집 쪽으로 접근하고 있었다. 자동차 바퀴가 흙먼지 위에 스치는 소리가 들렸다. 발소리와 함께 속닥거리는 소리도 들렸다. 고무와 휘발유 냄새도 났다. 와와는 경고하기 위해 짖었다. 알 수 없는 적대적인 존재들이 이 집을 에워싸고 있었다.

한 남자가 황급히 경기장으로 뛰어 들어왔다. 남자는 박수를 세 번 쳤고, 그 소리에 관중들이 조용해졌다. 모두 자리에서 일어나더니 천둥 같은 신발 소리를 내며 뒷문으로 향했다. 운동복도 군중들을 밀치고 나가기 시작했다.

와와는 짖어댔다. 다른 이들과 함께, 사이러스와 함께 도망칠 수 있도록 줄을 풀어 달라는 뜻이었다. 그러자 주인이 조용히 하라고 외쳤다. 그녀는 그 말이 무슨 뜻인지 알고 있었다. 그가 와와의 줄을 풀어 주자 현관문이 부서졌다. 그러자 사람들은 더 정신없이 도망치기 시작했다. 모든 사람들이 소리치고 있었다. 현관문으로 푸른색 옷을 입고 모자를 쓴 남자들이 들어왔다. 그들은 끝이 뾰족한 금속 물건들을 들고 개처럼 소리치고 있었다.

운동복은 와와를 끌고 회의실로 들어간 뒤 문을 잠갔다. 주인을 지켜야 된다고 생각한 와와는 그 문을 열고 들어오려는 남자들을 향해 으르렁거렸다. 그때 운동복이 다시 줄을 끌어당기면서 창문을 가리켰다. 그는 창문을 밀어서 열더니 뛰어내리라고 명령했다. 와와가 머뭇거리자, 주인이 욕을 퍼부으면서 그녀를 들고 그대로 창문 밑으로 밀어 넣었다. 나무로 된 창틀에 와와의 척추가 부딪쳤다. 그녀는 간신히 밑으로 뛰어내렸다. 운동복도 억지로 창문을 통과해 뛰어내렸다.

그리고 그들은 뛰기 시작했다. 나무 사이를 헤집고 숨 가쁘게 달렸다. 운동복은 몇 번 비틀거렸다. 그 집에서 나던 소음과 냄새가 점차 멀어지기 시작했다. 와와는 이렇게까지 지친 적은 처음이었지만, 계속해서 먼지를 온통 뒤집어쓴 주인의 다리를 따라 숲속 깊은 곳까지 들어갔다.

숲에서 계속 길을 찾다가 마침내 처음 도착했던 딱딱하고 편평한 바닥이 있던 곳으로 돌아왔다. 해가 뜨고 있었다. 와와가 봤던 건물에 붙어 있던 이상한 물체는 더 이상 움직이지 않는 것 같았고, 밝게 빛나던 빛도 흐릿했다.

그들이 타고 온 밴은 그 자리에 그대로 있었다. 운동복이 차 창문을 두드렸다. 주인의 친구는 운전석에서 잠들어 있었다. 다시 한 번 창문을 두드리자 남자는 잠에서 깨어났다. 두 사람은 짧게 대화를 나눴다. 그런 뒤에 운동복이 와와를 데리고 밴 뒤쪽으로 돌아가 미닫이문을 열었다. 우리 안에는 사이러스가 스핑크스처럼 차분하게 앉아 있었다. 다른 개들은 이 난리 통에 없어진 모양이었다.

운동복은 와와를 차에 태울 필요가 없었다. 와와가 곧장 사이러스 앞으로 뛰어 들어가 창살 사이로 냄새를 맡고 얼굴을 핥았기 때문이다. 사이러스는 그에 답하기라도 하듯 장난스럽게 와와를 물려고 했다. 순전히 의지력만으로 사이러스는 갑자기 들이닥친 사람들에게 저항했다. 그 싸움에서 살아남은 뒤, 평화롭게 해가 뜬 숲에서 길을 찾아 여기까지 내려온 것이다.

그 순간 와와는 종족의 원초적 욕구를 느꼈다. 사이러스의 동지로서 그를 따라다니고 싶었다. 사이러스와 함께 사냥을 하면서 피와 살을 맛보고 싶었다. 숲과 늪지, 산을 떠돌면서 종족의 영역을 주장하고 싶었다. 창살이 가로막고 있는 우리가 아니라 밤하늘 아래에서 추위에 맞서 끌어안고 싶었다. 여전히 와와는 주인을 위해 죽을 수도 있었지만, 목에 묶여 있는 줄도 없고 아이용 그릇에 담아 주는 통조림 음식도 없는 야생에 속해 있기도 했다.

사이러스는 지금 와와가 갇혀 있다는 것과 그녀가 품고 있던 주인에 대한 사랑과 보호가 어느 정도 환상이라는 사실을 알게 해 주었다. 아직까지 와와는 그런 일들을 완전히 이해한 건 아니었다. 그래서 종종 짖거나, 먹거나, 오줌을 눌 때마다 그 생각들은 그녀의 단순한 머릿속에서 사라지곤 했다. 하지만 씨는 뿌려졌고, 인생 최악의 시간을 보내면서도 그 열망은 사라지지 않았다. 개미들이 실험을 시작하기도 전에 사이러스는 와와에게 자유란 무엇인지를 보여주었다.

집으로 돌아가는 길에 와와는 사이러스에게 충성을 맹세했다. 그녀는 그를 위해 죽을 수도 있었다. 그리고 다른 누군가를 죽일 수도 있었다.

"주─웅─위님."

누군가 불렀다. 와와는 바로 아처라는 것을 알았다. 아처는 컬드삭의 부하들을 며칠 동안 쫓아다닌 끝에 레드 스핑크스에 합류해도 좋다는 허락을 받은 너구리였다.

아처는 와와의 계급을 이상한 영국 발음으로 부르곤 했다. 왜 그런 식으로 발음하는지 묻자 아처는 맨해튼으로 대피한 뒤에 뉴욕 공립 도서관 지하실에 숨어 있었기 때문이라고 주장했다. 그는 몇 달 동안 고전을 익히고 다큐멘터리 슬라이드를 보면서 개미들이 알려주지 않은 것들을 배웠다고 했다.

와와는 예전에 그가 손톱으로 허벅지에 박힌 총알을 뽑아내고 손을 꼬리에 닦은 뒤에 계속해서 싸우는 것을 본 적이 있었다. 아처에겐 잘난 척할 만한 자격이 약간은 있었다. 심지어 그는 아직도 가끔은 쓰레기를 먹곤 했다. 그것이 믿을 만한 생존 방식이라는 점을 와와도 인정할 수밖에 없었다.

"무슨 일이지?"

"일단 지금 하는 말이 농담이 아니라는 것부터 말씀드릴게요."

와와의 물음에 아처가 운을 뗐다.

"알았어."

"인간을 봤어요."

와와는 컴퓨터 자판에서 손을 뗀 뒤, 의자를 돌려 아처를 쳐다보았다. 그녀는 콧잔등을 찡그린 채 뭐라고 대답해야 할지를 생각했다.

"장난치는 거 아니에요. 이런 시간에 그럴 리가 없잖아요."

아처가 항변했다.

"어디서 봤는데?"

"보나파르트와 같이 개울 근처에 있는 보급 창고에 가다가 봤어요. 채석장 북쪽 400미터쯤 갔을 때 그 돼지가 소변을 보겠다고 길 한쪽으로 갔죠. 그때 근처에 인간 남자가 서 있는 걸 봤어요."

"인간 남자가 확실해?"

"인간 여자일 수도 있어요. 꼬리 때문에 알아차린 거니까."

"꼬리?"

"인간이 우리 종족으로 변장하고 있었거든요. 너구리 말예요. 하지만 꼬리를 제대로 흔들지 못하더군요. 내가 자기를 봤다는 걸 알아차리고 그 인간은 마스크로 얼굴을 가렸어요. 그런 다음 도망쳤죠."

"보나파르트는 아무것도 보지 못한 모양이네. 봤으면 같이 왔을 테니 말이야."

"그 돼지는 나처럼 밤눈이 좋지 못해요, 주-웅-위님. 하지만 나처럼 냄새는 맡을 수 있죠."

와와의 말에 아처가 대답했다.

"둘 다 인간 냄새를 맡았다는 거야?"

"아뇨. 우린 너구리 냄새를 맡았어요. 하지만 진짜가 아니었어요. 그러니까…… 가짜예요."

"가짜?"

"더 정확하게 말하면 죽은 거죠. 시신에서 나는 냄새였어요. 시신 냄새가 어떤지 잘 알거든요."

와와는 진심으로 아처가 안쓰러웠다. 그도 증거가 없다는 것을 잘 알고 있었다. 하지만 그들은 EMSAH를 조사하고 있었고, 있지도 않은 인간을 봤다고 하면 주목 받을 거라고 생각한 것이다. 보나파르트는 그런 아처의 계획에 동참하지 않겠다고 거절했을 것이다. 어쩌면 대놓고 비웃었을지도 모른다. 와와는 이 일로 자기를 찾아올지 말지를 두고 그들이 논쟁하는 모습을 상상해 보았다. 그녀가 맡은 일에서는 종종 실제로 하는 것보다 훨씬 강하게 나가야 할 때가 있었다.

"하사, 여긴 많은 주민들이 드나드는 지역이야. 그들은 겁이 많지. 그중에는 정신적인 충격을 받은 이들도 있고. 하사가 본 건 그냥 지역 주민이고, 겁을 집어먹고 도망친 건 아닐까? 우리를 무서워하는 걸 수도 있어. 여기에 우리가 있다는 것만으로도 불안해하는 주민들도 있으니까."

와와가 말했다.

"내 눈으로 확실히 봤다니까요."

안전거리를 유지하고서도 바이러스를 퍼트릴 수가 있는데 굳이 위험을 무릅쓰고 직접 나타났을 것 같지는 않았다. 그자들이 예전에도 했던 일이었다. 아마 아처와 보나파르트, 그리고 모두가 너무 지쳐서 그런 것일 터였다. 그들은 세계 최고의 군사가 되기 위해 몇 달간 훈련을 받은 뒤에, 이 지역을 운영하는 힘들기만 하고 보상은 없는 임무를 맡았다. 아마 그래서였을 것이다.

"아처, 무슨 말인지는 잘 알았어. 그 사실도 일지에 기록해서 대령님께 보고할게. 그러면 수사팀을 보내서 창고 근처를 조사하겠지. 다른 할 말은?"

아처는 머뭇거렸다.

"주─웅─위님. 이 지역에 무슨 일이 생기면 레드 스핑크스도 위험해질 수 있다고 하셨죠?"

"요점이 뭔지 모르겠네."

"이 지역이 격리되면 우리가 이곳을 떠날 수 있는 기회가 될 수도 있잖아요. 이동 명령이 떨어지면 여기 있지 않아도 되니까 말예요."

너구리 놈은 주제넘게 말했다. 그녀가 아닌 컬드삭 앞에서라면 이런 일은 결코 없었을 것이다. 그 망할 모트가 모두가 보는 앞에서 대령의 얼굴에 주먹질을 할 수 있었던 건, 콜로니에서 특권을 부여받았기 때문이다. 아처는 컬드삭이 모트를 선택했고 와와는 단순한 후임 참모에 불과하다는 것을 알아차린 것이다.

모트의 첫 번째 후임은 비코라는 이름의 고양이로, 두 달도 채우지 못하고 자살했다. 두 번째 후임은 좀 더 오래 있긴 했지만 EMSAH에 걸렸다. 컬드삭은 그를 단호하게 처리한 뒤 시신은 화장했다. 둘 다 모트의 카우보이 스타일의 지도력을 반드시 따라해야 한다고 느꼈던 것 같았다. 그나마 다행인 건 다른 사람이 아닌 자신들의 목숨만 내놓았다는 것이다. 와와는 그와는 다른 방식으로 일했다. 지금 이런 아처의 무례한 말대답은 그 결정의 직접적인 결과였다.

와와가 아처 쪽으로 몸을 내밀었다. 그는 본능적으로 빨리 도망쳐야 할 경우에 대비해 문의 위치를 파악했다.

"하사, 우린 이 조직에 목숨을 걸겠다고 맹세했어. 그러니 명령에 따라야 해. 우리 모두 말이야."

그녀가 말했다.

"네. 알겠습니다."

"이런 이야기가 두 번 다시 내 귀에 들어오는 일이 없도록 해야 할 거야."

"알겠습니다."

와와는 아처를 내보내고 다시 책상으로 돌아와 앉았다. 끔찍한 하루였고, 아직도 잠을 잘 수가 없었다. 그녀는 다시 자신이 왜 환영과 헛소문들로 가득한 이 끝이 없는 전쟁에 참여하게 되었는지를 떠올렸다. 와와는 자신을 또 다시 예전의 제나로 생각하고 있었다. 어쩔 수가 없었다. 격리를 생각하는 것보다는 이쪽이 편했다. 적어도 운동복의 집 지하실은 익숙하기라도 했으니까.

컴퓨터 화면이 사라지고, 그 자리에 흰색으로 바른 토벽이 나타났다.

우리 안에서 잠들었던 와와는 다른 개들이 짖는 소리에 깼다. 털 뭉치 같은 것을 들고 운동복이 서 있었다. 침입자의 냄새가 났다. 와와는 그 동물이 주인을 공격할 것인지 아닌지 확신이 없는 상태에서 뒤로 물러났다.

다른 개들도 점점 난리가 났다. 운동복이 우리 안에 그 동물을 밀어 넣고 문을 닫아버렸다. 그 동물은 몸을 쭉 펴더니, 우리 안의 어두운 조명 아래에서 노란 색 눈으로 와와를 노려보기 시작했다. 동물이 작은 소리로 으르렁거렸다. 소리로 보아 개가 분명했다. 잡종 강아지였다. 하지만 주둥이에 뭔가 반짝거리는 것이 붙어 있었는데, 그 이상한 의치 같은 것 때문에 정상적으로 짖을 수 없는 것 같았다. 발에도 전부 비슷한 뭔가를 감고 있었다. 개는 몸을 부풀리며 그곳이 자신의 영역임을 주장하려는 헛된 시도를 했다. 와와는 두렵지 않았다. 그녀도 사이러스처럼 무리를 지킬 수 있었다. 와와는 그 침입자의 사체를 사이러스에게 바칠 것이다.

와와는 형제자매들의 소리를 들으며 그 개를 공격했다. 개는 뭔가 감겨 있는 발로 와와를 후려치려고 했다. 그녀는 그 개를 물었다. 이빨이 상대방의 피부에 박히면서 목구멍으로 그 개의 맥박이 느껴졌다. 그 개는 결국 항복했다. 와와는 개의 목을 문 채로, 깨진 유리가 들어있는 따뜻한 봉투처럼 척추가 으스러지는 소리가 날 때까지 목을 졸랐다. 그런 다음 운동복이 기다리고 있는 우리 앞쪽으로 그 개를 끌고 갔다. 운동복은 기뻐하면서 우리 문을 열고 개의 사체를 치웠다. 우리 안에 있던 모든 개들이 한꺼번에 짖었지만 와와는 그중에서도 사이러스의 소리를 구분할 수 있었다. 그녀는 그에게 외쳤다.

'나도 당신을 따를 거예요.'

그 뒤로 그런 일들이 여러 번 되풀이되었다. 주인이 다른 동물들을 우리에 밀어 넣으면, 그때마다 와와는 점점 효율적으로 상대를 무자비하게 죽였다. 보통은 강아지였지만 가끔은 커다란 고양이일 때도 있었다.

와와는 그 동물들이 어디서 오는지, 어떻게 그들이 주인의 방어막을 뚫고 들어올 수 있는 건지 이해할 수 없었다. 하지만 무리를 위해 그들과 싸워야 한다는 것만은 알 수 있었다. 그리고 운동복은 그녀의 어깨에 무거운 쇠사슬을 얹은 채로 러닝머신 위에서 끝없이 뛰게 하는 엄격한 운동 요법을 시켰다. 와와는 몸이 점점 더 강해지는 것을 느꼈다. 그녀는 이제 이곳에서 없어선 안 되는 존재가 되었다.

운동복은 2주일에 한 번씩 사이러스를 싸움판에 데려가곤 했다. 사이러스는 몇 시간 뒤에 돌아왔는데, 가끔 몸에 긁힌 상처가 났을 때도 있었고 그가 무찌른 상대의 피나 털, 침에서 나는 지독한 냄새를 풍길 때도 있었다. 와와도 다른 개들과 함께 사이러스를 찬양했다.

어느 날, 와와는 운동복과 그 친구의 다급한 목소리를 들었다. 운동복이 사이러스의 뒷다리를, 친구가 앞다리를 들고 방으로 들어왔다. 사이러스는 거의 의식이 없는 상태였다. 복부 무게 때문에 척추가 바닥에 거의 닿을 듯 굽어 있었다. 꼬리가 찢겨졌고, 한쪽 다리는 뼈가 녹기라도 한 것처럼 달랑거리며 몸통에 매달려 있었다. 주둥이에는 피가 말라 붙어 있다. 와와가 처음 보는 친절한 모습으로 그들은 사이러스를 우리에 집어넣고 문을 닫았다.

방 안은 이틀 동안 쥐 죽은 듯이 조용했다. 와와는 가끔 사이러스가 자신의 소리를 들을 수 있기를 바라며 훌쩍거렸다. 때때로 사이러스가 몸을 뒤척이면, 방안에 있는 모두가 긴장하며 그가 무슨 말을 하는 건 아닌지 귀를 기울이곤 했다. 하지만 그럴 때마다 아무 일도 일어나지 않았다. 위층에서는 운동복이 쾅쾅거리며 돌아다니고 있었다.

3일째 되는 아침, 운동복이 와와의 우리를 열더니 한 번도 본 적이 없는 방으로 데려갔다. 방 가운데 놓여 있는 작은 탁자를 제외하면 아무것도 없었다. 탁자는 와와가 배를 받치기 충분한 높이였다. 탁자의 표면은 매끈한 나무로 되어 있었고, 금속으로 된 다리는 마룻바닥에 고정된 상태였다.

운동복이 탁자의 앞다리에 와와의 목줄을 묶었다. 그리고 다른 끈으로 발목을 묶어 탁자 뒷다리에 묶었다. 와와는 주인에게 항의할 기분이 아니었다. 무슨 일인지는 몰라도 이미 사이러스와 다른 개들 역시 겪은 일이라는 것을 알 수 있었다.

운동복은 윙윙거리는 형광등 아래 와와를 남겨두고 방에서 나갔다가 20분쯤 뒤에 돌아왔다. 문 쪽을 등지고 있던 와와는 사이러스의 냄새를 맡았다. 그녀는 그를 보기 위해 최대한 고개를 돌렸다. 사이러스가 오른쪽 다리에 의지해 절뚝거리면서 들어왔다. 피는 닦아냈지만 얼굴에 남은 깊은 상처는 여전히 아물지 않았다. 사이러스는 운동복의 도움이 필요한 상태였다. 사이러스가 와와 앞으로 다가오자, 운동복은 한쪽 구석으로 물러나더니 자리에 앉아 얼굴을 무릎 사이에 파묻었다. 엉망으로 다친 건 사이러스였지만 그 자리에서 바로 죽을 것처럼 보이는 건 운동복이었다.

사이러스가 절뚝거리며 와와에게 다가왔다. 여전히 그를 불구로 만든 개의 지독한 냄새를 풍기고 있었다. 와와는 그 다음에 일어난 일이 무슨 의미인지 완전히 알진 못했지만, 사이러스가 그녀와 어떻게든 합쳐질 것이고 이를 통해 무리가 살아남게 된다는 것을 알고 있었다. 그게 무리를 위해 와와가 할 수 있는 가장 큰 봉사가 될 것이었다.

사이러스가 발을 그녀의 몸에 올렸다. 와와는 고개를 앞으로 돌렸다. 하지만 가녀린 떨림과 함께 사이러스는 그녀에게서 떨어지더니 그대로 바닥에 쓰러졌다. 그러면서 그는 발톱으로 와와의 등을 할퀴었다. 운동복이 재빨리 달려오더니 사이러스를 안아 올려 달래듯 뭔가 얘기했다.

와와는 이제까지 운동복이 우는 걸 한 번도 본 적이 없었다. 하지만 지금 그의 눈에서부터 수염이 덥수룩하게 자란 뺨 위로 흘러내린 물이 사이러스의 털 위로 떨어졌다. 와와는 약간의 알코올이 섞인 소금 냄새를 맡았다. 운동복은 와와를 풀어줄 여력이 없는 것 같았다. 그는 사이러스를 부드럽게 흔들며 계속 미안하다는 말만 하고 있었다.

잠시 후에 운동복은 사이러스를 품에 안은 채 자리에서 일어났다. 와와는 사이러스의 눈을 들여다보며 이게 마지막이라는 것을 깨달았다. 운동복은 해가 진 뒤에야 돌아와 와와를 탁자에서 풀어준 뒤 우리에 돌려보냈다.

무리가 깨졌다는 것을 알게 된 그날 밤, 와와는 잠이 들었다. 그때가 자각의 순간이었다. 그녀는 눈앞에 보이는 것보다 더 넓은 세상이 있다는 것을 알았다. 다른 무리들도 있다는 것을 깨달았다. 세상은 거대하고 불공평하며, 익숙하지만 동시에 절대 알 수 없는 곳이다. 이치에 들어맞는 규칙들이 늘 통하는 곳이 아니었다.

와와는 어떻게 이런 사실들을 지금까지 모를 수 있었던 건지 의아했다. 그리고 그때 그녀는 자신이 먹을 걸 쫓거나 친구인지 적인지를 판단하는 것 외에 이런 의구심도 품을 수 있게 되었다는 사실을 깨달았다. 와와는 사이러스가 그들이 함께 한 마지막 순간에 이런 선물을 주었을 가능성에 대해 생각해 보았다. 그러나 바로 그 생각을 접었다. 사이러스는 그냥 동물이었다는 사실을 이제 알게 된 것이다. 그가 무엇이었든, 와와는 이미 그를 넘어섰다.

생각에 잠겨 있느라 와와는 자기 발에서 털이 빠지는 것도 알아차리지 못했다.

그 다음 날, 운동복이 우리 문을 열었을 때 와와는 그가 자신을 풀어 주는 거라고 생각했다. 하지만 이내 자신이 싸우길 바란다는 것을 알아차렸다. 그녀는 아주 쉽게 탈출할 수 있다는 것을 깨달았다. 열린 문으로 나가 전속력으로 달리면 되는 간단한 일이었다. 하지만 와와는 도망치지 않기로 했다. 많은 것을 배우고 싶었고, 최대한 많은 정보를 모으고 싶었다. 그러기 위해선 운동복과 함께 숲길 끝에 있던 그 집에 가는 것이 가장 좋은 방법인 것 같았다.

그들은 수목 한계선 앞에 있는 건물에 도착했다. 불이 환하게 켜져 있었다. 밴에서 내리자마자 와와는 건물 앞에 붙어 있던 커다란 붉은 색 물체를 찾아보았다. 보는 즉시 그게 무엇인지 알 수 있었다. 말을 형상화한 글자였다. 말은 소리로 표현된다. 그 소리로 생각이나 이름, 사물, 장소를 지칭하는 것이다. 그 간판이 와와에게 그 사실을 알려주었다.

건물 안에서는 뭔가 소동이 일어났던 모양이었다. 선반 위에 놓여 있던 물건들이 리놀륨 바닥에 떨어져 있었다. 사람들이 진열 상자와 바닥에서 캔과 상자들을 줍고 있었다. 정면 유리가 깨져 있었는데, 사람이 드나들 수도 있을 만큼 커다란 구멍이 생겼다.

"빌어먹을."

운동복이 말했다. 와와는 전에도 그 말을 들은 적이 있었다. 그녀는 운동복의 말이 저 건물 위에 붙어 있는 붉은색 글자처럼 허공에 매달려 있는 걸 상상해 보았다. 그들은 그 가게를 뒤로 하고 숲길로 들어섰다. 와와는 그 말이 무슨 뜻인지 궁금했다.

숲길 끝에 있는 집은 저번처럼 소란스럽지 않았다. 저녁 시합 전이라 관중석이 비어 있었다. 맨 앞줄에 와와가 저번에 봤던 모자 쓴 남자가 앉아 있었다. 선글라스로 보이지 않는 한쪽 눈을 가리고 있었다. 운동복은 시합 준비를 위해 와와를 따뜻한 물로 씻겼다.

그녀는 관중들을 쳐다보았다. 자기처럼 모두가 슬픔과 두려움을 강하게 느끼고 있다는 것을 알 수가 있었다. 그들도 와와처럼 이 새로운 세상을 보았을 것이다. 호기심과 희망과 두려움을 느끼면서, 때로는 맞서 싸우고 싶었을 것이다. 와와는 시합 상대인 새까만 개에게 다가갔다. 그녀보다 어린 것처럼 보였고, 숨을 헐떡이고 있었다. 와와는 그 개도 똑같은 변화를 겪고 있는지, 다른 것들을 알게 되었는지 궁금했다. 그녀는 실제로 자신의 무리에 속하지 않은 이들을 걱정하고 있었다.

'이 세상에는 우리 무리 말고도 많은 이들이 있어.'

와와는 생각했다.

운동복이 그녀의 옆구리를 치며 말했다.

"덤벼."

와와는 주인을 쳐다보았다.

'난 당신 무리가 아니야.'

그녀는 생각했다. 자신은 운동복의 노예였다고. 위대한 사이러스와 다른 개들 역시 노예였다. 이 싸움으로는 누구도 지킬 수 없었다. 단지 유흥을 위한 스포츠에 불과했으니. 와와는 그 모든 일들이 너무 끔찍하다고 생각하면서 가만히 서 있었다. 이 세상의 방식을 배울 수는 있지만, 뭔가 잘못됐다는 것을 알아차리기도 전에 그대로 바닥에 내동댕이쳐질 수도 있었다.

싸움이 시작되었다. 상대방 개가 덤벼들었다. 와와는 그 개를 밀치며 옆으로 피했다. 그러자 그 개가 벽에 부딪쳤다. 까만 개는 계속 공격해왔다. 아무래도 많이 굶겼거나 맞은 모양이었다. 와와는 그 개의 왼쪽 옆구리에 있는 아문 지 얼마 안 되는 깊은 상처를 알아차렸다. 그리고 자기가 상대방을 설득하지 못할 수도 있다는 것을 직감했다.

'잠깐. 내 말 좀 들어 봐!'

와와가 말했다. 하지만 그저 짖는 소리만 나왔다. 마음속에 있는 말을 소리내어 말할 수가 없었다.

'저들이 우리를 속인 거야! 무슨 말인지 모르겠어? 우린 여기서 나갈 수 있단 말이야!'

와와가 짖었다.

개는 계속해서 앞으로 돌진했다. 와와는 그 개의 목에 있는 동맥을 노렸다. '얼마나 말도 안 되는 일인가.' 그녀는 생각했다. 이렇게 약점이 보란듯이 노출되어 있는데, 개들은 온갖 곳들을 발톱으로 할퀴고 긁어대고 있었으니.

'널 다치게 하고 싶지 않아!'

와와가 말했다. 아무 반응이 없었다. 개가 그녀를 찔렀다. 와와는 그때까지도 상대방 개가 평화 협정을 받아들일 거라는 희망을 버리지 않고 있었다. 하지만 평화 대신 그 개의 발톱이 와와의 얼굴에 깊숙이 박혔다. 발밑에 핏방울이 뚝뚝 떨어졌다.

와와는 오른쪽 앞발을 크게 휘두르며, 순식간에 상대 개의 목을 그었다. 그녀의 상처 입은 얼굴 위로 검은 개의 피가 흩뿌려졌다. 개는 비틀거리며 물러나더니 하얀 캔버스에 빨간색을 칠한 것처럼 상처에서 피를 뚝뚝 흘리기 시작했다. 그러다 진홍색 피 웅덩이 위로 갑자기 쓰러졌다.

그 자리에 있는 모든 사람들에 대한 증오가 솟구쳐 올라, 귀에까지 피가 쏠리면서 와와는 아무 소리도 들리지 않게 되었다. 저들 때문에 일이 이렇게 된 것이다.

사람들은 가까이 다가오려고 했다. 경기장 한쪽 끝에 운동복이 서 있었다. 와와는 운동복이 깜짝 놀랐으며, 흥분을 애써 숨기려 하고 있다는 것을 알 수 있었다.

그때 와와는 뒷다리로 일어섰다. 그녀는 오직 주인만을 쳐다보고 있었다. 그는 눈썹을 치켜 올린 채 입을 떡 벌렸다.

"제나?"

그가 말했다.

"당신."

그 상황에 관중들이 숨을 헉 들이키는 것을 즐기며 와와가 말을 이었다.

"당신은…… 내 무리가 아니야."

와와는 '찰칵'하는 금속 소리를 들었다. 귀가 먼저 반응했다. 와와가 돌아보자, 모자 쓴 남자가 그녀에게 총을 겨누고 있었다. 숨 돌릴 틈도 없이 어딘가에서 '빌어먹을' 물건이 나타났다.

와와는 한 번에 경기장 장벽을 뛰어넘었다. 총이 발사됐다. 그녀는 총알이 관중들 중 누군가에게 맞았을 거라고 생각했다. 관중들 중 하나가 비명을 지르자 공포에 질린 사람들이 도망치기 시작했다. 한 남자가 문 쪽으로 달려가는 와와를 가로막으려 했지만, 그녀가 괴성을 지르자 남자는 바로 물러섰다.

그녀는 이제 숲길로 나왔다. 주차장 불빛이 나뭇가지 사이로 비쳤다. 와와는 차에서 내렸던 편평한 아스팔트 길에 도착한 뒤 마지막으로 그 앞에 있던 가게를 들여다보았다. 불은 켜져 있었지만 안은 텅텅 빈 상태였다. 선반 위에는 아무것도 놓여 있지 않았다. 와와는 커다란 붉은색 간판을 쳐다보았다. 이제 그 글자를 읽을 수 있었다. '와와'라고 되어 있었다. 말이 안 된다는 건 알지만, 그녀는 그 단어와 함께 살아가게 될 것이라는 것을 알았다. 어떤 식으로든 그 말을 쓰며 살게 될 것이다.

제10장

낙심자의 수호성인

모트는 전염병이 퍼질 거라는 사실을 예감할 수 있었다. 아마 개미들은 벌써 알고 있을 것이다. 그러면서 동물들의 충성심이나 역량을 시험해 보고 있으리라. 어찌 되었든 EMSAH라면 피할 수가 없다. 격리를 해야 할 것이다. 모트가 보기에 이곳은 이미 격리된 거나 마찬가지였다. 늙은 참전 용사가 외진 죽음의 도시에서 유령들을 쫓고 있으니까. 영원히.

보나파르트가 가져다 준 컴퓨터로 수사 자료들을 받아 보았다. 모트가 동영상을 열자, 칙칙한 막사를 배경으로 책상 앞에 앉아 있는 와와가 보였다. 그녀는 감염 의심자 명단과 함께 현재까지는 가장 대형 사건인 채석장 사건을 포함, 그 외 모든 제의적인 성격을 띤 자살이나 살인 사건들이 포함된 사건들을 조사했다고 했다. 그리고 그 뒤로 세 건의 사건이 더 발생했다.

와와는 현재 채석장 사건 조사에 집중하고 있었다. 그녀는 사슴 중 한 마리의 발굽에 페인트로 적힌, 아무도 알아볼 수 없는 언어로 된 상징을 조사했다. 다른 구역의 언어학자가 그 언어를 해석하려고 애쓰는 중이었다. 그녀는 그것이 채석장에 있던 트레일러의 한쪽 면에 새겨진 것과 똑같은 상징이라고 말했다.

동영상 말미에 와와는 모트에게 다른 사건 현장에서 목격자들을 만나보라고 말했다. 단서들을 모으고, 위생병들이 주민들의 혈액 샘플을 확실하게 수집할 수 있게 말이다. 이상 현상은 없는지 주목하되, 주민들의 질문에는 대답하지 말아야 한다고 했다. 다른 무엇보다 기밀 유지가 중요하다는 것을 강조했다. 주민들이 벌써부터 격리에 대해 이야기하고 있다고 했다.

그래서 모트는 새로 얻은 신분증을 챙긴 뒤 개와 고양이, 다람쥐, 쥐 등 개심한 가축들의 집을 찾아가기로 했다. 이번 일에서는 아무래도 이 전염병의 비밀을 해독할 기회가 생겼다고 기뻐했을 티베리우스를 떠올리지 않을 수 없었다. 모트에게는 죽은 친구와 같은 열정이 없었다. 대신 그는 일을 실행하는 데 있어 감정에 휘둘리지 않겠다는 단호한 결심으로 무장하고 있었다. 모트는 주변의 모든 것들을 모아 하나로 정리하는 일에 단련되었다. 상황을 파악하는 통찰력은 티베리우스에게서, 그리고 시바에게서 배웠다. 그는 지금은 죽고 없는 두 친구를 위해 일할 것이다. 운이 좋다면 이 전쟁에 작게나마 영향을 줄 수도 있을 것이다.

모트는 제일 먼저 쥐들이 가득한 집으로 향했다. 쥐들은 밝은 빛을 싫어하기 때문에 창문들은 전부 판자로 막혀 있었다. 쥐들은 대부분 지하실에 살았고, 그 근방에 있는 설치류들이 사는 집들과 연결되는 터널이나 통로를 만들었다. 그 덕에 미로 같은 지하철과 쥐들이 즐겨 찾는 버려진 건물들이 되살아났다. 그런 특권은 공식적으로는 금하고 있었지만 쥐들에게는 예외적으로 허락했다. 그들은 새로운 사회에서 가장 생산적인 구성원이었고, 아무도 해치지 않았기 때문이다.

그 작은 집단의 구성원 중 하나였던 빅토리아라는 이름─쥐들은 왕의 이름을 좋아했다─의 깡마른 쥐가 새로 낳은 새끼들을 욕조로 끌고 가 전부 익사한 사건이 일어났다. 다른 쥐들이 수증기로 축축해진 욕실에서 그 시신들을 발견했을 때 빅토리아는 혈관이 전부 터진 채 죽어 있었다.

모트가 쥐들에게 그 상황을 들어 보려고 했지만, 쥐들은 모두 한꺼번에 이야기를 쏟아 놓았다. 모트가 조용히 해 달라고 요청해도 쥐들은 그의 말을 전혀 듣지 않고 끝까지 동시에 떠들어댔다. 그 와중에 모트는 빅토리아가 그런 끔찍한 사건을 저지르기 전에 전혀 이상한 징후가 없었다는 사실을 알아냈다. 만일 빅토리아가 단순하게 새끼들을 물어서 죽였다면 쥐들은 그녀의 머리에 몹쓸 병이 생겼다고 했을 것이다.

빅토리아는 변화가 시작되기 이전에 태어났다. 그것이 모든 자살 사건의 공통점이었다. 하지만 그런 쥐들은 빅토리아 말고도 많았고, 전쟁으로 그녀의 생활은 나아졌으면 나아졌지 나빠진 것은 없었다.

빅토리아는 똑똑해진 두뇌를 당연하게 받아들이진 않았을 것이다. 누구 말을 들어 봐도 그녀는 이 사건이 자신의 종족과 다른 동물들에게 좋은 일이라고 여겼다. 그런데 터널 프로젝트를 계획한 쥐들 중 하나인 빅토리아가 첫 단계가 완성되는 날을 골라 아주 공개적인 방식으로 목숨을 끊은 것이다.

사슴 자살 사건에 관한 자료들을 보기 전에는 모트도 빅토리아가 정치적인 메시지를 전달하기 위해 그런 짓을 저지르진 않았을 거라고 생각했다. 사슴들의 경우에는 공동체 자립을 돕기 위한 일환으로 모두 채석장에서 일하고 있었다. 그들의 죽음은 고의적인 파괴 행위인 태업으로 볼 수도 있었다. 하지만 증거가 없었고, 그런 파괴 행위를 하는 자들과의 연관성도 없었다.

모트는 모든 사실들을 확인했다. 사슴과 쥐들은 캠프에서 함께 있었던 적도, 전쟁에서 같이 싸웠던 적도 없었거니와 같은 지역 출신도 아니었다. 두 사건 사이의 유사성은 우연의 일치라고밖에 볼 수 없었다. 그는 여전히 그 점이 신경 쓰였다. 모트처럼 그들 역시 사랑하는 이의 죽음에 관련된 메시지를 받기라도 한 것일까?

더욱 혼란스러운 점은 부검과 혈액 검사 결과가 음성으로 나왔다는 점이다. 바이러스의 신체적인 증상은 전혀 발견되지 않았다. 어쩌면 EMSAH의 변이로 감지하기는 어렵고 이전보다 훨씬 치명적인 바이러스가 나타난 것일지도 모른다. 그런 생각으로 머릿속이 시끄러웠지만 모트는 아직 아무 말도 꺼내지 않았다.

모트는 개 가족이 살던 집에서 벌어진 폭력적인 살인 사건 현장을 보고 난 후, EMSAH의 발병에 직면했다는 사실을 받아들일 수밖에 없었다. 이런 일이 가능하다면 상황은 앞으로 더 심각해질 수도 있다.

그들은 남편과 아내, 두 딸, 그리고 아내의 어미로 구성된 가족이었다. 아내의 어미는 다음 해 여름까지 살 수 없을 것 같은 늙은 잡종견이었다. 아버지인 아베로에스라는 이름의 개는 관리국 직원이었다. 죽은 인간들을 치우는 일부터 시작했던 그는 점점 출세해 위생국의 부국장 자리에까지 올랐다. 재건 구역에서는 무척 존경받는 직업이었다. 그는 관리국에서 문에 로고가 박힌 SUV까지 제공받았고, 이웃들도 그가 운전하는 모습을 본 적이 있다고 했다. 그 개는 일을 아주 잘했으며 여왕이 제시한 미래를 진심으로 믿고 있었다.

모트는 아베로에스가 죽은 날 있었던 일을 혈흔, 족적, 현장에 남아 있는 개털과 이빨을 통해 대략적으로 알아낼 수 있었다. 이웃집에 사는 토르라는 개가 아베로에스의 집에 들어간 건 확실했다. 그가 무단침입을 했거나 안 좋은 소식을 전했던 모양이다. 왜냐하면 둘 사이에 언쟁이 일어났기 때문이다.

아베로에스는 침입자를 집 밖으로 쫓아내는 정도로 만족하지 못하고 이웃집까지 토르를 쫓아갔고, 그 자리에서 토르를 칼로 찔러 죽였다. 아베로에스는 피해자를 소파에 앉힌 뒤 한 손은 팔걸이에, 다른 한 손은 배 위에 올려놓았다. 모트는 그 상황이 이해가 되지 않았다. 어째서 피해자를 죽인 뒤에 의자에 편안하게 앉힌 걸까? 앙갚음이 너무 심했다는 것을 깨닫고 사과라도 하고 싶었던 것일까?

그날 온종일 숲에서 시간을 보냈던 아베로에스의 아내와 아이들이 집에 돌아와 보니 남편이 저녁식사를 차려 놓고 그들을 기다리고 있었다. 그 음식에는 독이 들어있었다. 가족들은 음식을 입에 넣자마자 몇 분 이내에 죽었다. 그 후 아베로에스는 비스킷을 들고 욕실로 향했다. 거울에 비친 자신의 모습을 쳐다보며, 아베로에스는 독이 든 비스킷을 삼켰다.

그때 아베로에스의 장모는 운 좋게도 비타민과 영양 보충제를 받으러 병원에 가 있었다. 아베로에스는 그녀가 돌아오길 기다렸다가 죽일 작정이었겠지만 토르 살해로 체포되는 게 시간 문제라는 것을 알고 조바심 났거나 공황상태에 빠졌을 수도 있다.

모트가 찾아갔을 때 그녀는 후드 티를 입고 푸른색 면으로 된 입마개를 한 채 흔들의자에 앉아 있었다. 모트는 나이가 많은 동물들을 만날 때마다 불안했다. 그들이 인간 주인을 숭배하고 노예로 살면서 집을 지켰던 시절

이 지나간 지 얼마나 오래됐는지 잊고, 자꾸만 물어보기 때문이다.

그녀의 이름은 올리브였다. 올리브는 그 일에 대해 또 이야기해야 하는 것을 귀찮아하지 않고 자세하게 이야기해 주었다. 그녀의 말에 따르면, 아베로에스는 어떤 별다른 말이나 행동을 하지 않았다고 했다. 평소 성품은 조용했고, 종종 마당에서 땅을 파면서 스트레스를 풀었다고 했다. 그 집은 아베로에스의 예전 주인집이었다. 그래서 그는 뭔가를 파묻고 냄새로 찾아내 다시 파내면서 단순하게 살았던 예전을 떠올렸다고 했다.

올리브는 이야기를 끝낸 뒤 의자에서 일어나 주방으로 향했다. 찻주전자가 달그락거리는 것 같은 소리가 들려서 모트는 그녀가 뭔가 마실 걸 내오려는 모양이라고 생각했다. 그 대신 올리브는 은 목걸이를 가지고 돌아왔다.

"내 딸이 이걸 걸고 있었더라면 아직도 살아있었을 텐데."

모트는 손을 내밀어 그 목걸이를 받았다. 로브를 걸치고 수염을 기른 남자의 얼굴이 새겨진 메달이었다. 남자의 머리 주위에는 동그란 고리가 떠 있었다. 유다 성인이었다. 예전에 본 적이 있었지만, 언제 어디서 봤는지 기억이 나지 않았다.

"어떻게요?"

"유다 성인은 낙심자의 수호성인이지."

올리브가 말했다.

"그럼 이 메달을 보면 따님이 떠오른다는—"

"이걸 봐도 아무것도 안 떠올라요. 당신네 군사들은 로봇 같다니까. 그거 알아요? 내 말은 유다 성인이 그 아이를 지켜 줬을 거라는 뜻이었어요."

올리브가 말했다.

모트는 그녀에게 사위에 대해 얼마나 더 폭로할 내용이 남아 있는지 물어보고 싶은 것을 참았다. 지금 상황에서는 논란의 여지가 있었다.

"그쪽이 뭐라고 하든 상관없어요. 보고서에도 마음대로 써요. 개미들한테 가서 내가 미쳤다고 말해요. 댁들이야 어떤 식으로든 계속 날 감시할 테니까. 안 그래요?"

올리브가 쏘아붙였다.

그 말이 맞았다. 모트는 올리브에게 시간을 내줘서 고맙다고 인사한 뒤 그곳을 떠나려고 했다. 그런데 그녀가 모트에게 메달을 가져가라고 고집을 부렸다. 군대에서 이미 수많은 신체검사와 인지 능력 검사를 실시했고, 그 결과 자신에게는 아무 이상도 없었다는 사실을 강조하면서.

"늙는 거야 무엇으로든 막을 수 없는 법이지만."

그래도 모트가 그 메달을 가져갈 수 없다고 거절하자, 올리브는 수사에 도움이 될 거라고 말했다.

"그쪽이 고양이든 다람쥐든 뭐든 상관없어요. 이런 일을 하려면 어느 누구보다 유다 성인의 가호가 필요할 테니. 난 그걸 느낄 수 있어요."

그녀가 말했다.

모트는 꼭 돌려 주겠다는 약속을 한 뒤 그 메달을 받았다. 올리브는 웃으면서 그때쯤이면 자기는 죽고 없을 거라고 말했다.

"그리고 그쪽도 이걸 돌려주고 싶지 않게 될 거요."

올리브가 덧붙였다.

모트는 집으로 돌아갔다. 그는 마티니 일가의 차고를 조사실로 이용하기로 마음먹고 집에 있던 수사 자료들을 모두 그쪽으로 옮겼다. 차고 바닥에는 그 구역 전체의 지도를 그렸다. 먼저 흰색 분필로 대충 그린 뒤, 색연필로 보다 세밀하게 그려 넣었다. 그 한복판에 서서 생각할 수 있어야 했다. 여전히 만족스럽지 않자, 모트는 상자를 이용해 입체 지도 모형을 만들기로 결심했다. 큰 건물이나 구조물은 돌멩이로 표시하고, 사슴들이 자살한 채석장은 시멘트 바닥을 곡괭이로 판 구멍으로 표시했다.

그는 올리브가 준 메달을 탁상용 스탠드에 걸었다. 컴퓨터 스크린 옆에서 메달에 새겨진 성자의 얼굴이 시계추처럼 빙그르 돌며 흔들렸다. 늦은 시각이었지만, 모트는 보나파르트에게 전화를 걸기로 했다. 상관이 부하들의 잠을 아무 때나 깨울 수 있다는 것을 보여주는 것을 좋아했던 컬드삭처럼 말이다. 보나파르트는 나른한 목소리로 전화를 받다가 상대가 모트라는 것을 알자 목소리가 밝아졌다.

"인부를 몇 명 모아서 살인 사건 현장의 뒤뜰을 파 보게. 뭐든 나오면 알려주고."

모트가 말했다.

"아침에 트럭을 불러서―"

"지금."

"알았습니다. 지금 바로 가죠."

보나파르트가 짜증 섞인 목소리로 대답했다. 자랑할 만한 일은 아니지만, 모트는 고통을 주위에 퍼트리는 것이 좋았다. 레드 스핑크스가 모트에게 조사를 시키고 싶다면 그들 역시 그의 방식을 따라야 할 것이다.

모트는 물을 마시기 위해 자리에서 일어났다. 창문 밖에 너구리가 서 있는 것이 보였다. 그 너구리는 잔디 한복판에 서서 차고를 바라보고 있었다.

많은 동물들, 특히 애완동물이 아니었던 동물들은 소유의 개념이 자유로웠다. 그 너구리는 전쟁이 일어나기 전에 마티니 일가의 쓰레기통을 뒤지며 살았을지도 모른다. 그런 밑바닥 생활을 하는 많은 동물들은 쓰레기를 뒤지거나 벌레를 잡아먹고 살면서 분쟁을 일으킬 기회만 엿보고 있었다. 너구리가 어깨에 가방을 메고 있는 것으로 보아, 한밤중에 그냥 돌아다니는 게 아니라 뭔가 다른 볼 일이 있는 모양이었다.

모트는 차고 문을 열었다. 순간 떠돌이 너구리의 지독한 악취가 안개처럼 퍼졌다. 모트는 눈을 가늘게 뜨고, 그 악취를 억지로 참아냈다.

너구리는 움직이지 않았다.

"길을 잃은 거요?"

모트가 물었다.

이제 앞이 제대로 보였다. 너구리의 얼굴이 뭔가 이상했다. 실제로는 머리 전체가 이상했다. 너구리의 목은 찢겨 벌어져 있었고, 잘린 턱은 그대로 위쪽을 향하고 있었다. 목 안쪽에서 맥박이 뛰고 있어야 할 자리에 얼굴이 있었다. 인간의 얼굴이었다.

순간 모트는 아무 생각도 나지 않았다. 지금은 행동해야 할 때였다. 그 자와의 거리를 계산하고, 두려움과 의구심을 지웠다. 그는 훈련 받은 대로 공격 태세에 들어갔다. 뒷다리에 힘을 주고 꼬리를 똑바로 세웠다. 모트는 손톱 없는 손으로 남자의 가슴에 착지할 작정으로 달려들었다.

하지만 상대는 민첩했다. 모트는 그 남자를 붙잡기 직전, 고막이 찢어질 것 같은 소음 공격을 받고 그 자리에서 움직일 수가 없었다. 뇌 속에서 화가 잔뜩 난 곤충들이 날뛰는 것처럼 귀에 거슬리는 소리가 쉴 새 없이 울려 퍼졌다. 모트는 그 자리에서 쓰러졌다. 양손으로 귀를 틀어막아 보았지만 아무 소용없었다. 모트는 고개를 젖혔다가 남자가 손바닥만 한 크기의 작은 금속 기계를 들고 있는 것을 보았다. 뭔지는 몰라도 바로 거기서 모트를 겨냥해 소음을 레이저처럼 쏘는 것 같았다.

소음이 멈췄다. 머릿속에서 울림이 사라지기까지는 몇 초 더 걸렸다.

"일어나."

"누구냐?"

남자의 말에 모트가 되물었다.

다시 소음이 울리기 시작했다. 모트의 뇌 속에 개미들 무리가 쳐들어 온 것 같았다. 너구리 인간은 그 질문에 답하는 대신 처벌을 내렸다.

"입 다물어. 자리에서 일어나 차고로 들어가."

남자가 말했다.

모트는 남자의 말에 따랐다. 안개처럼 자욱하던 너구리의 지독한 악취는 이미 흩어지기 시작했다.

"앉아."

남자가 말했다.

모트는 책상 앞에 있는 의자에 앉았다. 남자는 문을 반만 닫았다. 아마 모트가 어떤 식으로든 그 소음 무기를 이겨낼 경우 쉽게 도망치기 위해서일 것이다.

그 인간은 무릎에 가방을 올린 채 옆에 있는 의자에 앉았다. 모트는 그 남자가 입고 있는 옷이 진짜 너구리 가죽으로 만든 것임을 알아차렸다. 남자는 대머리 위에 가면을 왕관처럼 올려놓았다. 그의 피부는 갈색이었고 턱에는 수염이 까칠하게 자라있었다. 남자는 여전히 소음을 만들어내는 기계를 손에 꼭 쥔 채 엄지손가락을 전원 스위치에 올려놓았다.

"난 브리그스 장로다. 묻고 싶은 게 많겠지. 뭐든 물어 봐도 좋다."

남자가 말했다.

신중하게 고른 말로, 미리 연습을 한 것 같았다.

'눈을 보면 많은 것을 알 수 있지.'

컬드삭은 예전에 인간들을 심문하는 법을 배울 때 이렇게 말했다.

'인간들의 눈을 잘 봐야 해. 눈은 거짓말을 하기 어렵거든. 물론 종종 안 그런 경우도 있지만.'

브리그스의 동공이 흔들렸다. 그는 확실히 모트를 두려워하고 있었다. 어쩌면 브리그스는 사전 조사 차원에서 모트의 사진을 가지고 있을지도 모른다.

"여긴 어떻게 왔지?"

모트가 물었다.

브리그스는 한숨을 쉬었다.

"처음부터 대답해 줄 수 없는 걸 묻는군. 잠깐 들렀다고 치지."

"당신 같은 인간들이 몇 명이나 있는 거지? 저항군의 수는 얼마나 되나?"

모트가 물었다.

"여왕이 보기엔 너무 많은 정도? 싸울 수 있을 정도는 돼."

브리그스는 씩 웃었다. 웃으니 남자의 속내를 읽기가 더욱 어려워졌다.

"어떻게 된 거지?"

모트가 물었다.

"대부분의 사람들은 이럴 때 '왜?'라고 물어. 하지만 넌 전사야. 항상 전술적인 상황을 분석하지."

"당신이 여기 있는 게 내가 지금 조사하고 있는 것 때문인 것 같은데."

모트가 말했다.

"EMSAH지. 콜로니의 통제 아래서도 누군가 어떻게든 조사하고 있을 줄 알았어."

브리그스가 말했다.

"이 구역에 EMSAH를 퍼트린 건가?"

"물론이지."

"당신이?"

"말하나마나."

모트는 소리 내어 웃었다. '내 조사가 이런 식으로 끝나는군.'

"이건 네가 질문할 내용이 아니야. '이게 EMSAH인가?' 당연히 EMSAH지. EMSAH는 어디에나 있어. 우린 그걸 퍼트리는 일을 잘하잖아? 하지만 네가 해야 할 질문은 이거야. 'EMSAH는 대체 뭐지? 어째서 개미들은 그걸 두려워하는 걸까?'"

"그 질문들에 답해 줄 수 있다는 건가?"

모트가 물었다.

"아르콘은 네가 스스로 알아내야 한다고 결정했어. 그녀는 우리 지도자야. 게다가 내가 말해도 넌 믿지 못할 거야."

브리그스가 대답했다.

"나도 감염된 건가?"

"그랬을까 봐 걱정이군."

브리그스의 목소리에 초조한 듯한 떨림이 느껴졌다. 모트는 그게 후회에서 나온 떨림인지 아니면 만족감을 나타내는 건지 알 수 없었다.

"여기저기서 주민들이 병에 걸렸다는 보고가 들어오고 있어. EMSAH

때문인 건가?"

모트가 물었다.

"아마 그렇겠지."

"하지만 검사 결과 전부 음성 반응이 나왔는데."

"그 검사로는 병을 확인할 수 없는 거겠지."

"그럼 자살 사건도?"

모트가 물었다.

"EMSAH야."

"살해 사건 역시?"

"EMSAH지."

브리그스가 말했다. 이제 그는 차분해 보였다.

"감염된 자들을 조종하는 건가?"

"우리가 조종하는 건 아니야. 그렇게 이끌어 가려고 하는 거지."

"그럼 그들이 자살하도록 이끌었다는 거야?"

브리그스가 고개를 저었다.

"너도 그들이 그런 끔찍한 행동을 저지르게 몰아간 자들 중 하나라는 생각은 해본 적 없어? 우린 너에 대해 잘 알아. 넌 항상 여왕이 세웠다는 계획이 제대로 이뤄지지 않을 수도 있다고 의심해왔지. 그게 레드 스핑크스에서 나온 이유기도 하고. 너희들 식으로 부르자면 감염된 자들은 자신들이 병에 걸린 것이 발각되면 어떻게 될지 잘 알고 있어. 그런 그들이 저항하는 것을 비난할 수 있겠나?"

"그렇다면 그 일련의 사건들은 단순히 질병 때문에 일어난 것이 아니라는 뜻이군. 모두 저항의 의미였어. 고의적인 파괴 행위였던 거지."

모트가 말했다.

"경고의 의미야. 앞으로 무슨 일이 일어날 건지 알려주는 경고."

브리그스가 말했다.

모트는 쥐들이 죽어 있는 집으로 그 인간을 데려가고 싶었다. 자신들이 무슨 짓을 저질렀는지 똑똑히 알 수 있게 저 남자의 추악한 얼굴을 욕조에 박아 버리고 싶었다.

"내 지하실에 메시지를 남긴 것도 당신인가? 시바에 대해 쓴 것 말이야."

화제를 돌리고 위해 모트가 물었다.

"그래."

브리그스가 말했다.

"왜?"

"사실이니까."

"있을 수 없는 일이야."

"지난 몇 년간 있었던 일들도 일어날 수 없다고 치부할 만한 일들이었지. 안 그래?"

브리그스가 한숨을 쉬며 말했다.

"시바가 지금 어디 있는데?"

"섬에."

무심한 듯한 인간의 말에 모트는 진저리를 쳤다. 누군가 그 말을 꺼낼 때마다 그는 재닛과 아이들의 모습을 떠올렸다. 알파부대원들에게 둘러싸인 채, 미리엄의 실험 대상으로 불려나갈 때까지 지저분하고 겁에 질린 모습으로 우리에 갇혀 있는 그들의 모습이 그려졌다. 그리고 미리엄이 동물들을 상대로 실험을 하지 않는다고 누가 확신할 수 있단 말인가? 그렇다 해도 지금 수술대 위에 올라가 있는 시바의 모습을 떠올리게 된 건, 모트를 인질로 잡고 있는 이 남자 때문이었다.

"그런 이야기를 왜 하는 거지?"

모트가 물었다.

"시바를 다시 찾는 게 네 운명이니까. 여왕은 그걸 두려워하고 있어. 우리 선지자께서 그렇게 예언하셨지. 이 전쟁은 거기에 달려 있다고 말이야."

"선지자?"

"신탁으로 앞날을 보는 능력을 가진 전달자지. 그 선지자께서는 네가 시바를 다시 찾게 될 거라고 말씀하셨어. 그렇게 함으로써 네가 우리와 네 종족을 모두 구하게 될 거라고 하셨지. 그러니까 포기했다는 말은 하지 말아 줘."

브리그스가 말했다.

"운명과 희망이라. 당신들의 유물이군. 알고 있었나? 사라진다고 해도 이상할 게 없겠어. 게다가 그 섬에 들어갈 수 있는 자는 아무도 없어. 차라리 시바가 화성에 있다고 하는 게 낫겠네. 당신들의 선지자가 무슨 말을 했든 나완 상관없어."

모트가 말했다.

"전해 줄 게 있어."

브리그스가 모트에게서 시선을 떼지 않은 채로 가방을 열었다. 그는 빨간색 플라스틱 튜브를 꺼내 책상 위로 밀어 주었다.

모트는 튜브를 집어 들고 살펴보았다. 한쪽 끝에는 큰 유리가, 다른 쪽 끝에는 작은 유리가 박혀 있었다. 망원경이었다.

"우린 여왕이 만든 괴물이 아니야. 너희에게도 친구로서 손을 내미는 거고."

브리그스가 말했다.

"진짜 친구는 친구에게 병을 퍼트리지 않지."

그는 다 안다는 것처럼 미소를 지었다.

"오늘 밤이 전쟁을 끝낼 첫 번째 단계를 시작했어."

"이걸로 뭘 하라는 거지?"

"매일 자정에 오리온자리의 세 별을 올려다 봐. 저항군이 어떻게 하고 있는지에 관한 네 궁금증들은 대부분 해결될 거야."

모트의 질문에 브리그스가 답했다.

모트는 책상 위에 망원경을 내려놓았다. 망원경이 스르르 굴러가다가 컴퓨터 모니터 앞에서 멈췄다.

"모스 부호는 아나?"

브리그스가 물었다.

"기본적인 것만."

"다시 배워 둬. 그래야 우리가 너한테 연락할 수 있어. 언젠가, 머지 않은 시간 내에 섬에 갈 수 있는 법을 네게 알려주고 싶으니까."

"내가 그곳에 가는 게 왜 중요하지?"

"여왕이 모든 것을 파괴하지 않았다는 것을 알게 될 거야. 우리가 여왕이 생각하는 것처럼 야만적이지 않다는 사실도 알게 될 테고. 거기 많은 것들이 달려 있지."

브리그스가 말했다.

그가 말한 '우리'는 마치 그 사이에 동지애라도 있는 것처럼 인간과 동물들을 모두 포함하고 있었다.

브리그스는 자리에서 일어나 문 쪽으로 뒷걸음질로 나갔다. 자기가 위협 당할 경우 소음 공격을 하겠다는 것을 알리듯 팔을 쭉 내밀고 있었다.

"문제점도 있어."

"뭐지?"

"만일 네가 시바를 찾는 데 성공한다면, EMSAH의 대규모 발병을 일으키는 방아쇠가 될 거야. 네가 그 예언을 실현시키게 되면 여왕의 실험은 실패한 것으로 간주되겠지. 그럼 여왕은 전체 격리로 대응할 거야. 이 일을 네게 말해야 할지 말지 우리 사이에서도 논란이 있었어. 하지만 네가 알아야 한다는 쪽으로 결론이 났지."

"EMSAH가 시바나 나와 무슨 연관이 있지?"

"EMSAH가 뭔지 찾게 되면 저절로 알게 될 거야. 지금 내가 말할 수 있는 건, 여왕은 바이러스와 네가 연관이 있다고 생각한다는 거야."

"말도 안 되는 소리. 여왕이 내가 EMSAH와 연관이 있다고 생각한다면 어째서 날 죽이지 않는 거지?"

모트가 말했다.

"여왕은 자신의 오만함에 눈이 멀었으니까. 자기가 지켜보기만 하면 알아낼 수 있다고 생각한 거지. 마치 하나의 종으로서 우리 약점을 다시 한번 시험하는 것처럼 말이야. 여왕은 널 통제할 수 있다고 생각해. 하지만 세상은 실험실이 아니야. 너도 더 이상 동물이 아니고. 넌 여왕이 네게 계획하고 있는 것을 뛰어넘는 선택을 할 수도 있어. 그럴 수 있다는 걸 여왕은 믿지 않지. 여왕은 눈이 멀었어. 그것 때문에 몰락하게 될 거야. 모든 독재자들은 몰락하게 마련이지."

브리그스가 대답했다.

모트는 좌절감에 시선을 아래로 떨어뜨렸다. 이 수수께끼 같은 대화는 너무나도 인간적이었다. 개미들의 단순하기 그지없는 대화와는 달랐다. 당연히 여왕은 그의 말을 믿지 않을 것이다. 말하지 않아도 이미 알고 있을 테니까.

"자정에 오리온자리의 세 별자리를 보는 것 잊지 마. 우린 널 섬으로 보낼 방법을 찾아낼 테니까. 행운을 빌어."

브리그스는 말을 마친 후 반쯤 열려 있던 차고 문으로 빠져나갔다. 지독한 너구리 냄새는 좀 더 오래 남아 있었다.

모트는 손가락으로 망원경을 톡톡 두드렸다. 그 위로 전등 불빛을 받아 흐릿하게 빛나는 유다 성인의 메달이 흔들리고 있었다.

제11장

베수비오

모트가 제일 먼저 한 일은 자기가 미치지 않았는지 확인하는 것이었다.

브리그스를 만난 다음 날 아침, 그는 앞으로 몇 달간은 검진 예정이 없었음에도 불구하고 구시가지 외곽에 있는 군병원에 진찰을 받으러 갔다. 병원은 예전에 기차역이었던 곳이었다. 대리석 바닥에 벽도 돌로 되어 있어 소독하기 편했다. 설치류 몇 마리가 표백제와 아주 커다란 호스를 들고 다니면서 건물을 소독하곤 했다.

병원에선 환자들이 치료를 받기 위해 대기하고 있었다. 예전에 매표소였던 자리가 지금은 접수대로 사용되었고, 도착 시간 게시판을 대기 번호 알림판으로 사용하고 있었다. 일단 모트는 맨 앞으로 가서 신분증과 새로 받은 띠를 보여주었다. 몇 분 뒤, 그의 번호가 알림판에 떴다. 오른쪽에 있던 병든 강아지와 왼쪽의 기침하는 늙은 말보다 훨씬 빨리 진료를 받을 수 있었다.

놀랍게도 의사는 흰색 가운을 입은 곰이었다. 모트는 군대 밖에서 곰을 만난 적이 없었다. 컬드삭은 항상 '곰과'라고 제대로 이름을 부르며 그들을 높이 평가했다. 그는 곰들과 서로 이해하는 관계라고 말했다. 물론 터무니 없는 소리긴 했다. 컬드삭은 거의 모두를 이해한다고 했다. 하지만 아무도 그를 이해하지는 못했다.

모트는 곰 의사에게 여러 가지 검사를 받았다. 체온, 호흡, 압력, 시력, 청력, 반사신경 검사를 했다. 그녀는 모트의 피를 뽑은 뒤, 컵에 소변을 받아오라고 했다. 곰 의사는 말은 많지 않았지만 커다란 주둥이에서 뿜어내는 숨소리가 믿을 수 없을 정도로 요란했다. 특히 모트의 심장과 폐 소리를 들어보기 위해 몸을 앞으로 내밀었을 때는 숨소리가 정말 크게 들렸다.

"검사한 지 얼마 안 됐는데 이렇게 빨리 병원을 찾은 이유가 뭐죠?"

의사가 물었다.

"현장에서 일하니까요."

모트가 대답했다.

"그건 우리 모두 그렇지 않은가요?"

곰 의사는 자기 다리를 내려다보며 고개를 끄덕였다. 모트는 그 다리가 보철로 된 것임을 알아차렸다. 종아리와 발은 제대로 털까지 붙어 있었지만 발목이 플라스틱 접철로 연결되어 있었다. 모트는 의사가 어쩌다 다리를 잃었는지 궁금했다. 야생동물들이 어떤 삶을 살아왔는지 그가 어찌 알겠는가? 어쩌면 곰 의사도 덫에서 빠져나오려고 발목을 끊어낸 건지도 모른다.

"혹시 무슨 징후가 나타나진 않았는지 알고 싶습니다."

모트가 말했다.

"어떤 징후를 말하는 거죠?"

모트는 의사가 그냥 넘어가 주길 바라며 한참 동안 아무 말도 하지 않았다. 하지만 곰 의사는 파란색 펜으로 진료 일지에 확인 사항들을 표시하며 그 자리에 서 있었다.

"이름을 말할 수 없는 병 말입니다."

모트가 말했다.

의사는 흰 송곳니가 보일 정도로 크게 웃었다.

"대문자 E로 시작하는 것 말인가요? 만일 그 병에 걸렸다면 진단을 받거나 치료를 받으러 여기까지 찾아오지도 못했겠죠."

"하지만 검사는 해볼 수 있잖습니까."

"이미 했어요. 검사를 해 달라는 환자도 없지만, 허락을 받아야만 할 수 있는 검사도 아니라서요."

의사는 진료실을 나갔다가, 모트의 혈액이 담긴 시험관과 소변이 담긴 비커를 들고 돌아왔다. 두 개의 비커 안에서 초록색 조각이 빙글빙글 돌고 있었다. 의사는 용액은 빠지고 표식만 남게 시험관과 비커를 비스듬히 들고 불빛에 비쳐보았다.

"이 조각 보이시죠? 초록색은 깨끗한 거예요. 노란색은…… 그리 좋은 게 아니지만."

"이런 시약으로 검사한다는 이야기는 들은 적 있습니다."

모트가 말했다.

"시약이 얼마 전에 도착했어요. 수하물에 미리엄의 서명이 있더군요. 뭔가 아는 게 있다면 말해 봐요."

곰 의사는 이 시약을 좀 더 자주 쓰게 될 거라고 말했다. 그리고 이 구역 내에서 병이 발생했다는 보고가 있었다면 이미 자기는 다른 곳에 배치되었을 거라고 했다. 모트는 검사 결과가 음성으로 나온 것에 대해 부분적으로는 안심했다. 검사 결과가 좋지 않다는 이유로 개미들에게 파괴된 격리 지역들이 얼마나 많았던가?

"걱정 말아요. 다른 증상도 없고, 혈액 검사나 소변 검사 결과도 깨끗하니까. 다른 증거는 필요 없어요."

"알겠습니다. 하지만 선생님도 이 근방에서 이상한 일들이 일어나고 있다는 건 알고 계실 겁니다."

모트가 말했다.

의사는 역시나 알고 있었다. 그녀가 모트에게 사슴 자살 사건에 대해 아는지 물었다. 그는 안다고 대답했다.

"내가 그 사건의 부검을 도왔죠. 4년간 받은 의료 훈련을 기반으로 한 내 전문적인 소견으로는, 사슴들은 절벽에서 뛰어내려서 죽은 거예요."

곰 의사가 말했다.

모트는 미소를 지었다. 왠지 그 곰이 마음에 들었다.

"EMSAH는 아니에요. 그런 사례들을 본 적이 있어요. 내가 알기로 군사들 같은 경우, 피로와 스트레스가 쌓이기 시작하면 상태가 나빠지죠."

예상했던 대답을 듣자 마음이 다소 편안해졌다. 정말 다행이었다.

"그런 사례들을 본 적이 있단 말이군요."

모트는 의사의 말을 따라했다. 그리고 물었다.

"최근에 인간을 본 적 있습니까?"

"대위님은 인간을 봤나요?"

"인간들이나, 아니면 못생긴 동물이요."

"인간들은 못 본 지 한참 됐어요. 정착지에서 제법 멀리 떨어진 북쪽에서 봤죠. 물에 빠져 죽은 조종사나 낙하산 부대원인 것 같았어요. 사실 난 여왕이 인간을 그렇게까지 싫어하는 이유를 모르겠어요. 인간들은 아주 맛있는데 말예요."

곰 의사가 말했다.

모트는 웃었다. 그리고 인간들이 변장을 하고 다닌다는 소문이 있는데 확실한 건 아니라는 얘기를 덧붙였다. 그런 다음 모트는 자리에서 일어났다. 아무래도 스트레스가 쌓인 것 같다고 말한 뒤, 혹시 다른 특이사항은 없는지 물었다. 의사는 모트에게 잘 가라며 손을 흔들었다.

진료실을 나가기 직전, 모트는 자신이 그 곰의 이름을 모른다는 사실을 떠올렸다. 그가 의사에게 이름을 물었다.

"리겔이에요."

곰이 대답했다.

"그건 남자 이름인 줄 알았는데."

"곰의 이름이죠."

의사가 말했다.

모트는 더 이상 그녀의 말을 재담으로만 생각할 수 없었다. 무언가 의미가 있는 것 같았다. 리겔은 오리온자리에서 샌들 자리에 있는 별이다. 어쩌면 브리그스가 이 만남을 준비해 놓은 건지도 모른다.

그러나 모트는 그 생각을 떨쳐 버렸다. 단순히 우연의 일치일 거라고 생각했다. 많은 동물들이 별자리에서 이름을 따왔다. 그는 마음속으로 그 별자리를 떠올려 보았다. 허리띠라고 부르는 환하게 빛나는 세 개의 별이 있고 어깨, 발, 칼이라고 부르는 몇 개의 별들이 있다. 초기 인류는 허리를 가장 중요하게 여겼던 것이리라.

아마 개미들의 말이 맞을 것이다. 자기 몸에 집착하는 인간들은 탐욕스러운 위와 욕정이 가득한 생식기가 있는 부위에 그 별들을 갖다 붙였다. 아마 그 별자리는 처음에는 사람 허리라는 것 외에는 아무 의미도 없었을 것이다. 전사 오리온이라는 건 그럴싸하게 보이기 위해 나중에 갖다 붙인 의미임에 틀림없었다.

모트는 고개를 끄덕이며 서류들을 모아 진료실에서 나왔다. 그리고 곧장 막사로 향하면서, 컬드삭이나 와와와는 마주치지 않기를 바랐다. 만일 그들이 모트가 하는 일을 살피고 있다면 그가 막사에 들어왔다는 걸 곧바로 알아차렸을 것이다.

'좋아.' 모트는 생각했다. 그들이 자신이 진짜로 일을 한다고 생각하게 내버려 두기로 했다. 그런 건 이제 중요하지 않게 될 테니.

보나파르트가 사무실에 없었기 때문에 모트는 식당으로 향했다.

돼지는 혼자 앉아 곡물 찌꺼기 같은 음식이 담긴 접시에 얼굴을 박고 있었다. 커다란 조끼에 음식이 떨어져도 전혀 신경 쓰지 않았다. 보나파르트는 다른 이들처럼 빨리 먹지도 않았다. 점심식사에 너무 열중해서 모트가 찾아온 것도 알지 못했다.

컬드삭은 레드 스핑크스 대원들을 꼼꼼히 선발했다. 보나파르트 역시 단지 동물들이 서로의 차이점을 잊고 함께 일할 수 있다는 것을 보여주기 위한 마스코트가 아닌 그 이상의 존재로 보였다. 그는 의심할 여지가 없는 충성심과 완고함—인간들이 똥고집이라고 부르는—의 소유자였고, 확실한 기술들도 가지고 있었다.

비록 레드 스핑크스에서 고상하게도 다른 종의 동물들을 받아 주긴 했지만, 이런 음식 찌꺼기를 먹는 것을 포함해 많은 습관의 차이들 때문에 보나파르트는 다른 군사들과 떨어져 있을 수밖에 없었을 것이다. 고양이들이 콜로니에서 만든 단백질 보조제를 먹는 동안, 이 외톨이는 여전히 노예 시절에 먹던 것과 똑같은 음식을 먹었다. 다른 많은 가축 출신들처럼 보나파르트도 새로 공급되는 음식에 적응하지 못해 의사가 처방한 대체음식을 먹을 수밖에 없었을 것이다. 육식성인 고양이들은 임무가 떨어질 때마다 각별히 신경 써야 하는 환자처럼 특별식을 먹는 보나파르트를 틀림없이 괴롭혔을 것이다.

보나파르트는 주머니에서 뭔가 꺼내려고 하다가 모트를 발견했다. 그는 양 발굽으로 휴지를 집어 코에 묻은 음식 찌꺼기를 닦아 냈다. 그 섬세한 작업을 그는 깜짝 놀랄 정도로 훌륭하게 해냈다. 보나파르트가 모트에게 경례할 때 그의 주머니에 들어있던 물건이 댕그랑거렸다. 모트는 그 물건이 휴대용 술병이라는 것을 알아차렸다. 아마 보나파르트의 전 주인인 농부가 갖고 있던 술병일 것이다. 돼지는 그 휴대용 술병과 함께 술을 마시는 습관도 이어받은 것 같았다.

모트는 미소를 지었다. 티베리우스라면 아마 혼자서라도 그 돼지의 친구가 되어 주었을 것이다. 그랬다면 보나파르트도 이렇게 외톨이가 되진 않았으리라.

"지시하셨던 마당 파는 일은 끝냈습니다."

보나파르트가 말했다.

"그건 일단 놔두게."

모트가 대답했다. 사실 모트는 그 일을 시켰던 걸 잊고 있었다. 보나파르트가 무슨 말인가 하려고 했지만, 모트는 그 말을 가로막고 당장 필요한 자료들부터 이야기했다. 이 지역의 예전 전화번호부, 올리브의 예전 주인의 의료 기록, 모스 부호 책이었다. 사실 필요한 건 모스 부호책 밖에 없었지만, 그것만 달라고 하면 의심을 받을 것 같아서 다른 자료들도 함께 찾아 달라고 한 것이다.

보나파르트는 반쯤 남은 음식을 그대로 둔 채 즉시 그 자료들을 찾아 식당을 나섰다. 모트는 돼지가 눈에 띄게 순종적인 모습을 보이자 기뻤다. 처음 만났을 때 보나파르트가 모트에게 무례하게 고자라고 부른 것이 컬드삭의 귀에 들어간 모양이었다. 대령은 틀림없이 그 돼지의 머리에 띠를 두르고 11킬로미터의 구보를 명했을 것이다.

30분 뒤, 보나파르트는 모스 부호 책을 들고 모트의 임시 사무실로 찾아왔다. 그는 모트가 지시한 자료 세 가지 중 한 개만 찾아온 것에 대해 사과했다. 책에서 악취가 너무 심하게 났기 때문이었다. 막사에 있는 자료들은 대부분 근처 도서관에서 가져온 것인데, 깨진 창문과 부서진 지붕으로 비가 들이치는 바람에 전부 물에 잠겼다고 했다. 모스 부호 책에서 나는 썩은 냄새가 너무 지독해서 모트도 그 책을 보는 것을 다시 생각해야 할 지경이었다.

"이제 마당을 파다가 발견한 것에 대해 보고해도 되겠습니까?"

보나파르트가 물었다.

"그래. 뭘 찾았나?"

보나파르트는 대답하기 전에 먼저 주위를 살폈다.

"폭탄입니다."

보나파르트는 모트를 막사 제일 안쪽에 있는 안전실로 데려갔다. 가는 길에 그 개가 살던 집 마당을 파헤쳤을 당시의 상황을 설명해 주었다. 올리브가 지켜보는 가운데, 돼지와 고양이 두 마리는 잔디밭 위로 솟아올라

있는 수많은 진흙 더미들의 냄새를 맡아 보았다. 그들은 아베로에스가 애완견이던 시절에 품었을 환상을 상상하며, 숨겨 놓았을 법한 물건들을 찾아냈다.

보나파르트는 뼈, 막대기, 눈이 세 개 달린 작은 녹색 외계인 모양의 씹을 수 있는 고무 장난감을 찾았다고 했다. 그는 놀이 삼아 고양이들과 누가 제일 냄새를 잘 맡는지 내기를 하자고 했다. 돼지들 사이에서는 자주 하는 농담이었다.

보나파르트는 계속해서 땅에 묻혀 있는 물건들을 정확하게 알아맞혔다. 비록 발에 흙이 잔뜩 묻긴 했지만 야구 모자와 포수용 글러브, 맥주병을 찾아냈다. 이 대목에서 모트는 보나파르트가 맥주병을 찾아낸 것에 대해서 전혀 놀라지 않았다. 어느 순간부터는 올리브까지 보나파르트에게 박수갈채를 보내 주었고, 고양이들은 풀이 잔뜩 죽었다.

"그러다 폭탄을 발견했다는 말이군."

모트가 이야기에 끼어들었다.

보나파르트는 진입로 쪽에 바퀴 자국이 남아 있는 것을 보았다. 아베로에스의 SUV가 남긴 그 자국은 아스팔트를 지나 잔디밭 위로 이어지더니 이웃집과의 경계선 근처에 있는 커다란 진흙 더미 앞에서 끝났다.

보나파르트조차 그 안에 파묻혀 있는 것이 뭔지 알아낼 수 없었다. 그와 고양이들이 알아낸 건 플라스틱과 금속으로 된 물체라는 것 정도였다. 그래서 그들은 땅을 파기 시작했다. 그 장치를 찾아내자마자, 보나파르트는 막사에 전화를 걸어 병사들을 더 보내 달라고 요청했다. 그는 아베로에스의 집을 포위할 생각이었다. 올리브는 그 물건과 관련이 없는 것 같았지만 그게 문제가 아니었다.

보나파르트가 그 상황을 설명하는 동안, 모트는 머릿속에 불쌍한 올리브의 집의 부감도를 그리고 빨강색 점으로 표시를 했다. 그 점이 피바다처럼 그 구역 전체로 번졌다.

모트와 보나파르트는 안전실에 도착했다. 레드 스핑크스 대원 둘이 그 앞을 지키고 있었다. 모트가 신분증을 꺼내자 그들은 옆으로 비켜섰다.

창문도 없는 안전실 안에는 작은 탁자 한 개뿐이었다. 폭탄은 진흙이 묻은 채로 탁자 위에 놓여 있었다. 보나파르트는 그 폭탄이 해체된 상태라고 설명해 모트를 안심시켰다. 폭탄 장치는 검은색 상자로, 광대들이 쓰는 가발처럼 빨강색과 파랑색 전선들로 뒤덮여 있었다. 전선들은 플라스틱 폭탄에 달려 있는 전자시계에 연결되어 있었다.

모트는 그 폭탄 장치에 생물학 작용제가 없는 것을 보고 조금이나마 안심했다. 다시 말해 그 폭탄 장치는 EMSAH 바이러스를 퍼트리는 무기가 아니었다. 아베로에스는 그 질병에 음성 판정을 받았다. 더군다나 그 장치에는 불필요한 금속 조각이나 못 같은 것도 보이지 않았다. 살상용이라기보다는 건물을 파괴하는 용도의 폭탄이었다.

"아무래도 토르라는 이웃이 이걸 본 모양입니다."

보나파르트가 말했다.

모트는 고개를 끄덕였다.

"아베로에스는 그자의 입을 막기 위해 죽인 거야. 선택의 여지가 없었던 거지."

만일 토르가 아베로에스가 폭탄을 가지고 있다는 것을 알아차리지 못했다면 위생국 건물이 그 폭탄에 날아갔을 것이다. 브리그스가 말했던 경고가 그 폭발일 수도 있었다. 후각이 예민한 주민들은 위생국 시설이 파괴된 사건에 관심을 기울였을 것이 분명했다.

아베로에스는 이 폭탄 장치를 어디서 구한 걸까? 그는 군사가 아니었다. 하지만 만일 고의적인 파괴를 일삼는 조직이 있다면 아베로에스 같은 자들을 포섭하는 것도 가능할 것이다. 아베로에스가 마당에 폭탄을 묻고 저항군의 다른 멤버가 땅에서 파낸 뒤에 터트리기로 되어 있었을지도 모른다.

"한 가지 더 있습니다."

보나파르트가 폭탄을 들어 올리더니 그대로 뒤집었다. 플라스틱에 메시지가 새겨져 있었다. 모트가 그 메시지를 읽자, 브리그스의 목소리가 들리는 것 같았다.

'여왕은 눈이 멀었다.'

전쟁이 시작된 뒤로 매일 같이 들으며 살고 있는 위협인지 전언인지 모를 말에 대한 직접적인 대답이었다. 여왕은 모든 것을 보고 있다. 그들은 그렇게 말했다. 아마 여왕도 이걸 보았을 것이다. 이제 어떻게 되는 걸까? 모트는 이런 식으로 격리가 시작된다는 것을 깨달았다. 만일 EMSAH가 자기 가족을 죽이게 만들 수 있는 병이라면, 이 바이러스를 없애버리겠다는 여왕을 누가 비난할 수 있단 말인가?

"중위에게도 이 사실을 알려야겠군. 수고했어, 특수대원."

모트가 말했다.

"전에도 이런 걸 보신 적이 있습니까?"

"아니. 처음이야."

"하지만 전에 컬드삭 대령님께 이 모든 일들이 당연하다고 하셨잖습니까. 그러니까 대위님은 EMSAH에 대해 뭔가 알고 계신 게 분명합니다."

보나파르트가 말했다.

"난 그 사건들의 원인이 바이러스가 아니란 생각이 들기 시작했는데."

"잠깐 동안은 저도 그렇게 생각했습니다."

"그런 생각은 마음속에만 담아 두도록 해."

모트가 말했다.

의기소침해진 보나파르트는 경례를 한 뒤 발굽소리를 울리며 그곳을 떠났다. 모트는 그 메시지를 다시 한 번 손가락으로 훑고는 입모양으로만 따라해 보았다. 그런 다음 속삭이듯 말해 보았다.

모트는 집으로 돌아와 차고로 들어갔다. 그리고 모스 부호 책을 펼쳤다. 아직 정오도 되지 않았다. 그는 지난 열두 시간 동안 있었던 일들을 다시 떠올리며, 그날 자신이 한 조사에 대한 거짓 보고서를 썼다.

EMSAH 발병은 어떤 식으로든 이 구역을 격리시키려는 음모와 연결되어 있었다. 그는 이 바이러스가 이런 방식으로 퍼진다는 이야기를 들어본 적이 없었다. 하지만 컬드삭은 레드 스핑크스 대원들에게, 항상 모든 사건이 다 다르다는 점에 주의하라고 했었다. 인간들의 타락에는 끝이 없었기 때문이었다.

하지만 인간들은 모트에게 시바를 찾으러 가게 해 주겠다고 약속했다. 그래서 모트는 컬드삭에게 배운 것들을 뒤로 하고, 망원경을 설치했다. 격리는 내일 당장 시작될 수도 있었다. 그는 아직 기회가 있을 때 브리그스가 했던 이야기가 무엇인지 알아보기로 했다.

모트는 기다렸다. 하늘이 점차 어두워지면서, 별들이 하나 둘씩 보이기 시작했다. 한참 동안 세상이 수평으로 보였다. 여왕과 그 거대한 계획이 아니었다면 이렇게 모트가 하늘을 올려다보면서 궁금해 하는 일도 없었을 것이다. 헛되이 살다 간 전 세대들처럼 그 역시 아무것도 알지 못하고 죽음을 맞았으리라.

모트는 원래 기관총을 받치는 데 사용했을 낡은 삼각대 위에 망원경을 올려놓았다. 망원경을 통해 보며 오리온자리를 찾았다. 리겔이 가장 밝았기에 그 별에 렌즈 초점을 맞추기 시작했다. 잠시 망원경을 조절하자, 뿌옇고 둥그스름해 보이던 별이 또렷한 흰색 구체로 보이기 시작했다. 모트는 오리온의 다리를 따라 허리띠 쪽으로 옮겨가다가, 그중 동쪽 끝에 있는 별 알니타크 아래 뭔가가 떠 있는 것을 발견했다.

모트는 그것이 움직이고 있다는 것과 별보다 훨씬 가까운 준 궤도에 떠 있다는 사실을 알 수 있었다. 반짝거리는 그것은 구근 형태의 물체로, 맨 아래쪽에 열기구 두 개가 나란히 붙어 있고 위쪽으로 하나가 올라간 형태였다. 열기구 밑에는 각각 그보다 작은 직사각형이 달려 있었다. 그 물체는 오리온자리의 중앙을 향해 천천히 이동하고 있었는데, 그 뒷면에는 프로펠러들이 달려 있었다. 적어도 여섯 개는 되는 것 같았다. 일종의 체펠린 비행선* 같은 것이었다.

브리그스는 다른 사람들과 함께 저걸 타고 왔을 것이다. 아마 저 비행선은 콜로니의 조류 정찰대들이 발견할 수 없을 정도로 높이 떠 있을 것이다. 혹은 새들을 쫓아버릴 수단으로 브리그스가 가지고 있던 것과 비슷한 음파 장치가 장착되어 있을지도 모른다.

---

*20세기 초, 독일의 체펠린 백작이 만든 경식 비행선

체펠린 비행선은 잠시 맴돌 만한 장소를 찾아냈다. 그 위치를 벗어나지 않기 위해 프로펠러들이 주기적으로 윙윙 돌아가고 있었다. 그 자리를 맴도는 비행선의 제일 뚱뚱한 부분에 달빛이 반사되면서 작은 은색 초승달이 나타났다.

저 비행선은 얼마나 높이 떠 있는 걸까? 모트의 추측으로는 거리가 제법 될 것 같았다. 위치를 저곳으로 잡은 건 모트가 오리온자리 근처에서 비행선을 볼 수 있게 하기 위한 것일까? 아니면 벌들이 꿀이 있는 방향을 알려주기 위해 춤을 출 때처럼 지상 어딘가에 있는 저항단의 인간들을 위해 늘 해왔던 일인 걸까.

낮 시간에는 어디에 있을까? 얼마나 많은 사람들이 타고 있을까? 브리그스는 저 비행선을 오르내리게 할 수 있는 걸까, 아니면 지상에 남겨진 걸까. 저 비행선에 타고 있던 사람들 중에 체포되거나 추방된 사람은 몇 명이나 될까?

11시 59분이 되자 모트는 모스 부호 책을 준비하고 연필을 손에 쥐었다. 체펠린 비행선이 그가 있는 방향으로 돌아섰다. 맨 밑에서 밝은 빛이 세 번 반짝거렸다. 모스 부호를 보내기 시작한 것이다. 모트는 책 겉장 안쪽에 대시(−)와 점(·) 부호를 사용해 기록하기 시작했다. 처음 몇 글자는 놓쳤지만, 간신히 따라잡을 수 있었다. 그들은 받는 사람이 전문가가 아니라는 것을 감안한 속도로 신호를 보내고 있었다. 오래지 않아 모트는 신호가 반복적으로 오고 있다는 것을 알아차렸다.

몇 분 뒤, 신호를 보내는 불빛이 멈췄다. 그 비행선은 뒤쪽에 달린 프로펠러를 보이며 멀리 날아갔다. 모트는 비행선이 완전히 사라질 때까지 지켜보았다. 그런 다음 망원경을 정리하고 차고로 돌아갔다.

모트는 받아 적은 점들과 대시들을 몇 분 만에 문자로 바꾸었다. 메시지가 완성되자, 몸을 앞으로 내밀고 들여다보았다.

'USS(미국해군전함) 베수비오에서 세바스찬에게 전한다. 시바는 살아 있다. EMSAH의 근원을 찾아라. 그럼 시바를 찾게 될 것이다. 오전 12시에 다시 메시지를 보내겠다.'

모트는 그 메시지를 다시 읽었다. 인사말에 자신의 노예 시절 이름을 쓰고 있다. 인간들이 타고 있는 저 낡은 비행선의 이름은 로마 제국의 위험한 화산에서 따온 것이었다. 그들은 시바를 언급했다. 모트와 그들 사이의 비밀처럼, 좀 더 많은 정보를 주겠다고 약속했다.

전쟁은 아직 끝나지 않았다. 모트는 생각했다. EMSAH도 여전히 돌고 있으니 여왕이 약속했던 세상이 오려면 아직 더 기다려야 할 것이다.

이런저런 걱정이 많긴 했지만, 모트는 마음이 한결 차분해지는 것을 느꼈다. 시바가 어딘가에 살아있다. 어쩌면 모트처럼 저 비행선을 보기 위해 하늘을 올려다보고 있을 것이다. 그게 아니라면 이 메시지를 전하려고 적들이 저런 수고를 할 리가 없지 않은가?

모트는 시바의 새로운 목소리로 직접 그간의 사정을 듣고 싶었다. 어쩐지 시바는 해맑던 어린 시절의 재닛처럼 말할 것 같았다. 그들은 서로 '널 사랑해'나 '보고 싶었어', '다시는 널 떠나지 않을 거야', '미안해', '가지 마' 같은 말을 하게 될 것이다. 시바는 좀 더 나이를 먹고 현명해졌을 것이다. 아마 슬픔으로 인해 더 강인해졌을 것이다. 모트가 그랬던 것처럼.

그는 지하실에 메시지를 들고 갔다. 잠에서 깨어나도 그 메시지를 볼 수 있게. 그렇게 하면 아주 잠깐이라도 지금 이 일을 꿈으로 여기게 되는 일은 없을 것이다.

"그건 있을 수 없는 일이에요."

와와가 말했다.

엄마가 야단이라도 치는 것처럼 와와가 '있을 수 없는 일'이라는 말을 강조하자, 모트는 내심 웃음이 났다. 와와가 인간 행동 수업에서 컬드삭이 보여준 영화에 나왔던 것을 흉내 내고 있었기 때문이다.

모트는 콜로니에 보관된 파일들에 접속할 수 있게 해 달라고 요구하기 위해 와와의 사무실을 찾았다. 올 때부터 이런 대답이 나올 줄은 예상하고 있었다. 그는 EMSAH의 증상을 보인 동물들의 옛 주인들 간의 연관점을 알아보고, 그들이 추방되었는지 확인해 봐야 한다고 주장했다. 그리고 와와에게 그런 이유는 통하지 않을 거라는 것도 알고 있었다.

"조사를 하라고 해서 지금 하고 있는 거잖소."

"대위님이 잘못 알고 있는 게 있어요. 지금 말한 '파일'이라는 건 일반적인 파일이 아니에요. 그건 콜로니가 알아낸 정보들의 일부로, 여왕이 간직하고 있어요. 그냥 컴퓨터를 켜는 것과는 달라요. 통역기를 이용해 콜로니에 접속할 수는 있겠죠. 하지만 접속 승인을 받는다고 해도, 생각처럼 잘 되지 않을 거라는 건 이미 알고 있잖아요."

모트가 무슨 말을 하려고 했지만 그녀는 계속 말을 이었다.

"그나마 다행인 건 대령님이 이미 그 일을 해 주셨다는 거예요. 그러니까 대령님이 정리한 자료를 보면—"

"그 자료는 봤어요."

모트가 말했다.

"그렇다면 지금 왜 이런 이야기를 하고 있는 건지 모르겠군요. 대령님이 허위 정보를 알려줬다고 생각하는 게 아니라면 말예요."

와와가 말했다.

"아, 그런 건 아니오. 그저 확인하고 싶었던 거니까."

"모트 대위님. 대위님에게…… 뭔가 특권이 주어졌다는 건 알고 있어요. 하지만 이런 식으로 행동하는 건 곤란해요."

"문제를 일으킬 생각은 없어요, 중위. 난 그저 콜로니에서 이번 일의 수사를 우리에게 맡겨 놓고 정보를 제대로 주지 않는 이유가 궁금했을 뿐이니까."

"이제 우리 일은 우리가 알아서 해야 한다는 생각이 들지 않나요? 그게 이 모든 상황의 핵심이잖아요. 아닌가요?"

와와가 주위를 가리킨 다음, 다시 팔짱을 꼈다.

"그 '핵심'이란 걸 알고 싶은 거라면 중위는 지금 엉뚱한 사람과 이야기하고 있는 거요."

"콜로니는 우리에게 권한을 넘겨주었어요. 약속을 지킨 거죠. 앞으로 1,2년 내에 관리국은 일을 마무리할 거예요. 그럼 우리는 완전한 자주권을 가지게 될 것이고, 의회의 말에만 따르게 되겠죠. 그리고 콜로니는 계속해서 남은 인간들을 뿌리 뽑을 거예요. 이런 상황에서 콜로니가 추방한 인간 반란군들에 대해 우리에게 숨기고 있다고 할 순 없어요."

"만일 콜로니가 그렇게까지 일을 잘했다면, 어째서 지금 우리가 격리당하기 일보 직전인 상황까지 오게 된 거요?"

"우리가 격리되지 않게 노력해야죠. 이건 그들보다는 우리 책임이 커요. 이번 일은 무사히 넘길 수 있을 거예요."

와와가 말했다.

"중위는 우리가 찾아낸 폭탄이 하나밖에 없을 거라고 생각하는 거요?"

모트가 물었다.

"아뇨. 아마 다른 곳에도 있을 거예요. 그 폭탄들을 찾아야죠."

"그럼 중위도 그 일이 전염병보다 큰일이라는 건 알고 있겠군. 지금은 EMSAH가 문제가 아니오. 어쩌면 대규모 반란이 일어날 수 있어요."

모트가 말했다.

"정말 그럴 수도 있겠네요, 대위님! 정말 그 대단한 통찰력에는 놀라지 않을 수가 없다니까요."

와와가 넓적한 손바닥으로 책상을 내리치며 외쳤다.

그녀가 갑자기 화를 내자, 모트는 깜짝 놀랐다. 지금 와와는 저번에 그의 미간에 총을 겨누었을 때처럼 그를 죽일 듯이 노려보고 있었다.

"사슴의 발굽에 메시지가 새겨져 있었다고 했죠. 그 문장의 뜻을 해석했어요. 인간들이 히브리어라고 부르는 언어라더군요. 아마 대위님도 무슨 뜻인지 짐작할 수 있을 거예요. '여왕은 눈이 멀었다.'"

조금 전보다는 가라앉은 목소리로 와와가 말했다. 그리고 그녀는 잠시 생각에 잠겼다.

"맞아요. 전염병이나 반란, 우리가 쟁취한 모든 것들을 파괴할 위협과 맞서게 될 가능성이 있다는 건 알고 있어요. 그 사실을 상기시켜 줄 필요는 없어요. 충실한 군사답게 버텨낼 테니까요."

"모두가 버틸 수 있기를 바랄 뿐이오."

모트는 더 이상 자신이 할 말이 없다는 것을 받아들이고 자리에서 일어났다. 그는 이번에도 평소처럼 주말에 보고서를 보내 주겠다고 중얼거리고서 문 쪽으로 향했다.

"모트 대위님, 잘은 모르겠지만 아무래도 대위님이 뭔가를 숨기고 있는 것 같아요."

와와가 말했다.

"그건 있을 수 없는 일이오."

모트가 대답했다.

"유감이지만, 여기선 우리가 통제할 수 없는 일들도 있어요."

모트는 실제로 그들이 통제할 수 있는 게 과연 무엇인지 그녀에게 물어보고 싶었다. 그는 와와를 자기 편으로 만들 수 있는 방법을 알고 싶었다. 그들 사이에 공통점이 많다는 건 부인할 수 없는 사실이었다. 누구나 컬드삭의 참모를 다스릴 수는 없었다.

하지만 와와는 모트의 후임이자 시바가 사라진 뒤로 알게 된 첫 번째 개였다. 와와는 여러 가지 면에서 모트의 옛 친구를 떠올리게 해주었고, 그가 품고 있던 시바에 관한 유치한 환상들을 실제로 깨 주었다. 그녀에겐 모트나 모트가 품고 있는 쓸데없는 추억들이 필요 없었다.

어쩌면 시바도 그럴지 모른다. 만일 그들이 다시 만난다면 모트는 시바의 신뢰를 얻어야 할 것이다. 그들 사이에는 단순히 과거만 있는 것이 아니라 미래도 있다는 사실을 보여주어야 하리라.

제12장

보나파르트 이야기

베수비오에서는 계속 메시지를 보냈다. 둘째 날 보낸 내용은 다음과 같았다.

'EMSAH를 받아들여라. 진짜 근원을 찾아라.'

세 번째 메시지는 다음과 같았다.

'우리는 널 섬으로 보낼 계획을 세우고 있다. 시바를 다시 만날 거라는 사실을 믿어야 한다.'

그런 메시지들을 연달아 받자 모트는 순간 어떤 식으로든 시바가 그 근원일지도 모른다는 생각이 들었다. 인간들이라면 이런 식으로 말장난을 하고도 남았다.

네 번째 메시지는 다음과 같았다.

'전쟁이 끝나면 모든 종들이 평화로워질 것이다. 우리가 보여주는 미래가 콜로니보다 훨씬 밝다.'

다섯 번째 메시지는 다음과 같았다.

'네가 열쇠다. 여왕의 말은 듣지 마라. 넌 하나의 조각이나 숫자가 아니

다. 넌 열쇠고, 빛이다.'

모트는 열쇠(key)와 빛(light)을 대문자로 썼어야 하는 게 아닌가 생각했다. 인간들이라면 내용을 강조하기 위해 그렇게 했을 것 같았다.

여섯 번째 메시지는 다음과 같았다.

'아르콘께서는 네가 성공할 거라는 것을, 네 동료들과 우리 인간들에게 자유를 주리란 것을 알고 계신다. 근원을 찾아라. 여왕은 알고 있다. 네가 해야 할 일은 여왕에게 물어보는 것이다.'

모트는 그 말이 이상하다는 것을 알아차렸다. 인간들은 '자유'라는 단어를 뜻에 맞지 않게 쓰는 경향이 있었다. 노예 생활을 벗어난 동물들이 자유롭지 않다는 뜻이니 이건 말이 되지 않는다.

아르콘은 지금 모트 앞에서, 그가 아무것도 아닌 것을 위해 싸웠다는 말을 하고 있는 것일까? 모트가 자신을 불구로 만든 인간들의 소유물로, 또다시 노리개가 되어 죽을 때까지 그 상태로 사는 게 낫다는 말을 하고 있는 것일까? 그런 생각이 들자 또다시 고무적인 진언이 떠올랐다. '저들은 사라져도 이상할 것이 없다.'

하지만 시바를 찾을 수 있다는 희망이 모트에게서 다른 생각들과 인간에 대한 불신마저 지워버렸다. 그의 앞날에는 시바와 죽음 외에는 아무것도 없었다. 돌이킬 수 없는 최후란 어떤 면에서는 해방이기도 했다.

'근원을 찾아라. 네가 해야 할 일은 여왕에게 물어보는 것이다.'

인간이 말했다.

그러기 위해선 와와가 언급했던 '파일'에 접근할 필요가 있었다. 인간들은 이미 그가 무슨 생각을 하는지 알고 있을 것이다.

레드 스핑크스도 약점은 있었다.

모트는 해가 진 뒤에 막사에 도착했다. 먼저 컬드삭과 와와의 사무실을 확인했다. 저녁에는 두 곳 모두 문이 잠겨 있었다.

모트는 자기 사무실에서 나오는 보나파르트를 발견했다. 돼지는 그를 보자 깜짝 놀라며 경례했다.

"책상에 보고서를 올려놓고 나오는 길입니다만……."

"오늘 EMSAH의 최초 확정 사례라고 생각할 만한 일이 있었다네."

모트가 말했다.

"정말입니까?"

"알고 봤더니 이걸 너무 많이 마셔서 그런 거였다는군."

모트가 보나파르트에게 호박색 액체가 담긴 병을 건네주었다. 그 병에 '잭 다니엘스'라고 적혀 있는 것을 보자 돼지의 눈이 반짝거렸다. 이젠 쉽게 찾아보기 힘든 것이 되었기 때문이다. 그러나 마티니 일가가 숨겨 두었던 술은 운 좋게도 그대로 남아 있었다.

"전에 컬드삭 대령님이 기운을 내라면서 이걸 한 병 주셨던 적이 있지."

모트가 말했다.

"알고 있습니다. 대위님만 토하지 않았다고 들었습니다."

보나파르트가 말했다.

"대신 의사 머리에 솔방울을 맞혔지."

"컬드삭 대령님은 그런 말씀은 하지 않으셨어요."

"자네들이 듣고 배울까 봐 그랬을 거야."

보나파르트는 그 병을 돌려줄 생각이 없는 것 같았다.

"그 술을 와와 중위에게 넘겨줄까 생각했었는데, 아무래도 그건 낭비겠지."

모트가 말했다.

"이 증거물 처리에 적합한 자들이 있죠."

보나파르트가 나지막한 목소리로 말했다.

모트는 깜짝 놀란 척했다.

"물론 대위님이 직접 처리하고 싶지 않으실 경우에 말입니다만. 어쨌든…… 위스키는 전우들과 함께 마시면 맛이 더 좋지 않습니까."

"그건 그렇지."

보나파르트의 말에 모트가 동의했다.

그들은 모트의 사무실로 들어가 군용 컵에 술을 두 잔 따랐다. 그리고 전쟁이 끝나기를 기원하며 건배했다. 한 잔씩 마신 뒤, 모트는 보나파르트가 친구들을 부르고 싶어 한다는 것을 알아차렸다. 와와였다면 틀림없이 부대원 전체에게 돌렸을 것이다. 모트가 보나파르트에게 술친구를 몇 명 정도 부르는 게 어떻겠느냐고 제안하자, 돼지는 기쁨을 감추지 못했다.

15분 뒤 그들은 진영 가장 끝에 세워 둔 군용 수송 트럭 뒤에서 모였다. 보나파르트는 모임 주최자 역할을 자처하면서 '정말 좋지 않은가?'라고 수없이 묻고 또 물었다. 다른 이들은 모두 그의 열의에 인내심을 가지고 정중하게 고개를 끄덕여 주었다.

모인 이들은 모두 다섯으로, 램프의 오렌지색 불빛에 얼굴이 비쳐 보였다. 모트, 보나파르트, 아처라는 이름의 너구리, 그리고 고양이 두 마리였다. 고양이 둘은 암컷 한 마리와 수컷 한 마리였고 모트는 그 고양이들을 기억해 두고 싶었다. 둘의 이름은 헤스터와 크로노스로, 남매라서 생김새도 비슷했다. 둘 다 배 쪽만 흰색이고 나머지는 까만색인 고양이들이었다.

"우린 대위님 밑에서 군 복무를 시작했습니다. 하지만 바로 일주일 뒤에 대위님이 레드 스핑크스를 떠나셨죠."

크로노스가 말했다.

"탓하자는 건 아닙니다. 하지만 재미있는 걸 많이 놓치셨죠."

아처가 이상할 정도로 정중한 억양으로 말했다. 그는 자기가 가져온 이상한 술을 모트의 잔에 부었다. 녹색을 띤 갈색 술이었는데, 어쩌면 불빛 때문에 그렇게 보이는 것일지도 몰랐다. 모트는 그 술에서 강한 박하 향을 맡았다.

보나파르트는 그 냄새를 맡자, 주둥이를 씰룩거렸다.

"에이, 네포티즘*으로 만든 술을 가져와 놓고 내게 말도 안 해주다니."

"네페탈락톤."

아처가 말을 바로 잡아 주었다.

"그게 뭐지?"

"개박하* 속에 들어있는 유효 성분이에요."

모트의 질문에 헤스터가 답했다. 크로노스는 이미 술잔을 앞으로 내민 상태였다. 헤스터는 아처를 쿡 찌른 뒤, 자기 잔을 내밀었다. 아처는 거기에 술을 가득 따라주었다.

"레드 스핑크스에서는 내 용기와 지식을 보고 선발했다지만, 하급 동물 종임에도 불구하고 계속 남겨둔 진짜 이유는 이 발명품 때문이라고 하더군요."

모트는 그 술을 한 모금 마셨다. 증기가 콧구멍까지 올라왔다. 정말 핑

---

*친족 등용, 족벌주의
*고양이가 좋아하는 허브

장한 맛이었다. 이 술이 조금만 일찍 만들어졌더라면 동물들은 전쟁 같은 건 다 잊어버렸을지도 모른다.

"잭 다니엘스 남은 건 자네가 다 마시게, 보나파르트."

모트가 말했다.

"무엇을 위해 건배할까요?"

아처가 물었다.

"옛 친구와 나이든 친구들을 위해."

모트가 말했다.

"좋습니다."

네 개의 손과 한 개의 발굽이 금속 잔을 들고 부딪쳤다. 보나파르트의 특이한 술잔이 모트의 눈에 들어왔다. 손잡이 부분이 망치처럼 돌출되어 발굽에 걸 수 있는 형태였다. 덕분에 양발을 동원해 붙잡지 않고도 자연스럽게 술잔을 들 수 있었던 것이다. 모트가 보나파르트의 독창성에 감탄할 동안, 아처는 원래 차로 마시던 네페탈락톤을 어떻게 발효시켜 모두가 좋아하는 술로 만들 수 있었는지에 대해 계속 이야기하고 있었다.

모트는 보나파르트를 흘깃 쳐다보았다. 돼지는 위스키를 마시면서 눈을 깜박거리기 시작했다. 그때 크로노스가 작은 전축을 틀었다. 낡은 CD에서 누군지 모르는 인간 피아니스트가 연주한 가벼운 피아노곡이 흘러나왔다. 고양이들은 건반이 띵동거리는 소리를 좋아했다. 모트는 어떻게 다른 동물들은 고양이처럼 음악을 좋아하지 않을 수 있는지 이해할 수가 없었다.

그리고 몇 잔을 더 마시자, 그 자리에 있던 모두가 레드 스핑크스에서 도는 소문들을 모트에게 열심히 알려주기 시작했다. 크로노스와 헤스터는 서로 주거니 받거니 하며 인간 아이에 대한 이야기를 해 주었다.

열세 살이 넘지 않았다는 그 아이는 호텔 지붕 위에서 야영하면서 트윙키*와 자기가 키우던 금붕어를 잡아먹으며 버텼다고 했다. 아이는 금속 탁상으로 만든 냄비에 금붕어를 튀겨 먹었다. 계속 지켜보던 컬드삭은 그 아이가 2주일에 한 번, 한 마리씩 잡아먹었다고 계산했다.

레드 스핑크스는 아이가 지쳐 지붕에서 내려오기만을 기다렸다. 그들은 아이를 그대로 놔 둘 수 없었다. 아이는 사격 실력이 뛰어나 200미터 이내에 있는 건 무엇이든 명중시킬 수 있었다. 지붕으로 올라가는 계단참에는 장애물과 부비트랩을 설치해 놓았다. 정면 공격을 시도했다가는 누군가는 목숨을 잃을 상황이었다.

컬드삭은 새 떼를 보내보기도 했지만 아이는 새가 자기 근처에 오기만 하면 전부 총으로 쏴 버렸다. 총에 맞은 맹금류들은 깃털을 날리며 그대로 바닥으로 떨어졌다. 그 동안 크로노스는 떨어진 새들의 깃털을 모아 머리 장식을 만들었다. 와와는 그에게 죽은 이들을 존중하는 마음으로 그 머리 장식을 치우라고 했다.

"와와는 좀 화끈하게 놀아봐야 해."

헤스터의 말에 모두가 기뻐했다.

성가신 남자 아이 하나 때문에 군사들을 더 이상 희생시킬 수는 없다고 결심한 컬드삭은 개미 공병들을 불러 건물 토대를 공략하기로 했다. 3일 후 호텔은 무너졌고, 아이는 그대로 압사했다. 레드 스핑크스 대원들은 아

---

*1930년대부터 생산된 미국의 국민 과자. 보존 기간이 긴 것으로 유명하다.

이의 시체를 찾지도 않고 그대로 그 자리를 떠났다.

곧이어 그들은 와와의 지도력에 대해 이야기하기 시작했다. 아처는 와와의 대담함이 그런 권위적인 스타일을 만든 것 같다고 했다. 그녀는 자기가 따를 수 없는 명령은 부하들에게도 내리지 않았다. 여러 가지 면에서 와와는 컬드삭보다 인간에 대해 잘 알고 있었다. 호텔 사건 때도 와와는 호르몬의 힘으로 자신들이 천하무적인 것처럼 느끼는 십대 인간 아이들이 얼마나 위험한지 잘 알고 있었기에, 그 소년이 내려올 때까지 기다려야 한다고 컬드삭을 설득했다. 그녀는 변화하기 전에 틀림없이 관찰력이 뛰어난 애완동물이었을 것이다.

"이건 내가 그 개에게 완전히 설득당해서 하는 말은 아니야. 하지만 얼굴에 흉터만 없었으면 굉장히 아름다웠을 거라고 생각해."

아처가 말했다.

"그랬으면 와와는 지금쯤 어딘가에서 강아지들을 키우며 살았겠지. 그리고 지붕 위에 있던 어린놈은 우리 모두를 쏴 죽였을 거고."

크로노스가 말했다.

"맞아. 그건 사실이지."

보나파르트가 불분명한 발음으로 말했다. 그때 컵 위로 흘러내린 위스키 한 방울이 발굽 위에 떨어졌다. 그는 그걸 핥아먹으려고 하다가, 다시 생각하더니 조끼에 닦았다.

헤스터는 농담 반 진담 반인 듯 와와에 관한 다른 이야기도 꺼냈다. 그녀와 컬드삭이 사귄다는 것이었다. 그러자 아처가 말을 가려가며 하라고 면박을 주었다. 하지만 그녀는 다른 이들에게서도 들었다면서 재차 말했다. 그때 보나파르트가 끼어들었다.

"모트 대위님. 대위님을 처음 봤을 때 정말 고자라고 생각했어요."

아처가 분위기를 바꿔 보려 노력했다.

"저 돼지는 죽은 너구리 냄새도 못 맡더니, 이젠 쥐 냄새까지 맡는다니까요."

"내가 지금 말하고 있잖아."

보나파르트가 말했다.

"이제 이 자리를 끝낼 때가 된 것 같아."

헤스터가 말했다.

"내가 말하고 있는 중이라고 했잖아."

보나파르트가 말을 이었다. 그는 가슴에 발굽을 올리더니, 뺨을 부풀리고 소리 없이 트림을 했다.

"대위님은 대단한 영웅이라고 생각하겠지만, 내가 문을 열고 처음 봤을 때는 늙은……."

"고자?"

"맞아요. 바로 그거예요."

"이 친구를 용서해 주십시오. 대위님."

아처가 말했다.

"입 다물어, 아처."

보나파르트가 발굽에서 컵을 빼내면서 말했다. 헤스터가 그에게 위스키를 좀 더 권했다. 보나파르트는 비아냥거림 없이 거절했다.

"대위님은 그 빌어먹을 메달들과 띠를 손을 넣자마자 여기서 도망쳤잖아요. 의회에서 떠드는 평화는 상관없었어요. 전쟁은 여전히 계속되고 있었으니까. 그런데도 대위님은 그만 뒀죠. 난 대위님이 용감하다는 걸 알아요. 하지만 대위님이 살아있는 건 운이 좋기 때문이죠. 우리 모두가 아직까지 살아있는 건 운이 좋기 때문이에요."

보나파르트가 말했다.

"자, 한잔들 하죠."

아처가 보나파르트만 제외한 채, 건성으로 건배를 제안했다.

"운이 뭔지 압니까? 행운이 뭔지 알아요? 그건 전쟁 기간 동안 멍청한 인간들이 버린 농장에 남겨진 200마리 돼지들 중 혼자 살아남은 돼지를 말하는 거예요."

이번에는 아무도 보나파르트의 말을 막지 않았다. 그의 말에 따르면, 그레고라는 이름의 주인 일가는 개미들이 들끓자 더 이상 버티지 못하고 농장을 떠났다고 했다. 우리 문은 잠겨 있었다. 지붕 위 깨진 틈으로 흐릿하게 새어 들어오는 빛에 의지해 시간의 흐름을 알 수 있었다.

힘이 센 수돼지들은 자기들끼리 단합해 약한 돼지들을 몰아내고 남은 먹이와 물을 독차지했다. 보나파르트는 그들에게 쫓겨나기 전까지는 자기도 힘이 센 돼지인 줄 알고 있었다. 사료통이 비자, 그들은 바로 사냥꾼이 되었다. 가장 힘센 돼지들이 힘을 합친 이 잔인한 집단은 힘없는 돼지들 중 한 마리를 골라 공격했다. 그동안 다른 돼지들은 헛된 저항을 하며 비명만 지르고 있었다.

약탈자들이 죽은 돼지를 끌어내는 동안, 힘없는 돼지들은 그 시신을 조금이라도 뜯어먹거나 피라도 핥아 먹으려고 애를 썼다. 여물통에는 살점을 깨끗하게 뜯어먹은 뼈와 이빨들만 남게 되었다. 보나파르트는 점차 힘이 빠지는 것을 느낄 수 있었다. 머지않아 무리는 이 감옥 속에서 또 하루를 살아남기 위해, 다음 먹잇감으로 자신을 노릴 것이다. 바로 그 무렵에 보나파르트는 콜로니에서 뿌린 호르몬의 영향을 받기 시작했다.

보나파르트의 말대로 그건 정말 행운이었다. 물이 공급되지 않았기 때문에 그 농장엔 여왕의 실험이 통하지 않았던 것이다. 바로 그때 콜로니의 신기한 약에 감염된 새가 풀잎을 물고 지붕 위에 앉았다. 그 새는 말을 하는 법을 배우던 중이었고, 알파벳 노래를 부를 수 있게 되자 신이 나서 물고 있던 풀잎을 떨어뜨리고 말았다. 풀잎은 지붕의 갈라진 틈을 통해 돼지 우리 안에 떨어졌다. 풀잎에는 새의 침이 약간 묻어 있었는데, 그걸로 충분했다.

보나파르트는 그 풀잎을 입에 대자마자 반쯤 잠든 채로 자리에서 벌떡 일어났다. 그는 처음에는 고개를 저었지만 이내 깨달음을 얻고 그 풀잎을 삼켰다. 힘이 없는 돼지들 중 몇 마리는 그 과정을 지켜보고 있었지만 그들은 이해가 느렸다. 그 사이 힘이 센 돼지들은 자신들의 권위에 반하는 건 죄라는 것을 보나파르트에게 알리기 위해 꽥꽥거렸다.

하루가 채 지나기도 전에 보나파르트는 예전에는 결코 알지 못했던 것들을 알게 되었다. 그는 가능한 한 힘을 아끼기 위해 우리 한 구석으로 물러났다. 같이 있던 동료들이 한 마리씩 차례대로 죽어 나갔다. 힘센 돼지들은 마음에 안 드는 돼지는 즉결 처단했고, 희생자들은 가차 없이 끌려갔다.

보나파르트는 지금 자신이 전체주의의 지독한 압제 아래 살고 있다는 것을 알 수 있었다. 오랜 기간 학대를 당하다 보면 그중 누군가는 압제자가 되어 더러운 짓을 시작하게 마련이다. 시간이 지나자 힘이 센 돼지들은 자기들 중에서 마음에 안 드는 돼지들을 제거하기 시작했다. 그들은 무리 중에 유죄 판결을 받은 돼지를 먹잇감이 될 수밖에 없는 죽음의 길로 인도

하곤 했다. 이제 잔인하기 그지없던 금권 정치가 노골적인 무정부 상태로 바뀌는 것은 시간 문제였다.

보나파르트는 갑자기 그런 말들을 이해할 수 있게 되었다.

그가 돼지우리에 머물었던 마지막 날, 안에는 오직 일곱 마리의 돼지들이 남아 있었다. 섬뜩하고 조용한 분위기에 보나파르트는 그들이 자신이 잠이 들기만을 기다리고 있다는 것을 알 수 있었다. 그는 인간들이 달아 놓은 문을 쳐다보았다. 새끼돼지일 때부터 수천 번도 더 보았기 때문에 그 원리를 알고는 있었다. 하지만 이제는 확실히 알았다. 걸쇠를 젖히고 볼트를 풀면 문이 열린다는 것을 완벽하게 이해한 것이다.

화가 치밀었다. 동족들이 수 세대 동안 갇혀 지냈던 우리의 문을 여는 방법은 너무나 간단했다. 인간 주인들은 그들의 이런 무지를 이용해 안에서 발버둥 치다가 죽도록 내버려 둔 것이다.

다른 돼지들이 꿀꿀거리면서 발굽으로 땅을 팠다. 하지만 이제 싸울 필요는 없었다. 보나파르트는 뒷다리로 일어나 그들 옆을 걸어서 지나쳤다. 눈을 돌려 확인하진 않았지만 다른 돼지들의 눈에 서린 공포와 경외감을 느낄 수 있었다.

보나파르트는 문을 열고 밖으로 나왔다. 돼지들은 마침내 풀려났다는 것을 깨닫고 그를 향해 달려 나왔다. 보나파르트는 그들이 밖으로 나오기 전에 우리 문을 닫았다. 그들은 약해 보이던 돼지는 밖으로 내 보내주고 자신들은 여전히 세상과 분리해 가두고 있는 벽에다 화를 내면서 금속 창살에 머리를 부딪쳤다.

"행운을 빌어."

보나파르트는 남겨진 돼지들에게 말했다. 그리고 그 자리를 떠났다.

"그 잔인한 행위가 인간들이 우리에게 한 짓과 똑같다는 생각이 들었어."

보나파르트가 말했다.

"약속을 어기기라도 했어?"

크로노스가 물었다.

보나파르트는 자기가 한 이야기보다 그 말이 더 속상했다. 그는 위스키를 한 모금 마신 뒤, 크로노스를 쳐다보았다.

"지금 우리가 제대로 하고 있는지 생각해 본 적 없지? 우린 계속 인간들처럼 살고 있어. 하루도 빠짐없이."

보나파르트의 말에 다른 동물들이 반발심을 표했다. 크로노스가 말했다.

"그만해."

헤스터도 그만하라는 듯 양손을 내저으며 말했다.

"그만 일어나자."

아처는 그냥 웃고 있었다.

모트도 이를 빌미로 자리를 파할 생각이었다.

"오늘은 이만하고 들어가지."

"우리가 새로운 세상을 만들고 있다고들 말하지. 하지만 실제로는 다들 그냥 이렇게 살고 있잖아. 별달리 하는 일도 없이 말이지. 그건 좋아. 하지만 예전과 달라졌다는 말은 하지 마."

보나파르트가 말했다.

"그레고 일가는 널 잡아먹을 작정이었을 거야. 안 그래?"

아처가 물었다.

"그들은 압제자였어. 너와 네 형제자매들을 죽게 내버려 뒀지."

헤스터가 덧붙였다.

"그런데 지금 우리도 그들과 똑같은 일들을 하고 있잖아."

보나파르트가 말했다.

또 다시 목소리들이 커졌다. 크로노스와 아처 둘 다 보나파르트에게 변화한 것에 감사해야 한다고 말했다. 보나파르트는 변화는 감사하지만, 그런 척을 하지는 않을 거라고 했다. 모두들 '그런 척'이 뭐냐고 묻자 보나파르트는 바로 지금 같은 것이라고 대꾸했다.

슬슬 모트도 한마디씩 거들었다. 그는 시계를 보았다. 베수비오에서 메시지를 보낼 때까지 한 시간 남짓 남아 있었다. 이제는 그만 여기서 일어나야 했다.

헤스터가 음악을 껐다. 크로노스와 아처, 보나파르트는 계속 싸우고 있었다. 모트는 완전해 취해 버린 것처럼 보나파르트의 어깨에 손을 올렸다. 그는 불분명한 발음으로 계속 같은 말만 반복했다.

"난 여기서 열심히 일했다고. 젠장."

아처가 그건 모두 알고 있다고 대답해 주었다.

"잠깐만. 내가 말했던가? 그 돼지우리에 대해 말했어?"

보나파르트가 말했다.

크로노스가 한숨을 쉬었다.

"그만 가자."

헤스터가 문을 반쯤 열고 말했다.

"네가 걱정이야. 물론 우린 너무 취해서 오늘 일을 기억하지 못하겠지만."

아처가 말했다.

스스로에게 넌더리를 내며, 보나파르트는 발굽으로 눈을 가렸다.

"다른 사람이 이야기를 하게 만드는 데 선수로군."

모트는 그 말을 알아들었다. 그건 전쟁 때 죽은 개가 한 말이었다. 컬드삭은 장군이었던 그 개의 말을 인용하는 걸 좋아했다. 보나파르트가 그 이야기를 들은 모양이었다.

크로노스와 헤스터는 대충 인사를 하고 이미 밖으로 나간 상태였다. 모트는 자기가 보나파르트를 데려다 주겠다고 자청했다. 아처가 세 번이나 도와주겠다는 말을 했지만 모트는 거절했다. 그러자 아처는 모트에게 밤새 기지 안에 있을 것인지 물어보았다.

"최근에 이상한 것을 봐서요."

너구리가 말했다. 모트는 모두 마찬가지일 거라고 대답했다.

돼지는 약간 비틀거리긴 했지만 자기 발로 걸을 수 있었다. 그들은 막사들 중 한곳의 모퉁이를 돌았다. 그 앞을 고양이 한 마리가 지키고 있었다. 문제가 생길 것을 대비해 모트는 대위의 직급을 나타내는 띠를 가리켰다. 그 고양이는 경례를 하고 그들을 들여보내 주었다. 보나파르트를 부축한 채 입구에서 몇 걸음 들어가자 곧 목적지에 도착했다. 모트는 처소 안에 들어가 보나파르트를 침대까지 데려다 준 뒤, 필요한 것이 없는지 물었다. 보나파르트는 없다고 대답했다.

"아스피린을 먹으면 숙취에 도움이 될 수도 있어. 내 경우는 그렇더군."

모트가 말했다. 보나파르트는 괜찮을 거라고 우겼다. 하지만 모트가 계속 강하게 나오자, 어쩔 수 없이 보나파르트도 받아들였다.

"약은 금고 안에 있나?"

모트가 물었다.

"네. 하지만……."

모두가 강철 금고를 지급받지만 남에게 비밀 번호를 알려주는 경우는 없었다.

"번호를 알려 주게. 난 대위야. 기억나나? 일종의 임시직이긴 하지만. 어쨌든 난 믿어도 돼."

보나파르트는 한숨을 쉰 뒤 침대에 몸을 기댔다. 그는 모트에게 금고가 어디 있는지 알려 주고 번호도 가르쳐 주었다.

"다른 사람이 이야기를 하게 만드는 데 선수로군."

보나파르트가 다시 중얼거렸다.

모트가 금고를 열자 바로 의료용 키트가 보였다. 그는 약이 어디 있는지 봤지만, 일부러 찾는 척했다.

"누구한테 들었나? 그 선수라는 이야기는."

왼쪽에 금속 원통이 있었다. 모트는 보나파르트가 이쪽을 보고 있지 않은지 확인했다. 모트는 원통 안에 손을 집어넣었다. 통역기의 안테나가 손에 잡혔다. 돼지가 최고 기밀에 해당하는 이 기계를 맡고 난 뒤로 얼마나 평화로웠는지 보여주는 증거였다.

"개였어요. 하지만 인간도 그런 말을 했어요. 지난번에."

"지난번이라고?"

"아뇨, 아니에요. 지난번이 아니에요. 최근에 생각이 난 거지, 오래 전에 있었던 일이에요."

그가 말했다.

"알겠네."

모트는 보나파르트를 심문할 시간이 없었다.

"대위님도 아시죠? 우리가 저들과 똑같다는 거 말예요. 대위님도 그렇게 생각한다는 거 알고 있어요. 말로 하긴 겁이 나더라도 말예요."

보나파르트가 말했다.

"그런 말을 해도 겁먹을 일은 없어. 그게 내가 레드 스핑크스에서 나온 이유니까."

모트가 말했다. 그는 약통을 꺼내면서 금속 원통에서 통역기도 꺼냈다. 그런 다음 금고 문을 닫고, 통역기는 보나파르트의 침대 밑으로 밀어 넣었다.

모트는 알약을 꺼내 침대 옆 탁자 위에 올려놓고 보나파르트에게 물이 필요한지 물었다. 보나파르트는 좀 괜찮아진 것 같다고 대답했다. 모트는 몸을 앞으로 숙여 통역기를 집어든 뒤 문 쪽으로 향했다. 그는 통역기를 몸 안쪽으로 바짝 붙여 들었다. 보나파르트가 이상하게 여기진 않을까 했지만 방 안이 많이 어두웠기 때문에 괜찮을 것 같았다.

"고맙습니다."

보나파르트가 인사했다.

"나야말로 고맙네. 그리고 잊지 마. 자넨 끔찍한 삶을 견뎌냈어. 그리고 지금은 전쟁 영웅이지. 설령 자네가 생각했던 것보다 인간처럼 살고 있다고 해도 부끄러워할 필요 없네. 알아듣겠나?"

모트가 말했다.

"네, 알겠습니다."

보나파르트가 대답했다. 그는 모트가 문을 닫고 나올 때 이미 잠들어 있었다.

모트는 캠프 입구까지 한참을 걸어가는 동안 계속 통역기를 다시 돌려주고 싶다는 충동과 싸웠다. 레드 스핑크스 대원을 배신하는 일은 용서받지 못할 것이다. 이 일로 인해 컬드삭이 보나파르트를 고문할 수도 있었다.

모트는 계속 걸어가면서 오래 전에 그랬던 것처럼, 자기가 점점 나이를 먹어가다가 똑같은 곳에서 혼자 죽게 될 거라는 상상을 했다. 그때도 아마 친구의 이름을 계속 부르고 있을 것이다. 그에게는 임무가 있었다. 그것 말고는 아무것도 가진 게 없었다. 모트는 끔찍한 일이라고 생각했다. 그리고 다시 생각했다.

'하지만 아름다운 일이기도 해.'

이 탐색은 세상에 남아있는 유일한 아름다운 것이었다.

제13장

삶, 죽음, 그리고 죽음—삶.

그날 밤에도 모트는 하늘에서 반짝거리는 불빛이 보내는 메시지를 받았다. 모스 부호 해독에 꽤 익숙해져서 책의 도움 없이 그 자리에서 바로 알아볼 수 있는 단어들도 있었다. 흰 블라우스에 떨어진 핏방울 같은 점들과 대시들 사이에서 한 단어가 눈에 들어왔다.

추방.

오래 생각할 시간이 없었다. 불빛이 계속 깜박거리고 있었다. 베수비오가 다시 떠나고 난 뒤, 모트는 책상에서 공책을 가지고 와 메시지를 해독하기 시작했다.

'통역기를 훔친 건 잘한 일이다. 3일 안에 있을 추방 의식에서 브리그스를 기다려라.'

오늘 밤에는 잠을 잘 수 없을 것 같았다. 머릿속이 너무 복잡했다. 저항 조직은 통역기에 대해 알고 있었으며 다음 추방 의식이 언제 있을지도 알고 있었다. 브리그스가 포로로 잡혔다고 해도 놀랄 일이 아니었다. 어쩌면 아르콘은 그에게 자살하라는 임무를 주었을지도 모른다. 아마 인간들의 선지자는 이런 일들을 예언했을 것이다. 모트의 머릿속으로 브리그스가 채석장에 떨어져 죽은 사슴들 위에 쓰러져 있는 모습이 떠올랐다. 다른 시신들과 마찬가지로 브리그스의 눈도 하늘을 올려다보고 있었다.

브리그스가 이 집에 카메라나 도청 장치 같은 것을 몰래 설치해 놓고 간 것이 분명했다. 모트는 차고에 있는 가구들을 샅샅이 뒤졌다. 책상, 의자, 탁자, 보조 의자에서 유다 성인의 메달이 걸려 있는 탁상용 전등까지. 아무것도 나오지 않았다. 인간들은 카메라가 아니라 눈으로 직접 보고 있는 게 아닐까. 혹시 관리국 안에 있을지 모른다.

어쩌면 레드 스핑크스 안에도.

해가 뜰 무렵에야 모트는 지하실로 내려가서 향후 며칠간의 계획을 세우다가 잠이 들었다. 그는 잠이 들자마자 새벽의 구름을 뚫고 하늘로 날아오르는 꿈을 꿨다. 베수비오가 느리게 움직이면서 태양을 가렸다. 모트는 은빛 선체에 비치는 반짝이는 빛을 눈을 크게 뜨고 보았다. 어디선가 나타난 흰 새들이 은색 비행선 주위를 후광처럼 신비롭게 감싸고 있었다. 모트는 시바가 그 비행선의 둥근 창문 너머로 자신을 내려다보고 있을 거라고 상상했다. 하지만 가까이에서 볼 수는 없었다.

콜로니에서 무선 방송을 통해 추방 의식이 거행된다고 알렸다. 레드 스핑크스도 그 자리에 참석할 것이다.

모트는 양탄자 위에서 책상다리를 한 채, 무릎 위에 책을 올려놓고 앉았다. 양탄자 위를 네모나게 비추던 햇살이 길쭉한 부등변 사각형 모양으로 바뀌어 있었다. 그 책은 통역기에 딸린 매뉴얼로, 제목은 『G-16 콜로니와 포유동물 통역 모듈: 사용 설명서』였다. 통역기의 기본적인 구조의 도

표에서부터 인간들이 하는 '오버'나 '오케이'와 같은 종류의 통신법에 대한 설명이 적혀 있었다.

모든 대화는 개미들의 수학 체계의 주된 요소인 일련의 소수로 시작됐다. 그 숫자는 일종의 인사와 같은 것으로, 숫자가 들리는 동시에 그 통역기의 컴퓨터가 켜진다. 그 뒤에 사용자는 통역기가 뇌에 동시에 접속하면서 다른 정보들을 가리키는 것을 보고, 듣고, 느낄 수 있었다. 외견상으로 정보들은 DNA 배열이나 다른 임의의 정보처럼 보였다. 통역기를 처음 사용하게 되면 꿈을 꾸는 것처럼 말을 듣거나 그림을 볼 수 있고, 신체적인 감각을 느낄 수도 있었다.

사용 설명서에는 특별 사용자이자 포토맥 전투에서 실종된 고양이 전쟁 영웅인 요짐보 대령의 추천사가 수록됐다. 추천사는 책 한복판의 노란색 특수지에 인쇄되어 있었다. 어깨의 은색 털 위에 밤색 띠를 두르고 있는 대령의 사진도 작게 나와 있었다. 약간 아래로 처진 수염 덕분에 품위 있어 보였지만, 다소 지쳐 보이기도 했다. 요짐보는 그 통역기가 포유동물의 뇌에 어떻게 작용하는지 설명하며, 사용자가 쇼크에 대비해야 할 수도 있다고 기술하고 있었다.

"변화가 일어난 날을 생각하라. 그 공포를 떠올려라. 미래를 보는 것과 과거를 기억하는 것은 블록으로 건물을 짓듯 차곡차곡 쌓아올리는 것이다. 그 이전에는 꿈속을 떠도는 형체 없는 이미지의 구름이나, 반쯤 기억나는 데자뷰에 불과하다.

이제 거기에 공포를 열 배쯤 곱하라.

우리가 인간들처럼 술을 마시지 않는다는 건 알고 있다. 그러나 그 상태에서는 술에 엄청 취한 것 같다는 생각이 들 것이다. 처음 교미하던 때를 생각하라. 만일 군사라면 누군가를 처음 죽였을 때를 생각하라. 처음으로 사랑하는 상대가 죽었던 때를 생각하라.

그리고 이 모든 것들을 모아 모서리가 날카로운 덩어리에 싼 뒤, 그대로 삼켜라."

요짐보는 경험이 없는 사용자가 안전한 시간에 머무를 수 있도록 자기 자신에게 집중하는 법을 자세히 설명했다.

"역설적으로 말해 순진하던 유년시절로 돌아가야만 한다. 설사 유년 시절을 압제자들의 지배하에 보냈다 하더라도."

그래서 모트는 자신이 온전히 평온함을 느끼는 동시에 죄책감과 두려움에서도 벗어날 수 있는 곳을 떠올려 보았다. 바로 인간들이 '행복한 곳'이라고 말하는 장소였다. 이런 연상 작용이 필요한 이유는 화학적 신호를 언어로 전환할 때 뇌의 구석구석을 전부 다 포함하기 때문이었다.

통역기는 종종 사소한 경험들을 결합시켜 의미를 만들었다. 그래서 통역기 때문에 불구가 되거나 멍청해졌다는 이들도 더러 존재했다. 심지어 변화 이전의 상태로 돌아가 네 발로 기어 다니는 경우도 있었다. 컬드삭은 재능과 성격 양면에서 통역기를 사용하는 데 적합한 경우였다. 그 보브캣은 아마도 안전한 천국 같은 장소를 떠올릴 수 있을 것이다.

요짐보는 인간들은 통역기를 사용할 수 없다는 소문에 대해서도 기술했다.

"그 소문은 사실이다. 그들은 우리 생각보다 훨씬 상태가 좋지 않다."

인간의 뇌는 이미 EMSAH와 비슷한 증상들로 더럽혀져 있기 때문에, 통역기에 노출되면 그대로 멈춰 버리는 경우가 많았다. 인간들 중에서 통신을 시작하고 몇 분 이내에 죽지 않는 건 아이들 밖에 없었는데, 그 아이들도 오래 살진 못했다. 아마 여왕은 그런 목적 또한 염두에 두고 그 기계를 만들었을 것이다.

모트는 물건들을 챙겼다. 통역기는 배낭에 넣어 두었다. 그리고 떠나기 전에 지하실로 내려가 손가락을 입술에 댄 뒤, '시바는 살아있다'라는 메시지를 어루만졌다. 만일 그의 사후에 다른 누군가가 이 집에 들어온다 하더라도 이 메시지가 무엇을 의미하는지는 알지 못할 것이다. 그는 이 메시지를 지워 버릴 것이고, 모트에 관한 모든 것은 잊힐 것이다.

모두가 신전 입구에 모여 있었다.

군중 속에서 자리를 잡기 위해 모트는 어린 개들이 의식을 축하하려 모닥불 주위에서 춤추고 노래하는 옆을 지나갔다. 다른 관중들은 장례식 하객이라도 되는 것처럼 서로 고개를 끄덕이며 조용히 이야기를 나누거나 투덜거리곤 했다. 바로 앞에선 군사들이 신전에서부터 배들이 떠 있는 강가에 이르는 길의 양 옆을 지키고 서 있었다.

해가 지자, 개미탑에서 환상적인 불빛이 새어나오면서 입구가 열렸다. 지켜보던 모든 이들이 숨을 들이마셨다. 이윽고 인간들이 모습을 드러냈다. 저번보다 숫자는 적었지만, 구경거리로는 충분했다.

모트는 앞줄로 나서기 시작했다. 다른 관중들이 모트를 보고 인상을 썼지만 아직은 서 있지 않아도 뭐라고 할 수 없는 상황이었다. 의식이 시작되지 않았기 때문이다. 바로 그때 인간들 중 누군가가 울음을 터트렸다. 그 울음소리와 동시에 동물들은 자리에서 일어나 죄수들에게 손가락질을 하며 야유를 퍼붓기 시작했다. 군중들이 앞으로 몰리면서 모트도 좀 더 앞쪽으로 밀려 길 가장자리 쪽으로 갈 수 있었다.

모트는 너구리 냄새를 맡았다. 그는 좀 더 잘 보기 위해 발끝으로 섰고, 브리그스를 쉽게 찾을 수 있었다. 브리그스는 허리 아래쪽으론 여전히 동물 옷을 입고 있었고 상체는 진흙이 묻은 회색 셔츠 차림이었다.

모트는 앞으로 밀고 나가다가 앞에 서 있던 여우의 숱 많은 꼬리가 얼굴을 스치는 것을 느꼈다.

"이봐요, 조심해요."

그 여우가 말했다.

"저 남자가 내 주인이었소."

모트가 말했다.

"그만 좀 합시다."

여우가 말했다.

"아니, 봐야 해요."

브리그스가 실랑이가 벌어진 쪽을 쳐다봤다. 인간도 모트를 알아봤다.

"좋아요. 그럼 내 앞으로 가요."

그 엄청난 우연에 놀란 여우가 말했다.

모트는 앞으로 나갔다. 여우는 뒤에서 주위 관중들에게 '저 고자가 옛 주인을 만났다'고 떠들어댔다. 그러다 다시 말을 고쳤다.

"그러니까 저 고양이 말이오."

모트는 관객들이 모두 자기를 쳐다보며 속삭이는 것을 느꼈다.

브리그스에게 가까이 다가서자, 그는 모트에게 고개를 끄덕이더니 말했다.

"근원을 찾아야 해."

"알았어."

모트가 대답했다.

"계속 찾아. 매일 시바가 널 찾고 있어. 우린 네 소리를 들을 수 있는 것 처럼 시바의 목소리도 들을 수 있으니까."

브리그스가 목소리를 낮추고 말했다. 그리고 시 같은 말을 읊조리기 시작했다. 그게 기도문인지 시인지는 알 수 없었다. 그때 알파개미들이 뒤에서 미는 바람에 브리그스도 다른 사람들과 함께 움직이기 시작했다. 가까운 곳에서 구경하던 관객들이 차례로 모트의 어깨에 손을 올리며 격려의 말을 해 주었다.

"추방 의식에서 이런 광경은 처음이에요."

누군가 말했다.

"잘 버텨요."

다른 누군가도 말했다.

"저자는 다신 그쪽을 해치지 못할 겁니다."

"저 인간이 당신을 알아보다니 믿을 수가 없네요!"

"틀림없이 저자도 양심의 가책을 느꼈을 거예요."

모트는 고개를 끄덕이며 모두에게 감사 인사를 했다. 그가 그 자리를 떠나기 전에, 나이가 많은 개가 다가왔다. 새하얀 입마개를 하고 있어서 마스크를 걸치고 있는 것처럼 보였다.

"힘을 내요. 힘들다는 거 알고 있어요."

눈물을 그렁거리며 그녀가 말했다.

"괜찮습니다."

모트가 말했다. 하지만 그녀는 계속 그 자리에 남아 있었다.

"그렇게 말할 수밖에 없겠죠. 하지만 전 주인과의 만남에 대처하는 방식은 모두가 다른 법이에요."

"정말 괜찮습니다."

모트는 그렇게 말한 뒤 돌아섰다.

벌써 자리를 뜨는 관중들도 있었다. 남은 구경꾼들은 영원히 돌아오지 못할 곳으로 데려다 줄 배를 타러 가는 인간들을 따라갔다. 많은 동물들이 계속 손을 흔들고 있었다. 그 때문에 모트가 있는 자리에서는 더 이상 브리그스를 볼 수 없었다.

"구경은 잘 하셨어요?"

누군가 말을 걸었다. 와와였다. 그녀는 인간처럼 팔짱을 끼고 있었다. 관중들은 계속해서 그들 옆을 지나쳐 갔다.

와와는 모트에게 부두 쪽으로 가자고 청했다. 인간들이 타고 갈 배가 정박해 있는 물가 근처에 레드 스핑크스 차량들이 서 있었다. 전쟁을 함께 겪은 모트의 동료들을 대신한 이름 모를 고양이들, 그리고 아처도 함께였다. 컬드삭은 그 차들 중 한 대 옆에 서 있었다. 그는 모트를 알아보고 고개를 젖혔다. 보나파르트는 보이지 않았다.

"할 말이 있어요."

와와가 말했다.

"전쟁이 끝났소?"

"우리 대원들 중에 EMSAH 환자가 나왔어요."

그녀가 부드럽게 말했다. 이 자극적인 내용은 주위 소음에 묻혔다.

"고양이인가요?"

모트가 물었다.

"돼지요. 보나파르트예요."

그녀의 말에 따르면 보나파르트는 그날 아침 험비를 타고 기지를 빠져나가려고 하다가 검문소에서 허가증을 요구하자 그대로 문을 들이받았다. 군사들이 자동차 바퀴에 총을 쐈다. 차량이 전복되자 그들은 보나파르트를 끌고 나왔다. 심지어 와와는 보나파르트가 막사에서 통역기를 밀반출했으며, 지금쯤 저항조직의 손에 들어가 있을 거라고 믿고 있었다.

모트는 와와의 이야기를 듣자 속이 뒤틀리는 것 같았다. 그가 통역기를 훔친 것이 이번 일을 촉발시킨 건지 궁금했다. 어쩌면 보나파르트는 통역기가 없어지지 않았더라도 미쳤을 가능성도 있다. 실제로 인간들에게 감염됐을 수도 있었다. 모트는 자신의 행동도 EMSAH의 증상으로 해석될 수 있다는 것을 알고 있었다. 단지 아직 잡히지 않았다는 것만이 보나파르트와의 차이점이었다.

"감염된 게 확실한 거요?"

모트가 물었다.

"그게 중요한가요? 대위님의 보고서를 읽었어요. 마지막 단계의 증상 중에 편집증과 망상이 있더군요. 사는 것과 죽는 것에 관심이 없어지고, 불합리한 추론을 내리기도 하고요. 보나파르트는 그 모든 증상을 다 보였어요. 심지어 인간을 봤다는 이야기까지 하더군요. 확진을 위해 의사들이 지금 검사를 하고 있는 중이에요."

와와가 말했다.

"그 작은 조각들이 노란색으로 변하지 않은 거요?"

"그 부분에 관해서도 검사했어요. 모두 음성 반응이 나왔죠. 하지만 상관없어요. EMSAH가 분명하니까. 의사들이 진단을 내릴 때까지 기다릴 수가 없어요."

와와의 목소리는 비통함에 젖어 있었다. 보나파르트는 가장 비천한 노예인 가축으로서의 과거를 이겨내고 레드 스핑크스의 대원이 된 성공 신화의 주인공이었다. 그녀는 보나파르트를 진심으로 걱정하고 있었다. 그런 점이 정말 개다웠다. 시바처럼.

"그럼 격리는 언제부터 시작되는 거요?"

모트가 말했다.

"모르겠어요."

"모른다니 무슨 뜻이지? 더 필요한 정보가 있는 거요?"

"콜로니에서 대기하라는 지시가 내려왔어요."

"무슨 일로 대기하라는 거요?"

"대위님, 아시다시피 여왕은 아무것도 설명해 주지 않아요. 하지만 좋은 소식이 있어요."

"그게 뭐죠?"

"대위님은 이제 해방이에요. 더는 조사해 주실 필요가 없어요. 병원에서 잠재적인 환자들을 다른 주민들에게서 떼어놓기로 결정했거든요. 주민들을 대피시킬 충분한 시간이 있었으면 좋겠어요. 마지막으로 그 훌륭한 보고서를 건네주고 집으로 돌아가세요. 그리고 조용히 계시면 돼요."

와와는 모트가 면담했던 주민들은 모두 가택 연금 될 것이고, 군 인력은 전부 중간 주둔지로 보냈다가 다른 정착지에 재배치될 거라고 했다.

그들은 강 바로 앞에 서 있었다. 모트가 와와의 팔꿈치를 잡았다.

"정말 믿는 거요?"

와와는 그에게서 팔을 빼내며 트럭 쪽으로 돌아섰다.

"진정해요. 보나파르트와 같은 방에 갇히지 않으려면."

"대답해요."

"집으로 돌아가세요. 그게 내 대답이에요."

와와가 그에게서 돌아서며 말했다.

그녀는 레드 스핑크스의 트럭들이 서 있는 쪽으로 향했다. 그곳에는 알파개미들이 남아있는 관중들이 들어오지 못하게 지키고 있었다. 또 다른 군사들은 인간들을 배에 싣고 있었다. 나무판자의 끝 쪽에서 알파개미들은 레드 스핑크스 대장의 보고를 기다리는 중이었다.

컬드삭이 알파개미들을 지나 개미 대장 앞으로 다가갔다. 대령은 통역기를 쓰고 있었다. 모트가 훔쳐온 것보다 훨씬 작은 신형이었다. 구경꾼들은 조금이라도 앞에서 보려고 다른 이들을 밀어냈다. 아무것도 없는 뒤쪽에는 알파개미들 몇 마리만 남아 있었다.

모트는 맨 끝에 서 있는 알파개미 앞으로 다가가 가방에서 통역기를 꺼냈다. 그 군사는 계속 가만히 서 있었다. 개미 군사의 외골격을 뒤덮고 있는 수백 마리의 작은 개미들만 움직였다. 모트는 머리에 통역기를 쓰고, 송화구를 입에 대었다. 작은 개미들이 움직임을 멈췄다. 그들은 그가 말을 시작하기만 기다리고 있었다.

모트는 숨을 깊이 들이마신 뒤, 시바와 함께 지하실에 누워 있는 장면을 떠올렸다. 마티니 일가의 집은 그에게 있어 우주 전체였고, 방해가 되는 건 아무것도 없었다.

모트는 이어폰을 꽂았다.

2,3,5,7,11,13,17,19,23,29,

31,37,41,43,47,

53,59,61,67,

71,73,79,

83,89,

97.

GCGAATGCGTCCACAACGCTACAGTG

GCGAATGCGTCCACAACGCTACAGT

GCGAATGCGTCCACAACGCTACAG

GCGAATGCGTCCACAACGCTACA

GCGAATGCGTCCACAACGCTAC

GCGAATGCGTCCACAACGCTA

GCGAATGCGTCCACAACGCT

GCGAATGCGTCCACAACGC

GCGAATGCGTCCACAACG

GCGAATGCGTCCACAAC

GCGAATGCGTCCACAA

GCGAATGCGTCCACA

GCGAATGCGTCCAC

GCGAATGCGTCCA

GCGAATGCGTCC

GCGAATGCGTC

GCGAATGCGT

GCGAATGCG

GCGAATGC

GCGAAT

수천 개의 목소리가 임의의 숫자들을 외치고, 그 소리가 모트의 귀에 들어왔다. 그의 시야에 똑같은 숫자들이 펼쳐졌고, 곤충들이 온몸을 기어가는 것 같은 느낌이 들었다. 현실 세계와의 유일한 연결은 손에 잡고 있는 아무 쓸모없는 생식기의 느낌뿐이었다. 요짐보의 말에 따르면, 그 무작위성은 이제부터 완벽한 문장은 아니더라도 단어로 합쳐질 거라고 했다. 모트는 자제력을 잃었다. 글자들이 점점 더 커졌다. 글자의 색상이 바뀌며 모트의 가죽으로 파고들기 시작했다. 글자들에서 전기 냄새가 났다. 모트는 자신이 지하실에 있다고 생각해 보려 애썼다. 시바는 더는 곁에 없었다. 메시지만 남았다. '시바는 살아있다.' 그 글자들이 덜그럭거리더니, 벽에서 떨어져 산산이 부서졌다.

0001011101000101101000101110100010110100010111010001011010001011101000100001011101000101101000101110100010110100010111010001011010100010

어둠. 금속 냄새. 땀, 먼지. 모트는 강철 표면에 무릎을 문질렀다. 양 옆이 좁았다. 통풍구였다. 그의 뒤에는 티베리우스(삭스)가 있었으며 앞에는 컬드삭이 있었다.

임무를 시작하기 전에 컬드삭은 티베리우스에게 죽을 준비가 되어 있는지 한 번 더 물었다. 그러자 티베리우스가 대답했다.

"살고 싶었다면 이 부대에 들어왔겠습니까?"

그 말에 모두가 웃었다.

컬드삭이 커다란 꼬리를 흔들었다. 그들은 인간들이 숨어 있는 오래된 군용 벙커에 잠입하는 중이었다. 인간들은 영리했다. 그리고 목숨을 걸었다. 그곳의 벽은 폭탄에도 끄떡없었다. 개미들은 적을 끌어내기 위해서 엄청난 희생을 각오하는 수밖에 없었다. 사방에 폭탄을 설치했다. 컬드삭은 부하들에게 신속하게 움직이되, 아무것도 건드리지 말고 소리도 내지 말아야 한다고 했다.

"자칫하면 폭탄을 건드릴 수도 있어."

통풍구에 총성이 울리기 시작했다. 그들이 잠입했다는 것을 인간들이 눈치 챈 것이다. 인간들은 공포에 질려 사방에 총을 쏘기 시작했다. 통풍구 전체에 소리가 울려 퍼졌다. 어둠을 뚫고 총알구멍 사이로 형광등 불빛이 비쳐 들었다. 젊은 대원들은 고함을 지르며 자기 자리를 이탈했다. 컬드삭이 조용히 하라고 외쳤다. 그들은 요란스럽게 들어왔던 길로 다시 나가기 시작했다.

"여기다! 여기야!"

인간들이 외쳤다.

컬드삭은 어깨에 메고 있던 라이플을 들었다. 그리고 총알구멍이 잔뜩 나 있는 쪽으로 기어갔다. 그의 라이플 개머리판이 요란한 소리를 내며 통풍구에 부딪쳤다. 인간들이 총을 쏘기 시작하기 전에 컬드삭에게 주어진 기회는 단 한 번뿐이었다. 그는 석고판과 금속을 뚫고 방안으로 뛰어내렸다. 모트도 그 뒤를 따라 뛰어내릴 준비를 했다. 그는 티베리우스(삭스)를 불렀다. 티베리우스(삭스)는 대답하지 않았다. 티베리우스(삭스)가 미동도 하지 않은 채 쓰러져 있었다. 티베리우스(삭스)는 죽었다.

모트는 쏟아지는 빛줄기 속에 앞으로 쓰러졌다. 탁자에 기댔다. 휴게실 같은 방이었다. 컬드삭은 소파 뒤에 무릎을 꿇은 채 모트에게 피하라고 소리쳤다. 소파 위에 죽은 남자가 있었다. 관자놀이에서 피를 흘리고 있는데도 무척 편안해 보였다. 모트는 소파 뒤로 뛰어들었다. 컬드삭이 쏜 총에 전등이 나갔다. 이제는 고양이들만 앞을 볼 수 있었다. 방안에 있는 불빛이라곤 총구의 섬광뿐이었다. 한 번씩 번쩍거릴 때마다 겁에 질린 인간의 얼굴이 보였다.

세바스찬세바스찬세바스찬세바스찬세바스찬세바스찬세바스찬세바스찬**모트**세바스찬

모트는 다시 마티니 일가의 지하실에 서 있었다. 시바에 대한 메시지는 여전히 벽에 남아 있었다. 창문으로 햇빛이 들어왔다. 하지만 추웠다. 시바는 거기 없었다. 그래도 모트는 마음이 놓였다. 통역기에서 받은 최초의 충격이 차츰 잦아들기 시작했다.

모트는 자신의 뇌 반응을 통제했다. 하지만 아직 대화를 할 준비는 되지 않았다. 그에겐 더 이상 현실 세계와의 연결고리가 없었고, 이제는 손으로 잡고 있던 생식기의 감촉도 느껴지지 않았다. 그가 알고 있는 건 와와의 군사들에게 둘러싸인 채 자기가 입을 벌리고 있다는 서 있다는 것뿐이었다. 모트는 눈을 감고 다시 집중해 보았다. 아마 여기서는 살아남을 수 있을 것이다. 바로 다음날 격리가 시작되어 다른 모든 이들과 같이 죽게 될지도 모르지만.

그는 눈을 떴다. 지하실은 이제 전쟁 전의 상태로 돌아가 있었다. 벽에 적혀 있던 메시지는 사라졌다. 잃어버린 시간들을 전부 무시하는 듯, 시바는 자기가 제일 좋아하는 자리에 앉아 있었다. 모트는 가까이 다가갔다. 그녀는 그가 세상 꼭대기에 있는 다락으로 데리고 갔던 그날처럼 자리에서 일어났다.

'신원 확인.'

시바가 말했다. 하지만 그녀의 입은 움직이지 않았다. 모트는 그 단어가 자기 몸속을 떠돌아다니는 것 같은 감각을 느꼈다.

이제 그는 가장 행복한 곳에 도착했다. 하지만 모트의 입은 제어가 되지 않았다.

'신원 확인.'

목소리가 다시 반복해서 말했다.

모트. OF-2.961630.

마침내 그는 대답했다.

시바가 오랫동안 쓰지 않고 있던 낡은 기계에 전원을 켰을 때처럼 온몸을 떨었다. 바로 그 순간, 그녀는 텔레비전에 나오는 영상처럼 깜박거리기까지 했다.

'교신 시작.'

딸깍거리는 소리와 함께 모트의 통역기 소프트웨어가 작동하기 시작했다. 그가 만들어낸 꿈 속 세상과의 접속이 극대화 되었다.

'나는…….'

모트는 말을 멈췄다. 간단한 서술문 형태로 말해야 한다는 사실이 떠올랐다. 개미들과는 개인적인 인정이 담긴 말로 시작하거나 의문문으로 끝나는 메시지로는 소통할 수가 없었다.

'*EMSAH 증후군 설명 요청.*'

그 한 문장을 말하는데도 완전히 지쳐 숨이 거칠어졌다.

시바가 다시 깜박거렸다.

'인간 생화학 무기. 배치. 전염성강한전염병확산. 치료약 없음. 치명적. 치료방법 없음.'

요짐보가 말한 대로였다. 대답이 제대로 분절되어 나올 수 있는 간단한 질문을 해야 했다. 시바는 모트가 이미 알고 있는 답변들만 내뱉었다.

'*알았음.*'

모트가 말했다. 시바도 말을 멈췄다.

'*EMSAH의 근원 요청.*'

'사람 인간 인류.'

'*EMSAH 감염 설명…… 요청.*'

딸각거리는 소리와 깜박거림의 횟수가 많아졌다.

'예민하고 타인에게 영향력을 많이 미칠 수 있는 대상에 병원균 도입.'

모트는 그 용어에 한숨을 쉬었다. 시바는 말을 멈췄다.

'*EMSAH 감염 설명 요청.*'

모트가 다시 말했다.

시바는 다시 대답했다.

'급성 소뇌 운동 실조 뇌 저산소증. 자기 초월 삽입점 소수포 모노아민 전달체. 환경적 자극……'

지하실의 환영이 무너지기 시작했다. 인간 군사들이 시바 주위에서 번쩍거리며 나타났다.

'신경전달 물질 억제제. 날아갈 것 같은 행복감. 논리 능력 폐기. 대상은 죽음—삶을 원

함.(필사적으로 원함) 사회적 패턴 초기화. 새로운 건설……'

죽음—삶?

'알았음.'

모트가 말했다. 시바도 말을 멈췄다. 잠시 인간 군사들의 깜박거리는 영상이 멈췄다.

'죽음—삶 설명 요청.'

통역기가 딸깍거리는 소리와 함께 요청을 수행하는 동안 총구와 섬광들이 다시 나타났다.

'삶죽음삶죽음삶죽음삶죽음삶죽음삶죽음삶죽음.'

'죽음—삶이 삶—죽음? 그건 말이 안……'

'반복.'

'EMSAH와 죽음—삶의 관련성 설명 요청.'

'EMSAH는 죽음—삶. 대상은 죽음—삶을 오염시키고있다고착각. 대상은 죽음—삶. 대상은 죽음—삶이 됨.'

이게 뭐지?

'죽음—삶은 대상이 됨. 과부하. 사회 초기화 불가피한 실패.'

'대상과 죽음—삶의 관계 설명 요청.'

'대상은 죽음—삶에 들어감. 과부하. 죽음—삶 중단. 논리 능력 폐기.'

'논리 능력과 죽음—삶의 관계 설명 요청.'

시바는 마치 치료를 받아야 할 것처럼 고개를 숙였다.

'호환불가능.'

이제는 죽음—삶이 논리적이지 않다는 말인가?

'EMSAH 마지막 단계 설명 요청.'

시바는 즉각 대답했다.

'이름 없는 전쟁.'

'EMSAH와 모트 OF 2.961630과의 연관성 설명 요청.'

모트는 마티니 일가의 거실 거울 앞에 선 자기 모습이 깜박거리는 것을 보았다. 하지만 거울 속에 비친 것은 자신을 응시하는 대니얼의 아들 마이클의 모습이었다. 그는 통역기를 쓰고 있었고, 눈은 마치 인형처럼 멍했다.

'세바스찬.'

마이클이 말했다. 그리고 다시 한 번 그 이름을 불렀다. 무너지는 건물의 기둥들이 뒤틀릴 때처럼 새된 소리로 각 음절을 길게 늘여 발음했다.

모트는 그 소리에 움찔했다. 시바의 짖는 소리가 소음을 차단했다. 모트가 눈을 떴을 때 그는 안전 장소인 지하실에 다시 와 있었다. 시바도 옆에 있었다. 모트는 시바의 목소리가 미묘하다는 것을 알아차렸다. 그녀가 새끼들을 낳았던 날 아침처럼 안달하는 목소리였다. 시바는 뭔가에 대한 이해를 구하고 있었고, 그가 그랬던 것처럼 실망하고 있었다.

모트는 그 목소리를 듣고서 거의 인간처럼 흐느끼기 시작했다. 그는 거기서 나갈 길을 찾았다. 계단이 사라졌다. 창문도 막혀 있었다. 불빛이 어둑했다. 시바가 사라졌다. 그녀가 있던 자리에는 희미한 은색으로 뒤덮인 수염을 기른 남자가 긴 로브를 입고 서 있었다. 모트는 남자의 머리에 떠 있는 후광을 보고, 그가 누군지 알아차렸다. 유다 성인, 늙은 암캐인 올리브가 준 메달에 새겨져 있던 작은 남자였다. 그 남자는 모트를 동공이 없는 금속 눈으로 쳐다보았다.

519519519519519519519519519519519519519519519519519

519519519519519519519

모트는 그 남자의 들고 나는 숨결을 느낄 수 있었다. 산소가 온몸에 스며들었고, 양옆에 있는 임의의 구멍으로 빠져나갔다. 동시에 몇 개의 신체 부위들을 각각 움직일 수 있었다. 머리 위로 팔을 흔들었고 허리에서는 또 다른 팔이 뻗어 나왔다. 부자연스러운 건 아무것도 없었다. 그는 그런 식으로 몸이 합쳐졌다는 사실을 받아들였다. 모트는 지금 자신이 곤충의 입장에서 이 모든 일들을 경험하고 있다는 사실을 깨달았다. 개미였다.

여왕개미.

화학 신호의 떨림이 그가 지금 방에 있다는 사실을 알려 주었다. 다른 개미들이 반원 형태로 서 있었다. 대형 일개미인 알파개미들이었다. 알파개미들은 작은 개미들, 그러니까 아기들을 입에 물고 있었다. 모트의 더듬이에 그들의 화학 신호가 연결되면서 냄새, 소리, 글씨, 욱신거리는 고통, 색상과 같은 것들이 한꺼번에 뇌를 자극했다.

일개미들 중 한 마리가 그에게 새끼 개미를 내놓았다. 모트는 턱을 벌려 그 작은 개미를 받아 부드럽게 물고 있었다. 그 알파개미는 가장 기본적인 화학 구조로 지휘권에 대한 묵인과 인정을 알렸다. 그리고 무엇이든 정해진 운명을 받아들이겠다고 했다.

모트는 지금 자신이 여왕과 교신을 하는 게 아니라는 사실을 알아차렸다. 그는 그녀의 기억 속에 살면서, 수천 년 동안 살아온 세월의 각각의 순간들을 흡수하는 중이었다. 지금 모트가 물고 있는 유충도 똑같은 정보를 받았을 것이다. 여왕의 뇌에서 정보들이 흘러넘쳤다.

그에게 여왕의 지나간 과거의 순간이 흘러들어왔다. 사막을 행군하는 중이었다. 여왕의 딸들이 동물을 집어 삼켰다. 터널은 그 자체로 끝없이 이어지면서 사방으로 뻗어 나가고 있었다. 밖에서 가져온 인간들이 만든 물건의 행렬이 이어졌다. 책에서 뜯어낸 책장들과 성냥, 골무.

그 앞에 또 다른 여왕이 있었다. 병에 걸렸고, 죽어가는 중이었다. '사라진 여왕'의 딸인 '자격 없는 여왕'이었다.

그들이 더듬이를 맞대자 모트는 절망과 고독 속에 살아온 수천 년의 고통을 느낄 수 있었다. 그의 주위에 고여 있던 현재의 기억들은 그대로 멈춘 채 응고되었다. 모트는 자신을 통제할 수가 없었다. 그는 그—그녀—의 엄마의 머리를 뜯어냈다. 발로는 그 치명적인 상처를 할퀴었다. '자격 없는 여왕'의 시신이 쓰러졌다.

모트는 이제 모든 것을 알게 되었다.

그는 인간에 대한 여왕의 분노를 느꼈다. 안에서 차곡차곡 쌓여간 분노는 이제 여왕의 일부가 된 지 오래였다. 그 분노가 그 오랜 세월 동안 여왕의 외골격을 이어 주고, 피를 돌게 만들었던 것이다.

모트는 숨을 쉴 수가 없었다. 귓가에 죽어가는 인간 아이들의 비명 소리가 합창처럼 울려 퍼졌고, 백열 불꽃이 주위에 있는 산소를 전부 다 빨아들이는 것 같았다. 여왕은 그렇게 매순간을 살고 있었다. 그녀는 그 모든 순간을 다시 체험하고 있었으며 또한 과거에 묶여 있었다.

쉴 틈을 주지 않았다. 모트는 비명을 지르고 싶었다. 아이들의 갈라진 목소리들이 그의 입 안에서 터져나갔다. 여기선 도움을 청하는 비명 소리도 아무 소용없었다. 그는 사라졌다. 몸은 껍질이 되었을 것이고 정신은 콜로니에 흡수될 것이다. 물웅덩이에 떨어뜨린 잉크 한 방울이 그대로 형체도 없이 사라지는 것처럼.

모트는 어디선가 죽어가고 있을 시바를 떠올렸다. 시바. 시바가 그를 구해 줄 것이다. 오직 그 생각만이 모트가 모든 것을 잊고 사라지는 것을 막아 주었다. 그는 자신의 기계적인 곤충 입을 다물었다. 개미처럼 말하고 개미처럼 생각해야 했다. 숨이 막히는 것 같았다. 하지만 정신을 집중하자, 마침내 개미들의 화학적인 언어로 말할 수 있었다.

'EMSAH 증후군 설명 요청.'

바이러스가 박테리아에 들어간다. 바이러스가 증가한다. 박테리아는 적응한다. 바이러스가 박테리아를 이긴다.

박테리아는 죽는다.

바이러스가 박테리아에 들어간다. 많은 바이러스들이 많은 박테리아에 들어간다. 많은 박테리아가 죽는다. 많은 박테리아가 살아남는다. 박테리아의 방어체계가 작용하면서 바이러스를 파괴한다. 하지만 그 박테리아는 변하게 된다. 박테리아들은 다른 방식으로 움직이면서, 좀 더 적대적으로 외부요소에 반응하게 된다. 박테리아들이 유사한 것들끼리 달라붙어 영양분을 교환한다. 박테리아들은 하나가 되어 빛을 찾아 나간다.

박테리아는 진화한 것이다.

물고기 떼. 물속에서 은색 실타래처럼, 마치 한몸인 것처럼 움직이고 있다. 그들은 굶주렸다. 쫓기고 있다. 고대의 장소에 접근한다. 아무 의식 없이 감각에 의존한 것이다. 물고기 떼는 포식자들의 표적이 되었고 질병과

탈진에 시달리고 있었다.

　이윽고 그들은 자신들이 태어난 장소, 신성한 장소에 도착한다. 그들의 감각이 옳았다는 것이 확인되자 아가미를 통해 서로 신호를 교환한다. 흥분으로 뇌가 뛰고 있다. 그들은 하나가 되는 의식을 시작한다. 잔뜩 굶주린 그들은 교미를 하고, 물속에 정자와 난자가 퍼져나가자 그들 종족의 화학 신호로 이름을 지어 준다.

　영장류가 나무에서 내려온다. 햇빛은 잎사귀가 가려 준다. 그들은 모두 모여 우두머리 수컷과 도전자가 싸우는 것을 지켜본다. 우두머리 수컷은 그 아버지가 그랬던 것처럼 세 계절 동안 그들을 지배했다. 하지만 이제 시대가 바뀌었다. 나무들이 죽기 시작했다. 비가 점점 오지 않고 있다. 포식자들은 점점 더 공격적으로 변했다. 약점을 알아차린 것이다.

　도전자는 기회가 오기만 기다리고 있다. 우두머리 수컷이 달려들자 도전자는 살짝 피한 뒤 공격한다. 아첨꾼들은 펄쩍펄쩍 뛰며 기뻐하고 있다. 그들은 우두머리 수컷에게도 똑같이 행동할 것이다. 도전자는 기회를 잡자 우두머리가 자비를 애원할 때까지 계속해서 때린다. 우두머리는 쫓겨났다. 그가 흘린 피에서 패배의 냄새가 난다.

　도전자는 새로운 우두머리가 된다. 무리가 환호를 보낸다. 그들은 새로운 왕의 가죽을 만지기 위해 손을 뻗는다. 암컷들이 교태를 부리며 그를 차지하기 위해 서로 싸우고 있다. 새끼들은 먹을 걸 내놓는다. 새로운 우두머리는 무리에게 손을 내민다. 그는 그들을 지킬 것이다. 하지만 새로운 도전자가 나타나는 것도 막을 것이다.

샌들을 신고 로브를 걸친 남자가 무릎을 꿇고 기도하고 있다. 그의 마을이 공격당하고 있다. 개미들의 습격이다. 장로들은 점점 미쳐가고 있다. 그들은 이미 창녀들을 제물로 바쳤지만 신은 만족하지 않으셨다. 그래서 습격받은 건 남자들 탓이라고 비난한 무례한 여자들도 제물로 바쳤다.

이제 그들은 아이들을 제단으로 끌고 갔다. 아이들이 발버둥을 치며 비명을 지른다. 그 남자의 딸도 해가 지기 전 마지막 제물이 되어 제단 계단에서 죽었다. 제사장이 그의 이마 위에 딸의 내장을 문지른다. 그런 다음 장자인 아이들의 어깨와 머리에 그 피를 문지른다. 강인함과 순수함의 상징이다.

다른 이들은 북을 두드린다. 여자들은 울며 비탄에 잠겨 있다. 남자는 슬프긴 해도 희망을 품는다. 이 정도면 피에 굶주린 신도 만족할 것이다. 그는 틀림없이 딸을 다시 만나게 될 것이다. 그들은 산들바람이 부는 밀밭에서 함께 달릴 것이다. 지나가는 구름 그림자 속에서 서로를 꼭 끌어안을 것이다.

ΩΩΩΩΩΩΩΩΩΩΩΩΩΩΩΩΩΩΩΩΩΩΩΩΩΩΩΩΩΩΩΩΩΩΩΩΩΩΩΩΩΩ

요짐보는 이런 일이 있을 거라고 말했다. 모트는 가능한 한 가장 깊은 곳까지 들어갔고, 이제는 한 번에 그 층을 뚫고 나와야 했다. 그는 여왕의 은신처로 통하는 막을 통과했다. 그리고 단번에 제국 전체를 살피고 있는 여왕의 머릿속에 들어갔다. 다음 순간 딸들 중 하나인 아기 개미가 되어 여왕으로부터 교감 의식을 받기도 했다. 여왕은 그를 안더니 더듬이로 살폈다. 그런 뒤 입에 집어넣고 우지끈 씹어 먹었다. 연약한 외골격의 절반이 으스러졌다. 경고음이 들렸다. 하지만 바로 그때 여왕이 새로운 신호를 보냈다. 여왕은 가만히 있으라고 하면서, 콜로니를 위한 중요한 역할이라고 덧붙였다. 죽음은 새로운 생명을 낳는다.

89.7563.66453.097614.8654437.09821245678.864231.090874
1345779.867655.21124

모트는 입을 벌렸지만 말을 할 수가 없었다. 그는 다시 지하실로 돌아와 있었다. 모트는 혼자였다. 시바의 채취가 남아있긴 했지만. 그리고 마이클도.

그는 삼켜졌다.

42112.556768.97795431478090.132468.87654212890.7344568.4
16790.35466.09.3657.9

다시 어두워진다. 앞이 보일 정도다. 벙커는 안전하다. 대기에 피 냄새가 떠돈다. 가죽과 피부에 달라붙어 있다. 모트는 오른손에 총상을 입었다. 천장에서 떨어지면서 여기저기 베이고 타박상도 입었다. 아직은 아프지 않지만, 고통은 나중에 밀려올 것이다.

컬드삭이 다시 총을 장전한다. 다른 이들도 모두 명령을 기다리고 있다. 레드 스핑크스 대원들은 죽은 인간들의 무기를 끌어 모은다. 모트는 컬드삭에게 다가간다. 컬드삭에게는 어떤 격려의 말도 필요 없다. 모트는 컬드삭이 장전을 끝낼 때까지 옆에 서 있는다.

"저들이 티베리우스를 죽였다."

컬드삭이 말한다. 목소리가 까칠하다. 그는 몇 달간 티베리우스라는 이름을 불러본 적이 없다. 컬드삭에겐 늘 삭스였다.

"한 놈이 살아있습니다."

누군가 말한다. 죽어가는 남자 옆으로 대원들이 모인다. 그 남자는 숨을 거칠게 몰아쉬며 겁에 질리고 지친 눈으로 그들을 올려다보고 있다. 남자의 가슴에 금속으로 된 뭔가가 보인다. 목걸이다.

모두가 그 남자를 쳐다보고 있다. 예전에 알았던 사람인지 알아보려는 것처럼. 모르는 인간이다. 하지만 그 남자의 두려움은 익숙하다. 모트가 무릎을 꿇는다. 남자가 피 묻은 손을 내민다. 모트는 티베리우스(삭스)를 죽인 범인이 이 남자일지 궁금하다.

"하느님, 이 가련한 생명체들을 용서해 주십시오. 이들은 자신이 무슨 짓을 했는지 모르고 있습니다."

남자가 말한다. 모트는 남자의 목걸이에 눈이 간다. 머리 뒤로 후광이 비치는 남자가 새겨져 있는 메달이다. 컬드삭이 남자에게 총을 겨눈다.

"맞아, 정말 그렇지. 이 망할 거짓말쟁이 같으니."

그리고 컬드삭이 총을 쏜다. 피와 뼛가루가 분사된다. 시신은 한순간 요동을 치다가 다시는 움직이지 않는다. 메달이 피를 뒤집어쓴다. 후광이 비치는 남자는 그 속에 잠겨 있다.

*　　*　　*

*ㄱㅇㅇㄱ‥∞

해제……

ㅓㅜㅗ┼ᅦ

0100010110100001011100001011010001011101000101011101000
10110100010111010

모트는 침을 뱉고 싶었다. 그는 얼굴을 흙바닥에 박은 채 알파개미의 발치에 쓰러져 있었다. 모트는 진흙을 뱉어내기 위해 입을 벌리고 기침을 했다. 증기처럼 그의 몸을 들어 올렸던 여왕의 분노는 이제 사라졌다. 젖은 온몸이 떨렸다. 불가능한 일이라고 모트는 생각했다. 어떻게 여왕은 그 모든 것을 품고도 아직 살아있을 수 있는 걸까? 그는 여왕을 증오했다. 수천 년의 세월 동안 일구고 굳어진 여왕의 유일한 감정을 받아들이지 않을 수가 없었다. 모트는 여왕을 증오했고, 그녀가 죽기를 바랐다.

모트는 몸을 일으켰다. 구경꾼들은 여전히 추방되는 포로들을 태운 배를 지켜보고 있었다. 컬드삭이 단상에 서서 연설을 시작할 준비를 하고 있었다. 모트의 예측대로 그 모든 일은 불과 몇 초 동안에 일어났다.

"괜찮아요?"

뒤에서 누군가 말했다. 수컷 고양이와 딸 고양이 둘이 옆에 서 있었다. 모트는 자리에서 일어나자마자 통역기를 모자인 것처럼 옆구리에 끼었다. 그는 숨을 골랐다.

"댁이 쓰러지는 걸 봤어요."

그 고양이가 말했다.

"설명을 요청……."

"뭐라고요?"

모트는 모든 것에 다시 집중해야 했다. 서 있자니 머리가 어지러웠다.

"괜찮습니다."

마침내 모트가 대답했다. 그는 멀미를 떨치기 위해 숨을 깊이 들이마
셨다.

"괜찮아요."

모트가 되풀이했다.

"혹시 도움이 필요하면……."

"아닙니다."

새끼고양이들 중 하나가 물었다.

"아빠, 저 아저씨는 왜 쓰러진 거야?"

새 질서에 대해 이야기하는 컬드삭의 목소리가 점점 커지는 게 멀리서
들려왔다. 하지만 모트에게는 그저 철컥거리는 소리와 웅얼거림, 휘파람
소리밖에 들리지 않았다. 그는 벌써 집으로 달려가고 있었다.

4부

탈출

제14장

해체된 무리

보나파르트가 갇혀 있는 감방은 예전에 그가 쓰던 방보다 컸다. 하지만 리겔이라는 곰 의사가 그를 살피러 들어가면 꽉 들어차는 크기였다. 리겔은 똑바로 서지도 못한 채, 문 앞에서 몸을 숙이고 보나파르트의 바이털 사인을 확인했다. 이번에도 설명할 수 없는 그런 사례였다. 신체 증상도 없고, 열도 없었다. 하지만 이 돼지가 제정신이 아니라는 건 명백했다.

와와는 격리 구역의 긴 복도 안에 있는 감방 밖에서 방호복을 입은 채 기다렸다. 마스크로 얼굴을 가린 채였다. 다른 개 군사 두 마리도 그녀와 함께 기다렸다.

리겔이 진찰을 끝내자 군사들이 감방 문을 잠갔다. 그런 뒤에 그들은 오염 제거실로 가서 옷에 묻어 있을지도 모를 오염 물질을 살균제가 들어있는 특수 호스로 씻어냈다. 리겔은 그 어설픈 장치를 보고 웃음을 터트렸다. 리겔은 와와에게 실제로 감염되었을 때 이런 조치가 도움이 되는지 물었다.

"새로 알아낸 게 있나요?"

와와가 마스크를 벗으며 물었다.

보나파르트의 몸 상태에는 변화가 없었다. 가벼운 진정제를 투여했지만 여전히 깨어 있었다. 하지만 인간 저항 조직으로 도망치려고 했던 계획을 그의 입으로 들으려면 좀 더 기다려야 할 것이다.

"언제 시작되나요?"

리겔이 물었다.

"뭘 말씀하시는 거죠?"

와와는 리겔이 격리에 대해 묻고 있다는 것을 잘 알고 있으면서도 짐짓 모르는 척 되물었다.

마침 보나파르트의 감방에서 요란한 쾅당, 소리가 나는 바람에 리겔은 그 질문에 답하지 못했다. 와와는 다시 마스크를 쓰고 복도로 뛰어갔고 리겔과 다른 군사들이 그 뒤를 따랐다. 감방에 도착해 보니 보나파르트가 이불을 뒤집어 쓴 채 바닥에 쓰러져 있었다. 그는 일어서려 했지만 진정제 때문인지 여전히 멍해 보였다.

"일어나."

와와가 말했다.

"여긴 신병 훈련소가 아니에요. 중위님은……."

리겔이 말했다.

"조용히 하세요. 의사 선생 잔소리 없이도 문젯거리는 이미 넘쳐나는 것 같으니까."

리겔은 두 손을 들어 보이더니 문 쪽으로 향했다.

"중간 주둔지에서 보죠."

간신히 몸을 일으킨 보나파르트는 침대에 걸터앉아 창살 사이로 와와를 마주보았다. 그는 양 발굽을 퉁퉁한 무릎 위에 얌전히 올려놓고 말했다.

"인간들이 우리를 감시하고 있어요."

"인간이라니?"

와와가 물었다.

"중위님은 모르세요. 콜로니를 위해 싸웠으니까요. 중위님에겐 눈이 있지만, 여왕이랑 똑같이 눈이 멀었어요."

보나파르트가 자리에서 일어났다. 발굽에서 소리가 났다.

"난 중위님을 돕고 싶어요. 정말이에요. 하지만 우리 둘 다 시간이 없어요."

"그게 무슨 소리지?"

"우리 중 하나는 머지않아 죽을 테니까요. 나 같은 동물들은 먼 길을 떠나게 될 거예요."

"우린 모두 먼 길을 떠나게 되어 있어. 채석장 바닥에 떨어져 죽은 사슴들처럼 말이야."

와와가 말했다.

"진실은 중위님이 생각하는 것보다 가까운 곳에 있어요."

보나파르트가 말했다.

와와는 그곳을 나와 오염제거실을 거친 뒤 방호복과 마스크를 치우기 편하게 바닥에 쌓아두었다.

기지 반대편에 있는 사무실까지는 한참 가야 했다. 보나파르트의 구금은 병사들 사이에선 공공연한 비밀이었다. 컬드삭만이 여전히 느긋해 보였다. 그 전날 와와가 보고를 하러 찾아갔을 때 대령은 고개만 끄덕인 뒤 커피를 마셨다. 보고를 끝마친 후 와와는 결국 참지 못하고 대령에게 물었다. 격리가 시작되면 어떻게 되는 겁니까? 컬드삭은 피곤한 듯 감염되지 않은 주민들은 다른 곳으로 다시 옮겨지게 될 거라고 대답했다.

와와는 중간 주둔지는 무엇을 하는 곳인지 물었다.

"그냥 목적지까지 가는 길 중간에 있는 주둔지야. 이름 그대로지. 중위, 알고 싶은 게 뭔가? 우린 명령만 따르면 돼. 그럼 이번 일은 끝나는 거야."

이제까지 그는 이런 식으로 딱 잘라 버린 적이 없었다. 심지어 와와의 지휘 능력에 대해 다른 고양이들이 의심했을 때도 컬드삭은 그들에게 자신의 선택이 옳다는 것을 상기시켜 주었다. 또 대령은 모두가 보는 앞에서 와와를 반대하는 부하들 중 하나를 때리고, 전 부대원에게 사과하도록 시킨 적도 있었다. 그는 부하들 앞에서 이제부터 와와에게 누구든 수염만 씰룩거려도 처벌할 권한을 줄 거라고 말했다. 그리고 그 과정에서 와와가 누군가를 죽였을 경우에만 그녀를 대신할 사람을 찾을 거라고 못박았다.

와와는 참모로서의 자신의 능력을 입증해 보였다. 컬드삭은 그녀의 과거를 알고 있었고 누구보다 존중해 주었다. 한번은 자신과 관련시켜 이야기한 적도 있었다. 그는 야생에서 살았었고 그녀 역시 우리에 갇혀 있긴 했어도 야생에서 살았다. 갇혀 있는 전사. 그런 점에 있어서는 여왕과 비슷하다는 말도 한 적이 있었다.

그런데도 컬드삭은 지금 함께 싸우지도, 고통을 나누지도 않았던 사이인 것처럼 그녀를 형식적이고 관료적인 방식으로 대하고 있었다. 와와는 컬드삭의 그런 건조한 태도를 보면서, 누군가 주먹으로 옆구리를 꽉 누르고 있는 것처럼 무거운 마음으로 대령의 사무실을 나왔다.

사무실에 도착한 와와는 뻑뻑해진 눈을 비비며 문을 열었다. 사무실 안에 들어가자 모트가 책상 앞에 앉아 있었다. 그는 왼쪽 검지와 엄지손가락으로 목에 걸고 있는 은메달을 문지르고 있었다.

"여기서 뭘 하고 있는 거죠? 이러면 안 되는—"

와와의 말이 끝나기도 전에 모트는 무릎 위에 올려 두었던 총을 책상 위, 와와의 업무 일지 바로 위로 들어올렸다. 그러곤 총을 갖고 있다는 점을 강조하려는 듯 쾅 소리를 내며 총을 떨어뜨렸다.

"문을 닫아요, 중위."

와와는 모트의 말대로 사무실 문을 닫았다.

"무슨 일로 이러는 거죠?"

"일이야 많죠."

모트가 총을 손 위에 둔 채 중얼거렸다. 와와는 모트의 손에서 시선을 떼지 않고 있었다. 그의 손가락은 지문이 닳아 매끈했다.

"대위님, 난 대위님의 적이 아니에요. 문제가 뭔지 말해 주세요."

와와가 말했다.

"문제라고 할 건 없을 거예요. 이런 식으로 계속 갈 거라면."

모트가 말했다. 호의적인 접근 방식은 통하지 않을 듯 보였다.

"온종일 돼지 이야기로 돌려 말하긴 했지만, 이건 아무래도……."

"EMSAH가 뭔지 알아냈어요."

모트가 말했다.

그리고 한숨을 쉬며 총 위에 손을 올려놓았다. 만일 그가 와와를 쏠 생각이었다면 이미 쐈을 것이다. 그게 아니라면 그에겐 하고 싶은 말이 있을 것이다. 고양이인 모트는 천성적으로 직접 이야기하는 것을 좋아했다. 때문에 와와는 후자일 거라고 생각했다.

"조사를 끝냈소. EMSAH는 중위가 생각하는 그런 게 아니오."

"바이러스가 아니란 말인가요?"

"그래요. 하지만 바이러스처럼 보이지."

지금 밖으로 도망치기에 와와는 문에서 너무 멀리 떨어져 있었다. 더군다나 상대는 위대한 모트다. EMSAH에 감염됐든 아니든, 그녀가 길가에 있는 시신을 뜯어먹고 물웅덩이에서 물을 마시고 있을 때 그는 컬드삭의 옆에서 수년 동안 싸웠다. 만일 와와가 이 방에서 살아서 나가려면 모트의 허락을 받아야 할 것이다.

"좋은 소식은 내가 병에 걸리지 않았다는 거요. 사실 면역성도 있다고 생각하지만."

모트가 말했다.

"대위님. 떠도는 소문에 따르면······."

"소문?"

모트가 고개를 갸웃하더니 말을 이었다.

"난 레드 스핑크스요. 정확하게 겨누고, 그 자리에서 사냥하지. 소문 같은 건 믿지 않아요. 바로 본론으로 들어가겠소."

그러면서 모트는 또 다른 물건을 책상 위에 떨어뜨렸다. 기계에 달린 안테나가 와와를 비난하는 것처럼 가리키고 있었다. 사라진 통역기였다. 어쩌면 저 통역기가 병균을 퍼트렸을지도 모른다. 송화구를 통해서일까? 아니면 이어폰? 와와는 귀 안쪽으로 작은 초록색 방울처럼 생긴 기생충 떼가 기어 들어가 고막을 터트린 뒤, 콜리플라워 같은 뇌를 향해 우르르 몰려가는 모습을 떠올렸다.

"죽음—삶. 과부하."

모트는 책상 위에 양 팔꿈치를 괴고는 손으로 얼굴을 문질렀다. 도망칠 기회는 아니었다. 그가 손가락 사이로 그녀를 주시하고 있을 수도 있기 때문이었다.

"바로 그것 때문에 우리가 싸웠던 거요. 그것 때문에 티베리우스가 죽었고."

모트가 속삭이듯 말했다.

"무슨 일인지 말해줘요."

와와가 말했다. 모트는 책상 위에 손바닥을 올려놓았다.

"병원균이 아니었소. 믿음이었지. 반사회적인 생각 말이오. 인간들이 찾아낸 것 중 가장 유혹적인 것일지도 몰라요. 확실히 그 긴 시간 동안 그들을 속여 왔으니 말이오. 지금도 그럴 테고. 죽음—삶. 죽음 뒤에 삶. 바로 내세를 말하는 거요. 여왕은 이 말을 이해하지 못했지."

"EMSAH가 내세를 믿게 만든다는 건가요?"

"그 믿음은 EMSAH의 증상이 아니에요. 우리가 병이라고 생각하길 여왕이 바랐던 것뿐. 그 믿음 자체가 EMSAH인 거요. 그래서 치료약이 없는 거지. 여왕은 자기의 성전(聖戰)에 우리를 끌어들였소. EMSAH를 없애지 않는다면 우리는 인간들처럼 살게 될 거요."

모트가 말했다.

"그럼 EMSAH가…… 사상이라는 건가요?"

"신앙(religion)이지."

그 말이 와와의 귀에 와 박혔다. 특히 두 번째 음절의 거친 'lij' 발음은 모기가 윙윙거리는 소리처럼 들렸다.

"하지만 주민들은 그냥 그런 것들을 믿기만 하는 게 아니잖아요. 그들은 자살을 했어요. 살해하기도 했고."

와와가 말했다.

"그게 우리가 상대해야 할 바이러스의 가장 강한 변종이오. 죽음 추종. 저항조직을 위해 목숨을 희생하면 천국에 갈 수 있다고 믿는 거지."

"아니요. 대위님이 틀렸어요. 그건 단순한 믿음이 아니에요. 진단을 내릴 수 있잖아요. 혈액 검사나 인지 분석, 뇌파 검사 같은……."

와와가 말했다.

"전부 거짓말이오. 진단 같은 건 없어요. 치료약도 없고."

"대위님은 첫 번째 격리 지역을 직접 봤잖아요! 그 자리에 있었어요! 그곳 주민들이 믿음 따위를 위해서 자신들이 쏟은 피와 오물 속에 죽었다고 말하지 말아요!"

"아. 그렇지. 생화학 무기가 있긴 하죠. 그것도 치사율이 백퍼센트에 가까운 무기가. 하지만 그건 여왕이 만든 거요. 인간들이 만든 게 아니라."

모트가 말했다.

"뭐라고요?"

"일은 이렇게 된 거요. 동물들은 신앙을 받아들였지. 아니면 만들었거나. 그러자 콜로니는 진짜 감염된 것처럼 보이게 하려고 살인 독감을 퍼트려 그들을 죽인 거요. EMSAH의 모든 흔적을 없애겠다고 알파개미들을 보낸 게 그 서곡이었던 거지. 이제 여기서도 똑같은 일이 벌어질 거요."

모트는 와와에게 그때 회관에서 발견된 시신들은 모두 죽음을 기다리는 것처럼 가지런히 누워 있었다는 이야기를 해 주었다. 그들은 그곳에 없는, 절대 오지 않을 신에게 기도하기 위해 그 자리에 모였다. 그리고 어린 새끼들이 어디로 도망가지 못하게 목줄을 묶어 놓았던 것이다. 이제까지 모두들 신체적인 질병 증상은 EMSAH와 관련된 것으로 알고 있었다. 한

데 모든 것이 동물들의 충성심과 경계심을 지키기 위한 눈속임이었던 것이다.

"내 친구 티베리우스는 그 생화학 무기가 어떻게 작용하고 어떻게 퍼지는지 알아내기 위해 오랜 시간 동안 연구했어요. 전부 쓸데없는 짓이었던 거지. 만일 그 친구가 그 수수께끼를 풀고 치료약을 찾아냈다면 여왕은 또 다른 바이러스를 만들어냈을 테니까. 그리고 그때 미리엄이 EMSAH가 변이됐다고 발표하는 거요. 그럼 우린 또 원점으로 돌아가는 거고."

모트가 말했다.

"그럼 미리엄이 지금까지 거짓말을 했다는 건가요?"

"애초에 미리엄은 아무것도 아니었어요. 배우에 불과하니까."

"그러니까 동물들이 신을 숭배하게 만들려고 여왕이 이 모든 문제를 일으켰다는 말인가요? 도저히 믿을 수 없는 일이에요."

와와가 말했다.

"중위는 그 자리에 없었으니까. 콜로니와의 첫 번째 전투에서 인간들이 어떻게 했는지 알고 있소?"

모트가 물었다.

"인간들은…… 자기들 손으로 곡식을 불태웠어요. 너무 큰 희생을 치르고 얻은 근시안적인 승리였죠."

와와는 어떤 설치류가 쓴 콜로니의 역사에서 읽었던 내용을 떠올렸다. 정확한 내용이 기억나지 않았다.

"그 이상이었지. 인간들은 그 전투를 하늘에서 내린 징후로 해석했어요. 그래서 그들은 여자와 아이들을 제물로 바쳤죠. 칼로 몸을 가르고 살아있는 채로 불에 태웠어요. 그리고 그들의 피를 마셨죠. 그 통역기 덕분에 알게 된 사실이오. EMSAH가 인간의 사악함의 근원이거나 그 증상인지는 모르겠어요. 하지만 그건 인간들을 위험한 존재로 만들었고 그들 자신조차 위험하게 만들었지. 우리에게도 위험하고."

모트가 말을 이었다.

그는 와와에게 통역기에서 알아낸 사실들을 털어놓았다. 여왕은 동물들이 가치가 있는지, 인간들을 파멸시키는 데 저항하지는 않을 것인지 알아보기 위한 시험을 하는 중이었다. 하지만 여왕의 인내심에는 한계가 있었다.

와와는 모트에게 문제가 많다고 생각했다. 과격하고 오만하며 이기적이다. 하지만 그는 거짓말을 하진 않는다. 거짓말쟁이였다면 컬드삭의 면전에서 동물들도 인간들처럼 망할 거라는 말을 하지는 않았을 것이다. 거짓말쟁이였다면 레드 스핑크스 대원들이 모두 지켜보는 앞에서 컬드삭의 얼굴을 때리지도 않았을 것이다.

"사실은 그보다 더 심각한 문제가 있소."

"그게 뭐죠?"

"인간들이 나를 자기들의 구세주로 여기고 있어요. 그 이유를 알아봤더니, 내가 콜로니를 파멸시킬 거라고 예언한 점쟁이가 있는 모양이오. 하지만 그조차도 여왕이 세운 계획의 일부예요. 이 모든 일들이 실험인 거지. 전부 다 말이오. 만일 내가 구세주가 되기로 마음 먹으면 그 실험은 실패로 끝나게 되어 있소. 그럼 개미들은 모든 정착지를 격리시키겠지. 모두가 죽게 될 거요. 하지만 내가 구세주가 되지 않으면 시바를 찾을 수 없게 돼요."

모트가 말했다.

"왜 나한테 이런 이야기를 하는 거죠?"

"레드 스핑크스에서도 누군가는 이 일에 대해 알아야 하니까. 모든 게 너무 늦기 전에 말이오. 만일 친구를 다시 만나게 된다면, 내가 옳은 일을 했다고 말하고 싶어요."

"어째서 컬드삭 대령님께 말하지 않은 거죠?"

"대령은 여왕 편이오."

모트가 자리에서 일어나 권총을 총집에 집어넣었다. 그는 책상을 돌아와와 앞으로 다가왔다.

"그리고 중위를 보면 내 친구가 떠올라요. 이제는 중위를 믿어도 된다는 걸 알고 있어요. 중위도 친구를 잃었지. 안 그렇소?"

'사이러스.'

와와의 머릿속에서 백만 개의 목소리가 그 이름을 말했다.

"맞아요."

그녀가 속삭이는 목소리로 대답했다.

벽에 시계가 걸려 있었다. 3시 2분이었다.

"이제 전화가 올 거요."

모트가 말했다.

"누가 전화를 한다는 거죠?"

"대령."

전화가 울렸다. 장교들 사이에서만 사용하는 보안 전화였다. 모트가 전화를 가리켰다. 와와는 벨이 세 번째 울릴 때 전화를 받았다.

"와와 중위입니다."

"중위. 허가 번호 4-1-6."

컬드삭이 말했다.

"허가 번호 9-4-9. 말씀하십시오. 대령님."

와와가 대답했다.

"퀘벡. 승인."

컬드삭이 말했다.

격리가 시작되었다.

"레드 스핑크스 대원들은 기지에 집합시킬까요?"

그녀가 물었다. 모트가 목 아래를 베는 시늉을 하며 전화를 끊으라고 했다.

"계획이 변경됐다. 모두 채석장에 모이라는 지시를 내렸지. 아처와 그 팀은 오고 있는 중이고, 레드 스핑크스의 나머지 대원들은 이미 나와 같이 있다네."

컬드삭이 말했다.

"채석장이요?"

와와는 자기 목소리에 담겨 있는 긴장감을 컬드삭이 알아차리지 못한다는 사실에 점점 화가 났다. 게다가 그는 지금 이곳에 없었다.

"우린 날개 개미를 타고 가게 될 거야."

"알았습니다."

"중위. 자네의 최우선 과제는 가능한 빨리 채석장으로 오는 거야. 전부 다 남겨 놓고 오게. 다른 건 아무것도 신경 쓰지 말고 곧장 오면 돼."

컬드삭이 말했다.

"알겠습니다, 대령님."

"행운을 비네. 중위."

와와는 얼굴을 찡그린 채, 컬드삭과의 통화가 끝나지 않은 척하며 시간을 끌 작정이었다. 하지만 저쪽에서 너무 큰 소리를 내며 전화를 끊었다.

"계획이 변경됐다."

모트가 빈정거리듯 그 말을 따라했다. 곧이어 기지 남쪽 어딘가에서 '쾅' 소리가 연달아 들렸다. 진동은 점점 커지더니 이내 벽까지 흔들리기 시작했다.

"우리도 서둘러야겠소."

모트가 말했다.

밖에서 사이렌이 울리기 시작했다. 사방에서 묵직한 발소리와 고함소리들이 울려 퍼졌다. 정규군은 자체적인 대피 계획을 가지고 있었다. 하지만 컬드삭은 이미 오래 전에 레드 스핑크스 대원들에게 그 대피 계획은 무시하라고 지시했다. 그는 만일 무슨 일이 생긴다면 레드 스핑크스가 제일 먼저 나가게 될 거라고 약속했다.

"전부 죽었을 거야."

모트가 말했다.

"누가 죽어요?"

"레드 스핑크스 대원들. 집합은 없을 거요. 콜로니는 이 구역을 전부 다 태워버릴 생각이오. 이제 이곳에서는 수천 년 동안 아무도 살지 못할 거요."

"컬드삭 대령님이 그럴 리가……."

"대령은 콜로니에 충성하고 있소. 그리고 그게 이유지. 그렇지 않으면 개미들이 왜 대령에게 이 일을 맡기겠소?"

모트가 말했다.

"난 대령님께 안 좋은 말을 하는 사람들은 다 죽였어요. 그래서 우리가 처음 만났을 때도 대위님을 죽일 뻔했죠."

와와가 말했다.

"기억해요."

"만일 우리가 여기서 죽게 된다면 일단 그 총부터 치우는 게 좋을 거예요. 안 그러면 내가 무슨 생각을 하고 있는지 알게 될 테니까."

"이 정도면 충분한 것 아니오? 누군가가 중위를 자기 무리에 넣어줬다고 해서, 지금 이렇게 배신해도 상관없다는 거요?"

모트는 그녀의 과거 중에서 또 다른 부분을 끄집어냈다. 폭발이 점점 가까워지고 있었다. 와와는 비명소리를 들었다. 어쩌면 그 소리는 그녀의 머릿속에서 들리는 것일지도 모른다. 관객들의 고함소리와 야만적인 인간들의 얼굴이 아직도 선명한 투견판의 기억으로부터 온 환청일지도. 어쩌면 모트가 와와의 머릿속에 그 기억을 심어 놓은 건지도 모른다.

와와는 컬드삭을 존경했지만 그를 위해 죽을 생각은 없었다. 격리가 시작된 지금, 대령은 이곳에 없었으며 전화로 목소리만을 들려주었다. 모트는 이 자리에 있었다. 그리고 그의 눈은 자신을 믿어달라고 애원하고 있었다.

와와는 결정을 내렸다. 그녀는 모트를 선택했다.

"어디로 가야 하죠?"

와와가 물었다.

밖에는 다른 종의 장교들이 질서정연하게 대피를 준비하며 군사들을 줄 세우고 있었다. 와와는 그들의 대피 계획을 알고 있었고, 이제는 결국 실패할 거라는 것도 알게 됐다. 그녀는 그들을 산산조각 낼 알파부대가 고속도로를 따라 몰려오는 모습을 떠올려 보았다. 그들 모두 개미들에게 목숨을 잃게 될 것이다.

도심 중심가인 남쪽에 있는 고층 건물들에서 짙은 연기가 솟구쳤고 그 위는 자욱하게 구름으로 뒤덮여 있었다. 와와는 눈을 가늘게 뜨고 그 구름이 진짜인지를 살폈다. 날개 달린 알파부대가 정찰을 하면서 인간들의 폭격기처럼 도심에 발사체를 떨어뜨리고 있었다.

"보지 말아요."

모트가 말했다.

그는 와와에게 가장 먼저 보나파르트를 감방에서 빼내야 한다고 말했다. 설사 보나파르트가 인간들 쪽으로 전향했다 하더라도 대피할 기회는 주는 게 옳았다. 중앙 구치소에 도착하자 경비를 서고 있던 개 군사 둘이 그들을 보고 도망치기 시작했다. 곱실거리는 털로 보아 푸들 잡종인 듯한 개 군사는 방호복이 반쯤 찢겨 있었다. 그런 상태에서 방호복이 벗겨지자 그는 파충류 껍질처럼 옷만 바닥에 남겨 놓은 채 그대로 떠나버렸다.

"이봐!"

와와가 외쳤다.

그들은 그녀의 말을 무시한 채 울타리를 넘어가려다 다른 군사들이 멈추라고 하자 겨우 말을 들었다. 다음에 벌어질 일을 와와가 보기 전에 모트는 그녀의 어깨를 끌어안고 건물 입구로 끌고 들어갔다. 그들이 안으로 들어가자 막사 안에서 총성이 몇 발 울려 퍼졌다.

와와는 모트를 따라 아래층으로 내려갔다. 바이러스를 막는 데 아무 소용도 없는 오염제거실을 통과한 뒤, 그들은 보나파르트가 감방 안에서 양

발굽을 무릎 위에 얌전히 올린 채 이불 위에 앉아 있는 것을 발견했다.

"해냈군요. 그 모든 일들이 사실이었어요."

보나파르트가 모트에게 말했다.

"열쇠가 어디 있는지 아나?"

"경비들이 변기 속에 집어넣고 물을 내려 버렸어요."

보나파르트가 맞은편에 열려 있는 감방을 가리키며 말했다.

"문을 열 방법을 따로 찾아 봐야겠소."

모트가 와와에게 말했지만 시간 낭비였다. 감방 문을 열 수 있는 방법이 없었다. 근처에 있는 소화기 옆에 화재용 도끼가 걸려 있었다. 와와가 숨을 헐떡거리며 그 도끼를 끌어내린 뒤, 보나파르트의 감방으로 가져왔다. 돼지는 그리 깊은 감명을 받은 것처럼 보이지 않았다. 그는 눈으로 이렇게 말하고 있었다. '총을 쏴요, 중위님.'

와와는 도끼로 창살을 내리쳤다. 복도에 '챙' 소리가 귀청이 떨어져나갈 만큼 큰 소리로 울려 퍼졌다. 그녀가 들고 있던 도끼 손잡이까지 진동이 느껴졌다. 와와는 도끼를 고쳐 잡고, 다시 한 번 휘둘렀다. 크림 색 페인트 조각만 벗겨졌다. 금속 창살은 그대로였다.

모트는 변기 아래쪽을 잡고 리놀륨 바닥에 나사가 굴러 떨어질 때까지 있는 힘껏 흔들었다. 물이 넘쳤다. 한 번 더 흔들자 변기가 바닥에서 분리되고 물이 콸콸 흘러내리는 배수관만 남았다. 다행히 악취는 나지 않았다. 여긴 한 번도 사용한 적이 없는 모양이었다.

"열쇠는 없어요, 대위님."

"입 다물어, 보나파르트. 자네가 여기 갇힌 건 내 탓이니까."

모트는 배수관에 손을 집어넣고 휘저어 보았지만 아무것도 잡히지 않았다.

"알아요. 하지만 괜찮아요. 예언에서 내 역할이 뭔지 알고 있으니까요."

보나파르트의 말에 숨을 몰아쉬며 도끼를 휘두르던 와와가 동작을 멈췄다.

"예언?"

"맞아요. 그 인간이 그렇게 말했어요. 중위님은 아직 그 단어를 쓸 준비가 되지 않았을 거예요. 그냥 계획이라고 하죠."

모트는 배수관 깊숙이 어깨까지 집어넣었다.

"브리그스를 말하는 건가?"

"브리그스 장로. 맞습니다. 그 사람이 내 눈을 뜨게 해 줬죠."

"대위님도 인간들과 대화를 했나요?"

와와가 모트에게 물었다.

"그 자들이 내게 말을 한 셈이지. 브리그스가 최초 감염자였소. 중위."

모트가 대답했다.

"대위님은 언제부터 이걸 질병으로 여기지 않게 된 겁니까? 브리그스 장로가 진실을 알려준 모양이군요."

보나파르트가 말했다.

"브리그스는 아무것도 몰라."

"대위님께 전할 말은 알고 있었죠. 아닙니까?"

모트는 대답하지 않았다.

"시바를 봤나요? 그 기계를 썼을 때?"

보나파르트가 물었다. 모트는 하던 일을 멈추고 잠시 생각에 잠겼다.

"그런 용도로 통역기가 필요한 건 아니야."

와와가 다시 한 번 도끼를 휘둘렀다. 보나파르트는 발굽을 들어 올리며 그만하라고 외쳤다. 변기 밑에서 새어나온 물이 와와의 발을 지나 보나파르트의 감방으로 흘러들어갔다.

"그만들 가 보세요. 어서요."

보나파르트가 말했다. 모트는 손바닥으로 바닥을 내리쳤다. 열쇠는 없었다. 그는 자리에서 일어났다.

"걱정하지 마세요. 괜찮으니까."

"널 놔두고 그냥 가진 않을 거야."

와와가 말했다.

"중위님은 두려워하지 말고 내가 갈 길을 선택했으면 좋겠다고 했죠. 지금 그렇게 했어요. 당장은 이해하지 못할 거예요. 바랄 수도 없고요. 하지만 중위님이 모트 대위님과 함께 간다면 알게 될 겁니다. 이런 일이 일어난 이유를 전부 다 알 수 있을 거예요."

밖에서 큰 폭발이 일어났는지 건물이 흔들렸다. 조명도 깜박거리기 시작했다.

"그만 나가는 게 좋겠어요."

보나파르트가 말했다.

와와는 계속 보나파르트를 바라보고 있었지만 모트가 자신을 응시하고 있다는 것을 느낄 수 있었다.

"미안해."

"모트 대위님을 지켜 주세요. 대위님이 친구를 찾게 도와주세요. 모든 것이 거기에 달렸으니까."

보나파르트가 말했다.

"그만 가야 해요. 와와."

모트가 말했다. 그는 보나파르트에게 작별인사로 고개를 끄덕였다.

이제 그녀는 물이 쏟아지는 배수관을 뒤로 하고 복도 쪽으로 뛰었다. 여전히 도끼를 손에 든 채였다. 도끼날은 이가 빠지고 망가져 있었다. 문 앞에 이르자 고함소리와 총성이 점점 더 크게 들렸다.

그들은 건물을 빠져나갔다. 모트는 팔을 들어 와와를 멈춰 세웠다. 그들 위로 커다란 그림자가 드리워졌다. 모트와 와와는 벽 쪽에 바짝 붙었다. 날개 달린 알파부대가 이제 막 기지에 도착한 참이었다. 공포에 질린 군사들이 하늘을 향해 마구 총을 쏘기 시작했다. 화약 냄새와 플라스틱 타는 냄새가 진동을 했다. 몇 미터 떨어진 곳에서 날아다니던 알파개미가 땅에 있던 쥐를 낚아채 가는 한 마리 매처럼 고양이를 잡아 올렸다. 그 알파개미는 고양이가 비명도 지르기 전에 목을 깨물어 죽였다.

이번에는 와와의 왼쪽에서 좀 더 많은 비명소리들이 들렸다. 그녀 쪽으로 달려온 개는 털이 까맣게 탄 데다 연기까지 나고 있었다. 개는 고통스럽게 울부짖으며 차가운 진흙으로 열을 식히려는 듯 몸을 바닥에 던졌다. 또 다른 알파개미가 그 개를 주시하며 몇 미터 상공 위에서 맴돌았다. 모트가 와와의 팔을 잡고 억지로 밀었다. 그녀는 어깨너머로 돌아보다가 그 알파개미가 복부 아래쪽에서 어떤 액체를 발사하는 것을 보았다. 개는 날카로운 비명을 질렀고 바로 숨이 막히기 시작했다. 개의 살이 녹아내리며 몸 안쪽에서 산성 증기가 올라왔다.

와와는 계속 달렸다. 모트는 여전히 짤막한 손가락으로 그녀의 어깨를 꽉 붙잡고 있었다.

"놔줘요!"

와와가 모트로부터 떨어지면서 말했다.

"좋아요! 계속 뛰어요!"

그녀는 걸음을 멈추고 아까 그 개가 있던 쪽을 돌아보았다. 모트는 와와를 말리려고 했다.

"중위가 저 개를 위해 할 수 있는 일은 아무것도 없어요."

"저 개 때문이 아니에요. 한마리라도 죽이고 싶어요."

"안 돼요! 우린 지금……."

그녀가 양손으로 도끼를 들더니 모트를 밀쳤다.

"한 마리만이라고 했잖아요!"

와와는 근처에서 목표물을 찾기 시작했고 이내 알파개미 하나를 발견했다. 개미는 근처에 있는 지프 위에 올라타 그 천막 지붕 위에 산성 액을 뿌리는 중이었다. 산성 액은 지독한 냄새를 풍기며 천막 지붕에 구멍을 뚫었다. 지프에 타고 있던 고양이가 뚫린 천막 구멍으로 총을 쐈다. 그 총알에 개미의 날개가 찢어졌지만 그럼에도 개미는 여전히 날 수 있었다. 개미는 지프의 덮개에 딱 달라붙었다.

와와는 그쪽으로 달려갔다. 그녀는 개미가 더듬이로 알아차리기 전에 지프 뒤쪽으로 접근했다. 개미는 범퍼에 달라붙어 있었다. 와와는 개미의 목을 노리고 도끼를 휘둘렀다. 도끼가 개미의 외골격에 깊이 박혔지만, 약점인 뇌간에는 빗맞았다. 공격을 당한 알파개미는 입을 벌렸다가 딱 다물었다. 와와가 도끼 손잡이를 시계 방향으로 비틀자 목이 우지끈 부러지는 소리가 났다.

와와는 인간들을 상대로 한 전쟁을 함께 치르면서 그 괴물들에게는 작은 개미들이 달라붙어 있다는 것을 알게 되었다. 와와는 그 곤충의 겹눈을 노려보았다. 그녀를 마주 보는 눈동자에 흉터가 난 와와의 얼굴이 축소되거나 확대되어 비춰졌다.

죽어가던 알파개미가 힘겹게 복부를 들어 올리더니 와와를 겨냥해 산성 액을 분사했다. 하마터면 다리에 맞을 뻔했다. 하지만 그녀는 발을 움직일 수가 없었다. 개미를 옴짝달싹 하지 못하게 하기 위해 꽉 누르고 있었기 때문이다. 와와는 예전에도 절단된 개미 머리에 인간의 다리가 잘려나가는 것을 본 적이 있었다.

"도와줘요."

와와가 지프 운전석에서 벌벌 떨고 있는 겁에 질린 고양이를 보며 말했다. 그러나 고양이는 갑자기 도망치기 시작했다. 이제 막 어린 티를 벗은 그 고양이는 아마 먹을 걸 얻으려고 군대에 들어왔을 것이다. 하지만 채 6미터도 도망치기 전에 다른 알파개미가 위에서 고양이를 덮쳤다. 그 개미는 척추가 부러진 고양이를 물고 가 버렸다.

와와의 공격에 죽어가던 개미가 또 다시 복부에서 산성 액을 분사했다. 이번에는 지프 문에 명중됐다. 금속이 지글지글 소리를 내며 녹아내렸다.

와와는 차가 흔들리는 것을 느꼈다. 모트가 지프 위에 올라탄 것이다. 그는 와와와 함께 도끼 자루를 잡고 알파개미의 복부를 밟았다. 지렛대의 원리가 더해진 상태에서 와와와 모트가 도끼 자루를 잡아당기자 개미의 머리가 잘려 나갔다. 남은 몸은 꿈틀대다가 그대로 쓰러졌다.

와와는 지프의 천막을 찢어내고 운전석에 올라탔다. 도끼는 뒷자리에 던졌다. 모트가 옆자리에 올라타자 그녀는 힘껏 가속 페달을 밟았다. 알파개미의 시신을 넘어가면서 지프가 옆으로 휘청거렸다.

와와는 전속력으로 입구를 향해 달렸다. 바로 옆에 있는 감시탑을 지키고 있던 개를 알파개미가 공격했다. 총의 탄알이 떨어지자 그 개가 할 수 있는 건 개미를 향해 라이플을 휘두르는 것뿐이었다. 개미가 감시탑에 산성 액을 발사할 준비를 하자 개는 난간을 뛰어 넘어 6미터 밑으로 뛰어내렸다. 그럴 거라 예상한 개미가 그대로 개를 덮쳤다. 개는 더 이상 움직이지 않았다.

모트가 도끼를 집어 들더니 몸을 밖으로 내밀었다.

"계속 달려요."

지프가 속도를 올리자, 모트가 도끼를 휘둘렀다. 그 알파개미의 목에 도끼날이 파고들었다. 개미가 머리를 뒤로 젖힌 채 지프 덮개 위로 올라왔다. 개미는 차 앞 유리에 기대 누운 채 입을 여닫고 있었다. 와와는 정신없이 와이퍼를 작동시켰다가 다시 껐다. 모트는 창문 위로 몸을 숙이더니 도끼 날로 개미의 목을 잘라냈다.

그들은 기지 쪽을 돌아보지 않고 그대로 입구를 통과했다. 와와가 뒤를 살피기 위해 백미러를 맞추자 모트가 손으로 가렸다.

"보지 말아요. 계속 달려요."

제15장

뛰어라

통역기의 효과가 점차 사라지기 시작했다. 모트는 머릿속에 들어있던 지식이 양손에 뜬 물처럼 조금씩 빠져나가는 것을 느꼈다. 그는 요짐보가 기술했던 것처럼 '공기가 빠져나가는' 단계에 이르렀다. 자기가 알고 있던 것들이 사라지는 것이 한편으로는 아쉽기도 했다. 이 세상의 거의 모든 것을 알고 난 뒤에 다시 아무것도 아닌 평범한 존재로 되돌아가는 건 힘든 일이었다.

서쪽 어딘가의 버려진 농지에서 그들이 탄 지프의 연료가 떨어졌을 때, 모트는 여왕이 알파개미들을 번식시키는 과정에서 했던 실험들과 실패들을 조금이라도 떠올려 보려고 애를 쓰고 있었다.

모트가 안전하다고 생각하는 산은 아직 멀리 있었다. 적어도 그곳에서는 개미들이 지상에서처럼 튀어나오지 못할 것이다. 죽은 곡식들이 양쪽으로 흐트러져 있는 들판과 도로 사이에 경계선을 나타내는 울타리가 세워져 있었다. 이쪽 방향으로 도망친 인간들도 그리 오래 버티지 못했을 것이다. 살아남은 인간들도 이제는 어딘가에 다 숨었으리라.

지프를 포기한 뒤 모트와 와와는 인간들이 만든 계단으로 걸어갔다. 둘의 그림자가 점점 더 길어졌다. 모트가 브리그스와 만났고, 베수비오에서 메시지를 받았으며, 인간들이 그를 구세주로 생각하고 있고, 시바가 섬 어딘가에서 살아있을지도 모른다는 사실을 들은 뒤로 와와는 긴장 증세에 시달리는 것 같았다. 그녀는 하루 사이에 너무 많은 것을 알게 되었다.

그들은 휴식이 절실한 상황이었다. 모트는 '공기가 빠져나가는' 상태라 속이 메스꺼웠다. 지금 그의 머릿속에는 대답 없는 질문들만 남아 있었고 그 질문들도 점차 사라지고 있었다. 와와/제나는 주인을 죽였을까, 아니면 그냥 도망만 친 것일까⋯⋯? 아처의 원래 이름에 삑삑삑이 세 번 연이어 들어갔던가⋯⋯(eee-eee-eee)? 여왕은 오스트레일리아에 다시 가서 무엇을 했을까?

길 앞에 엄청난 교통 혼잡 상황이 펼쳐져 있었다. 또 다른 전쟁의 유물로, 아직 관리국에서 치우지 못했던 모양이다. 자동차들이 지평선 끝까지 길게 늘어선 상태였다. 모트와 와와는 점점 좁아지는 자동차들과 방현재들 사이를 뚫고 금속의 무덤을 지나가고 있었다.

모트는 이 교통 체증이 앞과 뒤, 양쪽에서 공격을 받았기 때문에 일어났을 거라고 생각했다. 공포에 질린 운전자들 몇 명이 풀이 우거진 갓길 쪽으로 차를 뺀 뒤 텅 빈 맞은편 차선으로 돌아가려다 병목 현상을 일으켰을 것이다. 차들이 너무 바짝 붙어 있어서 많은 인간들이 차에서 내리지 못했을 것이다.

그래서 그들은 자동차 앞 유리를 깨고 빠져 나왔다. 도처에 유리조각이 떨어져 있었고 수많은 차들이 발에 밟혀 찌그러져 있었다. 몇몇 자동차의 앞 유리가 완전히 박살 난 것을 보면 차에서 빠져나오지 못했거나, 빠져나갈 수 없었던 인간들이 알파부대의 공격을 받은 것으로 보였다.

와와는 주둥이를 내민 채 밴과 지붕이 찢어진 컨버터블 사이에 담요가 있는 쪽으로 향했다. 그 담요 밑에는 엎드려 있는 늙은 여자의 시신이 놓여 있었다. 다 썩어 해골만 남은 상태였는데도 백발은 여전히 구불구불했다. 이 여자는 대피하던 도중에 죽었고, 감성적인 가족들은 나중에라도 어딘가에 묻어 줄 수 있을 거라고 생각했을 것이다. 그리고 실제로도 그렇게 되었다. 약탈자들은 EMSAH 보균자인 인간들을 쫓아가느라 바빠서 그 여자의 시신은 그대로 뒤에 남겨두었을 것이다.

이제 이 여자가 질병을 퍼트릴 수 있는 방법은 안구를 통하는 방법밖에 없었다. 그 여자가 알았고 배웠고 사랑했던 모든 것들은, 심장박동이 멈추고 뇌가 바짝 마르고 그 안에 든 모든 내용물들이 아스팔트 위에 쏟아졌을 때 죽었다.

앞에는 전복된 차량들도 있었다. 개미들이 덫을 놓았다. 도망친 인간들의 앞에는 고속도로 위로 불쑥 솟아오른 개미탑이 버티고 있었다. 모트는 작은 개미 떼가 받쳐 주는 가운데, 위로 올라오는 알파개미들의 모습을 떠올려보았다. 흉측한 분수에서 솟아오르는 곤충들을.

모트는 다른 생각을 하려고 노력했다. 그들의 생존은 순조롭게 시작된 것 같았다. 이상하게 들릴지도 모르겠지만 속이 텅 빈 신전 근처에서 밤을 보내는 것도 좋을 것 같았다. 모트는 오래된 개미탑 근처에 가도 자기처럼 겁을 내지 않는 자들은 세상에 몇 없을 거라고 생각했다. 그 근처에 숨어 있으면 어느 정도 시간을 벌 수 있을 것이다.

와와에게 그 생각을 말하려고 할 때 모트의 눈에 뭔가가 들어왔다. 도로를 뚫고 솟아난 개미탑 아래쪽에 뒷 창문이 깨진 은색 SUV차량이 옆으로 쓰러져 있었다. 옆으로 쓰러진 그때 유아용 안전시트가 차에서 떨어진 것 같았고, 차에 타고 있던 사람들도 그대로 떠난 모양이었다. SUV의 에어백이 나와 있었지만 근처에는 피 한 방울 떨어져 있지 않았다. 모트가 대니얼을 죽였던 날 재닛이 타고 떠났던 차와 똑같았다.

와와가 다가와 그에게 괜찮은지 물었다. 모트는 괜찮다고 대답했다. 와와는 거기 버려져 있는 차들 중 하나를 타고 산으로 가자고 제안했다. 모트는 그 생각에 반대했다. 버려진 도로에 차 소리가 크게 울리면 개미들의 주의를 끌 위험이 있었다. 목적지까지 조금 늦게 가더라도 여기서 쉬어가는 게 최선이었다.

진흙더미 위에서 자고 싶진 않았다. 또 언제 도망쳐야 하는 일이 생길지 모르는 상태에서 아무 차 안에나 들어가고 싶지도 않았다. 그래서 그들은 화물 트럭에 올라가 쉬기로 했다. 트럭 주인이 남긴 흔적으로는 금이 간 앞 유리에 남아 있는 핏자국과 반쯤 남은 물병이 있었다. 만일 알파부대가 나타난다고 해도 그들은 바로 도망칠 수 있을 것이다. 와와가 의구심을 표하자, 모트는 자기가 이런 트럭에서 태어났다는 것을 상기시켰다. 자기가 태어난 곳에서 죽기까지 할 정도로 완벽하진 않을 거라면서.

태양이 산 뒤로 넘어가자 온도가 떨어지기 시작했다. 그날 있었던 모든 사건들로 인한 흥분도 가라앉았다. 몇 시간 만에 처음으로 모트는 허기를 느꼈다. 와와가 괜찮다고 했기 때문에 모트는 아침이 되기 전까지 그 이야기는 다시 꺼내지 않기로 마음먹었다. 이제 그들이 할 수 있는 일은 망원경을 설치하고 베수비오가 보내는 메시지를 기다리는 일뿐이었다.

모트는 와와에게 먼저 자라고 말했다. 그녀가 사양하자, 모트는 자신이 통역기를 사용했을 때의 이상한 경험 때문에 잠을 잘 수가 없다고 설명했다.

"해가 뜨기 전에 많은 것들을 잊게 될 거요."

모트가 말했다.

와와는 그 말에 납득하고, 트럭 한쪽에 몸을 웅크리고 누워 눈을 감았다. 그동안 모트는 가방에서 망원경과 삼각대를 꺼냈다. 그는 해가 져서 아무것도 보이지 않을 때까지 망원경으로 주위를 살폈다. 그 뒤로도 와와가 이따금 뒤척이는 것 외에는 다른 기척은 전혀 느껴지지 않았다.

모트도 점차 피로가 몰려와 트럭 운전석에 몸을 기댔다. 그도 다른 고양이들처럼 눈꺼풀을 깜박거리며 자다 깨다 하는 반수면 상태를 유지할 수 있었다. 모트는 와와의 슬픈 신음소리에 잠이 깼지만, 이내 눈이 감겼다.

눈을 떴을 때 모트는 자신이 진짜로 깨어난 게 아니라는 것을 알아차렸다. 모트는 꿈을 꾸고 있었다. 아니, 더 정확하게 말하면 여전히 '공기가 빠지고 있는' 중이었다.

모트는 들판에 책상다리를 하고 앉아 있었다. 아이들이 그린 수채화처럼 하늘은 파랗고 그가 앉아 있는 들판은 눈부신 초록색이었다. 모트의 앞에는 여왕, 하이메눕테라 우누스가 거만하게 앉아 있었다. 그야말로 장관이었다. 여왕의 배는 버스 크기만큼 부푼 상태였고 흉곽과 머리는 무시무시한 장식이 달린 덮개처럼 튀어나와 있었다. 입을 움직이지 않고도 목소리가 퍼져 나왔다. 모트가 기억하는 유일한 여자 목소리인 재닛의 목소리였다.

"어째서 이런 일을 하는 것인가?"

여왕이 물었다.

단순한 꿈이 아니었다. 통역기를 사용한 반향이었다. 요짐보는 이것을 뇌에 억지로 들어온 지식이 재해석된 '잔여물'이라고 불렀다. 환영을 보여준 뒤에 서서히 사라지는 것이다. 모트와 여왕은 어떤 식으로든 결합되어 있었다. 그는 지식의 나무가 토해낸 콜로니의 아이였으며 그들의 일원이었다.

"내가 원했고, 선택한 일이다. 친구를 위해 당연히 해야 할 일이니까."

"그게 전부란 말이냐?"

화가가 색을 잘못 섞은 것처럼 하늘이 잿빛으로 변했다. 들판은 이제 모든 종, 인간, 동물, 곤충의 시신들로 뒤덮여 있었다. 격리된 마을의 회관 바닥처럼 들판에는 조금의 빈틈도 보이지 않았다. 시신들은 여왕의 배 높이까지 가지런히 쌓여 있었다. 그녀는 죽은 자들의 바다에 떠 있는 배처럼 시신들 속에 잠겼다. 모트의 발은 목이 베이고, 팔다리가 부러지고, 초점 없는 눈을 한 시신들에 잠겨 있었다.

"좋아. 난 상관없어. 날 막고 싶으면 죽이면 돼. 하지만 그 전에 내가 먼저 당신을 죽일 거야."

모트가 말했다.

그는 자신이 반항하자 여왕이 슬퍼한다는 것을 알 수 있었다. 모트는 훈련된 전사처럼 힘이 세졌기를 기대했다. 하지만 그 대신 여왕이 자신만큼이나 그 전쟁에 지쳤고 겁에 질렸으며 혼자라는 사실을 알았다. 아니, 기억한다고 표현해야 하나?

여왕이 고개를 숙였다. 주위 풍광이 점점 어두워지더니, 흐릿하게 사라졌다. 그러자 평온한 공허감이 그를 뒤덮었다. 모트는 그 안에서 하늘을 나는 것처럼 양팔을 벌리고, 꼬리를 자유롭게 흔들었다.

그 가벼운 느낌은 털에 뭔가가 스치기 전까지 계속 되었다. 온 신경계에 전기가 통한 것 같은 감각이었다. 심장이 불안하게 두근거리고, 꼬리가 트럭 운전대에 부딪쳤다. 눈을 떴을 때 그는 와와가 옆에 누워 자신의 허리를 끌어안고 있는 것을 발견했다. 모트는 그녀가 냄새를 맡고 있는 거라고 생각했지만 그녀는 울고 있었다.

모트가 일어났다.

"중위?"

"죄송해요. 내가…… 꿈을 꿨나 봐요."

와와가 눈물을 닦으며 말했다.

그녀는 거짓말을 하고 있었다. 모트는 망원경을 집어 덮개 위에 세웠다. 그는 해야 할 일이 있다는 것을 보여주려는 듯 와와에게 꼬리를 보였다.

"대위님은 지치지도 않아요?"

모트는 하던 일을 잠시 멈췄다.

"무슨 문제라도 있는 거요?"

"잊어버려요. 난 대위님이 이해해 줄 거라고 생각했어요."

그녀가 말했다.

"뭘 이해한단 말이오?"

"우리 종족은 무리 지어 다녀요. 서로를 따뜻하게 해 주기 위해서요. 그게 전부에요. 난 그저 대위님도 그런 걸 원할 거라고……."

와와가 말끝을 흐렸다.

"뭘 어떻게 해야 할지 모르겠군요."

모트가 말했다.

"하지만 대위님과 친구 분도—"

"그만합시다. 그만 쉬어요."

와와가 아무 말도 하지 않자, 모트는 이미 설치가 끝났음에도 다시 돌아서서 망원경을 만지작거리기 시작했다.

순간 와와가 트럭 안을 힘껏 걷어차는 바람에 모트는 깜짝 놀랐다. 너무 소리가 커서 다른 자동차들까지 흔들거렸을 정도였다.

"지금 우릴 죽일 셈인 거요?"

"컬드삭 대령님의 말이 맞았어요. 대위님은 유령한테 기도나 하고 있는 처량한 은둔자예요. 자기 입으로 EMSAH에 면역력이 있다고 했지만, 그보다 더 심각한 상태란 말이에요."

와와가 말했다.

"난 고자요. 어쩔 수가 없단 말이오."

모트가 말했다.

"짝짓기를 하자는 게 아니었어요. 난 우리 안에서 자랐어요. 우리 무리들은 모두 그랬죠. 주인은 우리들이 서로 만지지도 못하게 했어요. 난 그저 필요했던 것뿐이에요……. 그리고 대위님도 필요할 거라고 생각했고……."

와와는 고개를 젓더니 가능한 한 모트에게서 멀리 떨어진 구석 자리에 누웠다.

"우린 더 이상 무리가 될 수 없어요. 컬드삭 대령은 우릴 배신했죠. 이제 여기서 혼자 죽게 될 거예요."

와와는 울고 있었다. 숨기려고 했지만 소용이 없었다. 좀 진정이 되자 와와가 말했다.

"나한테 대령님은 친구나 마찬가지였어요. 한심하죠?"

"아니요."

모트가 말했다.

"지금도 그래요."

모트는 엄지손가락으로 유다 성인 메달의 매끈한 표면을 문질렀다. 그러자 한결 기분이 나아졌고, 마침내 말을 할 준비가 되었다.

"내가 어떻게 모트라는 이름을 골랐는지 들어볼래요?"

와와는 깨어 있으면서도 대답하지 않았다.

"중위? 이야기해 줄까요?"

모트가 물었다. 와와가 일어나 앉았다.

"듣고 싶어요."

"내가 읽었던 책에서 따온 거요. 『Le Morte d'Arthur』, '아서 왕의 죽음'이라는 책이죠. 난 이름을 아서로 바꾸려고 했어요. 하지만 그 이름은 이미 있을 것 같다는 생각이 들었지. 난 모트(Morte)라는 단어를 좋아했어요. 그래서 폐허가 된 도시에 숨어 지내면서 내 이름을 모트로 지은 거요."

"그럼 그 이름의 뜻이 죽음인 건가요?"

와와가 물었다.

"죽음이 아니오. 실제로 아니었지. 난 굶주려 있었고, 친구를 찾고 싶은 마음이 간절했어요. 그러던 참에 레드 스핑크스에 붙잡히면서 두 가지를 알게 된 거요. 먼저 나는 더 이상 죽음이라고 불리고 싶지 않았소. 이 광기의 시대가 끝나면 평범하게 살고 싶었으니까."

모트가 말하며 잡고 있던 메달을 손에서 놓았다. 메달이 가슴에 부딪혔다.

"상상해 봐요. 정말로 그때 난 이 모든 일들이 끝날 거라고 생각했다니까."

와와는 웃음을 터트렸다. 그리고 공기를 마시며 상상의 나래를 펼쳤다.

"두 번째로 알게 된 건 내 이름의 철자를 잊고 있었다는 거였소."

"농담하지 말아요."

"아니. e가 들어가는지 안 들어가는지 잊어버렸어요. 그래서 컬드삭이 물었을 때 괄호를 집어넣고 말했던 거요."

"그럼 대위님의 그 별난 이름은 철자를 헷갈리는 바람에 나오게 된 거군요."

"아니. 그 이름이 딱 맞았어요. 난 두 가지 의미를 반반씩 담고 싶었소. 친구를 다시 만나 평범하게 살 수도 있지만 죽을 수도 있었으니까. 그 생각을 피하려고 안간힘을 쓰고 있지만, 버릇처럼 생각하기도 해요."

모트가 말했다. 와와는 소리 내어 웃었다.

"고마워요. 모트 대위님."

"이제 눈을 좀 붙일 수 있겠소? 아니면 잠이 잘 오게 이야기 하나 더 할까요?"

"그냥 잘게요."

와와가 옆으로 몸을 굴리며 말했다. 멈추기 전에 꼬리가 살짝 흔들렸다. 그녀가 잠시 뒤에 말했다.

"내 걱정은 하지 마세요. 이런 일은 다신 없을 거예요."

모트는 그녀의 목소리에서 또 다른 믿음이 천천히 무너지고 있다는 것을 느낄 수 있었다.

"괜찮아요. 다 이해하니까."

모트는 자리에 앉아 별이 뜨기를 기다렸다.

베수비오에서 온 메시지는 단순하고 명확했다. 특정 위치를 가리키는 좌표와, 아주 간단하고 납득이 가는 문장이었다.

'뛰어라.'

모트는 그 좌표를 지도에서 찾았다. 버려진 도시 외곽의 공터를 가리키고 있었다. 완벽한 직사각형인 것으로 보아 미식축구 경기장이었던 모양이다. 모트는 지시 사항을 충분히 이해할 수 있었다. 설령 작동이 되는 차를 찾게 되더라도 차를 타고 가는 건 있을 수 없는 일이었다. 차를 타고 그 길을 달린다면 진흙더미로 지면이 고르지 않아 흔들림이 심할 테고, 여왕이 그 소리를 듣게 될 것이다. 그들은 주의를 끌지 않게 조용히 걸어가야 했다. 그리고 그곳에는 상공에서 정찰하는 새들도 보이지 않았다. 시간을 계산해 보니 지금 바로 출발해야 동틀 녘까지 그 공터에 도착할 수 있었다.

와와는 남아있는 물병을 챙기고 못 쓰는 벨트를 이용해 도끼 끈을 만들어 어깨에 걸쳤다. 잠시 뒤, 그들은 구덩이들을 뛰어넘으면서 죽음의 들판을 가로 질렀다.

모트와 와와는 또 다른 고속도로를 지나치게 되었다. 이곳은 아까보다 훨씬 더 기이한 광경이 펼쳐져 있었다. 교통 체증 때문이라면 차들이 일렬로 늘어섰을 텐데 마치 인공적으로 만들어진 산이나 피라미드처럼 무작위로 쌓여 있었다. 희미한 달빛이 차 유리창에 부딪혀 빛났고, 차에 칠한 페인트에 반사되었다.

그들은 계속 달려 나무들을 지나치고 얕은 시냇가를 뛰어넘었다. 이윽고 하늘의 색이 변하기 시작했다. 이제 그들은 빨갛게 빛나는 보라색 덮개 같은 하늘 밑을 달리고 있었다. 마침내 동쪽에서 해가 떠올랐다. 예정보다는 늦었지만, 이제 도심이 보이기 시작했다.

그곳은 거의 훼손되지 않은 것 같았다. 중심가로 들어서자 눈앞에 버려진 상점들과 교회 첨탑들이 보였다. 비록 건물들이 시야를 가로막아 보이지는 않았지만, 지도에 따르면 그 공터는 반대편에 있었다.

모트는 냄새와, 땅이 흔들리는 느낌을 감지했다. 청력이 좋은 와와도 그 사실을 알아차렸다. 그녀도 곧 냄새를 맡고서 위험을 감지했다. 그들은 그 자리에 멈춰 섰다. 발밑에서 뭔가가 움직이고 있었다.

와와가 무슨 말을 하려고 했지만 모트는 손을 들어 그녀의 말을 막았다. 그리고 물병을 던졌다. 물병은 흙더미를 지나 경사로까지 굴러갔고, 6미터도 떨어지지 않은 곳에서 갑자기 땅이 갈라져 그 틈에서 머리에 투구를 쓴 알파개미가 올라왔다. 그리고 작은 개미떼들과 함께 알파개미 세 마리가 더 나왔다.

모트와 와와는 경사로 쪽으로 달려가 장벽을 뛰어넘었다. 그들의 뒤에서 땅이 갈라졌다. 대기에 신선한 흙냄새가 짙게 퍼졌고 경쾌한 발소리와 함께 입맛을 다시는 소리가 들렸다.

둘은 도심 쪽으로 들어가야 했다. 흙바닥보다는 시멘트 바닥으로 된 곳이 안전하기 때문이다. 하지만 건물 내부의 바닥도 어떤지 알 수 없었다. 만일 인간들이 공터에서 기다리고 있었다면 그들은 이미 다 죽었을지도 몰랐다.

알파개미들이 바닥을 뚫고 나오자 도로 양 옆에 늘어서 있던 차들이 전부 뒤집어졌다. 모트와 와와가 있는 쪽으로 선홍색 컨버터블 한 대가 굴러왔다. 와와는 차 위로 뛰어올랐고 모트는 차를 피해 돌아갔다. 알파개미들이 장벽을 무너뜨렸다. 개미들이 지하터널에서 올라옴과 동시에 진흙더미들이 튀어 올랐다.

그들은 버려진 군용 방어벽 쪽으로 다가갔다. 가시철조망과 모래주머니가 쌓여 있는 옆에 불에 탄 군용 트럭이 서 있었다. 그 방어벽을 뛰어넘자마자 모트는 개미떼가 몰려오는 소리를 들었다.

모트와 와와가 처음으로 지나치게 된 건물은 우체국이었다. 정문에는 '곤충한테 물리면 여기서 치료하세요.'라는 문구와 함께 개미 그림이 붙어 있었다. 모트의 오른편 교차로는 이미 알파부대가 차지했다. 그들은 모두 가만히 제자리에 서 있었다. 왼쪽 역시 같은 상황이었다. 알파부대가 일사불란하게 움직이기 시작했다. 개미들의 투구와 발톱들이 파도처럼 일렁거리는 것 같았다. 와와가 비명을 질렀다.

상점의 전면 유리가 산산조각 났다. 알파개미들이 거리로 쏟아져 나왔다. 2층 창문과 지붕에서 모습을 보이기 시작한 다른 개미들도 더듬이로 도망자들을 찾아 지상으로 내려왔다. 수십 마리의 알파부대가 모트와 와와의 탈출로를 가로막았다.

그들은 개미들의 둥지에 제 발로 기어들어간 셈이었다.

모트는 권총을 뽑아들었고 와와는 어깨에 메고 있던 끈을 풀어 도끼를 손에 쥐었다.

모트가 눈앞에 있는 알파개미에게 총을 쐈지만 개미는 총성을 듣고도 어깨만 으쓱하면서 계속 다가왔다. 모트는 개미의 몸과 뇌를 끊어놓기 위해 총알이 다 떨어질 때까지 목 아래쪽을 쐈다. 턱이 부서진 알파개미는 비틀거리면서 앞으로 다가오다가 그대로 바닥에 쓰러졌다.

모트는 쓰러진 개미를 뛰어넘어 뒤에 있는 개미의 턱을 잡았다. 관절 부위를 딛고 서 있는 힘껏 관절을 끊어 버렸다. 그런 다음 주먹을 휘둘렀다. 또 다른 알파개미가 가까이 다가왔고 모트는 계속 주먹을 휘둘러 그 개미의 겹눈을 함몰시켰다. 연이어 와와가 도끼로 개미의 더듬이를 쳐냈다. 개미가 엎드리자 와와는 다시 도끼를 휘둘러 목을 잘랐다. 쓰러진 개미의 껍질이 조각조각 흩어졌다.

알파개미 두 마리가 그들을 공격했다. 모트는 쭈그리고 앉아 죽은 개미의 배를 들어올려 두 마리에게 조준한 후, 배를 눌러 산성 액을 분사했다. 알파개미들은 녹아내리는 눈을 손톱으로 파내기 시작했다. 혼돈과 고통 속에 개미들은 서로 부딪쳤고 그대로 쓰러졌다. 다른 알파개미들은 몸부림치고 있는 개미들을 넘어 계속해서 앞으로 나아갔다. 모트는 부러진 손톱으로 그들을 베면서 전진 속도를 늦추었다. 그는 뒤에서 또 다른 알파개미들이 다가오고 있다는 것을 느꼈다.

갑자기 개미들이 더듬이를 위로 세운 채 자리에 멈춰 섰다.

태양을 가린 거대한 그림자가 거리 전체에 드리워졌다. 커다란 은색 고래가 상공을 헤엄치며 도시 전체를 삼킬 준비를 하고 있었다. 베수비오였다. 사령부인 곤돌라의 밑에는 거대한 검은색 십자가와 초승달, 육각형 별 모양이 그려져 있었다. 선체에 붙은 창구에서 여러 대의 대포가 발사되었다. 폭격과 함께 거리가 폭파되면서 그 자리에 있던 알파개미들의 머리, 팔다리, 더듬이가 산산이 흩어졌다. 알파개미들 중 몇 마리는 몸이 반으로 잘려나갔다. 그들은 파열된 복부에서 장기들을 쏟아내며 안전한 곳으로 기어가려고 애를 썼다.

비행선은 고음의 경적소리와 함께 건물에 폭탄을 떨어뜨리기 시작했다. 상점가가 불구덩이 속에 휩싸이면서 그 충격파에 모트도 바닥에 쓰러졌다. 폭발 잔해들이 비처럼 쏟아지는 가운데 모트는 와와가 자기 팔을 잡고 일으켜 주는 것을 느꼈다. 그는 입에 들어간 먼지를 뱉었다.

그들은 계속 움직였다. 절단된 손이 발목을 붙잡자 와와는 그 손을 걷어 찼다. 개미들은 폭격에 몸이 분리된 상태에서도 계속해서 쫓아왔다. 그들은 머리에 피를 뒤집어쓴 채로 죽은 동료의 시신을 지나쳤다.

모트는 비행선의 십자가를 놓치지 않으려고 애쓰며 뛰고 있었다. 베수비오는 공터 쪽으로 향하는 중이었다. 폭격을 중단하자, 비행선에서 밧줄이 내려왔다. 그 끝에 검은색 낙하복을 입고 벨트를 찬 남자가 매달려 있었다. 그는 학교 주차장에 뛰어내렸다. 옅게 색이 들어간 커다란 고글 때문에 곤충과 비슷해 보였다. 남자의 뒤에서 교문이 무너지더니, 또 다른 알파부대가 나타났다. 학교 건물을 파괴하고 나온 것이다. 베수비오가 그들을 향해 대포를 조준했지만 다리 여섯 개 달린 괴물들은 폭포처럼 끝없이 쏟아져 나왔다.

모트와 와와가 그 남자가 있는 곳에 도착했을 때는 콜로니 전체의 개미들이 다 쏟아져 나온 것처럼 보였다.

"절 붙잡으세요."

남자가 벨트 앞에 있는 손잡이 두 개를 가리키며 말했다.

"중위는 어떻게 할 겁니까?"

"당신만 데리고 갈 수 있습니다."

모트는 와와를 흘깃 쳐다보았다. 그녀는 모트가 혼자 떠날 수도 있다는 사실을 곧바로 이해했다. 시바도 그런 눈으로 그를 쳐다보았을 것이다. 아니. 시바는 그런 눈으로 그를 보지 않았을 것이다.

모트가 남자의 목을 움켜잡았다.

"알았습니다. 한번 해보죠."

남자가 숨을 거칠게 몰아쉬며 말했다.

그들은 손잡이를 꽉 잡고 있는 남자의 어깨에 매달렸다.

"꽉 잡으십시오."

남자의 말과 함께 밧줄이 그들을 끌어올렸다. 프로펠러 도는 소리가 점점 더 빨라지면서 체펠린 비행선이 위로 올라갔다.

그들 아래쪽에 보이는 시가지는 악마들에게 점령당했다. 조금 전까지만 해도 그들이 서 있던 자리는 이제 개미들로 가득 차 있었다. 개미들은 하늘로 도망치는 포유류를 쳐다보며 손을 내밀었다. 남아 있는 건물들은 마치 화산처럼 지하세계의 개미들을 뿜어내는 중이었다.

그때 밧줄이 주춤하더니 다시 몇 미터 밑으로 내려갔다. 장비에 부담이 가자 모터에서 진동이 느껴졌다.

"윈치가 고장 났습니다."

남자가 말했다. 밧줄이 또다시 밑으로 내려갔다. 체펠린 비행선은 더는 속도를 올리지 못했다. 이제는 밑에서 손을 내밀고 있는 개미떼들과의 거리가 6미터도 남지 않았다.

"이대론 안 될 것 같습니다."

남자의 말에 와와와 모트는 상대방이 뭐라고 말을 꺼내기를 기다리면서 서로 얼굴만 쳐다보고 있었다.

"제 목숨을 바칠 수 있어서 영광입니다."

"아니. 그러지 말아요."

모트가 남자를 만류했다.

"괜찮습니다. 이제 어디로 가게 될지 알고 있으니까요. 지옥의 문은 영원히 닫혀 있습니다."

"기다려요!"

그 남자는 벨트의 버클을 풀더니 그대로 밑으로 떨어졌다. 알파개미 떼의 한복판에 떨어진 남자는 비명을 지르기도 전에 온몸이 갈기갈기 뜯겼다.

체펠린 비행선이 다시 높은 곳으로 올라가기 시작했다. 개미들이 전쟁 전의 모습처럼 아주 작고 하찮게 보였다. 그 도시는 마치 굶주린 곤충들이 바글거리는 버려진 도시락 같았다.

"죽음─삶이군요."

와와가 말했다.

"죽음─삶이죠."

모트도 똑같이 말했다.

밧줄이 꼬이는 바람에 그들도 어쩔 수 없이 빙그르르 돌았다. 선체에 그려진 십자가가 빙글빙글 돌면서 최면술사들이 내미는 싸구려 보석처럼 빛났다. 발 아래 펼쳐진 농지는 반쯤 기억나는 꿈처럼 아침 햇살에 흠뻑 젖어 있었다.

제16장

섬

여왕은 모든 것을 보았다. 여왕에게 스며들던 점성 액이 줄어들었다. 한 때 그들 종족에게 너무나 무서웠던 이 세상은 철저히 연구될 것이고, 조작될 것이며, 또 정복될 것이다. 이젠 어둠의 공포도 사라졌다. 여왕은 어둠 속에 블랙홀처럼 빛줄기를 끌어들었다. 그녀는 되돌리지도, 화해하지도 않을 것이다. 여왕이 지고 있는 짐은 모두가 죽을 때까지 계속될 것이기 때문이다. 그녀의 화학적 흔적만이 남아 메마른 바람 속에 떠돌 때까지.

연례행사인 짝짓기 날이 오면 생식 능력이 있는 수컷들과 암컷들은 섬으로 몰려왔다가 공중에서 교미한 뒤, 콜로니의 새로운 전초기지들을 건설하기 위해 지상으로 돌아갔다. 그날이 될 때마다 여왕은 미래에 대해 곰곰이 생각하곤 했다. 여왕은 결코 잠들지 않았기에 꿈속에서 미래를 볼 수 없었기 때문이다. 여왕이 끊임없이 흘러들어오는 정보에서 벗어났던 경우는 앞으로 닥칠 날들에 대한 예측을 종합했을 때, 그리고 어머니를 죽이기 전 찰나의 신호를 받았을 때밖에 없었다. 과거는 항상 부족하지만, 미래는 완벽했다. 앞으로 올 시간들은 완벽한 형태의 눈송이이며, 만일 연무가 끼었더라도 화학적 흔적이 눈부신 일출로 이끌어 줄 것이다.

짝짓기 날은 항상 정신이 없었고 고함소리 같은 온갖 다양한 신호들-
'도와주세요', '여기요', '저리 가세요'-로 가득했다.

그 모든 일들이 지식으로 전달되기에 여왕은 알 수 있었다. 이런 식으로
여왕은 열정적이지만 겁을 먹고 있는 참가자들의 경험을 다시 체험할 수
있었다. 여왕은 온통 바위로 된 풍경이 은빛 날개들로 이루어진 은하계가
되어 펄럭이는 것을 수백만 개의 시점에서 볼 수 있었다.

종족 번식을 위한 이런 광란의 모임은 외부 세계에 위험하게 노출되어
있었다. 인간들이 지배하던 시대에 이 의식은 절망적인 요소를 가지고 있
었다. 짝짓기 날이 콜로니의 종말이 될 수도 있었기 때문이다. 온갖 종류
의 약탈자들이 냄새에, 날갯짓 소리에, 심지어 이 의식에서 내뿜어지는 뜨
거운 공기들이 바람을 타고 일으키는 온도의 변화에 이끌려 언덕으로 몰
려왔다. 포유동물, 파충류, 새들은 땅 위에서 개미들을 건드렸다. 순종적
인 일개미들은 목숨을 걸고 생식 개미들을 운반했고, 군대는 약탈자들의
눈과 콧구멍에 산성 액을 발사하거나 약탈자들의 살을 물어뜯었다.

인간들의 개입에는 전혀 예측하지 못한 새로운 요소가 더해졌다. 가끔
그들은 단순한 호기심에 아무렇게나 땅을 파서 개미들을 찾아냈다. 군사
개미들은 거처에 손을 집어넣는 수천 명의 아이들 때문에 도망쳐야 했다.
단순히 재미 삼아 개미집을 없애려고 하는 인간들도 있었다. 짝짓기 날에
인간들의 공격으로 유산된 생식 개미들은 자신들의 목적을 이룰 기회를
얻기도 전에 방에서 죽어가곤 했다. 짝짓기 날마다 야영을 하는 인간들도
있었다. 그들은 개미 무리 중에서 통통한 암개미들을 골라 날개를 찢은 다
음에 양동이 속에 떨어뜨리곤 했다. 가끔 수개미들이 필사적으로 양동이

로 들어가 날개가 없어진 암개미들과 교미를 한 뒤 그 사이에서 죽어 나가기도 했다.

여왕은 그 모든 짝짓기 날들의 성공과 실패를 떠올리면서 이번 행사가 어떻게 진행되는지 정보를 모았다. 앞장선 수개미들은 젖은 몸을 떨었지만 햇빛 속에서 이내 몸이 더워졌다. 일개미들은 수개미들을 섬 서쪽 지역에 있는 벌판으로 몰고 갔다. 그들이 햇볕에 타 죽지 않게 막아 주는 곳이기 때문이다. 수개미들은 주 기술이 하늘을 나는 것인데도 늘 걸어서 이동했다. 길을 가다가 뒤집어지는 어설픈 개미들을 일으켜 세워 주기도 했다. 콜로니 전체가 공격을 당하고 있다는 비상 신호라도 보내지 않는 이상 어떤 이유로도 그들을 막을 수 없었다. 수컷들에게 책임을 지우는 나쁜 습관이 있는 포유동물들과는 대조적이었다.

그때 날개가 있는 암개미들이 모습을 드러냈다. 매끈하면서도 위협적인 천사들이다. 그들은 지구상의 어떤 생명체보다 아름다웠으며, 모든 생물의 미래이기도 했다. 암개미들이 벌써 여왕이라도 된 것처럼 군사들과 일개미들의 보호를 받으며 방에서 나오자 수개미들은 마지막 수분을 떨어내기 위해 날개를 퍼덕이면서 기다렸다.

많은 이들이 죽을 것이다. 실제로는 대부분이 죽을 것이다. 그들은 너무 작았다. 최대의 숙적들이 멸망 위기라고 해도 많은 개미가 교미를 하기 전에, 하는 중간에, 끝내자마자 목숨을 잃었다. 바람이 잘못 불었다거나, 착륙을 제때 못했다거나, 젖은 날개를 다시 말리기 위해 퍼덕거리다가 탈진해서 쓰러지는 경우도 있었다.

새로운 전초 기지들을 성공적으로 건설했음에도 불구하고 그들은 콜로니에서 분리되지 않았다. 심지어 섬과 다시 연결하는 것이 자신들의 책임이라고 생각했다. 그건 그녀가 여왕이 된 이후로, 어떤 환경에서도 짝짓기를 했기 때문이다. 하이메놉테라가 대학살을 피할 수 있었던 것은 운이 좋아서였다. 그녀가 가진 지식으로도 이 세상의 무작위한 잔인함 속에서 자신을 구할 수는 없었을 것이기 때문이다.

아직은 희망이 있었다. 생식 개미들이 비행하는 동안에는 모든 수개미가 성공적으로 아버지가 될 것이고 모든 암개미는 새롭게 영토를 확장하고 있는 콜로니의 여왕이 될 거라는 희망이 있었다. 그들은 건설하고, 개간하고, 사냥하고, 지킬 것이다. 엄청난 양의 흙을 옮기고 거대한 도시를 건설할 것이며, 끝없이 곡식을 생산하고, 집단적 의지로 자연에 순응할 것이다. 이번 짝짓기 날은 인간이 재앙이라는 것을 깨닫고 난 뒤의 모든 삶을 보완할 수 있게 도울 것이다.

속삭이듯 시작된 신호가 이내 경적으로 바뀌었다. 일개미들이 붙잡고 있던 암개미들을 풀어 주었다. 윤기 나는 검은 천사들이 하늘로 날아올랐다. 여왕은 비록 은신처에 남아 있었지만 그들과 함께 날아올랐다. 섬이 점점 멀어졌다. 사방에서 날갯짓 소리가 들리는 가운데 신선한 공기가 얼굴로 밀려왔다. 시원한 바람이 더듬이 사이로 스쳐 지나갔다. 지평선에 불을 붙일 듯 태양이 구름을 뚫고 나왔다. 그 빛에서 벗어난 개미들은 서쪽에 있는 땅을 향해 날아갔다.

뒤이어 수개미들이 암개미들과 합류하기 위해 날아올랐다. 아니, 날아오른다기보다는 연못 수면에서 올라오는 물방울처럼 흔들리며 공중으로 떠올랐다. 수개미들은 더욱 섬세하기에 가벼운 바람에도 옆으로 밀려나곤 했다. 떠오르다 서로 마주치는 경우도 있었지만 계속해서 올라가고 있었다. 여왕은 안전하게 고도를 낮추고 그들 사이를 날아다녔다.

마침내 교미가 시작되고, 음악이 울려 펴졌다. 암개미와 수개미는 발톱을 껍질에 꼭 박은 채로 공중에서 한 몸이 되었다. 강한 암개미들은 상대가 마음에 안 들면 그대로 밀어내 버리는 경우도 있었다. 단단히 마음을 먹은 필사적인 수개미들은 암개미 위에 올라탔다. 그들은 암개미를 진정시키기 위해 사납게 목을 무는 일도 있었다. 그렇게 그들은 하나가 되면서 서로의 몸을 휘감았다. 성공적으로 결합한 뒤에 날갯짓을 멈추고 가만히 있다가 밑으로 떨어졌다.

그들이 날갯짓을 멈추고 물속으로 떨어지는 모습은 끔찍하면서도 아름다운 광경이었다. 더는 죽음을 두려워하지 않는 축복받은 영혼들은 그들을 반갑게 맞아 주는 반짝거리는 물속으로 떨어졌다. 마침내 행위가 끝나면 암개미들은 다시 날개를 펼친 뒤, 힘없고 지친 수개미들을 밀쳐냈다. 수개미 중에는 계속해서 바닷물을 튕기며 다이빙을 하면서 시간을 보내는 이들도 있었다. 암개미들은 서쪽 땅으로 날아갔다.

그 화학적 흔적들이 사라졌다. 더듬이는 더 많은 것을 원하고 있었다. 여왕의 딸들은 더 이상 제공해 줄 것이 없었다. 가장 황홀한 순간은 너무 빨리, 언제나 이런 식으로 끝났다. 심지어 그 새로운 여왕들은 종족의 마지막 한 마리까지 전부 다 죽는다고 해도 여전히 운이 좋았다. 그곳에서 벗어나 자신들의 운명을 선택할 수 있기 때문이었다. 광란의 순간이 오면 또다시 다른 이들과 하나가 될 수도 있다. 그들은 하이메놉테라가 짊어지고 있는 책임감을 느끼지 못할 것이다.

그 요란한 소음과 짙은 냄새들이 사라지고 다시 익숙한 방의 냄새와 여왕의 몸을 닦고 배에서 알을 밀어내느라 움직이는 일개미들의 소리가 들렸다. 삶은 계속된다.

시간이 조금 더 지났다. 말을 하는 것이 점점 힘들어졌다. 여왕은 항상 올바른 기억들에 접근하고, 집중하기 때문일 거라고 생각했다. 하지만 때로는 그런 동기들도 약해질 때가 있었다. 짝짓기가 끝나고 며칠이 지나자 콜로니는 다시 정복이라는 일상으로 돌아갔다.

딸들은 규칙적으로 그날 있었던 일들을 전해 주었다. 그건 믿을 만한 방법이었다. 이 특별한 일개미들은 몇 시간 동안 거대한 여왕의 외골격을 닦고, 몸의 뒤쪽으로 돌아간다. 거기서 여왕이 끊임없이 낳고 있는 크고 작은 알들을 보살피는 것이다. 일단 알들이 충분하게 모이면, 딸들은 그 알을 싣고 육아실로 운반했다. 돌아오는 길에 다른 개미들로부터 정보들을 모았다가, 여왕의 방에 다시 들어가—경비를 통과하려면 특수한 냄새가 있어야 한다—여왕에게 최근 소식들을 알려주는 것이다.

그런 다음 딸들은 계속해서 썩어가고 있는 여왕의 외골격을 닦아 주는 일을 되풀이했다. 여왕은 그때까지 수백 번의 털갈이를 견뎌 냈는데, 매번 점점 더 고통스러워졌다. 마지막으로 했던 털갈이에서는 딸들의 손으로 죽은 피부들을 제거했다. 피부가 단단하게 삶은 알의 껍데기처럼 조각조각 벗겨졌다.

여왕의 오래된 외골격은 잘 부서졌지만 아직은 새 피부에 잘 붙어 있었다. 딸들은 열성적으로 낡은 껍질을 옮겼지만, 가끔 새 살에 붙어 있는 껍질을 잡아당길 때도 있었다. 그러다 피라도 흘리게 되면 그 냄새가 방 전체에 퍼지면서 딸들이 모두 그 상처 부위 앞으로 모여들었다. 그들은 상처 주위를 맴돌며 치료될 때까지 깨끗하게 닦고 지켜주었다. 하지만 예전처럼 신체 기능이 돌아오진 않았다. 여왕은 다시는 털갈이를 못 할 수도 있다는 사실을 받아들였다. 어떻게 해도 여왕의 피부는 완전히 깨끗해지지 않았다. 인간들과의 전쟁에서 최종 승리를 목전에 두고 있는 이때, 죽음만 피할 수 있다면 그것으로 충분했다.

가장 최근에 받은 보고들은 지상 동물들의 뇌에 극초음속의 신호로 정보를 입력할 수 있는 중심 지점인 섬의 송신탑 유지 문제에 집중되어 있었다. 진화한 동물들은 앞으로 몇 년 이내에 새로운 세대를 생산하게 될 것이고, 그때는 송신탑들이 필요 없어질 것이다. 지상의 동물들은 완벽한 유전자를 물려받게 될 테고 진화되지 않은 특성들은 단계적으로 사라질 것이다. 하지만 지금 당장 여왕에겐 그 송신탑들이 절대적으로 필요했다. 동물들을 자기들끼리만 내버려 두면 모든 것이 실패할 뿐만 아니라 전쟁 이전의 상태로 돌아갈 위험도 존재했다. EMSAH와 전쟁 이전의 방식으로 돌아가는 것에 대한 공포심을 확실하게 심어 주어야 했다.

섬의 송신탑은 지구 곳곳 전략적인 위치에 세운 다른 탑들과 연결되어 있었다. 인간들이 휴대전화를 쓰던 것과 같은 방식으로 여왕의 메시지를 전달하는 것이다. 그 송신탑은 흙과 광산에서 캐낸 자석에다 인간의 언어를 통역할 수 있게 길러진 통역사들의 뇌 조직을 포함한 여러 유기적인 물질들을 섞어서 만들었다. 송신탑의 꼭대기에는 커다란 골프공처럼 볼록한 자국이 찍힌 구 형태의 송신기가 달려 있었다. 거기서 신호를 보내어 그 호르몬에 노출된 모든 지상 동물들에게 인간의 위협을 극복하고, 자신들이 감당할 수 있을 만큼의 지식을 주입했다.

여왕은 송신탑에 관련된 소식들에만 집중하고 나머지는 걸러냈다. 소식에 따르면 숫자 47과 향기의 조합으로 지정한 지역에 허리케인으로 인해 제대로 작동하지 않는 송신탑들이 몇 개 있다고 했다. 인간들은 그곳을 과테말라라고 불렀다.

유기물질들로 송신탑을 짓다 보니 꾸준한 유지 보수가 필요하다는 문제가 생겼다. 더군다나 그 송신탑에서 일하는 개미들은 빈번하게 교체되곤 했다. 신호가 방출되는 곳과 너무 가까이 있다 보니 정신 이상을 일으키는 경우가 많았다. 폭우에 제방이 무너지듯 엄청난 양의 정보들이 머릿속으로 쏟아져 들어오기 때문이다.

그 시점에서 여왕의 종족들에게 심어져 있는 생존 기제가 발현되곤 했다. 그들 중 일부는 인간들이 썩은 이를 뽑는 것처럼 자신의 더듬이를 잘라냈다. 다른 개미들은 작은 개미들이 기어 다니고 있는 동안에도 그곳을 얼려버리기도 했다. 점점 폭력적으로 변하는 개미들도 있었다. 그래서 그들이 서로 상해를 입히거나, 자기들 목숨보다 훨씬 가치 있는 송신기를 망가뜨리는 일이 없도록 근처에 군사들을 배치해야 할 상황이었다.

늘 그렇듯 나중에는 긍정적인 소식들도 전해졌다. 전문 기술자들을 파견했으며, 송신탑들은 태양이 바다 위에 개미 두 마리 길이만큼 떠 있을 무렵 수리를 마칠 거라고 했다.

또다시 격리가 필요한 실패한, 정착지가 나타나긴 했지만 여왕은 지상 동물들이 성공할 것으로 예상했다. 그러기 위해선 조화가 필요했다. 자연은 지배자 종족들이 앞으로 나가고 장악할 수 있도록 설계되어 있는 것처럼 보인다. 그 지배자 종족이 개미가 아니면 누구겠는가? 인간은 확실히 아니다. 동물들도 가능성은 있지만, 자신들의 잠재력을 깨닫기까지는 몇 년이 걸릴 것이다. 여왕의 어머니가 말했던 것이 이루어졌다. 콜로니는 하늘의 별자리들 중 북극성이 될 것이다.

하지만 그런 조화는 여전히 멀리, 일출의 반대편에 있었다. 언제나 내일, 다음 계절, 미래의 어느 때였다. 앞으로 무슨 일이 일어날지 정확하게 예측하기에는 변수가 너무 많았다. 여왕은 여러 세대에 걸친 종족의 증오를 흡수하고 내뱉으며 몇 세기 동안 적개심에 불타고 있었다.

그러나 가끔은 그녀도 이 땅에 내려진 순수함과 아름다움을 알아볼 기회가 자신에게 있을지 궁금했다. 그리고 딸들이 더 이상 여왕에게 해 줄일이 없어지고, 자신의 몸이 뻣뻣해지며 숨이 멎게 될 마지막 순간에는 기상 이변과 무너진 송신탑에 관한 보고 대신 무엇을 받게 될 것인지 궁금했다.

그때가 되면 딸들은 여왕이 남은 알들을 다 낳을 때까지 며칠 정도 더 보살펴줄 것이다. 그러다 갈라진 외골격에서 유동체가 흘러나오기 시작하면서 죽음이 확인되면 여왕은 그 방에서 옮겨질 것이다. 살이 붙어 있는 부분이 모두 물어뜯긴 뒤, 투구의 껍질과 속이 빈 다리와 같은 나머지 부분들은 쓰레기 더미에 버려질 것이다.

여왕은 머릿속에서 자신의 죽음은 넘겨 버리고 인간들을 상대로 한 최후의 승리로 사고를 진행했다. 그때가 되면 인간들의 도시는 자연과 시간의 힘으로 완전히 분해될 것이며, 바람과 비와 햇살에 부식되고 초목이 우거진 새로운 정착지들이 생겨날 것이다. 전쟁이 끝나고 시간이 흐르면 인간들의 인공적인 장치들은 그게 뭐든 전부 버려지게 될 것이다. 총, 컴퓨터, 자동차, 엔진 등. 지상 동물들에게 그런 것들은 더는 필요 없을 테니.

인간들의 개입이 사라지고 나면 동물들의 통신망은 효율적이고 평온해질 것이다. 동물들은 개미들과 비슷한 하나의 공동체에서 살게 되겠지만 여전히 각각의 특성을 유지하면서 발전하게 될 것이다. 그들은 각자 작은 콜로니의 작은 여왕이 될 수도 있었다.

그러는 동안 지하세계의 콜로니는 계속해서 확장될 것이며 그들은 북극에서 남극까지 지구 위의 모든 땅을 개척할 것이다. 새로운 여왕들은 추위를 이길 수 있게 만들어진 일개미들과 함께 남극대륙 탐사를 감독하게 될 것이다. 그들은 모든 대륙을 연결하는 터널 망을 건설할 것이다. 더 이상 그들의 손이 닿지 않는 곳이 없게 되면, 그때는 지하 세계 깊은 곳에서 그들과 같은 존재를 만나게 될지도 모른다.

여왕은 그보다 더 멀리 내다보고 있었다. 지구가 다시 따뜻해지기 시작할 때를. 그즈음에는 지상세계가 어떤 모습일지 상상조차 되지 않았지만, 태양만은 떠올릴 수가 있었다. 태양은 하늘에서 점점 더 커질 것이다. 태양이 계속 팽창하다가 폭발하게 되면 내행성들을 집어삼키고, 지구의 대기에도 가스가 가득 차게 될 것이다. 행성들은 그보다 훨씬 오래전에 사라졌으리라.

개미들은 아마 지상 동물들을 잡아먹게 될 것이다. 그것이 자비를 베푸는 일이 될지도 모른다. 동물들은 이미 전쟁 이전의 폭력성을 되찾아 서로 잡아먹기 시작했을 테니까. 하지만 지구가 죽기 시작하면 콜로니에 비축해 둔 균상류들도 죽게 될 것이다. 지구는, 그러니까 지상 세계와 지하세계의 터널들은 모두 오랜 시간 동안 정지되어 있을 것이다.

그녀는 우주의 은하계 외부 가장자리에서 이 모든 일을 지켜보았다. 그 적색 거성은 마치 여왕처럼 모든 것을, 그녀가 만든 모든 것들을 태우고 죽어갈 것이다. 태양은 허물을 벗고 지구를 완전히 에워쌀 것이다.

최종적으로 바닷물이 끓어오르고, 대지가 정화된다. 지구가 완벽한 원형이 될 때까지 매끈하게 다듬어지려면 몇 천 년이 걸릴 것이다. 팽창된 가스들이 불꽃을 튀기며 그 별을 태우면 그 재는 우주로 날아가리라. 그

빛은 멀리 떨어진 은하계에서도 보일 거고, 불씨들은 태양풍에 떠밀려 사방으로 날아갈 것이다. 태양의 폭발과 함께 모든 것이 정화될 것이다. 우주는 깨끗하게 비워지고, 불길과 영원히 우주 안에서 얼어붙어 있을 땅의 파편들로 정화될 것이다.

이런 장엄한 마무리라니, 안도감이 든다. 이 세상이 마지막으로 잠들 기회가 찾아오는 것이다.

태양이 불러온 지구 종말의 모습이 너무도 아름다웠기에 여왕은 처음에는 딸들이 전하는 화학 경보를 모른 척했다. 송신탑에서 다른 보고가 들어온 모양이라고 생각했다. 이 행성의 소멸이 안겨다 준 황홀감을 방해받고 싶지 않았다. 하지만 메시지가 반복해서 들리자 무시할 수가 없었다. 네 딸이 같은 소식을 전하고 있었다. 여왕은 더는 못 들은 척 할 수가 없었다.

허가 없이 통역기가 사용된 모양이었다. 여왕은 그 정보의 경로를 되짚어갔다. 과거로 이어지는 실타래가 풀린 것처럼 화학적인 흔적들을 볼 수 있었다. 그녀는 자신의 거처에서부터 터널을 지나, 배를 타고 본토로 들어가 언덕에 도착했다. 지역 19, 위치 5.2, 알파3,893,216,0692였다. 오래전에 연결된 것으로, 그 알파개미는 추방 의식을 진행한 포유동물과 함께 있었다. 그리고 그 구역은 바로 격리되었다. 이런 착오는 흔히 있을 수 있는 일이었다. 가끔 연락망에 사라진 지역이 잡힐 때가 있었다. 특히 알파부대가 며칠에 한 번씩 정찰을 할 때 그런 일이 일어났다.

그 기계를 사용한 건 고양이었다. 모트. 인간들이 원하는 그자다. 격리에서 탈출한 구세주. 모트가 어떤 단어를 썼더라? 여왕은 검색해 보았다. 그래, 모트는 '근원'을 찾고 있었다. 모든 것의 근원. 그리고 지금 그는 그

허약한 정신이 버틸 수 있을 정도로만 여왕과 연결되어 있었다.

그녀는 이미 컬드삭과 그를 알고 있던 다른 통역기 사용자들의 눈을 통해 모트를 본 적이 있었다. 마티니 일가였다. 엄마와 아이들 두 명으로, 그 지역이 함락당했을 때 개미들에게 붙잡혔다. 군사들은 그들을 제압한 뒤 강제로 통역기를 씌웠다. 성공률에 따라 그들 중 남자아이 한 명만 살아남았다.

하지만 위대한 전사로 보였던 모트는 진화하지 못한 인간들의 노예보다 나을 것이 없는 콜로니의 재앙이 되었다. 그도 다른 구세주들처럼 아주 평범했다. 그저 고양이, 잘 훈련된 애완동물이었다. 고양이들은 말다툼을 자주 하는 경향이 있고 자존심이 강하기는 했지만 앞날이 유망한 종이었다. 평범한 집고양이들도 전쟁 전에 야생에서 인간들을 사냥하기라도 했던 것처럼 여러 가지를 당당하게 요구했다.

그런 점에서는 그 고양이가 남달랐다는 걸 여왕도 인정할 수밖에 없었다. 그는 그 전쟁을 알고 있었다. 모트는 자기 주인을 죽였고, 셀 수 없이 많은 다른 인간들도 죽였다. 여왕은 그 정보를 찾아냈다. 실제 번호는 87이었다. 모트는 자기가 통역기를 사용하면 증거가 남는다는 것을 알고 있었다. 그는 용감했고, 자신의 본분을 다했다. 그리고 자만심 많은 인간들의 전염병으로부터 자유로운 존재였다. 그렇다. 여왕이 어떤 식으로 해석하든 그는 진보하는 모습을 보여 주었다.

여왕은 계속 모트의 정신에서 직접 정보를 흡수했다. 그녀는 마티니 일가의 거실을 볼 수 있었다. 모든 것이 친밀한 장소였다. 직립 영장류의 시점이라기보다는 바닥에서 30센티미터쯤 올라온 위치의 시점이었다. 그건 통역기를 사용할 때 모트가 주로 떠올린 생각들이었다. 그 생각들이 모트의 정신이 망가지지 않게 지켜주었을 것이다. 그는 그렇게 훈련받았다. 컬드삭이 아니라 다른 누군가에 의해서.

　그건…….

　그 방에는 양탄자가 깔렸고 불투명 유리를 통해 형광등 불빛이 비쳤다. 지하실이었다. 그 고양이는 거기 있었다. 여왕은 이제 고양이의 눈으로 세상을 볼 수 있었다. 그때 모트는 아직 동물이었다. 두려운 기분이었지만 동시에 호기심도 있었다. 줄곧 그랬다. 그럴 수밖에 없었다. 하지만 그는 배가 불렀고, 털도 깨끗했다. 그 집에서 보호받고 있었다.

　고양이가 잠에서 깨어났다. 옆에는 그 개가 있었다. 지하실은 추웠다. 모트의 코는 얼음장 같았다. 하지만 개는 따뜻했다. 그녀는 모트를 끌어안고 있었다. 개의 배가 오르락내리락하기를 반복했다. 기척을 느낀 그녀가 잠에서 깨어나 고양이를 쳐다보았다. 그러자 고양이가 일어났다. 그는 아무도 보여 준 적이 없는 장소에 개를 데려가고 싶어 했다. 그곳은 모트가 아주 오래전에, 아이들이 이 집에 들어오기 전에 발견한 장소였다. 당시에 그는 혼자였다. 개도 그곳을 봐야만 했다. 이제 그들은 함께이기 때문이다.

　모트는 계단에 올라가 개가 자리에서 일어나기를 기다렸다. 그는 계단을 올라 주방으로 나갔다. 이내 개도 혓바닥을 늘어뜨린 채 그를 따라 올라왔다. 그녀는 주인이 여자와 잠들어 있는 방을 슬픈 눈으로 지나쳤다.

　다시 계단을 올라가자 마루를 간 작은 방이 나왔다. 상자들과 옷걸이로 가득한 다락방이었다. 양쪽에 있는 창문에서 빛이 들어오고 있었다.

　개는 그 안에 들어가는 게 무서웠다. 맨 위 계단에 발을 올려놓은 채 좌절한 듯 꼬리를 늘어뜨렸다. 하지만 고양이는 거리낌 없이 탐험했다. 상자

안에는 흠집이 나긴 했지만 멀쩡한 장난감들이 들어 있었다. 아직 아이들의 체취가 배어 있다. 고양이는 그 장난감들을 발로 긁었다. 이내 개도 두려움을 잊고 호기심에 이끌려 다락 안으로 들어왔다.

습관처럼 그들은 겨울 코트가 들어있는 상자 근처에 자리를 잡았다. 지하실에서 완벽했던 그들만의 의식을 되풀이한 것이다. 먼저 개가 자리에 누워 다리와 꼬리를 쭉 뻗었다. 고양이는 개의 따뜻한 배 앞쪽 빈 공간을 찾아냈다. 둘 사이에 경계선은 없었다. 멀리 떨어져 있는 이 추운 공간에서도 그들은 하나였다. 어디서든 함께 있으면 그들은 안전했다.

시간이 지나고, 인간들이 그 개를 불렀다. 그 소리에 개는 귀를 씰룩거렸다. 개가 자리에 앉아 다시 귀를 기울인다. 그런 다음 주인을 찾으러 계단을 뛰어 내려갔다. 고양이는 계단 위에서 기다렸다. 그 개는 주인과 여자 옆에 서 있었다. 인간들이 서로를 끌어안고 입을 맞추는 동안 개는 계단 위의 친구를 올려다보았다. 그 뒤에 주인이 개의 목에 끈을 매어 데려갔다.

고양이는 슬펐다. 그는 개를 불렀지만 대답이 없었다. 고양이는 개가 언제 돌아올지 궁금해하며 층계참에서 잠이 들었다…….

여왕은 그 기억에서 자신을 빼냈다. 그 감각은 마치 죽어가는 적을 물고 있다 놔 주는 것처럼 물리적인 힘을 갖고 있었다. 그러는 동안에도 딸들은 계속해서 신호를 전달했다. 모두 같은 내용이었다. 여왕의 딸들은 단순히 정보를 담는 그릇이었기 때문에 자기들이 같은 내용을 반복하고 있다는 것도 알지 못했다.

마침내 여왕은 횡설수설하고 있는 딸에게 명령을 내렸다.

'그 인간을 내 앞으로 데려와라.'

누구라고 명시할 필요도 없었다.

경비들이 여왕의 방으로 브리그스를 끌고 왔을 때 그는 여전히 너구리 가죽을 걸친 채였다. 그 '바지'는 무릎 쪽이 해져 털들이 빠지는 바람에 가죽을 내준 동물의 피부가 드러나 있었다. 브리그스의 상의는 통기성이 좋은 합성 섬유로 만든 긴 소매 셔츠였는데 이 역시 찢어지고 해져 있었다. 며칠 전부터 알파개미들이 브리그스를 거칠게 대한 결과였다.

남자의 얼굴은 평온했다. 잡혀 온 뒤로는 어떤 기대도 없는 것이 확실했다. 하지만 그 이상이었다. 브리그스는 죽음에 대한 두려움도 없었다. 그는 이미 승리를 맛본 자의 자신감을 뿜어내고 있었다.

브리그스는 다른 인간 포로들과 같은 과정을 거쳐 여기로 끌려왔다. 콜로니는 충분한 시간을 들여 전방에서 활약하는 첩자들을 잡아들였다. 여왕의 딸들은 지나칠 정도로 많은 정보를 가지고 있었다. 특이한 냄새, 인간 목소리의 독특한 음색, 목격자 증언, 족적에 대한 보고들이 쏟아져 들어왔다. 브리그스의 경우에는 작은 개미 부대가 냄새를 추적해 그의 숨결과 완전히 없애버릴 수 없는 소변, 땀에서 패턴을 찾아냈다. 그리고 알파개미들이 숲에서 나와 유료 고속도로 쪽으로 가고 있는 브리그스를 발견했다.

그들에게 포위당하자 브리그스는 그 자리에 멈춰 서서 너구리 가면을 벗었다. 알파개미들은 그를 추방 의식의 집결지로 데려갔다. 그곳에는 이미 많은 사람들이 갇혀 있었다. 그런 뒤에 브리그스는 설 자리도, 누울 자리도 없는 비좁은 배에 탔다. 배가 섬에 도착한 뒤, 인간들은 줄지어 나와 대기소로 끌려갔다. 무슨 목적으로든 그들을 살려놓기 위해 여왕이 개발한 액상 단백질이 있는 단체 급식소 같은 곳이었다. 힘이 센 자들은 종종 농장으로 보내졌는데, 그곳에서 공급된 음식을 먹고 난 뒤에는 진딧물처럼 몸이 붓고 고분고분해졌다. 그러면 숙련된 기술자들이 인간들의 옆구리에서 피를 뽑아가곤 했다.

그래도 그편이 연구실에 끌려가는 것보다는 훨씬 나았다. 몇몇 불운한 실험 대상자들은 눈가리개를 한 채, 신체 일부가 없어졌거나 제정신이 아닌 상태로 대기소로 돌아왔다. 그래서 다른 사람들은 자기들 앞에 무슨 일이 기다리고 있는지 예상할 수 있었다.

브리그스는 포로들 사이에서 돌고 있는, 섬에서 탈출한 인간들이 어떻게 저항조직을 만들었는지에 대한 이야기를 들었을 것이다. 그 이야기가 전설처럼 전해지면서 신입 포로들 중에는 그 저항조직을 숭배하는 이들도 있었다. 포로들은 개미들이 승리했다고 보는 대신 인간 반란이 성공할 거라고 확신했다. '수천 명은 되겠지.' 불쌍한 포로들은 종종 장담하곤 했다. '몇백만 명이야! 세계 전체에 퍼져 있을 테니까!' 가장 신랄한 포로들조차 그 절망적인 자들의 희망을 꺾을 수는 없었다.

경비들은 브리그스를 여왕의 바로 앞에 있는 작은 흙더미로 끌고 갔다. 브리그스는 그 위에 앉았다. 일개미가 통역기를 들고 방에 들어왔지만 브리그스는 돌아보지 않았다. 여왕은 일개미가 그 통역기를 남자의 머리에 씌워줄 때까지 기다렸다. 준비가 끝난 뒤에도 한참을 더 기다렸다.

마침내 그 방에서 남자의 숨소리만 들리자, 여왕은 몸을 앞으로 내밀어 자신의 더듬이를 그 기계에 접속시켰다.

여왕은 통역기를 통해 인간의 정신에 들어가는 게 적군의 기지에 잠입한 일개미가 하는 일 같다는 생각을 했다. 낯선 구조물에서 길을 찾으면서 일개미들은 화학적 흔적을 남길 것이다. 길을 엇갈리기도 하고 거꾸로 가기도 하다가, 마침내 가장 강한 냄새와 함께 경로를 찾아낼 것이다. 자기 수정 방식은 절대 실패하지 않는다.

이 인간은 여왕이 최근 만났던 자들 중에서도 나이가 많은 편이었다. 그래서인지 그의 정신은 노쇠한 방과 막다른 길이 더 많은 낡은 흰개미 콜로니 같았다. 여왕은 방들을 하나하나 살피면서 유연하게 미로 같은 길을 지나쳤다. 그녀는 완벽한 경로를 찾을 수 없었다. 여왕은 한 번에 모든 것들을 볼 수 있게 될 때까지 계속해서 여러 개의 터널들을 넘나들어야 했다.

브리그스. 찰스 브리그스는 한 번도 아버지를 만난 적 없이 홀어머니 손에 자랐다. 헝클어진 머리, 커다란 안경, 거의 매일 입는 카키색 바지 때문에 우습게 보였던 그는 학교에서도 다른 아이들의 놀림감이었다.

그가 열두 살이 되었을 때 이모인 테아는 어머니에게 찰리가 여름 방학 동안 자기 집에서 지내게 해 달라고 말했다. 그 집은 산 속에 있는 오두막으로, 등산용품 가게를 겸하고 있었다. 이 경험을 통해 브리그스는 강해지게 되었다. 용감하고 독립적이 되었으며, 곰처럼 몸이 튼튼해졌고, 가끔은 어른 남자처럼 작업복과 격자무늬 셔츠도 입게 되었다.

테아 이모와 보낸 그 여름은 브리그스의 인생에서 최고이자 최악의 시간이었다. 그는 무슨 일이든 견뎌낼 수 있을 만큼 강인해졌다. 전우들이 대량 학살당했을 때도, 찰스턴 참사* 이후에 숲에서 한 달을 살았을 때도.

---

*2015년 6월 17일 찰스턴에 있는 흑인 교회에서 백인의 총기 난사로 9명이 목숨을 잃은 사건

그리고 자기 학대 성향이 있는 너구리의 가죽을 벗겼을 때도 마찬가지였다. 그곳에서 보낸 여름이 있었기에 그는 살아갈 수 있었다. 그리고 지금은 그 시간이 자신이 인간다운 죽음을 맞이할 수 있게 도와주기를 바라는 중이었다.

'인간답게.'

여왕은 생각했다.

테아 이모는 그해 여름 그에게 많은 일을 시켰다. 장작 패기부터 감자 껍질 벗기기, 아침식사 만들기, 정원 잡초 뽑기, 자동차의 바퀴를 교체하는 것까지. 그는 매사에 서툴렀고 일을 잘못할 때마다 약하게는 머리를 한 대 얻어맞는 것부터 심하게는 헛간에서 자는 것까지 온갖 종류의 벌을 받았다.

테아는 브리그스를 아침 일찍 깨운 뒤, 그가 깨어난 바로 그 헛간에서 돼지를 도살하는 것을 지켜보게 했다. 몽둥이로 돼지를 기절시킨 다음, 목 부위를 절개해서 피를 흘려 죽게 만드는 것이었다. 그 새로운 기술을 배우면서 브리그스가 계속 우는 바람에 이번엔 돼지 피와 오줌 냄새까지 진동하는 헛간에서 며칠을 더 자야 했다. 테아 이모는 그에게 돼지들보다 나은 것도 없으면서 더 시끄럽기까지 하다고 했다.

그 뒤에 테아는 브리그스가 쥐를 무서워한다는 것을 알게 되었다. 여왕은 인간들이 그런 공포증을 가지고 있다는 걸 알게 될 때마다 혐오스러웠다. 거꾸로 쥐들이야말로 인간을 두려워할 이유가 충분하지 않은가. 여왕은 브리그스의 마음의 방에 있는 소년의 두려움을 느낄 수 있었다.

테아는 브리그스의 침대를 지하실로 옮겼다. 그리고 그가 벌을 받아야 할 일이 있을 때면 지하실에 있는 백열전구를 뺀 뒤 손전등 한 개만 남겨놓고 나갔다. 불빛이 사라지자 그 지하실은 공포의 집으로 변했다. 낡은 담요들은 유령이 되었고 벽에 걸려 있는 갈퀴는 해골이, 손수레는 그를 통째로 집어삼킬 수 있는 괴물이 되었다. 쥐들은 두 배로 커졌으며 눈은 빨갛게 빛났다.

그 지하실은 여왕과 브리그스가 만나기에 완벽한 장소였다. 브리그스의 약점이 손전등을 꼭 붙잡은 채 침대 속에 앉아 있던 그 장소라는 것이 확인될 때까지 여왕은 통역기를 이용해 그 기억을 증폭시켰다.

여왕은 테아 이모의 모습으로 지하실의 나무 계단을 내려갔다. 지하실 바닥에 트럭을 주차한 비포장도로에서 묻어 온 진흙 발자국이 남았다.

브리그스는 손을 부들부들 떨면서 손전등으로 그녀의 얼굴을 비췄다.

"여기서 뭐하는 거지?"

"널 죽이는 중이지."

여왕이 그의 물음에 테아의 목소리로 답했다.

"무슨 소리야?"

"지금 통역기를 사용하고 있지. 이렇게 이야기를 하는 동안에도 네 뇌는 점점 작아지고 있어. 신경 접합부도 끊어지고 있지. 신경 세포들은 고동치다가 타 버릴 것이고. 하지만 내가 제어하고 있는 거야. 마음만 먹으면, 단순히 생각만으로 네 정신 전체를 들어낼 수도 있어."

"이미 각오했던 일이야."

"그렇지 않잖아. 왜 허세를 부리는 거지?"

여왕은 이제 그 기억을 조종할 수 있었다. 정신 속에 숨겨져 있던 방이었다. 그녀는 브리그스가 도살했던 뚱뚱한 돼지만큼 큰 쥐의 이미지를 불러냈다. 손수레 위로 그 괴물이 고개를 내밀었다. 브리그스가 고개를 돌려 손전등을 비추자 괴물의 눈이 빛났다. 쥐는 들킨 뒤에도 계속해서 브리그스를 쳐다보고 있었다. 마치 그를 보며 미소 짓고 있는 것 같았다. 어쩌면 정말 웃고 있는 것일지도 모른다.

브리그스는 여왕을 돌아보았다.

"저건 진짜가 아니야."

"그래. 진짜가 아니지."

여왕의 말과 함께 쥐가 사라졌다. 이 인간은 강하다. 여왕은 생각했다. 통역기가 만든 세상 속에서도 브리그스는 무엇이 나올지 알고 있었다. 그녀는 이런 존재와 시간을 보내고 있다는 것이 기뻤다.

"당신 역시 진짜가 아니지."

브리그스가 말했다.

"맞아."

"테아 이모는 돌아가셨어."

"살아있어, 네 정신 속에."

여왕이 대답했지만 브리그스는 그 사실을 인정하지 않았다.

"네가 믿는 신처럼."

여왕이 말했다.

"아니. 그건……."

"그리고 너의 메시아처럼."

브리그스는 팔짱을 끼고 눈을 굴렸다.

"그럼 이걸로 끝인가? 또 다른 회의론자와 토론하다 죽겠군. 내가 자초한 일이지만."

"넌 죄인이니까. 안 그런가?"

"내가 인간이기 때문이지. 그렇게 타고난 거야."

"너의 메시아에 대한 진실을 알고 싶지 않아? 선지자에 대해서는?"

"그쪽한테 듣고 싶진 않은데."

브리그스가 대꾸했다.

여왕은 브리그스의 정신에 담겨있는 모든 것들을 버리고 그가 죽어가는 바퀴벌레처럼 경련을 일으키는 모습을 지켜볼 수도 있었다. 이 꿈 세상과 바깥세상 양쪽에서 말이다. 그에겐 단순히 진실을 말하는 것만으로는 충분하지 않았다. 그와 같은 인간들에게는 자기들만의 방식이 있었다. 그들은 자기들의 정신에 벽을 세우고 지하 묘지처럼 전체를 봉쇄할 수 있었다. 그건 인간들이 처음으로 대초원에 똑바로 서서 포식동물들이 있는지 망을 보던 때부터 가지고 있던 능력이었지만, 이제는 인간들을 죽음으로 몰고 가는 능력으로 변이되었다.

"테아 이모는 시가를 피우곤 했지. 이젠 나도 피울 수 있을 것 같군. 한 대 만들어 줄 수 없나?"

브리그스가 말했다. 그 말이 끝나기도 전에 그의 손에는 불붙은 시가가 들려 있었다. 여왕 역시 시가를 한 대 든 채 연기 뒤에서 싱긋 웃었다.

"아주 인상적인데."

브리그스가 시가를 한 번 깊게 빨아들이면서 말했다.

"난 아니야."

여왕이 말했다.

"테아 이모는 절대 아니군."

"네가 죽어가는 모습을 지켜보는 것도 실망스럽네. 넌 좀 더 고귀한 일이라고 생각하겠지만."

여왕이 말했다.

"우리가 적일 필요는 없어. 당신이 우리에게 손을 내밀 수도 있었으니."

브리그스가 말했다.

"네가 우리를 죽이는 걸 그만둘 수도 있었지."

브리그스는 그 말에 대답하는 것처럼 다시 시가를 깊게 빨아들였다. 그리고 한숨 쉬듯 연기를 내뱉었다.

"메시아에 대해 말해 봐. 그자를 만났잖아."

여왕이 말했다.

"이미 알고 있을 텐데? 내 정신을 읽었잖아. 시가 브랜드까지 맞춘 걸 보니."

"말했잖아. 내가 마음만 먹으면 네 정신을 들어낼 수 있다고. 지금 당장 그렇게 할 수 있어. 난 네게 말할 기회를 주고 있는 거야. 어쩌면 넌 뉘우칠 수도 있겠지. 그럼 좋겠는데."

"사양하지. 전사 세바스찬은 선지자께서 말씀하신 그대로였어. 선지자께서 예언하신 일이 모두 이루어졌지. 아까 고귀한 일이라고 했던가? 세바스찬은 고귀해. 당신도 만나보면 알 거야."

브리그스가 말했다.

여왕은 이미 모트를 몇 번 본 적이 있었다. 브리그스는 그 고양이를 빛을 퍼트려 다른 사람들을 불러 모으는 신호등처럼 보고 있었다. 하지만 그녀가 보기에 인간들이 모트를 찾는 이유는 자신들의 가장 깊숙한 욕구를 투영하기 때문이었다. 죽음에서 벗어나고, 고통을 피하고, 자신들이 신처럼 살 기회를 얻고 싶은 마음에서였다.

포유동물들은 사랑이란 말을 하나가 될 수 없는 것을 만회하기 위해 썼다. 개미들은 여왕이 어머니와 그랬던 것처럼 서로 하나가 될 수 있었다. 사랑은 환상이다. 인간의 증오를 가리기 위한 연막이었다.

"당신은 이런 모든 일을 할 수 있어."

브리그스가 지하실의 벽을 살펴보며 말했다.

"내 머릿속에 들어와서 조종할 수도 있지. 하지만 당신은 그 전사가 자기 친구를 사랑하는 이유를 알 수 없을 거야. 또 그가 그녀를 결코 포기하지 않는 이유도, 그것이 어째서 우리에게 큰 의미가 있는지도 모르지."

브리그스가 말했다.

"네 말이 무슨 뜻인지 알아. 너희들을 움직이게 하는 건 갈망이야. 넌 그 갈망이 언제나 좋은 거라고 생각하겠지. 네놈들에게 당한 수십 억의 피해자들은 다르게 말하겠지만."

여왕이 말했다.

그만하면 충분히 들었다. 여왕은 결연히 시가를 입에 물고 브리그스 앞으로 걸어갔다. 그는 양손으로 손전등을 꼭 잡은 채 시가를 깨물었다. 그에겐 가짜 테아 이모가 진짜 여왕보다 무서운 것이다.

"우린……."

브리그스가 시가를 뺐다.

"우린 죽음을 초월한 사랑을 알고 있어."

"그래. 그리고 그건 실패했지."

여왕은 입에서 시가를 뺀 뒤 몸을 앞으로 숙여 브리그스의 얼굴에 연기를 내뿜었다. 그리고 그의 마음속에 메시아와 선지자가 마치 폐와 혈관에 들어간 담뱃재처럼 스며들어있다는 것을 알았다.

브리그스는 어깨를 축 늘어뜨렸다. 들고 있던 손전등이 미끄러져 바닥에 떨어졌다. 지하실은 어두워졌고, 그의 얼굴도 보이지 않았다.

"그런 건 중요하지 않아."

여왕은 계단 쪽으로 향했다. 산산이 부서진 정신 안에서도 자신이 할 일을 했다.

"내가 마지막으로 테아 이모를 봤을 때 뭐라고 말했는지 알아?"

"물론이지."

"입 다물어. 내가 말할 테니까. 이모가 내 고등학교 졸업식에 왔었어. 6년 만에 보는 거였지. 이모는 내가 남자가 됐다면서 기뻐했어. 그래서 난 지옥에나 가라고 해 줬지. 우리 엄마 앞에서 말이야."

브리그스가 말했다.

"알고 있어."

"당신한테도 같은 말을 해 주지. 지옥에나 가. 당신이 여기서 벌이는 수작들은 중요하지 않아. 선지자께서는 신경도 쓰지 않으시지. 세바스찬은 자기 친구를 사랑해. 그는 친구를 만나게 될 거야. 그런 뒤에 당신을 죽일 거고."

브리그스가 말했다.

"너도 믿지 않잖아."

"맞아. 하지만 믿을 거야. 바로 그게 당신보다 우리가 나은 점이지. 난 세상을 떠나기 전에 믿게 될 거야. 그건 당신도 마찬가지지."

여왕은 시가를 떨어뜨린 뒤 지저분한 신발로 밟았다. 그런 뒤에 딸들의 기억을 남자의 뇌 속에 풀었다. 몇 초도 되지 않아 남자는 여왕의 딸들의 모든 죽음을 경험했다. 브리그스는 그런 걸 볼 자격이 있었다. 만일 여왕이 이런 방법으로 모든 인간을 죽일 수 있다면 그들도 자신의 정신이 파열

되는 것이 어떤 느낌인지를 알게 될 것이다.

아무것도 모르는 어린 소년으로 돌아가 지하 감옥에서 부들부들 떨고 있는 브리그스만 남겨 둔 채, 여왕은 계단을 올라갔다.

그녀는 현실 세상으로 돌아와 일개미들이 브리그스의 시신을 옮기는 것을 발견했다. 딸들은 마치 그 자리에 적이라곤 없었던 것처럼 계속해서 여왕의 몸을 닦아 주고 있었다. 브리그스는 이제 그들을 위한 걸쭉한 단백질이 될 것이다. 머지않아 모든 인간이 그처럼 될 터였다. 그리고 인간들의 사랑에 대한 작은 환상은 콜로니 속에 흩어진 채 가공되고 변형되어 사라지리라.

5부

공격

제17장

가짜 예루살렘

모트와 와와는 베수비오의 갑판 위로 올라갔다. 작은 발코니에 있던 인간 두 명이 그들을 끌어올려 주었다. 모트는 둘의 성별을 식별할 수 없었다. 두 사람 모두 조금 전 자신을 희생했던 남자가 입고 있던 벌레 같은 옷을 입고 있었기 때문이다.

그 자리에서 모트는 비행선을 제대로 볼 수 있었다. 땅과 하늘과 태양을 동시에 비추고 있는 은색 물질로 덮인 선실을 열기구 세 대가 지탱하고 있었다. 카멜레온 피부처럼 색깔이 변하는 것 같았다. 베수비오는 태양열을 흡수해서 에너지로 사용하기 때문에 지상에 착륙할 필요가 없었다.

모트는 예전에 누군가 보여준 사진을 떠올렸다. 이제는 사라진 시카고라는 도시에서 벌어졌던 전투에 참여했을 때의 일이다. 사진은 동물 군사들이 은색 방울이 달린 금속 조각상 앞에서 찍은 것이었다. 그 조각상이 이 소형 비행선과 비슷했다. 모트는 이제 통역기의 여파가 아닌, 순전히 자신의 기억으로 그 사진을 봤던 순간을 떠올렸다.

선체를 훑어보던 모트의 시선이 선미 쪽으로 향했다. 처음 보는 커다란 엔진으로 작동되는 프로펠러가 돌아가고 있었다. 반사 금속이 요트 크기의 터보 프롭 엔진을 감싼 형태였다. 그래서 프로펠러가 공기를 가르는 소리만 들릴 뿐이었다. 각각의 열기구에는 엔진이 두 개씩 달려 있었다. 모트는 발코니 자리에서 엔진 네 개의 바닥을 볼 수 있었다. 이 곤돌라, 인간 문명을 압축한 인큐베이터를 지탱하고 있는 베수비오는 한 척의 비행선이 아니라 여러 척을 연결해 만든 것이었다.

잠시 뒤 인간들이 모트와 와와에게 안으로 들어가자고 했다. 그들은 중앙에 거대한 핸들이 달린 금속 문 앞에 섰다. 인간들 중 한 명이 핸들을 돌리자 에어 록이 열렸다. 그 안은 유도등이 달린 원통형 공간이었다. 인간 한 명이 뒤에서 문을 닫자 바람이 차단되었다. 뒤이어 다른 한 명이 다음 에어 록을 열었다. 모트는 그 안에서 나무와 야생동물 냄새와 함께 습한 바람에 스며있는 솔방울과 흙냄새를 맡고 깜짝 놀랐다. 말도 안 되는 일이었다. 인간들이 계속 갈 것을 권했지만, 와와는 머뭇거렸다.

"밖에서 기다리는 것보다는 나을 거요."

모트가 말했다.

그들은 커다란 타원형 모양의 방으로 들어갔다. 산책로 같은 곳인지, 수십 개의 둥근 창문으로 햇살이 쏟아졌다. 나무들과 잘 손질된 잔디. 그 가운데 분수가 놓여 있었다. 작은 정원에 플라스틱 파이프들이 얽힌 채 중앙에 있는 오아시스로 연결되어 있었다. 모트는 인간들이 산소와 깨끗한 물, 채소를 얻을 수 있는 재생 가능 시설을 만들었다는 것을 알았다. 아마 콜로니의 기술을 적용했을 것이다. 비록 개미들의 기술을 조잡하게 따라 하긴 했지만 인간들은 구름 속에 떠 있는 비행선을 작은 에덴으로 만들었다.

그 방 뒤쪽은 작은 원형 극장처럼 되어 있었는데 주위에 의자들과 벤치들이 놓여 있는 것으로 보아 모임 장소로 쓰이는 것 같았다. 선실의 다른 층으로 이어지는 계단과 승강기가 있었다. 다른 층에 거처와 저장고, 엔진 실이 있을 것이며 어쩌면 예배당이나 EMSAH 발신기도 있을지 모른다.

수십 명이 거기 서 있었다. 어쩌면 백 명 정도 될지도 몰랐다. 그중 일부는 올리브색 군복을 입었고 다른 사람들은 푸른색 낙하복을 입고 있었다. 모트가 들어가자, 그들은 모두 헉하고 숨을 들이마셨다. 심지어 몇 명은 울음을 터트리기까지 했다. 그중에는 아이들과 함께인 엄마들도 있었다. 그들은 아이들의 귀에 대고 속삭였다. '저분이란다. 저분이 세바스찬이야.'

안경을 쓴 대머리 남자는 모트의 메달을 보고 넋이 나간 것 같았다. 그는 가슴에 손을 올리더니, 자기에게 있지도 않은 유다 성인의 목걸이를 쥐듯이 손을 꼭 움켜잡았다.

군중들 속에서 검은색 가운을 걸친 여자가 앞으로 걸어 나왔다. 동아시아인으로 보이는 중년 여성으로, 백발에 얼굴엔 주름이 있었다. 가운이 바닥에 끌릴 정도로 길어서 걷는다기보다 떠다니는 것처럼 보였다. 가녀린 목 주위에는 흰 깃이 달려 있었다.

"같이 있던 남자는 어떻게 된 거죠?"

"우리를 구하기 위해 자신을 희생했소."

모트가 말했다.

그녀는 한참 바닥을 내려다보다가, 목소리를 가다듬었다.

"내가 아르콘이에요. 우리끼리 이야기를 나누죠."

아르콘은 모트의 손을 잡고 승강기 쪽으로 향했다. 그는 낯선 분위기에 정신이 팔려 하마터면 와와를 잊을 뻔했다. 모트가 와와를 찾기 시작하자 아르콘이 그의 손을 꼭 잡으며 개는 괜찮을 거라고 말했다. 모트도 와와가 도끼만 들고 산성 액을 쏘는 알파개미를 공격하는 것을 봤던 터라, 웬만한 인간들은 상대가 되지 않으리라 생각했다.

아르콘이 모트를 이끌고 제자들의 옆을 지나갔다. 그들은 각자 모트의 어깨에 손을 얹고 기도문 같은 것을 중얼거렸다. 계속 듣다 보니 모트는 그들이 무슨 말을 하는지 알 수 있었다. '우린 인도되었습니다. 우린 인도되었습니다.'

잠시 뒤 그는 아르콘과 승강기에 올라탔다. 아르콘이 직접 그를 인간들의 내실로 안내했다. 그들은 유리로 된 승강기를 타고 비행선의 위층에 있는 방으로 올라갔다.

문이 열리고, 아르콘의 지휘본부이자 개인적인 거처가 나타났다. 방 한복판에 놓인 탁자 위에는 누렇게 변색된 지도가 펼쳐져 있었다. 그 옆 나지막한 책장에 놓인 이상한 예술 작품이 그의 시선을 끌었는데, 안에 모래가 담긴 유리 상자였다. 모래에 터널 비슷한 것들이 패여 있었다.

"이걸 보면 관심을 가질 줄 알았어요. 당신이 알고 있는 모든 것에 반하는 거니까. 아마 이런 종류로는 여기 있는 게 마지막일 거예요."

모트는 그 작은 터널들이 움직인다는 것을 알아차리곤 좀 더 가까이 다가가 보았다. 움직이고 있는 건 개미들이었다. 수백, 수천 마리의 개미들이 콜로니의 축소판에서 살고 있었다.

"개미 사육 상자에요."

아르콘이 말했다.

"어떻게 된 거죠?"

"현실과는 반대로 우리가 이 곤충들을 지배할 수 있게 만든 거예요. 신이 의도하신 일인지는 모르겠지만, 우린 놀이 삼아 개미들을 잡아서 이 안에 넣었죠."

개미들은 수확을 하거나 땅을 파고, 알들을 돌보면서 자기 일에 열중했다. 하늘에 둥둥 떠 있는 베수비오에서 개미들은 동물원에 전시된 신세였다.

아르콘이 가까운 조리대 위의 물병과 그릇을 가리키며 마실 걸 권하자, 모트는 받아들였다. 그녀는 물을 따라 모트에게 건네주었다. 그는 그릇을 받아 물을 벌컥벌컥 마셨다.

"당신을 보면 내가 전에 키우던 고양이가 생각나요. 지금은 떠나고 없지만."

아르콘이 말했다.

"그 고양이를 지배했었나요?"

"그래요. 내가 개들 무리로부터 구해 줬죠. 그 고양이는 다리를 잃었어요, 불쌍하게도. 당신이 생각하는 것과는 달라요. 주인으로서 노예를 부린 게 아니에요. 우린 당신들을 아꼈어요. 친구로 생각했고, 당신들의 보호자이기도 했죠."

"나와 같이 온 개한테 그렇게 말해 봐요. 그 보호자란 사람은 우리 안에 가두고, 죽을 때까지 싸우게 시켰으니까."

모트가 마지막으로 남은 물방울까지 다 마신 뒤에 말했다.

아르콘이 고개를 끄덕였다.

"지금은 개미들이 우리들의 보호자죠. 잘하고 있는 건 아니지만. 그러니 내가 이곳에 신나서 온 건 아니라고 해도 용서해요. 당신이 무슨 말을 할지 궁금하긴 해요. 사실 선택의 여지도 별로 없었고."

모트가 말했다.

"우리에게는 언제나 선택권이 있다고 생각하고 싶어요. 하지만 그러지 못할 때 어떤 느낌인지는 잘 알아요."

아르콘은 모트의 빈 물그릇을 조리대에 올려놓았다.

"콜로니에서는 EMSAH를 단순히 약어라고 하죠?"

"그래요."

"그게 무슨 뜻인지는 알아요?"

"대충은."

아르콘의 물음에 모트가 대답했다.

"메시아(messiah)라는 단어가 섞인 거예요. 동물들이 처음 글자를 배웠을 때 잘못 읽었던 거죠."

모트에게도 친숙하게 들리는 단어였다. 그는 그 단어가 혁명가와 비슷한 뜻일 거라고 생각했다. 말썽꾸러기. 하지만 아르콘이 그 단어를 숭배하는 것으로 보아 다른 의미가 함축된 것 같았다.

"세바스찬, 당신이 바로 콜로니와 동물들, 그리고 우리를 위한 메시아예요. 당신이 우리 모두를 주의 손으로 인도할 거예요."

아르콘은 손을 내밀어 모트의 유다 성인의 메달을 잡았다. 그녀의 손톱은 비행선과 같은 은색으로 칠해져 있었다.

"이런 메달, 오랜만에 봐요."

"잘 들어요. 당신이 날 무슨 이유로 선택한 건지는 모르겠지만, 잘못 알고 있는 거요. 여왕은 당신네 예언에 대해 다 알고 있어요. 내가 당신네의 메시아인지 뭔지가 될 건지 알고 싶어 했으니까."

모트가 말했다.

"여왕은 이렇게 될 줄 알고 있을 거예요."

"당신이 잘못 알고 있는 거요. 여왕은 전체 시간을 통제하고 있어요. 당신은 예언이라고 생각하지만, 이건 여왕의 실험 중 하나예요. 단순한 실험일 뿐이란 말이오."

모트가 말했다.

"여왕이 우리 예언을 두려워하는 건 진짜로 실현될 수 있다고 생각해서가 아닐까요?"

"여왕이 어떻게 생각하는지는 모르죠."

"인간들의 저항조직 자체가 믿음의 힘을 보여주는 증거예요. 이 믿음은 여왕이 만든 어떤 것보다도 위험한 무기예요. 여왕이 이해할 수 없는 그런 거니까."

"죽음~~삶처럼 말이오?"

아르콘은 잠시 말을 멈췄다.

"보여줄 게 있어요. 아무래도 이런 일들은 균형감각이 필요하죠."

아르콘은 가운 주머니에서 유리관을 꺼냈다. 점안기처럼 생긴 뚜껑을 돌려 열자, 안에는 기름 같은 액체가 담겨 있었다. 아르콘은 그 유리관을 모트에게 내밀었다. 그 액체에서는 비누 같은 냄새가 났다.

"무슨 냄샌지 알겠어요?"

"아뇨."

아르콘은 개미 사육 상자 옆에 달린 뚜껑을 열었다. 점안기가 충분히 들어갈 수 있을 만한 크기였다. 그녀는 일개미가 알아차릴 수 있을 만한 장소에 그 유리관 점안기의 끝부분을 올려놓았다. 개미가 그 물체를 조사하려고 다가왔을 때 아르콘이 액체를 떨어뜨렸다. 그리고 유리관을 뺀 뒤 뚜껑은 그대로 놔뒀다.

그 사이 일개미는 온몸을 떨고 있었다. 근처에 있던 다른 개미들은 더듬이로 교신 끝에 갑자기 미친 것처럼, 흠뻑 젖은 채로 그 자리에서 죽음만 기다리고 있는 동료를 공격했다. 다른 개미들은 그 개미의 다리와 가슴 부위를 물더니 상자 밖으로 몰아내기 위해 뚜껑 쪽으로 끌고 가기 시작했다.

모트는 다른 개미들이 너무 힘껏 잡아당겨서 그 개미의 몸이 뜯겨 나갈지도 모르겠다는 생각을 했다. 결과적으로 많은 개미가 상자에서 빠져나왔으나 감염된 동료를 옮기느라 자유를 찾은 것도 모르고 있었다.

아르콘은 비쩍 마른 손으로 그 개미들을 잡았다. 다른 손으론 주머니에서 손수건을 꺼내 손바닥에 붙은 개미들을 상자 속에 다시 털어 넣었다. 그런 뒤에 개미들이 밖으로 나오지 못하게 상자 뚜껑을 닫았다.

"올레산이라는 물질이에요. 개미들이 뭔가가 죽었거나, 콜로니에서 버림받았다는 것을 알릴 때 사용하는 신호죠."

아르콘이 고개를 저으며 웃었다.

"아무리 영리하다고 해도 저들은 여전히 종족 본능에 사로잡혀 있어요. 여왕은 전쟁에서 자신의 약점을 가렸을 뿐이에요. 당신이 '실험'이라고 부르는 건 단순히 콜로니가 우리를 이길 수 없다는 사실을 여왕의 입장에서 인정한 것일 뿐이죠. 여왕은 점점 미쳐가고 있어요. 여왕이 있는 방은 정신병원으로 바뀌었어요. 여왕은 갇혀 있고 그 딸들은 경비가 된 거죠. 여왕은 자신이 이성적이라고 주장하지만, 실은 가질 수 없는 것을 열망하고 부러워해요. 여왕은 자기가 이해할 수 없는 것을 증오합니다. 통제할 수 없는 건 파괴하죠."

아르콘은 여왕은 자기 모습을 드러낼 만한 일은 계획하지 않는다고 말했다. 만일 모트가 저 물질을 좀 더 연구해 본다면 동물들 중에서 가장 냉정한 여왕조차 신념을 바꿀 수 있는 신호를 찾을 수 있을 것이다. 그리고 그것은 저항조직이 품고 있는 희망의 새로운 상징이 될 수도 있었다. 인간들은 자신들의 메시아를 선택했고 그 메시아는 자신의 운명을 따르게 될 것이다. 그때 여왕은 모든 것을 파괴하고, 전부 다 쓸어버리고, 생존자들은 가축으로 만드는 것으로 응수하며 마지막 격리를 시행할 것이다.

"아니면 메시아가 인간과 동물을 이끌고 사탄의 무리와 맞서 승리를 이끌어낼 수도 있어요."

아르콘은 시바에 대한 모트의 사랑은 신의 사랑 다음이며, 지평선에 떠 있는 태양처럼 빛나는 거라고 말했다. 모트의 여정은 숨어 있던 수많은 신자를 고무시켰고, 그 때문에 여왕이 겁을 집어먹었다는 것이다.

"그러니까 당신은 선택할 수 있어요. 하나는 계속 이 길을 가면서 콜로니와 신의 군대의 마지막 충돌의 불씨가 되어 주는 것. 혹은, 이대로 탐색을 포기하고 지상으로 돌아가 친구에게 무슨 일이 일어났을지 평생 궁금해하면서 떠돌다가 죽을 수도 있겠죠."

아르콘이 말했다.

"그 마지막 충돌에서 당신들이 이길 거라고 생각합니까?"

모트가 물었다.

"우린 신의 뜻에 따를 거예요. 그게 가장 중요하니까."

"그게 뭔지 어떻게 알죠?"

"그냥 알 수 있어요. 아주 간단하죠."

그녀가 입가에 미소를 지으며 말했다.

하지만 사실 그건 간단하지 않았다. 뱀이 자기 꼬리를 먹는 것이나 마찬가지다. 모트는 아주 오랫동안 개미들을 위해 일했었기에 이성적으로 생각하지 않으면 아무도 살아남을 수 없다고 믿고 있었다. 그런데 지금 여기 있는 종교 지도자는 마법같은 이야기를 늘어놓았다. 모트에겐 더 이상 질문할 기운이 남아 있지 않았다. 이건 EMSAH다. 싸워서 될 일이 아니었다. 그는 치료법을 찾지는 못했지만, 그 증상들을 식별할 수 있게 훈련받았다. 유일한 치료법은 격리였다.

"이유가 뭐죠? 어째서 내가 메시아란 겁니까?"

모트가 물었다.

"나라면 영광으로 알 거예요."

아르콘이 답했다.

모트가 의심했던 대로 베수비오에는 예배당이 있었다. 산책로 바로 아래층이었다. 모든 인간이 그곳에서 모트를 기다리고 있었다. 비행선의 다른 곳들은 인공적인 표면인 데 반해, 예배당 바닥은 나무였다. 신자들 앞에 참나무로 만든 연단이 놓여 있었다. 맨 앞줄에는 차분해 보이기는 했지만 그 자리에 전혀 어울리지 않는 와와가 앉아 있었는데, 그녀와 모트의 눈이 마주치자 둘 다 어깨를 으쓱했다. 모트는 와와 역시 하늘에 떠 있는 도시 안의 넓은 공간을 활용하는 더 좋은 방법들을 생각하고 있다는 걸 알 수 있었다.

아르콘은 모트에게 와와 옆자리에 앉으라고 한 뒤 연단에 올라갔다. 모트는 와와를 쿡 찌르며 괜찮은지 물었다. 그녀는 고개를 끄덕였다. 아르콘이 손을 들자 장내가 조용해졌다. 모두의 시선이 모트에게 쏠려 있었다.

"우리의 신은 강합니다."

아르콘이 말했다. 여기저기서 환호성이 터져 나오다가 이내 모두가 발을 구르며 박수갈채를 보냈다. 모트는 이제야 나무 바닥을 깐 이유를 알았다. 사람들이 발을 구를 때 널빤지가 덜그럭거리는 소리가 지상에 있는 개미들한테까지 그 진동이 느껴질 듯 요란했다.

"우리의 신이 약속대로 구세주를 인도하셨습니다. 그리고 이제, 구세주가 우리를 인도해 줄 겁니다."

아르콘이 말을 이었다.

좀 더 많은 제창과 응답이 이어졌다.

"맞습니다!"

누군가 모트의 귀에 대고 소리쳤다.

"그렇습니다."

또 다른 누군가가 말했다. 모트는 소리치는 사람들의 얼굴을 둘러보다가 자신이 앉은 자리 끝 쪽에 있는 어린아이를 보았다. 남자 아이로, 병원 들것에 누워 있었다. 아이는 입과 코에 간이 인공호흡기를 꽂고 있었다. 연한 청색을 띤 뜨거운 물병으로 만든 풀무가 공기를 불어넣어 주는 형태였다. 그 옆에는 간호사가 서 있었다. 인간들이 그런 상태로 살아있는 누군가를 지키고 있는 것이 이상하게 느껴졌다. 이런 경우, 컬드삭이었다면 자원 낭비라고 하면서 그 아이를 잡아먹어 버렸을 것이다.

"지금부터 테터 선생님 반의 어린 학생들이 '말씀'에 나오는 '추방' 이야기를 재연한다고 합니다."

아르콘이 녹색 장정으로 묶은 얇은 책 위에 손을 올렸다. 그녀는 그 책을 들고 키스한 뒤 테터 선생에게 건네주었다.

아이들은 자세를 잡고 대기 중이었다. 모트는 학생들이 의상을 직접 만들었다는 것을 알아차렸다. 한 소녀는 판지로 만든 뿔 같은 것을 달고 있었는데 아무래도 더듬이를 표현한 것 같았다. 또 다른 소녀는 가짜 개의 귀와 꼬리를 달고 있었다. 어떤 소년은 고양이 귀를 달고 있었다. 그 아이가 메시아 역을 맡은 모양이었다. 또 다른 소년은 평범한 노인으로 분장했다. 열다섯 명 정도로 보이는 테터 선생 반의 나머지 아이들은 그 바로 앞 바닥에 책상다리를 하고 앉아 있었다.

테터 선생이 책을 펼쳤다.

"'전사와 어머니'를 읽겠습니다."

그 말을 듣자 사람들은 기도하는 것처럼 양손을 모았다. 많은 사람이 선생과 같이 그 글귀를 읊조렸다.

"이름이 없는 전쟁 기간, 신의 아이들인 인간, 짐승, 새, 곤충이 여왕 앞에 고개를 숙였습니다."

테터 선생이 읽기 시작하자 더듬이를 단 소녀가 오만한 자세로 팔짱을 꼈다. 다른 아이들은 그 소녀 앞에 무릎을 꿇었다.

"흙의 여왕, 지하세계의 군주, 악마의 손. 여왕은 인간들을 일곱 번의 일곱 배의 일곱 번씩 살육했고, 열등한 종들을 자연에 반하는 상태로 키워냈습니다."

고양이로 분장한 소년이 일어섰다. 이상하게도 개 분장을 한 소녀는 여전히 무릎을 꿇고 있었다. 모트가 보기에 그 개는 시바를 나타내는 것 같았다.

아르콘이 모트를 쿡 찌르며 말했다.

"'열등한 종들'이라는 표현에 신경 쓰지 말아요. 옛날에 한 번역이라 그런 거니까."

"동물들은 인간이 되는 꿈을 꿨습니다. 신의 은총을 결코 알지 못했습니다. 그래서 그들은 새로운 파라오의 노예가 되어 인류의 마지막 한 명까지 뒤쫓았습니다."

테터 선생이 전쟁의 공포를 묘사하는 동안 가짜 개 옷을 입고 고양이 귀를 단 소년 몇 명이 바닥에 앉아 있던 아이들을 에워싸고 발톱을 내미는 척했다. 아이들은 한 명씩 죽은 척 쓰러졌다. 그중 몇 명이 우습다는 듯 낄낄거리자 연극을 보고 있던 어른 중에서도 덩달아 웃음을 터트리는 사람들이 있었다. 모트와 와와는 서로를 쳐다보았다.

"신에게 맞서며 여왕은 자신만의 에덴동산을 세웠습니다. 여왕이 딸들에게 말하길……."

테터 선생이 말했다.

"자, 바다에 대도시를 지어 보자. 우리들의 섬, 우리의 이름을 널리 알려줄 그런 곳을."

여왕으로 분장한 소녀가 말하자, 아까 '죽었던' 아이들 중 몇 명이 여왕 옆에 누워 바다 위에서 뻗어나가는 섬을 연기했다. 여왕은 그 가운데 서서 싱긋 웃었다.

"하지만 신께서 그 섬으로 내려오셨습니다. 그리고 말씀하시길 '내가 만든 피조물이 오만하게 나를 저버렸구나. 이제 저들은 불가능한 것이 없다고 믿을 것이다. 심지어 나의 선택을 받은 자들을 자신들의 섬에 가두기까지 했다. 이제 가서 저들의 계획을 무산시켜야 한다. 그래야 내 백성들을 위한 새로운 날의 태양이 뜨는 것을 보게 되리라.'

그래서 신은 동물 중에서 가장 총애하는 고양이 한 마리와 개 한 마리, 그리고 그들의 보호자인 소년을 부르셨습니다. 마이클이라는 이름을 가진 소년이었습니다."

모트는 애완동물로 살던 시절 '마이클'이라는 단어를 참 많이 들었다. 때로는 다정했고, 때로는 화가 났거나 걱정하는 것처럼 들렸다. 마이클은 대니얼의 아들 이름이었다. 집에 데려오자마자 침대에 눕혀져 있던 아이였다. 그 당시엔 세상이 훨씬 작았다.

이제는 그 소년과 세바스찬, 시바만이 무대에 남아 있었다. 다른 학생들은 조용히 머리에 더듬이를 쓴 채 서 있었다.

"마이클은 용감했고, 유일신의 진실한 아이였습니다. 그 소년과 친구들인 '전사 세바스찬'과 '어머니 시바'는 버려진 에덴의 약속과 신의 의지를 이 땅에 보여 준 것입니다. 자신이 가짜 예루살렘에 있다는 것을 알게 된 여왕은 부하들을 시켜 그들을 공격합니다."

테터 선생이 말했다. 개미 옷을 입은 아이들이 세 배우를 둘러싸고 무섭게 소리 지르기 시작했다. 관객들도 합세했다. 관객들이 짓고 있는 무서운 표정만 아니었다면 모트는 환호성을 지르는 거라고 생각했을 것이다.

"전사 세바스찬은 열 마리의 짐승들과 싸웠고, 덕분에 마이클과 그 가족들은 도망칠 수 있었습니다."

테터 선생이 말했다. 그 동안 고양이 차림을 한 소년이 개미 무리를 향해 발톱을 내미는 시늉을 했다.

"하지만 그 전투 중에 시바가 사라졌습니다. 세바스찬은 상처를 입은 채로 시바를 찾아 황야로 갔습니다."

세바스찬 역을 한 아이가 무대 뒤로 사라졌다.

모트는 고개를 저었다. 그런 일은 없었다. 그는 어째서 인간들이 제대로 알지도 못하는 일을 이런 식으로 꾸며대는 건지 이해할 수가 없었다.

"세바스찬이 그들을 찾기 전에, 어머니 시바와 친구인 마이클은 붙잡혔고 섬으로 끌려가 여왕 앞에 섰습니다."

개미로 분장한 아이들이 전부 그 전제군주 앞에 섰다. 가운데 있던 마이클과 시바는 고개를 숙인 채였다.

"'너희가 누구라고 생각하는 것이냐? 감히 제국의 뜻을 어기다니?'"

어린 여왕이 물었다.

"하지만 마이클은 두려워하지 않았습니다. 그가 말하길……."

테터 선생이 말했다.

"'난 선택받은 아이, 마이클이다. 너희들의 무기는 우리를 쓰러뜨릴 수 없다. 우리는 네가 두렵지 않다. 언젠가 우리의 전사는 너희들을 전멸시키고 진정한 에덴을 찾기 위해 황야에서 돌아올 것이다. 전사는 친구를 찾으러 오는 것이다. 그는 지배나 보물이나 흙을 위해서가 아니라 사랑을 위해 싸운다.'"

소년이 대답하자 모트와 한자리에 앉은 신도들이 연호했다. 그에게도 함께 하자며 재촉하는 이들도 있었지만, 다른 사람들은 더 많은 것을 갈구하듯 최면이라도 걸린 것 같은 모습으로 양손을 번쩍 들고 펄쩍 펄쩍 뛰었다.

"여왕은 소년에게 어떻게 그렇게 확신하는지 물었습니다. 그러자 소년이 대답하기를……."

테터 선생이 말했다.

"'신을 위해 싸우는 자들의 마음속에는 사랑이 있다. 그 동물은 친구에 대한 사랑 때문에 돌아온다. 너희들은 그 힘에 맞서 싸울 무기가 없다. 전사의 발바닥이 너희들의 제국을 쓸어버릴 것이다.'"

"점점 화가 난 여왕은 그 소년과 개를 가두고 콜로니의 구경거리로 만들었습니다."

테터 선생이 말했다.

"'너희들의 전사가 찾아오면 우리는 그에 걸맞게 맞아줄 것이다.'"

어린 여왕이 말했다.

"하지만 신은 마이클에게 자비를 베풀며 이렇게 말씀하셨습니다. '마이클, 아이야. 네가 본 것을 세상에 전할 수 있도록 내가 너에게 길을 만들어 줄 것이다.' 그리고 신께서는 천사를 보내시어 짐승들이 아이를 해하지 못하도록 그들의 입을 막아 버리셨습니다. 마이클은 죄가 없었기 때문입니다. 그래서 마이클은 충실한 신봉자들과 함께 그 섬을 탈출했습니다."

마이클이 조용히 지나가자 그 앞에서 개미로 분장한 아이들이 쓰러졌다. 아이들 몇 명이 마이클의 신봉자를 연기했다. 관중들이 박수를 쳤다. 저런 식의 탈출이 가능하다고 생각하는 거라면, 그건 인간들이 이 체펠린 비행선 안에 너무 오래 있었기 때문일 거라고 모트는 생각했다.

"본토로 돌아가는 여정은 힘들었습니다. 많은 신봉자가 죽었습니다. 작은 뗏목을 타고 떠도는 동안 음식과 물이 부족해졌고, 마이클은 점점 몸이 약해졌습니다. 마침내 해안에 도착한 이들은 인간 병사들에게 발견되었습니다. 그 병사들은 마지막까지 남아 있던 신의 군대였습니다. 신은 꿈을 통해 그들에게 선지자가 도착하는 날을 말씀해 주셨습니다. 마이클의 신봉자들이 말하기를……."

테터 선생이 말했다.

"'선지자를 보호하라. 선지자가 말하는 대로 행하라.'"

신봉자 역을 맡은 아이들이 읊조렸다.

"그들은 반은 살아있고 반은 죽어 있는 소년을 발견했습니다. 소년이 속삭이길……."

테터 선생이 말했다.

"'나는 신의 계획을 이행하였도다. 다른 이가 내 자리를 대신하게 될 것이다. 그는 너희들을 가짜 예루살렘으로 이끌 것이며, 너희들은 그곳에서 선조들의 유산을 되찾게 될 것이다. 그를 위해 길을 만들어 줄 것이다. 하지만 그때까지는 전사가 어머니를 사랑하는 것처럼 서로를 사랑하라.'"

다른 아이들이 지켜보는 가운데 엎드려 있던 마이클이 말했다.

관객들은 점차 조용해졌다. 간간이 훌쩍이는 소리만 들렸다.

"신의 병사들은 마이클을 캠프로 데려가서 상처를 치료했습니다. 그리고 그들은 전사가 인도해 줄 날만을 기다리면서 계속 황야를 바라보았습니다."

테터 선생이 말했다.

아이들이 지평선을 보는 것처럼 교회 벽을 쳐다보았다. 그때 세바스찬의 분장을 한 소년이 연단 뒤에서 뛰어나왔다. 이번에는 머리에 왕관을 쓰고 플라스틱 칼을 들고 있었다. 전혀 예상치 못한 등장에 관객들은 모두 자리에서 일어나 박수갈채를 보냈다. 모트는 그들이 몇 년 동안 이 작은 연극을 계속 했을 것으로 짐작했다. 그리고 이제야 그들이 원하는 결말을 덧붙일 수 있게 된 것이다.

주위가 소란스러운 가운데, 아르콘이 모트의 귀에 대고 속삭였다.

"저 이야기는 사실이에요. 당신 주인의 아들은 신봉자들을 모아 콜로니에서 탈출했어요. 어린아이이긴 하지만, 미래를 볼 수 있죠. 신이 주신 재능이에요."

모트는 들것에 누워 있는 아이를 다시 바라보았다. 얼핏 보니 아르콘이 가슴 한복판에 두 손을 올리고 있었다.

관객들이 노래를 부르기 시작했다. 양의 피를 뭔가에 발랐다는 내용[*]이었다. 와와는 음악에 맞춰 몸을 흔들면서, 주위 사람들을 돌아보며 자신이 제대로 하고 있는 건지 확인하곤 했다.

"저 아이는 우리에게 신탁을 내려줘요. 우리 인원이 이렇게 조금밖에 안 남은 절망적인 상황에 당신이 올 거라고 예언했어요."

아르콘이 떨리는 목소리로 말했다.

주위에 있는 인간들이 모두 노래를 부르고 있을 때, 모트는 그 소년에게 다가갔다. 중년의 여자 간호사가 모트를 보고 고개를 숙였다. 머리카락이 없는 그녀의 민머리에 천장에 달린 조명등 불빛이 반사되었다. 관객들은 모두 모트를 쳐다보았다. 그들은 그를 보며 노래를 부르고 있었다. 모트를 성상처럼 생각하는 것 같았다. 그는 지금 그들의 우상이었다.

소년은 틀림없이 마이클이었다. 나이가 좀 더 들긴 했지만. 아마 열네 살이나 열다섯 살 정도 되었을 것이다. 이제 그에게선 비누와 설탕 대신 땀과 땅콩버터 냄새가 났다. 갈색 눈동자는 완전히 텅 비어 있었다. 만일 이 아이가 뭔가를 알고 있다고 해도, 자신이 어디에 있는지는 알지 못할 것이다. 마이클의 정신이 활동하고 있다고 해도, 이 떠다니는 교회에서 멀리 떨어진 어딘가 다른 장소에 가 있는 게 분명했다.

"여왕."

---

[*]이스라엘 민족이 애굽 땅을 탈출할 때 양의 피를 문설주에 발라 마귀의 공격에서 안전할 수 있었다.

마이클이 속삭였다. 모트가 몸을 숙였다. 그는 손을 내밀었지만 어떻게 해야 할지 알 수가 없었다. 소년의 어깨에 손을 올려도 되는 걸까? 모트가 마이클의 몸 위에서 손을 휘젓자, 간호사가 그의 손목을 꽉 붙잡았다. 그녀는 그를 노려보았다. 이마에 선 핏줄이 민머리까지 이어졌다.

"반사적인 거였어요."

간호사가 모트의 손목을 놓아 줬다. 하지만 그녀는 경고하는 것처럼 계속 모트를 쳐다보고 있었다.

"당신이 이 아이를 지키고 있습니까?"

모트가 물었다.

"맞아요. 이분이 우리 모두를 지켜 주셨으니까요. 이분은 우리를 섬에서 구해주셨어요."

모트는 간호사의 눈에 어린 결의를 이해할 수 있었다. 이 여자는 마이클의 보호자였다. 예전에 세바스찬이 그랬던 것처럼.

"여왕."

눈을 파르르 떨며 마이클이 말했다.

모트와 간호사가 그의 말을 듣기 위해 몸을 숙였다.

"여왕은 매우 외롭다. 매우 외롭다. 매우 외롭다."

마이클이 말했다. 그는 숨이 넘어갈 것 같은 목소리로 같은 말을 반복했다.

"여왕이 계속 이분께 말을 걸어요. 대부분은 꿈속에서 그러죠. 하지만 가끔은 낮에 그럴 때도 있어요."

간호사가 소년이 안고 있는 숙명에 대한 깊은 슬픔을 드러내지 않으면서 말했다. 모트는 그들이 아이에게 한 짓을 깨닫고는 손으로 입을 틀어막았다. 그때 간호사가 씁쓸하게 말했다.

"여왕은……."

"모든 것을 보고 있죠. 나도 알아요."

모트가 간호사의 말을 받았다.

"당신도 여왕과 이야기를 해봤나요?"

모트는 그렇다고 대답했다.

"당신은 우리가 생각했던 것보다 훨씬 특별한 분이세요."

간호사가 속삭였다.

모트는 뒤섞인 기억들을 하나로 모을 수가 없었다. 하지만 통역기를 사용했을 때 마이클과 마주친 것만은 확실했다. 아마 마이클은 여왕이 그런 것처럼 모트의 꿈속에 들어왔을 것이다. 그들은 들판이 아니라 마티니 일가의 뒷마당에서 시신들에 둘러싸여 있었다.

모트는 주먹을 꽉 쥔 채, 돌아서서 아르콘을 찾았다. 그녀는 얼마 떨어지지 않은 곳에서 음악에 맞춰 박수를 치고 있었다. 계속 울려 퍼지는 노랫소리는 여왕의 끔찍한 통역기에서 울리던 지지직거리는 잡음이나 마찬가지였다.

아르콘 앞에 다가가자 모트는 그녀의 멱살을 잡고 목을 졸랐다. 갑자기 노랫소리가 멈췄다.

"저들이 아이한테 통역기를 쓴 거야. 그렇지?"

모트가 소리쳤다.

"아니야? 그래서 저들이 나에 대해 알고 있었던 거지. 그래서 마이클이 저들에 대해 잘 알고 있는 거였어."

주위 사람들이 모트의 어깨와 팔을 조심스럽게 붙잡고 아르콘에게서 떼어내려고 했다. 모트는 아직 그녀를 놔줄 생각이 없었다.

"저 아이는 예지력을 가지고 있어요."

아르콘이 침착하게 말했다. 그러곤 괜찮다는 듯이 고개를 끄덕였다. 사람들이 모트의 몸에서 손을 뗐다. 모트는 여전히 숨을 거칠게 몰아쉬고 있었지만 마침내 아르콘을 놔주었다.

"선지자는 우리가 결코 알 수 없는 것들을 알려주었죠. 당신에 대해서도 말해 줬어요."

아르콘이 말했다.

"저 아이는 선지자가 아니오. 기계 때문에 알게 된 거지."

모트가 말했다.

"신이 저 아이를 선택하셨어요. 그리고 통역기만으론 저 아이가 섬에서 도망친 걸 설명하기 힘들죠."

아르콘이 대답했다.

"여왕이 풀어준 거요."

"무슨 이유로요?"

"그럼 당신들의 신은 무슨 이유로 저 아이를 풀어준 건데?"

"마이클은 콜로니에 대해 우리가 지금껏 알고 있던 것보다 훨씬 많은 정보를 전해 주었어요. 전부 다 정확한 내용이었죠. 신이 저 아이를 통해 우리에게 알려주신 거예요."

아르콘이 말했다.

모트는 사람들을 돌아봤다. 그들은 메시아가 하는 말을 들으려는 듯, 까치발까지 하면서 이쪽을 쳐다보고 있었다. 모트의 지혜를 받아들일 준비를 마친 상태였다.

"당신들의 전사가 여기 있소."

모트가 양팔을 벌리며 말했다. 사람들은 그가 마술이라도 보여준 것처럼 환호했다. 몇몇 사람들은 주먹이 천장에 닿을 지경이었다. 어떤 이들은 너무 감정에 북받치는 바람에 옆에 있는 사람들이 지탱해주어야 했다.

"난 친구를 찾기 위해 여기 온 거요."

모트가 말했다.

"좋습니다."

누군가 대답했다.

"난 당신들이 아무리 많이 죽어도 시바만 찾을 수 있다면 상관없소."

모트의 말에 몇몇 사람들이 고개를 떨어뜨렸다. 대부분은 모트의 존재에 도취돼 무슨 말을 하는지 알아듣지 못하는 것 같았다. 그는 그들이 미웠다. 사람들은 자신들을 구원해 달라고 아주 공손하고 평온하게 제안했다. 하지만 그 제안은 애초에 거절할 수 없는 데다, 서약이라기보다는 협박에 가까웠다.

'우정을 가지고 우리와 함께 합시다. 그렇지 않으면 큰일 날 거요.'

그들은 그렇게 말했다.

"난 당신네들 신을 위해 이 일을 하는 게 아니오."

모트가 목소리를 높여 말했다.

"시바를 찾기 위해서라면 여기 있는 모두를 다 죽일 수도 있소. 그 마음은 변함이 없을 거요. 그러니 그런 노래들을 부르는 것도, 마법 책들을 읽는 것도 여기 누워있는 아이한테나 해요. 난 관심 없으니까."

모트는 사람들 사이를 뚫고 입구로 향했다. 그가 계단에 이르렀을 때 와와와 아르콘이 붙잡았다.

"세바스찬."

모트는 발걸음을 멈추고 아르콘을 노려보았다.

"한 번만 더 그 이름으로 불러 봐요. 내가 어떻게 할 것 같소?"

아르콘이 와와를 흘깃 보았다. 와와가 물어보지 말라는 것처럼 고개를 저었다.

"내가 동물이었을 때, 난 저 아이를 해치는 사람이 있다면 누구든 죽일 거라고 맹세했어요. 당신이 아직도 숨이 붙어 있는 유일한 이유는 날 시바한테 데려다 준다고 약속했기 때문이오."

모트가 말했다.

"당신이 우리를 돕는 만큼 우리도 당신을 도울 거예요."

아르콘이 말했다.

"당신을 도우려 온 게 아니오. 그 말도 안 되는 EMSAH 따위 필요 없소. 당신들이 나에 대한 판타지를 만든 거니까."

"판타지가 아니에요. 여왕조차 이 일을 예언했으니까."

"당신들은 지금 여왕의 손아귀에 놀아나고 있는 거요! 만일 마이클이 정상적으로 생각할 수 있었다면 그렇게 말했을 거요. 하지만 저 애는 뇌회로가 다 타버려서 내가 무슨 짓을 저질렀는지조차 기억하지 못해요. 내가 대니얼 마티니를 죽였다는 것 말이오."

모트가 대답했다. 아르콘의 표정에는 아무 변화가 없었다.

"듣고는 있는 거요? 그자가 시바한테 저지른 짓 때문에 난 저 애의 아버지한테 총을 쐈단 말이오. 그런 동화 같은 이야기를 지어내 본들 내 기분이 나아지진 않는단 말이지."

"모트 대위님, 지금 이러는 건 아무 도움이 되지 않아요."

와와가 만류했다.

"그럼 지금 이 인간들과 끌어안기라도 하란 건가?"

모트는 와와의 상처받은 표정을 보자 부끄러워졌다.

"이 사람들은 우리를 구해 줬어요."

"그게 뭐 때문이겠소? 저들이 다시 시작하는 것?"

와와의 말에 모트가 되물었다.

"우린 모든 신의 아이들과 평화를 추구하고 있어요."

아르콘이 말했다.

"그리고 전쟁을 끝내기 위해 그들을 이용하겠지. 그다음에는 어떻게 되는 거요? 당신네 신이 바라는 건 당신들이 다시 애완동물과 가축들을 소유하는 건가?"

모트가 말했다.

"그럴 일은 없어요. 우린 이미 그 사실을 입증해 보이려고 애를 썼어요. 당신을 구하기 위해 목숨을 바친 젊은이를 벌써 잊은 건가요?"

아르콘이 말했다.

"그건 아니오."

"나도 아니에요. 그 앤 내 아들이니까."

아르콘이 말했다. 고통스런 침묵이 흘렀고, 와와가 훌쩍거렸다.

"당신이 아는 것처럼 우린 희생했어요. 당신처럼."

아르콘이 말했다.

"섬에 시바가 있길 빌어요. 시바가 없으면 난 여기 다시 돌아와 저 사람들 앞에서 당신을 죽일 테니까. 알아들었소?"

"시바는 그곳에 있어요. 마이클은 이제껏 한 번도 틀린 적이 없어요. 무슨 일이든."

아르콘이 입술을 오므리며 말했다. 모트는 고개를 끄덕였다.

"중위가 마음만 먹으면 여기 있는 사람들을 다 죽일 수도 있겠지. 하지만 내가 시바를 찾았을 때 그런 상황이라면 날 다시는 보지 못할 거요."

"무슨 말인지 알겠어요."

와와가 대답했다.

모트는 계단을 올라갔다. 그는 인간들이 만든 분수에 앉고 싶었다. 솟아오르는 물소리가 좋았다. 설령 그 안에 EMSAH를 유발하는 독이 들어있다 하더라도.

계단 꼭대기에 도달했을 때, 모트는 와와가 아르콘에게 하는 말을 들었다.

"저분 이름은 모트예요."

제18장

수정

분수 옆에서 모트를 찾아낸 장로 두 명이 메시아를 위해 VIP숙소를 준비해 두었다고 말했다. 그는 이야기를 나눌 준비가 될 때까지 그곳에서 기다리기로 했다. 그 방은 분수와 교회 사이 층이었다. 대부분의 인간 숙소가 그 층에 있었다. 방에는 침대와 책상이 놓여 있었다. 동물과 인간을 구원하는 임무에 대해 사색을 할 수 있게 책상을 준비한 모양이었다. 하지만 명상하기에는 창가가 훨씬 좋았다. 그의 방은 비행선 앞쪽에 위치했기 때문에 벽이 꺾이는 부분과 바닥 일부까지 전면 유리로 되어 있었다. 그래서 발밑으로 지상을 내려다볼 수 있었다.

모트는 시간 가는 줄 모르고 그 자리에 서 있었다. 이 고도에서는 지상 세계가 표면의 질감 없이 색상으로만 구분되었다. 베수비오가 바다를 지나쳤을 때는 노란색 모래사장이 선처럼 보이는 육지와 하얀 거품으로 분리되었다. 거기서부터는 사방으로 검푸른 색이 펼쳐져 있었다. 모트가 이제까지 보지 못했던 광경이었다.

와와가 먹을 걸 들고 나타났다. 접시에는 구운 딱정벌레와 개미, 바퀴벌레들이 담겨 있었다. 그녀는 모트 옆에 앉았다. 그들은 눈앞에 펼쳐진 바다와 마주했다. 문 밖에서 사람들의 말소리가 들렸다. 잠시 뒤, 모트는 그들이 혼잣말을 하고 있다는 것을 깨달았다.

"대위님을 위해 기도하는 거예요. 저들은 작은 구슬로 된 목걸이를 가지고 있는데, 그 구슬을 세면서 기도를 하더군요."

"나도 본 적 있어요."

와와의 말에 모트가 대답했다.

와와는 그가 괜찮은지 물었고 그는 괜찮다고 대답했다. 그리고 그녀에게 같은 질문을 했다. 와와도 괜찮다고 대답했다.

"그 여자가 나와 이야기를 해보라고 하던가요?"

모트가 물었다.

"네. 하지만 그런 말을 듣지 않아도 대위님을 보러 왔을 거예요."

"하고 싶은 말이라도 있는 거요?"

"지금 이 상황에 대한 대위님의 생각을 듣고 싶어요. 뭐 때문에 짜증을 내는 거예요?"

"저자들은 전부 다 제정신이 아니오."

와와가 웃었다.

"여기 산소가 부족해서 그런 모양이오. 저 사람들은 죽음을 환영으로 생각해요. 저들의 아르콘은 아들이 갈기갈기 찢어져 죽었는데, 아들을 다시 만날 수 있을 거라고 생각한다니까."

모트가 말했다.

"그래도 저들의 목적의식은 존경할 만하잖아요. 어떤 면에서 보면 개미 같다니까요. 대위님 같기도 하고."

"나는 아니지. 난 죽음—삶을 생각하지 않기 때문에 시바를 찾으려고 하는 거요."

"모두가 위험해지는 한이 있더라도 그렇게 할 건가요?"

"그래요. 내 말이 그 말이오. 여왕이 질문했을 때도 똑같이 대답했어요."

모트가 말했다.

"통역기를 통해서요?"

"꿈일 수도 있지. 이제는 확실하지가 않아요. 하지만 난 여왕의 면전에서 무슨 일이 있어도 계속할 거라고 말했어요. 내 목적의식은 존경스럽지 않소?"

"난 대위님을 존경해요. 컬드삭 대령은 참모를 잘 고르거든요."

와와가 말했다.

"한 번 이상 그랬죠."

모트가 말했다.

그는 와와의 손에 자신의 손을 올리고 잠시 가만히 있었다. 머릿속에서 뭔가 떠올랐다. 통역기를 썼을 때 알게 된 기억인 것 같았다. 와와가 우리 안에 있던 강아지 시절의 일이었다. 모트는 눈을 가늘게 뜨고 그 기억을 떠올려 보려고 했다. 머릿속에서 뭔가가 속삭였다.

'와와는 누군가를 잃었어. 작별인사도 하지 못하고. 이제 무리가 아니야. 무리가 아니야. 무리가 아니야.'

그 기억은 흩어졌다. 고독한 느낌만 남았다. 와와는 해가 질 때까지 그와 함께 있었다. 그들은 전쟁과 집에 대해 이야기를 나눴다. 와와는 사이러스와 운동복, 과거에 있었던 일들에 대해 이야기했다. 모트는 시바와 티베리우스, 마티니 가족에 대한 이야기를 했다. 그들은 컬드삭에 대해서도 이야기를 나누었다. 그들을 무섭게도, 웃게 만들기도 했던 존재였다. 모트는 그녀가 옆에 있어서 좋았다. 와와는 그를 평범한 존재로 느끼게 해주었다. 그녀는 그를 있는 그대로 받아 주었다.

아침이 되자 누군가 방문을 두드렸다. 모트가 문을 열자 아르콘과 와와, 어제 그에게 이 방을 알려준 장로 두 명이 서 있었다. 장로들은 중년의 백인 남자들로 피부가 창백했다. 한 명은 대머리였고, 다른 한 명은 백발을 하나로 묶고 있었다. 아르콘처럼 둘 다 건강해 보였다. 벌레와 유기농 야채 식단이 효과가 있는 모양이었다.

둘 다 검은색보다는 군청색에 가까운 색의 가운을 걸치고 있었다. 그들은 충직한 하인처럼 고개를 숙여 인사했지만 이번에는 손을 내밀지 않았다. 모트는 그들이 여전히 유다 성인의 메달을 보고 있다는 것을 느낄 수 있었다. 그 메달 덕분에 힘이 나는 것 같았다.

그들은 아르콘의 방에 있는 네모난 금속 탁자 주위에 모였다. 그 위에는 섬이 그려져 있는 지도가 몇 장 펼쳐져 있었다. 얼굴에 비친 햇살에 주름살이 뚜렷하게 보이는 바람에 그들이 다른 사람들보다 나이가 훨씬 많다는 것을 알 수 있었다.

그 남자들은 자신들을 피오 장로와 그레고리 장로라고 소개했다. 대머리인 피오는 군대 출신인 듯, 말할 때면 항상 간결한 군사 용어를 썼다. 그는 '아니'라는 말을 '부정적'이라고 표현했다. 반면 머리를 길러 묶은 그레고리는 모트가 그에 대해 궁금했던 점들을 단 한 문장으로 보여주었다.

"괜찮다면 유다 성인의 메달을 만져 봐도 될까요?"

모트는 그레고리가 메달을 만질 수 있게 몸을 앞으로 내밀었다. 그는 엄지손가락과 집게손가락으로 메달을 잡았다. 그리고 한숨을 쉬며 메달을 놓았다.

아르콘은 그레고리가 베수비오의 작전들을 책임지고 있다고 했다. 그가 공중에서의 공격을 맡고 지상 부대들은 피오가 담당하고 있었다.

"물이 무섭습니까? 아무래도 고양이니까요."

피오가 물었다.

"아뇨."

그레고리는 자기가 애완고양이를 물총으로 훈련시킨 이야기를 늘어놓기 시작했다. 피오가 그 이야기를 가로막았다.

"젖을 일은 없을 겁니다. 그래도 만일의 상황에 대비해야 하니까요."

피오가 덧붙였다.

그는 지도들을 뒤적이다가 개미들이 건설한 섬을 3차원으로 보여주는 지도를 찾아냈다. 가짜 예루살렘은 대양저에 솟아오른 버섯구름과 비슷해 보였다. 수면 위로 뻗어 있는 땅덩어리 아래에는 바다 밑바닥에서부터 올라온 땅과 바위로 만들어진 수갱이 있었다. 수갱은 콜로니에 물자들을 운송할 수 있는 통로였다. 인간들이 그곳을 공격해 보려고 했지만 실패했다. 이제 인간들의 낡은 잠수함 함대들은 침몰됐거나 여기저기 흩어져 있었다. 저항조직에게는 지상의 작은 타격 부대와 몇 안 되는 동맹만 남아 있을 뿐이었다.

"목표는 콜로니의 머리를 자르는 겁니다."

피오가 말했다.

"여왕을 제거해야죠."

그레고리가 말했다.

"알았어요. 그런데 어떻게 말입니까? 여왕이 어디에 있는지조차 모르는데."

"그건 알아냈습니다. 여왕의 방은 이쪽입니다."

피오가 섬의 본갱을 가리키며 말했다.

"당신네 선지자가 GPS까지 알려주진 않았을 텐데요."

"선지자는 신의 의도대로 말을 해요. 그 뜻을 수수께끼와 우화, 풍자로 전하죠. 하지만 우린 그에게서…… 이 정보를 추출해 낼 수 있었어요."

모트의 말에 아르콘이 답했다.

'추출.' 모트는 생각했다. 그는 오렌지 반 개를 플라스틱 착즙기로 짜냈던 인간의 손, 다시 말해 재닛의 손을 떠올렸다.

"최면을 걸었나요?"

와와가 물었다.

"우리가 해야 할 일을 했을 뿐이에요."

아르콘이 말했다.

모트는 교령회 같은 터무니없는 의식을 떠올렸다. 최면에 걸린 마이클이 말을 하면 인간들이 기도용 목걸이를 꼭 쥔 채 울부짖으면서 몸을 흔들고 춤을 추는 것이다.

"작전은 3단계입니다. 내일 아침에 시작할 거예요. 1단계는 전사님이 여왕을 제거하는 겁니다. 2단계는 아르콘이 비행 구역을 타고 공격을 주도하는 거고요. 3단계에 우리가 섬의 북쪽 끝에서 상륙강습을 할 겁니다."

"비행 구역이란 게 뭐죠?"

피오의 설명에 모트가 물었다.

그들은 베수비오의 위쪽을 가리켰다. 두 개의 열기구 위쪽에 있는 열기구는 분리를 할 수도 있고 자체적으로 비행이 가능했다. 그들은 그 비행 구역을 골고다라고 불렀다.

"〈스타트렉〉에 나오는 엔터프라이즈 호의 접시처럼 생긴 구역과 비슷한 거죠."

그레고리가 말했다. 모트와 와와는 무슨 말인지 알아들을 수가 없었다.

"〈넥스트 제너레이션〉에 나오는 거 알죠?"

그레고리가 부연설명을 했지만 여전히 알 수가 없었다.

"좋아요. 그럼 1단계부터 다시 봅시다. 난 어떻게 들어가죠?"

모트의 물음에 피오가 지도들을 뒤적거리더니 미사일 같은 그림이 그려진 도면을 찾아냈다. 옆에서 보면 발사체처럼 생긴 그것은 도면상 실제로 발사체들이 부분적으로 들어가 있는 것으로 보였다. 피오가 도면을 제대로 펼치자 모트는 그 그림이 미사일이 아니라는 것을 알아차렸다. 어뢰였다.

"그러니까 지금 이건……."

"우리가 개조했습니다. 베수비오에 배치할 수 있게 말이죠. 이 안에 사람 한 명, 또는 큰 고양이가 탈 수 있을 정도의 공간을 만들었습니다."

피오가 말했다.

그가 설명한 바에 따르면 그 어뢰는 낙하산을 이용해 확실한 연착륙이 가능하므로 모트의 몸은 '뼈 하나 부러지는 일'도 없을 거라고 했다. 앞쪽에는 바위를 뚫을 수 있게 금속을 녹여 만든 대포가 장착되어 있다. 완벽하게 침투가 끝나면 출입구는 자동으로 폭발하게 되어 있었다.

피오가 어뢰에 설치한 기발한 장치들에 대해 자랑스럽게 떠벌리는 동안 모트와 와와는 얼굴 표정으로만 대화를 나누었다. '이건 미친 짓이오.'

모트가 신호를 보냈다. '뭘 기대했어요?' 와와가 고개를 갸웃하며 물었다. 모트는 저 어뢰에 올라 탄 모습을 그려보았다. 금속 정자가 난자와 수정을 하기 위해 물 속을 헤엄쳐 가는 모습을.

"재고한다는 말은 하지 말아요. 날 죽이겠다고 제대로 위협했잖아요. 기억하죠?"

아르콘이 말했다.

"전사님은 무장을 하게 될 겁니다. 그 점은 걱정하지 마십시오. 아직 개미들이 알지 못하는 무기들이 있으니까요."

피오가 말했다.

그들은 모트가 개미들의 소굴에 침투한 뒤 무엇을 해야 하는지에 대해 알려주려고 했다. 시바는 빛이 들어오는 방에 갇혀 있을 확률이 높았다. 시바의 몸 상태가 어떤지는 아무도 모른다. 혹시 혼자 움직일 수 없는 상태라면 모트가 옮겨야 했다. 시바가 모트를 따라가고 싶어 하지 않을지도 모른다는 말은 아무도 하지 못했다.

그들은 공격에 대한 이야기로 넘어갔다. 아르콘의 골고다는 콜로니 군대에 폭탄을 투하할 것이다. 그런 다음 낙하산 부대원들이 낡은 인간들의 배를 타고 들어갈 '결전의 날' 부대와 합류할 것이다. 충실한 동물들로 구성된 부대였다. 아르콘은 그들이 '전향'한 동물들로, 베수비오에서 명령이 내려오기를 기다리고 있다고 했다. 모트가 그들의 수를 물어보자 아르콘은 어제보다 오늘이 많고, 오늘보다 내일 더 많아질 거라고 했다.

아르콘은 회의를 마치면서 기도를 제안했다. 그레고리와 피오는 아르콘 앞에서 고개를 숙였다. 와와도 함께 했다. 그들이 신에게 악을 물리치고 자신들을 지켜 달라고 말했을 때 와와의 입술도 함께 움직였다. 모트는 그녀를 쿡 찔렀다. 그는 그녀가 의식에서 눈을 돌려 자신을 봐 주기를 원했다. 하지만 와와는 줄곧 고개를 숙인 채 기도를 계속 하고 있었다.

그날 밤, 인간들은 한 번 더 예배를 올렸다. 와와는 모트에게 예의상 참석하라고 말했다. 모트는 동의했지만 맨 뒷줄에 앉겠다고 고집을 부렸다. 하지만 도리어 그 자리에 성가신 일이 많다는 것을 뒤늦게 깨닫고 당황했다. 아이들이 누군가의 피를 마신다는 내용의 노래를 합창했고 그레고리 장로가 자신들은 신의 노예라는 얘기를 자꾸 하면서 머리카락으로 모트의 어깨를 툭툭 쳤다. 성인 남자들과 여자들은 알아들을 수 없는 사투리로 고함을 지르거나 흐느껴 울었다.

다행히 마이클과 간호사는 참석하지 않았다. 아이의 건강 상태로 보아 매일 밤 이런 종교 행사에 나올 수는 없을 것이다. 모트는 그 아이가 대니얼의 침대에 수건을 깔고 누워 있는 모습을 처음 봤을 때를 떠올려 보려고 했다. 하지만 그 대신 머리에 통역기를 쓴 채 뇌가 죽어가는 소년의 모습만 보였다.

조금 뒤에 아르콘이 선두 공격에 나설 군사들에게 축복을 내렸다. 그들은 갓 성인이 된 젊은이들이었다. 대부분이 미국 국기를 달고 있었지만 그중엔 멕시코, 캐나다, 영국, 카리브 지역의 나라들처럼 모트가 알아볼 수 있는 다른 나라 국기를 달고 있는 자들도 있었다. 그들은 도통 군사로 보이지 않았다. 모두 불과 몇 년 전까지만 해도 테터 선생의 지도를 받으며 눈을 동그랗게 뜨고 연극을 했을 것이다. 아르콘은 그들에게 다음날 아침에 승리를 거두거나 천국에 가게 될 거라고 장담했다. 그리고 그녀는 차례대로 군사들의 어깨에 손을 올리고 기도문을 읊조렸다.

아이들이 다시 노래를 불렀다. 모트는 와와가 자리를 비운 것을 알아차렸다.

얼마 지나지 않아 모트는 중앙 통로에 나가 있는 그녀를 발견했다. 두 돌연변이 방문객들을 멍하니 쳐다보다 경고를 받은 참석자들은 와와가 지나가자 모두 고개를 돌렸다. 그녀가 맨 앞줄에 도착하자 노래가 멈췄다. 군중들을 뒤로 하고 서 있던 아르콘은 노랫소리가 멈춘 걸 알아차렸다. 그녀는 돌아서서 와와가 앞에 나와 있는 것을 보았다. 레드 스핑크스의 참모였던 위대한 전사가 인간 아이처럼 흐느껴 울고 있었다.

"무슨 일인가요, 친구여?"

아르콘이 물었다.

"내일 전투에서 여러분과 함께 싸우고 싶습니다."

와와가 말했다.

"우리 교회에 들어오고 싶은가요?"

아르콘이 물었다.

"당신들 무리에 들어가고 싶어요."

와와가 갈라진 목소리로 말했다.

아르콘이 달려가 와와를 끌어안았다. 사람들은 박수갈채를 보냈다. 눈물을 훔치거나 웃으면서, 양팔을 번쩍 들고 자신들의 신의 위대함을 외쳤다. 새로운 영혼이 그들과 함께 하게 되었다. 테터 선생이 아이들에게 전날 불렀던 노래를 부르게 했다.

예수께서 십자가에 흘린 피로 정화되었는가?

양의 피로 씻기었는가?

지금 신의 은총을 진정으로 믿고 있는가?

양의 피로 씻기었는가?

양의 피로 영혼을 정화하고

그 피로 씻기었는가?

너의 옷은 깨끗한가? 눈처럼 하얀가?

양의 피로 씻기었는가?*

군사들이 와와를 둘러싸더니 차례대로 그녀를 끌어안았다. 그들은 울면서 동시에 웃고 있었다. 이내 그 자리에 있던 인간들이 모두 자리에서 일어나 새로운 신도에게 다가갔다. 그러는 동안에도 그 끔찍한 노래는 계속되고 있었다. 그때 테터 선생 반에 있는 작은 소녀가 합창석에서 일어나더니 어른들 다리 사이를 지나 안쪽으로 들어갔다. 그리고 와와의 꼬리를 잡아당기면서 깔깔거리고 웃었다. 어른들은 소녀를 야단쳤지만 와와는 그 아이를 안아 주었다. 그리고 그들은 잠시 이야기를 나누었다. 어린 소녀가 모트를 가리키며 뭐라고 했지만 무슨 말인지 들리지 않았다.

모트는 자리에서 일어나 예배당을 나섰다. 방으로 돌아가 다시 창가에 앉았다. 아래층에서 계속 노랫소리가 들렸고, 그 층 전체가 우르릉거리며 울렸다.

---

*찬송가 193장으로, 기존 가사는 '예수 십자가에 흘린 피로서 그대는 씻기어 있는가. 더러운 죄 희게 하는 능력을 그대는 참 의지하는가. 예수의 보혈로 그대는 씻기었는가. 마음속의 여러 가지 죄악이 깨끗이 씻기었는가.'로 불리나, 원문에 양의 피에 관한 언급이 있어 직역하였다: 주

모트는 간신히 잠이 들었다. 그래선 안 되는 일이었다. 지금처럼 남은 생을 몇 년이 아니라 몇 시간으로 정의할 수도 있는 상황에서는. 모트는 물을 조금 마시고 방에 남아 있던 말린 딱정벌레를 조금 먹었다. 아침에 군사 한 명이 방으로 찾아왔다. 열일곱 살, 아니면 열여덟 살 정도 된 소년 이었다. 그는 모트가 필요로 할 만한 물건들이 담겨 있는 배낭을 건네주었 다. 배낭 안에는 자동 소총 한 정, 수류탄 한 개, 올레산이 들어있는 작은 통, 디지털시계, 물통, 음식 조금이 들어 있었다.

그 젊은 군사는 모트를 산책로로 안내했다. 그곳에는 또 다시 사람들이 모여 있었다. 이번에는 모두 시선을 내리깐 채 기도문을 중얼거리고 있었 다. 그중에는 손으로 얼굴을 가린 사람들도 있었다. 그러다 보니 분수의 물소리와 사람들의 목소리가 분명하게 구분되지 않았다.

모트는 그 군사를 따라 비행선 뒤쪽에 있는 방으로 갔다. 형광등 불빛 아래, 양옆에는 도식들이 붙어 있고 선반마다 어뢰들이 가득 차 있었다. 그 '고양이 탑승용' 시제 어뢰는 작은 승강장 위에 놓여 있었다. 앞에 보이 는 금속 터널을 통해 비행선 밑으로 떨어뜨리는 것으로 보였다. 그 옆에 아르콘, 그레고리, 피오, 와와가 마치 관을 운반하는 사람들처럼 엄숙한 표정으로 서 있었다.

아르콘이 무거운 침묵을 깼다.

"함대가 오는 중이에요. 모든 것이 제자리에 있어요."

"구름도 잘 가려 주고 있죠. 신이 우리를 지켜 주시는 겁니다."

그레고리가 말했다.

"그렇군요."

모트가 대답했다. 그는 어뢰로 다가갔다. 출입구가 열려 있어서 그가 앞을 작은 공간이 보였다. 흰 천을 씌운 좌석에는 충격을 줄여 줄 안전벨트도 있었다. 그 안에서는 몸을 웅크리고 있어야 할 것 같았다. 어제 피오는 총 탑승 시간이 12분이라고 장담했다. 어뢰에는 섬을 내다볼 수 있는 창문이 없기 때문에, 모트가 의지할 건 시계밖에 없었다. 그 안에서는 시계가 유일한 빛일 것이다.

피오가 모트에게 준비가 됐냐고 물었다. 모트는 그렇다고 대답했다. 그는 총을 꺼낸 뒤 어깨에 배낭을 걸쳤다. 아르콘은 할 말이 있는 것처럼 보였다.

"기도는 나중에 부탁하죠. 아르콘 여사."

모트가 말했다.

그녀가 입술을 깨물었다. 모트는 자기가 말실수를 했다는 것을 알았다. 좋든 싫든 그날만큼은 아르콘도 그와 함께 싸우는 전사였다.

"아드님 일은 유감입니다."

"고마워요."

아르콘이 양손을 내밀어 모트의 얼굴을 감쌌다. 그는 물러서지 않고 그대로 있었다.

"당신이 우리의 신앙을 믿지 않는다고 해도, 우리는 당신의 용기에 힘을 얻었어요. 그것만은 믿어야 해요."

그녀가 말했다.

"난 메시아가 아니에요. 하지만 친구를 찾을 기회를 줘서 고마워요. 내가 이 전쟁을 다시 시작한 것이 그만한 가치가 있길 바라오."

모트가 답했다. 아르콘은 손을 내렸다.

"신께서 정하실 일이에요."

"그분의 판단이 전보단 나아졌길 바랍시다. 행운을 빌어요."

모트가 말했다.

곧이어 그는 그레고리가 어깨에 손을 올리는 걸 느꼈다. 그레고리는 눈물을 참으며 모트의 목을 꼭 끌어안았다. 모트는 같이 안아 주지 않았다. 그레고리가 너무 오래 안고 있자, 모트는 기관총의 격철을 뒤로 당겼다. 그레고리가 그대로 물러섰다. 모트는 싱긋 웃었다.

"정확하게 겨냥해야죠, 사냥을 하려면."

모트가 말했다.

다음은 와와 차례였다. 전날 밤 개종하고 나서 밤새 울었는지 눈이 시뻘겠다.

"나한테 실망했다는 거 알아요."

와와가 말했다.

"중위는 자기가 해야 할 일을 한 거요."

"대위님의 생각을 바꿀 마음은 없어요. 하지만 이건 지난 몇 년간 내가 찾던 거예요. 대위님이 오랫동안 친구를 찾고 있는 것처럼 말예요."

"이것만 기억해요. 저 사람들은 착하고 개미들은 나쁘다는 것 말이오. 그렇다고 저들이 만든 동화가 사실이라는 건 아니지만."

모트가 말했다.

"여긴 사랑이 넘치는 곳이에요. 대위님이 친구와 함께 섬에서 무사히 빠져나오면 모두들 기다릴 거예요. 나도 기다릴 거고요. 그러니 부디 여기로 돌아오세요."

모트는 유다 성인의 메달을 빼서 와와에게 내밀었다. 그녀는 손을 내밀고 메달을 받았다. 와와가 모트를 쳐다보았다.

"아니."

그는 여전히 팔을 내밀고 있는 와와를 놔둔 채 그 자리를 떠났다.

피오가 엄숙한 얼굴로 어뢰 옆에서 기다리고 있었다. 모트는 어뢰에 올라탄 뒤 안전벨트를 맸다. 피오가 출입구에 손을 올렸다.

"더 이상 아무 말 할 필요 없어요. 피곤하니까. 그만 갑시다."

모트가 말했다.

"정확하게 겨냥해요."

피오가 말했다. 출입구가 닫히기 직전에 모트는 그 노장이 싱긋 웃는 것을 봤다. 눈이 어둠에 익숙해지자 철과 기름 냄새에도 익숙해졌다. 손목에 찬 시계를 보니 5시 19분이었다. 그가 최초로 읽은 숫자인 마티니 일가의 주소와 비슷했다.

5시 20분이 되었다. 그는 승강장이 움직이는 것을 느꼈다. 기어에서 철컥 소리가 나더니 기계 장치가 어뢰를 터널 쪽으로 옮겼다. 몇 번인가 이빨이 부딪힐 정도로 심하게 흔들렸다. 순간 어뢰가 멈췄다. 잠시 그 상태로 아무 일도 일어나지 않았다. 모트의 바로 앞에 있는 또 다른 문에서 진동이 느껴졌다. 바로 거기서 어뢰가 출발하게 될 것이다. 터널 속에서 바람 소리가 들렸다.

금속이 부딪치는 소리가 크게 들렸다. 찰칵! 그리고 어뢰가 비행선에서 떨어졌다.

모트는 좌석을 꽉 붙잡았다. 무중력상태인 것처럼 속이 메스꺼웠다. 총이 떠오르더니 코에 부딪쳤다. 모트가 총을 밀어냈지만 어깨에 끈을 걸고 있는 상태로 앞으로 떠내려갔다. 어뢰가 흔들리더니 빙그르르 돌기 시작했다. 다행히 빙글빙글 돌면서도 아래로 떨어지지는 않았다. 그 회전력 덕분에 모트의 머리는 고정되어 있었다.

"제발 좀."

그가 낙하산이 빨리 펼쳐지길 바라며 으르렁거렸다.

모트는 어뢰가 구름을 뚫고 내려가는 모습을 상상했다. 낙하산 없이 이대로 물속에 떨어진다면 자기 몸은 산산조각 날 거라는 생각이 들었다.

마침내 그 기계에서 뭔가가 튀어나왔다. 슉. 지지지지지지, 틱-틱-틱-틱.

낙하산이 요란한 소리와 함께 펼쳐졌다. 모트의 몸이 갑자기 아래쪽으로 잡아당겨지면서 총이 정수리에 부딪쳤다. 기계는 곧 안정되었다. 하강 속도가 느려지면서 더 이상 빙그르르 돌지도 않았다. 모트는 자신이 고양이라서 다행이라고 생각했다. 다른 종이었다면 이런 상황에서 토했을 것이다. 모트는 다시 숨을 쉬었다. 시계를 보니 겨우 56초가 지났다.

어뢰는 2분 30초 뒤에 수면에 닿았다. 소리가 바뀌었다. 바람 소리 대신 출렁거리는 물소리가 들렸다. 프로펠러가 고음으로 윙윙거리며 돌아가기 시작했고, 이어서 찰싹거리는 소리가 연속적으로 들렸다. 어뢰의 방향을 섬 쪽으로 다시 잡는 지느러미 소리였다. 그 용감한 작은 기계는 목적지를 향해 나아가기 시작했다.

모트는 임시 좌석에 기댄 뒤, 총을 가슴 위에 올리고 시간을 확인했다. 인간들의 계산이 정확하다면 7분 뒤에 충돌할 것이다. 그는 가슴께를 더 듬어 유다 성인의 메달을 찾다가 더 이상 목에 걸고 있지 않다는 사실을 떠올렸다. 이제는 와와가 그 목걸이를 걸고서 새로 찾아낸 무리들과 함께 낙하산을 타고 내려올 준비를 하고 있을 것이다.

조금 전에 했던 말과 상관없이 그는 갑자기 그녀가 보고 싶었다. 어쩌면 이 모든 일이 끝난 뒤에 와와를 찾아갈지도 모른다. 그녀가 강한 척했던 자신을 비웃는다 하더라도 말이다. 변화가 일어난 뒤로 모트는 항상 혼자 있으려고 했고, 자신이 있을 수 있는 작은 자리를 얻기 위해 갖은 노력을 해왔다. 그 안에 행복은 없었다. 자유만이 있었을 뿐이다.

그때 어뢰가 목표지점에 부딪쳐 흔들렸다. 사방에서 금속이 갈리는 소리와 돌이 부서지는 소리가 들리자 모트는 다른 것들과 함께 자기 몸도 함께 으깨지는 것 같은 느낌이 들었다. 어뢰의 속도가 느려지다가 이내 멈춰섰다. 모트는 총을 든 뒤 숨을 들이마셨다.

출입구가 열렸다.

제19장

세례

섬의 암석해안에 군대가 정렬해 있었다. 콜로니의 배에서 내린 지 얼마 안 되는 신병들은 온종일 인간들의 공격에서 섬을 지키기 위한 상륙 거점을 만들었다. 천막을 치고 바닥에 참호를 팠다. 컬드삭은 오래 전부터 개미들과 지상 동물들이 연합하여 싸울 날이 오기를 기다려 왔다. 예전에 전쟁하던 때처럼 말이다. 더 이상 불합리한 행정이나 정치는 없을 것이며 주민들을 제거하는 일도 없으리라. 총을 잡아 본 적도, 미친 인간과 마주친 적도 없는 의회 의원들에게 미소 지어 주는 일도 없을 것이다. 그 자신과 부하들, 머릿속에서 들리는 여왕의 노래가 컬드삭을 앞으로 이끌었다.

컬드삭은 부대원들에게 여왕이 이번 전쟁을 직접 보고 싶어 한다고 말했다. 인간들이 지난번 이곳에 들어왔을 때는 단 한 명도 살아남지 못했다. 섬의 구석구석까지 싹싹 문질러 씻어냈다. 분화구들조차 매끈하게 변했다. 이번에도 지상 동물들은 콜로니의 힘을 보게 될 것이며 본토에 있는 전우들에게도 소식이 전해질 것이다. 인간 반란 조직의 최종적인 해체를 전하는 새로운 전설이 생겨날 것이다.

컬드삭은 격리 지역을 뒤로 하고 나왔다. 정착지 전체를 파괴하는 것은 결코 쉽지 않았다. 더군다나 이번은 또 달랐다. 힘들기까지 했다. 그가 격리 지역에 부하들까지 남겨놓고 나온 건 처음이었다. 여왕은 그에게 대학살을 짧은 영상으로 보여주었다. 구호를 외치는 소리도 들렸는데, 컬드삭이 무슨 말인지 해석하기도 전에 영상은 끊어졌다.

여왕은 그가 절망했던 순간마다 함께 있어 주면서 손을 잡고 속삭였다. '나와 함께 헤쳐 나가자. 나와 함께 고통을 나누자. 나와 함께 피를 흘리자.' 컬드삭은 여왕을 신뢰했다. 그녀는 그가 믿을 수 있는 유일한 존재였다. 이번 전쟁의 마지막 시간들이 아무리 힘들고 어렵더라도 그는 여왕의 명령을 따를 것이다. 여왕의 고통은 여왕에게 지혜를 주었다. 만일 그녀가 증상을 보인 모두를 죽이기로 결정했다면 그 대상이 자신의 충성스러운 부하들이라 할지라도 그는 따를 것이다.

컬드삭은 그 병이 얼마나 파괴적인지 누구보다 잘 알고 있었다. 그 병을 근절시키기 위해 더 많은 희생이 따를 것이라는 것도 알고 있었다. 인간들의 신은 끈질기게 자신의 발톱을 내밀었고, 그 발톱은 용감한 전사들의 심장에조차 깊이 박혔다. 레드 스핑크스에 관해선 새로운 군사들을 훈련시키면 해결될 문제다. 누구든 삭스와 모트를 대신할 수 있다면 보나파르트, 아처나 다른 군사들도 대신할 수 있을 것이다. 어쩌면 지금 그의 앞에 서 있는 마땅치 않은 자들 중에 그가 필요로 하는 능력을 가진 누군가가 있을지도 모른다.

이제 준비가 끝나고 군사들이 정렬했다. 컬드삭은 그들을 보며 너무 어리다는 결론을 내렸다. 이 정도가 격리된 지역과 가장 가까운 정착지에서 급하게 끌어 모은 최선이었다. 몇 미터도 간신히 뛰는 신병들을 데리고서 목숨을 버리기로 결심한 정신나간 인간들과 맞서야 하는 전투인 것이다.

그들에게선 지독한 냄새가 났다. 저들의 몸에 있는 흙과 때를 벗겨내려면 비누와 세제가 얼마나 필요할지 알 수 없었다. 아직도 뱃멀미로 멍한 상태인 신병들의 발밑에서 서서히 말라붙고 있는 토사물들은 자줏빛을 띤 갈색 암석으로 된 이곳의 풍광과 심한 대비를 이루었다. 신병들은 근처에 있는 언덕 꼭대기에서 대기 중인 알파부대를 불안한 듯 쳐다보았다. 알파부대 뒤로는 콜로니의 심장부로 연결되는 넓은 터널의 입구인 거대하고 낡은 탑이 솟아 있었다.

"여기 서 있을 수 있다는 것이 얼마나 행운인지 아는가?"

컬드삭이 물었다. 그는 이곳이 콜로니의 근거지라고 말했다. 역사상 가장 위대한 제국의 중추 신경이었다. 그 때문에 이곳을 공격하라고 세뇌된 인간과 동물들이 더욱 열광하는 것이리라. 그들은 이미 다른 정착지를 전염병으로 오염시키는 데 성공했다. 그자들은 대담해졌고, 공격 준비를 갖추고 있었다.

"인간들은 이곳에 자살 특공 임무를 띠고 나타날 것이다. 우리는 그 자살 특공대를 확실히 처리해야 한다."

컬드삭이 말했다. 군사들이 동조했다.

"너희들 중 상당수가 시골에서 왔다는 것을 알고 있다. 아마 가장 최근에 격리된 지역에 대한 이야기를 들었을 것이다. 난 그곳에서 살아남았다. 많은 일들을 겪으면서도 살아남았지. 이 전쟁은 우리들 모두가 시작한 것이 아니었나?"

컬드삭이 말을 이었다. 그는 그들 중 몇 명이 고개를 끄덕이는 것을 보았다. 만일 여기가 신병 훈련소였다면 그런 모습을 지적했을 것이다. 하지만 그는 그들이 귀 기울여 듣고 있다는 사실을 다행으로 여겼다.

"만일 그 격리가 지나친 조치라고 생각한다면 완전히 잘못 알고 있는 거다."

그가 말했다.

"난 노예 이름이 없다. 전쟁 전에 불렸던 이름이 부끄럽지 않다. 하지만 그 이름을 발음할 수가 없다. 그 이름을 발음할 수 있는 자들은 이미 다 죽었으니까."

컬드삭은 모든 것을 말해 주었다. 사냥을 했던 것부터 인간들과의 충돌까지, 이름 없는 전쟁과 변화에 이르기까지. 그는 전쟁 초기에 교회에서 있었던 일들에 대해서도 설명해 주었다. 많은 군사들이 눈도 깜박거리지 못할 정도로 경악했다.

"그것이 EMSAH의 불가피하고 타당한 결말이다. 그렇지 않았으면 네 친구들도 너희들에게 말하지 않았을 것이다. 최악의 전설들조차 사실이다. 심지어—"

"대령님?"

옆에서 누군가 컬드삭을 불렀다.

다른 정착지에서 파견된 장교였다. 코요테의 일종이거나, 늑대와 개의 피가 섞였을 것이다. 아름다운 눈동자 밑에 자리한 입매는 위협적인 느낌을 주었다. 틀림없이 뛰어난 투사일 터였다.

"무슨 일이지?"

컬드삭이 물었다. 그때 군사들 사이에 말소리가 들리자 컬드삭은 그쪽을 돌아보았다. 신병들은 입술을 깨문 채 앞만 쳐다보고 있었다.

"무선 채널로 무전이 들어왔습니다. 처음에는 무시했지만, 다시 확인해 보니 제대로 허가를 받은 번호였습니다."

그녀가 무선 통신사와의 교신이 기록된 문서를 내밀었다. 그 페이지 하단에는 허가 번호 9-4-9가 찍혀 있었다.

"콜로니에서 나온 특사가 알려준 바로는 아무래도 무선 상대가 인간인 것 같다고 했습니다."

9-4-9. 컬드삭은 생각했다. 그건 마지막으로 와와와 대화했을 때 들었던 허가 번호였다. 심장이 약간 빨리 뛰기 시작했다. 그들이 와와에게서 강제로 알아낸 것일까? 아니면 와와가 자발적으로 넘겨준 것일까? 컬드삭은 와와가 고통받지 않기를 바랐다. 그녀는 고귀하게, 빨리 죽었어야 했다. 격리 지역에서 그렇게 됐어야 했다. 하지만 만일 인간들이 와와를 데려갔다면, 병에 감염시켰다면, 그녀는 끝없이 고통받게 될 것이다.

언덕 위에서 알파개미가 내려왔다. 컬드삭은 벨트에 차고 있던 새 통역기를 꺼내 머리에 쓴 뒤 안테나와 이어폰을 고정시켰다.

"저 자들에게도 전해야겠군. 싸울 때가 됐다고 말이야."

컬드삭이 코요테에게 말했다.

베수비오에는 일반적인 낙하 구역이 없었기 때문에 승무원들이 만들 수밖에 없었다. 최적의 장소가 비행선의 맨 아래층에 있는 예배당이었다. 와와는 다른 낙하 부대원들에게서 그 문제로 논란이 있었다는 이야기를 들었다. 어찌 예배당 벽을 부숴 신과 피투성이 아드님, 정의로운 선지자의 마음을 상하게 한단 말인가? 그 계획이 실행되자 아르콘은 사람들의 마음을 안심시켰다.

"우리가 공중 침입을 위해 이 비행선을 만들지는 않았다는 걸 신께서도 알아주실 거라고 생각해요."

그래서 공격 개시 전날 밤, 기도회가 끝난 뒤에 포병들은 밤새 비행선 가장 끝 예배당 벽을 큰 망치로 내려쳤다. 스스로를 '블랙 햇츠(Black Hats)'라고 부르는 그들은 다국적 출신으로, 동물들이 종으로 분류되는 것과 마찬가지로 사용하는 언어로 분류되는 전사들이었다. 모두 기운이 넘쳤다. 벽을 부수는 행위가 그들을 의기투합하게 만들었다. 그들은 처음 써보는 커다란 연장을 들고 장난삼아 서로를 쿡쿡 찌르며 웃고 노래 불렀다. 심지어 고기압의 차가운 바람에 살이 에일 듯한 추위도 그들의 기분을 꺾진 못했다. 벽면의 커다란 부분이 떨어져 나갈 때마다 포병들은 환호했다.

일단 큰 구멍이 뚫리자 그들은 한꺼번에 망치를 휘두르는 것은 위험하다고 생각했다. 한 명이 미끄러져서 떨어지면 전부 다 함께 떨어질 수도 있는 상황이었다. 그래서 허리에 줄을 매고 한 사람씩 번갈아가면서 벽을 쳐내기로 했다. 경쟁 국가 출신들이 장난삼아 상대방을 비방하는 농담이 계속되었다. 줄 끝에 매달려 있는 사람은 뒤에서 떠들어 대는 그런 시시한 농담들까지 견뎌내야 했다.

하지만 와와의 차례가 되자 아무도 뭐라 말하지 못했다. 그녀의 힘에 압도당했기 때문이다. 미국인 두 명과 캐나다인 한 명이 철근 단면이 들어있는 벽면을 몇 번이나 내리치는 동안 와와는 한 번 내리쳐서 그대로 구멍을 냈다. 바로 그때 군사들 몇 명이 새로 생긴 구멍 옆에 엎드려, 떨어진 벽면 조각들이 구름 속으로 사라지는 것을 구경했다. 달이 뜨면서 두꺼운 구름 사이로 빛이 비치기 시작했다. 누군가의 제안으로 조명을 모두 끄자 은색 달빛에 모든 것들이 흑백 영화처럼 보이고 기이한 그림자를 드리웠다.

한 장교가 안전을 이유로 다시 실내조명을 밝히자 몇몇 사람들이 투덜거리면서 항의했다. 하지만 그 초현실적인 짧은 순간 동안 와와는 이 사람들과 함께하기로 한 자신의 선택이 옳았다는 것을 알게 되었다. 처음으로 그녀는 인간들과 함께 있으면서도 주인을 의식하지 않을 수 있었다. 아직 자신은 EMSAH가 아니기에 그들의 신앙을 함께 믿지는 못했지만, 설령 저들이 피투성이 예수와 그의 아들 마호메트에 관한 터무니없는 일들로 체펠린 비행선 밖으로 뛰어내린다 해도 그럴 수도 있겠다는 생각이 들었다.

아르콘은 믿음은 시간이 지나면 저절로 생길 거라고 와와에게 말했다. 그런 영혼의 모임은 그저 먹잇감만 구하는 잔혹한 존재로서 무리에 속하는 것 이상이었다. 그들은 혈연이나 환경, 공동의 적들을 뛰어넘는 뭔가를 나누고 있었다. 와와가 새로 발견한 기쁨은 모트가 바이러스에 감염되기라도 한 것처럼 그녀의 손에 메달을 떨어뜨리고 갔던 이른 아침부터 계속 이어질 만큼 강렬했다.

아르콘은 마지막으로 골고다에 들어가면서 와와에게 메달이 진짜 주인을 찾은 것 같다고 말해 주었다. 아르콘은 와와가 인간과 동물 양쪽에 있던 전 주인들에게 희망이 없다고 여긴다는 것을 알고 있었다. 하지만 그들이 와와의 인생을 스쳐 지나간 건 다 이유가 있었다. 그들은 그녀에게 스스로가 어떤 존재인지 알게 해 주었고 지금 이 순간까지 오게 만들어 주었다. 만일 와와가 그들을 용서하지 않았다면, 그들에게 고마워하지 않았다면, 그들을 사랑하는 법을 배우지 않았다면 지금처럼 될 수는 없었을 것이다. 그녀는 와와에게 이제 무거운 짐을 내려놓고 가슴을 쭉 펴고 똑바로 서라고 말했다. 와와는 아르콘에게 이제 모든 것을 이해했다고 말했다.

잠시 뒤, 와와는 손가락이 아플 정도로 메달을 꽉 잡은 채 낙하 구역에서 있었다. 그녀는 함께 싸우고 싶다는 마음이 앞선 나머지 지금까지 자신이 낙하산을 타 본 적이 없다는 것을 말하지 않았다. 인간들의 대답은 간단했다.

"우리도 마찬가지예요."

블랙 햇츠에게도 이번이 처음이자 유일한 낙하였다. 어디서 그런 기술을 시험해 볼 수 있겠는가? 한술 더 떠서 장교들은 버려진 유타 군 기지에서 훔쳐온 낙하산들이 낡아서 제대로 작동하지 않을 수도 있다고 경고했다.

"고장률은 1에서 5퍼센트 내외일 것으로 예측하고 있다."

소령이 말했다. 유머감각이라고는 없는 남자로 안색이 창백하고 머리는 납작했다. 어쩌면 머리 모양 때문에 납작해 보이는 건지도 모른다. 와와로선 잘 알 수 없었다. 소령은 그런 경우라고 해도 물 위에 떨어지면 살아남을 가능성이 있다고 말했다.

"몸을 숙이고 굴러라."

그는 자세한 설명도 없이 이렇게만 덧붙였다. 다른 장교가 나서서 말해 주기 전까지 모두 불편해 보였다.

"성공하든 실패하든 모든 것은 신의 뜻이다."

장교들 몇 명 먼저 뛰어내리고 두 명이 낙하지점 양쪽에 서서 군인들의 낙하를 독려했다. 한 명씩 뛰어내릴 때마다 블랙 햇츠는 스포츠 경기를 보는 관중들처럼 목이 쉴 정도로 환성을 질렀다. 와와는 새로운 전우들이 차례대로 구름 속으로 사라지는 것을 지켜보았다. 그들 아래쪽으로 섬이 보였다. 그 섬은 비행선의 떼어낸 한쪽 벽면을 다 차지하면서 개미 떼처럼 길게 뻗어 있었다. 비행선에서 떨어진 낙하산들이 줄줄이 펼쳐졌다.

그러다 한 남자가 뛰어내렸을 때, 갑자기 정적이 흘렀다. 그의 낙하산이 하늘을 수놓고 있는 다른 낙하산들의 대열에 합류하지 못했기 때문이다. 그 다음으로 뛰어내릴 사람이 머뭇거렸다. 소령이 그에게 뛰어내리라고 말했다. 명령에 따르는 대신 남자는 와와가 대기하고 있는 뒷줄로 뛰어왔다. 소령이 고래고래 소리 지르는 동안, 남자는 와와의 메달을 잡고 그 위에 키스한 뒤 포르투갈어인지 스페인어인지 모를 말로 뭔가를 중얼거렸다. 그런 다음 그 남자는 다시 반대편으로 달려가 밑으로 뛰어내렸다.

블랙 햇츠는 남자의 낙하산이 펼쳐지는 것을 보며 다시 환호성을 질렀다. 그 남자는 비행선에 타고 있는 전우들에게 손을 흔드는 것처럼 양팔을 퍼덕거렸다. 어쩌면 낙하산 조종이 뜻대로 되지 않아서 그런 것일 수도 있다. 그때부터 모든 군인들이 뛰어내리기 전에 와와의 메달에 키스했다. 장교들도 말릴 수가 없었다. 대신 군인들이 뛰어내리기 전에 유다 성인의 메달에 키스할 수 있도록 와와를 앞자리로 이동시켰다.

이제 곧 와와의 차례였다. 한 손으로 낙하산 띠를 잡고, 다른 한 손으로는 메달을 잡았다. 그녀가 마침내 낙하지점에 서자 소령이 목걸이를 잡고 있던 손을 떼어놓았다.

"자세 똑바로 하도록."

그가 바람소리보다 크게 외쳤다.

와와는 기계적으로 턱을 가슴 쪽으로 끌어당기고 팔꿈치를 안쪽으로 붙였다. 그녀는 눈을 감고 뛰어내리고 싶었지만, 장교가 지켜보고 있다는 것을 알고 있었다.

'이제 가자. 뛰어!' 와와는 생각했다.

그녀는 바람을 맞으며 뛰어내렸다.

그리고 떨어졌다.

와와는 머릿속으로 수를 셌다. '일천, 이천.' 너무 빨리 세는 것 같다. '일천하나, 일천 둘…….'

"지금이다."

그녀는 그렇게 말하고 낙하산 띠를 잡아당겼다. 메고 있던 배낭에서 끈들이 풀어지기 시작했다. 낙하산이 펼쳐지면서 심하게 흔들렸다가 안정을 되찾았다. 와와는 다시 숨을 쉬었다. 길게 뻗은 섬 위로 발이 매달려 있었다. 와와는 신의 손에 의지해 이 세상에 신의 정의를 전달하는 공수 부대의 일원이 되었다.

경험부족을 열정으로 만회할 수 있다는 듯, 군사들은 열심히 참호를 파고 사격진지를 만들었다. 컬드삭은 과거 이야기를 하면서 500리터쯤 헌혈이라도 한 것처럼 진이 빠졌지만, 군사들의 반응으로 보아 그럴 만한 가치는 충분했다. 그들은 흥분하고 있었다. 그리고 두려워하고 있었다. 어쩌면 전쟁이 아직도 끝나지 않은 것에 약간은 화가 났을 수도 있었다.

하지만 알파부대는 미동도 없이 자리를 지키고 있었다. 그들은 방어벽을 만들 필요가 없었다. 존재 자체만으로 충분했다.

전투 사령부는 포유동물 부대 뒤쪽에 세웠다. 천막을 세우는 대신 실력 좋은 예술가들이 조각이라도 한 것처럼 동굴을 파서 진지를 구축했다. 개미들은 풍경을 조작할 수 있었다. 컬드삭은 자기가 서 있는 지면에서 이상한 느낌을 받았다. 만일 그가 여왕의 의심을 살 만한 행동을 한다면 그대로 땅 속으로 끌고 갈 수 있게 바닥이 살아있을지도 모른다는 생각이 들었다.

대령은 코요테와 몇몇 부하들을 데리고 사령부 안으로 들어갔다. 동굴 안에는 생체 발광되는 물질로 만든 구체 두 개가 달려 있었다. 이 안에서는 군사들 전체와 바다가 한눈에 들어왔다. 비록 구름이 많이 껴서 하늘은 잘 보이지 않았지만.

너구리가 무전을 담당했다. 그가 무전 기계를 가지고 부산을 떠는 동안, 컬드삭은 통역기를 준비했다. 그가 무전으로 대화를 하면 그 내용이 통역기를 통해 알파개미의 더듬이로 전달될 것이다. 그 화학 신호는 결과적으로 콜로니 내부에 있는 여왕에게 도달할 것이다.

"준비됐습니까?"

너구리가 물었다. 컬드삭은 수신기를 들었다.

"말하라, 인간."

"안녕하세요, 대령."

여자 목소리였다. 인간이 분명했다.

"이 번호를 얻은 것부터 축하해야겠군. 어떻게 알게 된 건지 물어봐도 되나?"

"그쪽 중위가 알려주더군요. 대령이 죽게 내버려 두었던 참모 말예요."

컬드삭은 알파개미를 쳐다보며 반응을 살폈다. 알파개미는 아무 반응도 보이지 않았다.

"중위가 당신을 용서했어요. 오늘이 지나기 전에 중위를 다시 보게 될 겁니다."

"내 관심을 끄는 데는 성공한 것 같군, 인간. 이 교신의 목적이 뭐지?"

컬드삭이 물었다.

"대령한테 기회를 주기 위해서죠."

"무슨 기회?"

"구원받을 기회. 지금 당장 항복해요. 그럼 우린 모든 걸 용서할 거예요. 물론 대령이 우리와 함께 하지 않으면 죽게 될 거예요."

컬드삭이 웃었다.

"아직 내가 보이지 않나요?"

그 목소리가 물었다.

컬드삭은 수신기 줄을 길게 뺀 뒤 동굴 입구로 나갔다. 통역기의 안테나에 접속되어 있는 알파개미가 따라 나왔다. 하늘에는 흰 구름밖에 아무것도 없었다. 바로 그때 신기루처럼 비행선 한 척이 구름 사이를 뚫고 나타났다. 카멜레온이 피부색을 바꾼 것처럼, 그 비행선은 연한 은색 총알 같은 선체를 드러내며 섬을 향해 날아오고 있었다.

"아르콘과 통화하게 되어 기쁘다고 해야 하나?"

컬드삭이 물었다.

"그럴 것 같네요."

"난 베수비오가 몇 년 전에 부서진 줄 알았는데."

"이건 베수비오가 아니에요. 내가 타고 있는 건 골고다라고 해요. 머리 부분에 달려 있던 거죠. 당신들 섬은 제대로 된 이름도 없잖아요. 내가 하나 지어 줄까 싶은데."

그녀가 말했다.

컬드삭은 손을 뻗어 코요테가 목에 걸고 있던 쌍안경을 가져왔다. 그 비행선 갑판 위에는 대포도, 다른 무기도 없었다. 그는 코요테에게 쌍안경을 돌려주었다. 그때 군사들 사이에 동요가 일었다. 컬드삭은 그 소리를 듣고 장교들에게 소리쳤다.

"각자 자리를 지킨다!"

"무기가 보이지 않습니다. 가미가제* 공격을 하려는 거겠죠?"

코요테가 속삭였다.

"미안하군. 그쪽의 관대한 제안은 거절해야겠어. 지금껏 한 번도 노예로 주인을 모셔 본 적이 없어서 말이야. 이제 와서 모실 마음도 없고."

컬드삭이 수신기에 대고 말했다.

"날 바보로 아나 보군요. 지금 대령은 여왕의 마스코트가 아니었던가요?"

아르콘이 말했다.

"탑을 노리고 있는 걸까요?"

코요테가 물었다.

"그런 거라면 방향이 너무 빗나갔는데."

컬드삭이 대답했다.

"대령이 우리와 함께 진짜 적을 상대로 싸운다면 이 전쟁은 끝날 수 있어요."

아르콘이 계속 말했다.

"지금 그 적을 보고 있는데."

"중위는 더 이상 당신들과 뜻을 같이 하지 않을 거예요. 우리의 대의에서 희망을 봤으니까."

"축하해야겠군. 또 하나를 세뇌했으니."

"성령과 신부가 말씀하시기를 '오라' 하시는도다. 드는 자도 '오라' 할 것

---

*태평양 전쟁에서 일본군이 했던 자살 폭탄 공격

이오."

"지금 무슨 말을 하는 거지?"

"목마른 자도 올 것이요 또 원하는 자는 값없이 생명수를 받으라 하시더라."

그 비행선이 45도 각도로 내려오기 시작했다. 알파부대를 노리고 있었다. 다시 부대원들의 고함소리가 들리자 컬드삭은 그들에게 발사준비 지시를 내렸다.

"내가 이 두루마리의 예언의 말씀을 듣는 모든 사람에게 증언하노니 만일 누구든지 이것들 외에 더하면 하느님이 이 두루마리에 기록된 재앙들을 그에게 더하실 것이요."

아르콘이 계속 말했다. 컬드삭은 수신기를 손으로 막고 알파개미를 쳐다보았다.

"어떻게 할 거요?"

그가 물었다.

'대기한다.'

알파개미가 대답했다.

알파부대는 기름띠가 물러나듯 비행선과의 충돌 지점에서 이동하기 시작했다.

"쓸데없는 짓이야. 마법 책에 나온 말을 따르겠다고 그렇게 근사한 비행선을 파괴하는 건."

컬드삭이 수신기에 대고 말했다.

"이것들을 증언하신 이가 이르시되 내가 진실로 속히 오리라 하시거늘, 아멘. 주 예수여, 오시옵소서."

아르콘이 최면 상태에 빠진 것처럼 말했다.

"인간. 그럼 다음 생에 보는 걸로 하지. 아님 말고."

컬드삭이 말했다.

"주 예수의 은혜가 모든 자들에게 있을지어다. 아멘."

그 비행선이 빠른 속도로 떨어지기 시작했다. 이제 바닥에 충돌하기까지 몇 초 남지 않았다.

"아직 사랑이 있어요. 아직 희망이 있죠. 대령, 아직 기회가 있어요."

아르콘이 말했다.

천 개의 뼈가 부서지는 것 같은 소리와 함께 비행선의 앞부분이 언덕에 부딪쳤다. 비행선의 틀이 산산조각 나고 대형 열기구도 바닥에 늘어졌다. 커다란 불덩이가 오렌지색 꽃처럼 피어났다. 곧 이어 '쿵'하는 소리와 함께 컬드삭의 몸도 흔들렸다. 요란한 '쾅' 소리에 이어 강한 '탁' 소리에 군사들의 비명 소리가 묻혔다. 아르콘은 자살 특공 임무로 양쪽 부대의 중간 지점을 노렸다. 젊은 군사들은 자신들이 그 비행선을 추락시키기라도 한 것처럼 환호성을 질렀다. 폭발로 인한 노란색 불꽃은 하늘로 올라갔고, 얼마 지나지 않아 회색 구름 사이로 퍼져 사라졌다.

불꽃에 비행선 뒤쪽까지 타들어가기 시작했다. 땅 위에서도 돌아가던 프로펠러도 멈췄다. 그 영광의 잔해들이 다시 한 번 폭발하면서 연기구름이 솟아오르기 시작했다.

'이렇게 어리석을 수 있을까.' 컬드삭은 생각했다. 이제 다시 정상적으로 숨을 쉴 수 있었다. 그는 이런 희생으로는 아무도 인간들에게 동조하지 않을 거라는 사실을 알고 있었다. 이건 그저 타오르는 불길과 함께한 극적인 순교로, 인류가 완성한 예술의 한 형태 뿐이다. 인간들은 무언가를 파괴시키는 순간을 아름답게 꾸며냈을 뿐이다.

이 전쟁은 곧 끝날 것이다.

제20장

마지막 추방

출입구가 열렸을 때 모트의 눈에는 방 천장이 들어왔다. 마치 창자 속에 들어와 있는 것 같았다. 그는 뭔가에 잡아먹혀 소화가 된 것 같은 기분이었다. 동물의 내장이라고 해도 이보다 심한 냄새는 나지 않을 것 같았다. 콜로니의 터널들은 효율성이 높았지만, 그럼에도 불구하고 터널들을 하수관으로 바꾸지 않는 한 폐기물들을 밖으로 빨리 내보낼 수 있는 방법은 없었다. 외골격을 가지고 있는 덕에 개미들은 자신들의 배설물 사이를 걸어 다니는 것이 한결 수월했다.

모트는 총을 들고 어뢰 밖으로 나갔다. 일개미들이 벌써 충돌로 생긴 구멍을 메우는 중이었다. 어뢰도 망가졌다. 지느러미는 찢어졌으며, 금속을 녹여 만든 대포는 안쪽으로 찌그러져 있었다. 그 갈라진 틈으로 녹인 금속이 흘러내렸다. 어뢰의 탄두는 터널에 그대로 박힌 채 입구 쪽이 지지직거리며 발갛게 달아오른 채 고동치고 있었다. 그래서 터널 안으로 물이 약간씩 새어들어왔다. 개미들은 목숨을 바쳐 그 갈라진 틈을 막으려고 했다. 그중에는 뜨겁게 달궈진 바위에 타죽는 개미들도 있었고 물살에 휩쓸려가는 개미들도 있었다.

개미들의 자취는 희미한 빛이 새어나오는 쪽으로 이어졌다. 모트가 그 쪽으로 따라가 모퉁이를 돌자, 좁은 터널이 일직선으로 연결된 공간이 나타났다. 공기는 눅눅했고, 벽에 난 구멍에서 빛이 레이저처럼 비쳤다. 개미들은 그 구멍으로 흘러들어갔다. 그들이 들어갈 때마다 빛이 깜박거렸다.

바닥이 울리더니 동공이 확장되는 것처럼 그 구멍이 점점 커졌다. 모트는 총을 들어올렸다. 하지만 앞이 보이지 않을 만큼 눈부신 빛 때문에 눈을 가려야 했다. 밝은 빛은 온기까지 내뿜고 있었다. 이 눅눅한 장소에서 그 빛은 개미들에게 태양이나 마찬가지인 것 같았다. 눈이 겨우 빛에 적응되었을 즈음, 그는 새로운 방으로 들어갔다. 내부는 커다랗고 속이 텅 빈 위처럼 둥글었다. 그 안으로 들어온 개미들은 거대한 무리를 지어 바글거리고 있었다. 모트가 발을 옮길 때마다 개미들이 자리를 내주었다.

그리고 거기 있었다. 바로 그 안에 여왕이 있었다. 통역기를 통해 봤을 때보다 훨씬 선명했다. 까닥거리는 거대한 머리에는 2미터가 넘는 더듬이가 커다란 머리 장식물처럼 뻗어 있었다. 어깨에는 오래 전에 죽어버린 날개가 달렸다. 일개미들이 부풀어 오른 복부 양 옆에서 열심히 여왕의 몸을 핥고 있었다. 이상할 정도로 하얗고 커다란 알이 여왕의 뒤에서 떨어졌다. 일개미들은 그 알을 반대편에 있는 열린 문 쪽으로 밀고 갔다. 육아실로 옮기는 것 같았다.

모트는 문득 기시감을 느꼈다. '여기에 온 적 있어.' 다시 생각한다. '아니, 그런 적은 없었는데.'

"무기를 내려 놔."

목소리가 들렸다. 소리가 바닥과 벽에서 울리는 것 같았다. 인간 여자의 목소리로, 귀에 많이 익은 음성이었다. 모트의 꿈속에서처럼 여왕은 재닛의 목소리로 말했다.

"잘 왔다. 난 널 해칠 생각이 없어."

여왕이 말했다. 방 전체가 일종의 통역기인지, 예전 주인의 목소리가 으스스하게 사방에서 울려 퍼졌다.

"반갑구나, 세바스찬."

그 순간 방안에서 일어나고 있던 모든 동작이 멈췄다. 바닥에서 쉴 새 없이 바글거리던 개미떼들도 움직이지 않았다. 일개미들은 고개를 들고 모트를 쳐다봤다.

"네 친구를 보고 싶으면 총은 내려놓는 게 좋을 거야."

여왕의 말에 모트는 총을 바닥에 내려놓았다. 그러자 오른쪽 다리로 개미들의 물결이 몰려와 모트는 펄쩍 뛰어올랐다.

"가만히 있어. 소지품을 검사하는 거니까."

여왕이 말했다.

그때 이미 개미들은 모트의 배낭 안에 들어가 있었다. 그는 가방 속에서 소지품들이 움직이는 것을 느꼈다. 물통, 육포 꾸러미. 수류탄.

"수류탄은 좀 조심해서 다루라고 해 줬으면 하는데. 아주 예민한 폭탄이니까."

모트가 말했다. 가방 속에서 수류탄을 들어 올리는 것이 느껴졌다. 개미들은 그의 다리를 타고 내려왔다. 그러곤 총과 수류탄을 들고 다른 방으로 갔다. 모트가 압도적인 수의 개미들을 상대로 무기들을 되찾으러 가기에는 너무 먼 거리였다. 그동안 일개미들은 다시 돌아와 여왕의 몸을 훑기 시작했다.

통역기를 통해 마주쳤던 여왕과는 다른 모습이었다. 모트의 앞에 있는 여왕은 늙고 지쳐 보였다. 철갑은 온통 보기 싫게 갈라져 있었고 일개미들은 그런 부위들을 특별히 신경 써서 보살폈다. 길게 갈라진 피부에 세균이 번식한 것으로 보아 여왕은 많이 고통스러워 보였다. 얼굴은 많이 핼쑥했고 썩은 과일처럼 주름투성이였다. 여왕의 가냘픈 다리는 나무껍질에 붙어 있는 부러진 나뭇가지처럼 보였다.

모트는 여왕의 몸이 이 지경이면 정신 또한 비슷하게 훼손되었을 거라고 생각했다. 그는 창문도 없는 방에서 꺼져 가는 불씨를 떠올렸다.

"여긴 왜 왔지?"

여왕이 물었다.

"알고 있을 텐데. 난 이 모든 일들을 당신이 계획했다고 생각하거든."

모트가 대답했다.

"네 대답을 듣고 싶어."

"친구를 찾으러 왔어. 그게 다야."

"목소리가 시켜서 그런 건 아니고?"

"아니."

"아마 예언에도 나와 있었지? 성서였던가?"

"'전사와 어머니'를 말하는 건가? 아니야. 난 EMSAH에 걸리지 않았어. 신자도 아니고."

모트가 말했다.

"그럼 무엇 때문에 여기까지 온 거지?"

"이미 말했잖아. 내 친구 때문이라고."

여왕은 뭔가 생각에 잠긴 것처럼 고개를 갸웃했다. '여왕은 이해하지 못해. 친구가 뭔지 모를 거야. 아니, 그보다 더 나쁠 수도 있어. 여왕은 잘 알고 있고, 자기는 친구를 가질 수 없다는 것을 깨달았는지도 몰라.' 모트는 생각했다.

"네 탐구는 비이성적이야. 넌 가질 수 없는 걸 원해. 그러면서도 네게 그런 자격이 있다고 믿고 있지. 그건 사실상 EMSAH와 같은 거야. EMSAH는 우리가 네게 준 재능의 반대지. EMSAH는 왜곡됐어. 우린 너희들이 살아남아 그런 인간들의 충동에 굴하지 않는 모습을 보고 싶었지."

"그런 건 아무래도 상관없어. 여기 시바가 있나?"

모트의 물음에 여왕은 더듬이가 뻣뻣하게 꼰 머리처럼 뒤로 넘어갈 정도로 고개를 젖혔다.

"난 먼 길을 찾아 왔어. 그리고 철학자 같은 것도 아니야. 어느 날 아침에 눈을 떠 보니 인간처럼 행동하게 된 노예였을 뿐이지."

모트가 말했다.

여왕의 왼쪽에 있던 구멍이 열렸다. 몰려 있던 개미떼가 퍼지더니 모트에게 그 구멍으로 통하는 길을 알려주었다. 그는 그 길을 따라갔다. 구멍 안을 들여다보니 인간 집처럼 꾸며져 있었다. 바닥에 깔린 녹색 양탄자가 머리 위에서 비치는 형광 불빛을 흡수하고 있었다. 한쪽 구석에 놓인 빨래 바구니 위에 푸른색 후드 티 소매가 삐죽 튀어나와 있었다. 컴퓨터가 놓인 책상 옆에는 집에서 만든 나무 선반이 걸렸고, 그 안에는 비디오테이프들이 잔뜩 쌓여 있었다. 마티니 일가의 지하실과 똑같았다.

모트는 걸음을 멈추고 여왕을 쳐다보았다. 그녀는 아무 말도 하지 않았다.

그는 방에 들어갔다. 천장에 보이는 파이프에 커튼이 걸려 있었다. 개미들은 그 방을 아주 세세한 부분까지 똑같이 만들었다. 심지어 양탄자의 퀴퀴한 냄새까지 똑같았다. 모트는 커튼을 젖혔다.

꿈에서처럼 시바는 보일러 옆 따뜻한 자리에 누워 있었다. 세바스찬이 들어가자 바닥에서 꼬리를 들어올렸다. 모든 것이 사라졌다. 대니얼과의 싸움도, 강아지들도, 전쟁도, EMSAH도 없었다. 그는 세바스찬이었다. 오직 시바와, 양탄자에 햇살이 비치는 그 집만 있을 뿐이었다. 모든 것을 무너뜨리는 바깥세상은 절대 이 안으로 들어오지 못했다. 그는 안전했다.

시바는 전혀 변하지 않았다. 발도 털로 덮여 있었다. 자리에서도 네 발로 일어났다. 그때부터 단 하루도 지나지 않은 것처럼 보였다.

모트는 시바 앞으로 걸어가 무릎을 꿇었다. 그가 시바의 목을 양팔로 감싸 안자, 그녀는 모트의 얼굴을 핥아 주었다.

'널 알아. 그 동안 어디 있었어?'

시바가 그렇게 말하는 것 같았다.

모트는 눈을 감고 흐느껴 울었다.

시간이 약간 지났다. 모트는 주위에서 우르릉거리는 소리를 들었다. 눈을 떠보니 방의 모양이 바뀌고 있었다. 입구가 커지기 시작하더니 지하실 복제품과 여왕의 방 사이에 있던 벽이 사라졌다. 가구와 다른 소품들은 그대로 남아 있었지만 바닥이 늘어나는 바람에 물건들이 전부 한쪽 구석으로 멀리 밀려났다. 그러자 모트가 시바를 끌어안고 있는 작은 공간을 제외한 바닥 전체가 개미 떼들로 뒤덮였다.

개미들이 또 다시 길을 만들었다. 이번에는 여왕의 발 앞이었다. 모트가 자리에서 일어나 그쪽으로 향하자 시바가 그 뒤를 애완견처럼 따라왔다.

"시바는 어째서 변하지 않은 거지? 왜 다른 동물들과 다른 거야?"

모트가 물었다.

"그 개는 도심에서 벗어난 도로에서 발견됐어. 우리가 그 가족을 붙잡았을 때 마이클이라는 아이가 개를 지키려고 했지. 그 모습이 제법 흥미롭기에 우린 지켜보기로 했어. 그리고 아이에게 통역기를 씌웠을 때 네가 그 가족을 살려줬다는 걸 알게 됐지. 그리고 네가 그 개를 찾고 싶어 한다는 것도 말이야. 난 개를 변화시키지 않기로 결심했어. 그 상태가 더 행복해 보이기도 하고."

"그럼 마이클이 도망치게 놔둔 것도 당신인가?"

"맞아. 다른 포로들은 통역기의 효과를 보고 신이 그 아이를 그릇으로 선택했다고 여기더군. 그들은 아이를 숭배하기 시작했어. 그래서 난 그 아이의 이야기가 남아있는 인간들과 다른 동물들에게 어떤 영향을 미치는지 보기 위해 그들을 풀어 줬지. 내가 예상했던 대로였어. 어느 정도 이용하기도 했지. 어느 정도는 각색도 하고. 많은 이들이 믿었고, 자신들의 믿음에 따라 행동했어.

지금 그런 상황에서 널 보고 있는 거야. 인간들이 자기들의 이야기를 퍼뜨리는 동안, 우리는 지구상의 모든 생명체들을 위한 가장 중요한 결정을 내릴 수 있는 권한을 네게 맡겼다는 거지."

모트는 시바의 머리를 긁어 주었다. 시바는 모트의 짤막한 손가락에 머리를 맡긴 채 그 접촉에 행복해했다.

"듣고 있어?"

여왕이 물었다.

"그래."

모트는 대답했다. 하지만 쳐다보지는 않았다.

"다른 이유는 없어. 너한텐 두 가지 선택권이 있지. 이대로 머물면서 네 친구와 편안하게 살아도 돼. 난 격리를 풀어 줄 수도 있고, 네가 원한다면 그 개를 너처럼 변하게 만들 호르몬 약을 줄 수도 있어."

여왕이 말했다.

그 말과 동시에 여왕의 왼쪽 어깨 너머로 작은 개미 떼들이 종종거리며 반짝거리는 파란 알갱이를 운반해 왔다. 여왕은 그 개미들에게서 그 약을 받았다. 모트는 여왕의 발도 어느 정도 손 모양에 가깝게 진화되어 있다는 것을 알아차렸다. 그 약은 나이든 여자들이 손에 끼는 커다란 보석과 비슷해 보였다.

"아니면 여기서 나가서 가짜 예언에 따를 수도 있지."

여왕이 말을 이었다.

"날 내보내 준단 말인가?"

"그래. 하지만 일단 지상에 올라가고 나면 너도 다른 동물들처럼 격리 당하게 될 거야. 너의 인간 동맹들이 기도했던 대로 세상의 종말이 일어날 날이 머지않았어. 난 너희들의 신으로부터 너희를 구해 줬지만 두 번째 기회는 없을 거야. 내가 아주 특별한 일들을 할 수 있다는 건 알게 됐지만, 그럼에도 불구하고 인간의 마음에서 악마를 없앨 수는 없어. 인간들이 그 진실을 알게 만들 수도 없고."

여왕이 말했다.

"내가 시바와 약속을 지키는 게 당신과 무슨 상관이 있는 거지? 심지어 시바는 그 사실을 알지 못할 수도 있는데?"

모트가 물었다.

"나도 약속을 했거든. 네가 이대로 머물러 줬으면 좋겠어. 네가 호기심이 많다는 걸 알아. 콜로니에 있으면 여러 가지 궁금한 것들을 알아가며 즐겁게 지낼 수 있을 거야. 아무도 죽지 않아. 네가 할 일은 올바른 선택을 하는 것뿐이야. 시바와 너를 위해서. 우리를 위해서."

여왕이 말했다. 단호한 말투가 재닛이 아이들을 달랠 때처럼 부드럽게 바뀌었다.

"친구와 먼저 이야기를 하고 싶어."

모트가 옆에 있는 시바를 쓰다듬으며 말했다. 만약 제대로 된 얼굴이 있었다면 여왕은 지금 찡그린 표정일 거라는 생각이 들었다.

모트는 무릎을 꿇고 앉아 배낭을 열었다. 그리고 금속 물병을 꺼냈다. 뚜껑을 연 뒤 시바에게 내밀어 시바가 핥아 먹을 수 있게 물을 부어 주었다.

여왕이 또 다시 알을 낳았다.

"당신은 내가 하늘에 있는 보이지도 않는 인간들을 믿는 것이 위험하다고 생각하겠지. 하지만 전혀 그렇지 않아. 난 믿고 있어. 내가 친구와 보낸 시간을 기억하고 있다는 걸. 그 모든 일들이 영원할 수 없다는 건 알지만, 그래도 난 그 시간을 위해 싸울 거야."

모트가 말했다.

"아무래도 우린 서로에 대해 더 많이 알아야 될 것 같군."

여왕이 말했다.

물통이 비었다. 모트는 물통 속에서 작은 약병이 나올 때까지 흔들었다. 그는 물통을 바닥에 내려놓았다. 시바가 코를 내밀고 물통을 살피기 시작했다. 모트는 약병을 들고 자리에서 일어났다. 여왕은 완벽한 V자가 될 때까지 더듬이를 벌렸다.

"아무래도."

모트가 대답했다. 그리고 그는 그 약병을 여왕에게 던졌다. 갑작스럽게 움직여서인지 시바가 짖었다. 유리로 된 약병은 여왕의 얼굴에 부딪쳐 깨졌다.

순간 방안의 모든 움직임이 멈췄다. 약병에 들어있던 올레산이 다른 개미들에게 잘못된 메시지를 보냈다. '여왕이 죽었다. 추방. 파괴하라.' 개미들은 행진을 중단했고, 일개미들은 여왕의 몸을 핥는 것을 멈췄다.

"저들을 죽여!"

여왕이 말했다. 하지만 아무도 듣지 않았다. 대신 일개미들은 발톱으로 여왕의 배를 찔렀다. 여왕의 고통스런 비명소리에 방안이 흔들렸다. 여왕의 몸 아랫부분을 뒤덮고 있던 작은 개미들이 이제는 머리와 흉곽을 에워싸고 있었다. 여왕의 주변 바닥도 개미들로 뒤덮였다. 모트가 들어왔던 구멍으로 일개미들과 알파개미들, 작은 개미들이 모두 몰려와 여왕에게 덤벼들었다. 몸집이 큰 일개미 두 마리는 여왕의 알이 들어있는 구멍을 열어 그 안에 있던 알들로 배를 채웠다. 그리고 그들은 수개미를 끌어낸 뒤 여왕의 배를 찢고 그 안에 들어있던 수많은 알들을 먹어치웠다.

모트는 시바를 번쩍 들어 어깨 위에 올렸다. 비틀린 머리를 쏜살같이 지나쳐 껍데기를 잡고 여왕의 복부를 올라갔다. 그는 귓가에서 시바가 거칠게 숨을 몰아쉬는 걸 느낄 수 있었다.

다른 방들에서 더 많은 개미들이 몰려와 그 상황에 동참했다. 턱을 양쪽에서 잡아당기자 위대한 여왕 하이메놉테라의 또 다른 살점이 뜯겨 나갔다. 지나치게 열성적인 알파개미 한 마리는 여왕의 왼쪽 더듬이를 붙잡더니 힘껏 잡아당기다가 뒤로 넘어지기까지 했다.

자신의 운명을 받아들이지 못한 여왕은 그들과 싸우려고 했다. 여왕은 팔과 다리를 뒤덮고 있는 작은 일개미들을 눈 깜짝할 사이에 잡아먹었다. 알파개미 한 마리가 여왕의 목에 달라붙으려고 했지만, 여왕은 그 개미의 얼굴을 잔인하게 물더니 아래 턱뼈를 뜯어냈다. 그 알파개미는 턱의 남은 부분이 덜렁거리는 채로 휘청거리며 물러났다.

부상당한 알파개미는 여왕의 등에 주저앉았다. 모트가 걷어차려 했지만 그 개미는 망가진 턱으로 모트에게 덤벼들었다. 시바가 짖었다. 그 개미에게 그냥 보내 달라고 부탁하고 있었다. 모트는 시바의 의견이 이 자리에서 가장 온당할 거라는 생각이 들었다. 하지만 그때 알파개미가 덤벼들어 반만 남은 입으로 시바를 물었다. 시바는 개미를 밀쳐내려다가 그 괴물의 머리에 옆구리를 부딪치는 바람에 그대로 여왕의 껍데기에서 미끄러지기 시작했다. 모트가 시바의 이름을 불렀지만, 그녀는 밑으로 떨어지면서 뭐든 입으로 물어뜯고 발톱으로 움켜잡는 개미떼 속으로 사라졌다.

시바 없이 견뎠던 오랜 세월, 티베리우스와 함께 참호를 파던 끔찍했던 나날들, 굶주린 채로 끝없이 지루하게 행군했던 시간들. 모트에게 그 비참하고 절망적인 시간이 다시 찾아왔다. 그는 다시 그녀를 잃었다. 대니얼이 시바를 쫓아내는 것을 지켜봤을 때보다 더 끔찍한 상황이었다.

바로 그때, 죽어가는 콜로니의 고막이 찢어질 것 같은 소음 속에서 시바가 짖는 소리가 모트의 귀에 들렸다.

'세바스찬! 나 여기 있어!' 그녀가 말했다.

어쨌든 그는 그 소리를 들었다.

모트는 시바가 사라진 쪽으로 달려갔다. 그는 알파개미와 마주 보게 되었다. 모트는 그 알파개미의 얼굴에 피가 날 때까지 주먹을 계속 날렸다.

아무 소용없는 짓이지만 만족스럽긴 했다. '너희가 내 친구를 해쳤으니 난 너희를 몽땅 다 죽일 거야!' 그 알파개미가 모트를 물어뜯으려고 했지만 여왕의 몸에 밴 올레산 때문에 멍해진 것 같았다. 모트가 다시 한 번 옆으로 크게 주먹을 휘두르며 펀치를 날렸을 때 시바가 다시 짖었다.

그는 마티니 가 지하실의 복제품 근처에서 시바를 발견했다. 바로 옆에 출구가 있었다. 방의 모양이 바뀔 때 열렸던 통로가 그대로 남아 있었던 것이다. 그때 다시 감각을 되찾은 알파개미들이 시바를 노렸다. 그들이 시바를 에워싸자 시바는 엉덩이를 대고 앉아 으르렁거렸다. 아무 소용 없을 테지만 개미들에게 겁을 주겠다는 듯, 흰색과 오렌지색이 섞인 털을 빳빳이 세웠다.

모트도 수많은 알파개미들을 다 상대하진 못할 것이다. 그들의 주의를 돌리게 할 순 있지만 그 상황에서 시바는 어떻게 도망쳐야 할지 모를 것이다. 모트는 방 안에서 미친 듯이 무기를 찾기 시작했다. 작은 개미들이 가져갔던 무기들은 그가 처음 그 방에 들어왔던 통로 근처에 있었다. 총과 수류탄이 마치 그를 놀리는 것처럼 불과 30미터도 떨어지지 않은 곳에 놓여 있었다.

모트는 빈틈을 향해 몰려드는 개미 떼들을 뛰어 넘었다. 시바가 알파개미들 중 한 마리를 향해 경고하듯 짖는 소리가 들렸다. 그 알파개미가 모트 쪽으로 고개를 돌렸다. 먼저 입으로 공격했다. 모트는 바닥으로 뛰어내렸다. 그때 그는 꼬리가 물리는 느낌을 받았다. 번갯불을 맞은 것 같은 격통이 척추를 타고 내려왔다. 꼬리 끝이 잘려나갔고, 남은 부분에서 피가 뚝뚝 떨어졌다.

모트는 이를 악물고 여전히 개미들로 뒤덮인 총을 집어 들었다. 그 알파개미가 다시 뒤에서 공격했다. 꼬리 끝을 여전히 입에 문 채였다. 모트는 총에 안전장치가 걸려 있다는 것을 기억해냈다. 작은 개미들이 여왕에게 가기 위해 자기 몸을 타고 넘어가는 동안, 모트는 안전장치를 풀고 방아쇠를 잡았다. 그 알파개미가 모트의 앞으로 뛰어들었을 때 총구가 기다리고 있었다. '저 자를 쏴. 이렇게 하는 거야.' 그는 머릿속에서 길고양이의 목소리를 들었다.

모트는 방아쇠를 잡아당겼다. 개미 몇 마리가 쓰러졌다. 총구에서 솟은 빛이 섬광탄처럼 방안을 밝혔다. 총알들은 알파개미의 목으로 들어가 두개골 뒤쪽을 뚫고 나갔다. 개미는 고통스러워하다 옆으로 쓰러졌다.

모트는 자리에서 일어나 털에 붙어 있는 개미들을 털어냈다. 떨어진 개미들은 종종걸음으로 여왕이 있는 쪽으로 향했다. 오른쪽에서는 개미떼가 수류탄을 가져가려 했다. 모트는 수류탄을 집어든 뒤 시바가 있는 쪽으로 달려갔다. 꼬리가 여전히 욱신거렸다.

그 수류탄은 인간들이 만들어낸 또 하나의 기발한 무기였다. 하지만 전세에 영향을 주기에는 너무 늦게 만들어졌다. 모트가 수류탄의 핀을 뽑자 농축된 올레산 냄새가 퍼져 나갔다. 시바를 둘러싸고 있던 개미들이 그 냄새가 나는 쪽으로 몰렸다. 시바는 그들을 보며 계속 짖고 있었다. 아마 자기가 겁을 줘서 쫓아낸 거라고 생각하는지도 모른다.

개미들은 더듬이로 폭탄을 찾으면서 모트 쪽으로 다가왔다. 그 냄새를 풍기는 대상은 반드시 추방될 것이다. 모트는 수류탄을 가까운 터널 속에 던져 넣었다.

"가져와 봐."

그 금속 솔방울이 콜로니의 창자 속에서 통통 튀어 올랐다. 개미들이 서로 걸려 넘어지면서 황급히 그 뒤를 쫓아갔다.

"됐다. 시바, 이제 그만 나가자……!"

모트가 말하자마자 시바가 쏜살같이 그를 스쳐지나갔다. 시바도 수류탄을 쫓아간 것이다. 그녀는 정말로 물건 던지기 놀이를 하는 줄 알고 있었다.

"시바, 안 돼!"

모트가 외쳤다. 시바는 계속 달렸다.

이제 그들 모두가 수류탄이 통통 튀어오르는 소리가 들리는 터널로 뛰어 들었다. 모트는 몸을 던져 시바의 꼬리를 잡으려고 하다가 그대로 미끄러지고 말았다. 시바는 쓰러진 모트를 모른 척할 용기가 없었다. 시바가 주춤하는 사이 모트는 자리에서 일어나, 시바의 목덜미를 잡고 왔던 길로 뛰어가기 시작했다. 여왕의 방에 도착하자 그는 시바를 감싼 채 바닥에 엎드린 뒤 그녀의 귀를 막아 주었다. 수류탄이 폭발하면서 터널에서 뜨거운 열기와 잔해들이 밀려왔다.

폭발 때문에 귀가 울렸다. 인간들이 동시에 고함을 지르는 것 같은 소리가 들렸다. '와아아아아!' 모트는 달팽이관이 정상으로 돌아오도록 입을 달싹거렸다. 하지만 여전히 그 소리는 사라지지 않았다. 그는 비틀거리면서 시바를 끌고 여왕이 있는 쪽으로 다가갔다. 그 와중에도 남아있던 일개미들이 여왕을 밀어내고 있었다. 모트는 시바를 여왕의 배 위에 던져 놓은 뒤 그쪽으로 달려갔다. 부상당한 꼬리에서 흐르는 피가 여왕의 외골격 위에 그대로 남았다. 모트는 앉은 자세로 남아있는 개미들을 향해 총을 겨눴다. 그들은 이제 모트에게 관심이 없었다. 맹목적으로, 가차 없이 여왕의 몸을 방에서 밀어내고 있었다.

여왕의 딸들은 여왕의 날개를 찢고 더듬이를 잘라냈다. 다리는 다 잘려나갔는데 파란 알약을 쥐고 있는 단 한 개만이 남아 있었다. 여왕은 그 약을 지키고 있었다. 모트는 시바를 돌아보며, 표정으로 이렇게 물었다.

'봤어?'

모트는 여왕의 어깨 껍질 위로 올라가 그 약을 찾기 시작했다. 손을 뻗어 보았지만 너무 멀리 있었다. 그때 갑자기 여왕이 고개를 돌렸다.

"약을 줘. 그럼 여기서 벗어나게 도와줄게."

모트가 말했다. 그들은 이미 여왕의 방에서 벗어나 있었다. 더 이상 통역기 역할을 하는 벽이 없었다. 하지만 여왕은 알아들었다. 그녀가 약을 내밀었고 모트는 파란 약을 받아 배낭 속에 집어넣었다.

여왕은 여전히 모트를 쳐다보며 그의 대답을 기다리고 있었다. 모트는 여왕의 머리 아래쪽, 투구가 갈라져 있는 중간 지점에 총구를 겨눴다. 이 것으로 여왕은 해방될 것이고 딸들이 자기를 파괴하는 것을 보지 않게 될 것이다. 여왕은 거부하지 않았다. 모든 짐을 내려놓고 풀려나기만을 기다리는 듯 더듬이가 축 늘어졌다. 그 뇌에 들어있던 방대한 지식은 모두 파괴될 것이다. 이제까지 쓰여진 책들에 담겨 있는 내용과 컴퓨터에 저장된 정보들을 모두 합친 것보다 훨씬 많은 것들이 담겨 있었을 것이다. 수십억의 생애, 무한한 기억들, 미래에 대한 끝없는 비전들.

모트는 총을 쐈다. 여왕의 흉곽과 머리가 뻣뻣해지더니 그대로 축 늘어졌다. 모든 것이 끝났다. 진화한 영장류가 만들어낸 잔인한 무기로 인해 사라졌다. 신도 이렇게 되길 바라진 않았을 것이다. 스스로가 신이었던 여왕 자신을 제외하면.

그들은 여왕의 몸에 올라탔다. 시바는 옆에 앉아 있었다. 모트는 뛰어

내려야 할 때를 대비해 시바를 어깨 위에 올렸다. 개미들이 여왕의 시신을 들고 이리저리 모퉁이를 돌더니 출구 쪽으로 전력 질주했다. 모트는 이제 신선한 공기를 느낄 수 있었다. 소금기를 감지한 수염이 빳빳이 곤두섰다. 개미들은 여왕의 시신을 바닷물 속으로 던질 모양이었다. 시바는 예전에 주인이 자신을 혼자 남겨두었을 때처럼 낮은 소리로 칭얼거렸다.

마침내 출구에 도착하자 모트는 천장에 매달리려고 했다. 하지만 너무 높았다. 구름 덮인 하늘이 보이면서 터널에도 빛이 들어왔다. 모트는 파도에서 튀어 오르는 물보라 맛을 느꼈다. 개미들은 여왕의 몸을 절반쯤 밀어냈다. 그러자 여왕의 하나 남은 다리가 자신의 뜻을 거역한 존재들을 향해 손가락을 흔드는 것처럼 경련을 일으켰다. 모트는 여전히 여왕의 껍데기를 붙잡은 채로 자기들이 가야 할 15미터 아래에 있는 암석 해변을 내려다보았다. 시바가 어깨 위에서 꿈틀거렸다. 방법은 절벽 바위에 매달리는 것밖에 없었다. 모트는 망설였다. 만일 자기가 바위를 잡지 못한다면 어떻게 될지 알 수 없었다.

개미들이 다시 여왕의 몸을 밀기 시작하자 모트는 다시 자세를 잡을 수밖에 없었다. 시바가 조바심이 난 듯 짖기 시작했다. 개미들이 여왕의 몸을 마지막으로 민 순간, 모트는 절벽 쪽으로 뛰어올랐다. 날카로운 바위 모서리가 살을 파고들긴 했지만 무사히 매달릴 수 있었다. 여왕의 육중한 몸이 움직이자 바위가 흔들렸다. 잠시 뒤 여왕은 요란한 소리를 내며 밑으로 떨어졌다.

모트는 계속 버텼다. 시바도 가만히 있었다. '이 손 때문에 죽지는 않을 거야.' 모트는 생각했다. 그는 시바에게 잘 붙잡고 있으라고 한 뒤 절벽 위로 기어 올라가기 시작했다. 괜찮을 것 같았다. 잘린 꼬리에서 흐르는 피가 빨간 빗방울처럼 바다에 떨어졌다.

절벽 위로 거의 다 올라갔을 즈음 모트는 시바에게 자기 머리를 밟고 바위 위로 올라가라고 했다. 그런 다음 그도 올라가 잠시 엎드려 있었다. 손을 다치긴 했지만 거칠고 못이 박힌 피부라 찢어지지는 않았다. 절벽을 살펴보니 계속 올라갈 수 있을 것 같았다.

모트는 자리에 앉아 시바의 머리를 무릎에 올렸다.

하늘에서는 베수비오의 낙하산 부대가 뛰어내리고 있었다.

제21장

골고다 전투

컬드삭은 군사들이 사고 지역에서 떨어져 있길 바랐다. 하지만 신병들은 사냥을 끝낸 원시인들처럼 불길이 치솟는 비행선 잔해 주위에 모여들었다. 그는 신병들에게 그만두라고 소리쳤다. 그래도 말을 듣지 않자 컬드삭은 동굴에서 뛰어나와, 총탄이 다 떨어질 때까지 허공에 대고 총을 쐈다. 다른 장교들도 함께 총을 쐈다. 실망한 군사들은 각자의 위치로 돌아갔다.

사고 현장에서 독가스가 새어 나오는 것 같지는 않았다. 사실 인간들은 이미 오래 전에 화학 무기를 포기했다. 개미들이 너무 빨리 적응했기 때문이다. 전략적인 이점이 있는 것도 아니었다. 컬드삭은 이번 사고를 인간들의 전술 중에서도 최악인, 제정신이 아닌 사례로 받아들였다. 아르콘은 끝까지 기도했다. 어쩌면 하늘에 떠 있는 저 유토피아에 식량이 떨어지자 저항조직의 다른 멤버들이 아르콘을 피에 굶주린 신에게 제물로 바쳤을 가능성도 있었다.

그때 갑자기 고함소리가 들렸다.

"또 나타났다!"

컬드삭은 주위를 돌아보았다. 북쪽에서 베수비오가 구름을 가르며 다가오고 있었다. 개미들은 골고다 추락 지점에서 뒤로 물러났던 것처럼 또 다시 뒤로 물러났다. 두 번째 공격은 자살 특공 임무가 아니었다. 베수비오는 폭격이나 폭탄 투하를 하거나 병력을 지상으로 투입할 수 있었다. 컬드삭은 저들이 병력을 지상에 투입해 주길 바랐다. 그러면 살아남는 자들이 거의 없게 될 테니.

그러는 동안 장교들이 군사들을 대기 시켰다. 컬드삭은 점차 다가오는 비행선에서 눈을 떼지 않은 채 동굴로 들어갔다. 베수비오에서 뭔가가 천천히 떨어지고 있었다. 낙하산이었다. 저들은 저렇게까지 죽고 싶은 걸까? 어찌하여 저리도 어리석은 것일까? 저들은 조용히 멸종될 수 없는 것이다. 저들이 멸종하려면 세상의 종말이 필요했다.

통역기에서 지지직거리는 소리가 들렸다. 컬드삭은 손으로 통역기를 두드려보았지만 잡음이 계속 들리다가 점점 심해지더니 달그락거리는 소리와 딸깍거리는 소리로 바뀌었다. 알파개미들이 많이 있을 때는 그들이 무작위로 보내는 신호가 너무 강해서 가끔 이렇게 전파를 방해할 때도 있었다.

코요테가 그가 있는 쪽으로 다가왔다. 바로 뒤에 사절인 알파개미도 따라왔다.

"대령님. 서쪽 해안에 배들이 도착했다는 연락을 받았습니다. 아무래도—"

그녀는 말을 마칠 수 없었다. 알파개미가 코요테의 허리를 잡고 들어 올리더니 힘껏 깨물었기 때문이다. 코요테가 숨이 막히는 소리를 내면서 허우적대기 시작했다. 컬드삭은 총을 뽑아 들었다. 동굴 안에 있던 너구리도 달려나와 라이플로 개미를 겨냥했다.

"개미를 쏴!"

컬드삭이 총알을 장전하면서 외쳤다.

너구리가 총을 발사하자 개미의 철갑에 구멍이 뚫렸다. 하지만 보복하는 대신 알파개미는 바위가 많은 지대로 코요테를 질질 끌고 갔다. 컬드삭은 장전을 끝내고 총을 발사했다. 알파개미는 총격을 무시한 채 코요테의 몸을 찢었다. 뭔가에 홀린 것 같았다.

다른 군사들도 그 현장으로 달려왔다. 수십 발의 총을 더 맞고 난 뒤에야 그 알파개미는 바닥에 쓰러져 죽었다. 개미의 다리가 한 번 떨리자 군사들 중 누군가가 다시 총을 쏘기 시작했다.

"사격 중지."

컬드삭이 자욱한 화약 연기를 휘저으며 말했다.

그는 코요테에게 다가가 몸을 숙였지만 맥박을 잴 필요도 없었다. 머리가 거의 반대편으로 돌아가 있었다.

총성 때문에 컬드삭은 통역기에서 계속해서 알 수 없는 딸각거리는 소리가 들린다는 것을 알아차리지 못했다. 그는 손으로 다른 쪽 귀를 막은 뒤, 그 이상한 소리가 뭔지 알아내려고 했다.

"대령님."

누군가 불렀다. 군사들이 모두 알파부대가 있는 쪽을 쳐다보고 있었다. 컬드삭은 그 언덕 위를 보면서 통역기에서 들리는 이상한 소리의 정체를 눈으로 확인할 수 있었다. 개미들의 진영이 흐트러져 있었다.

그들은 자기 몸을 통제할 수 없는 듯 계속해서 서로 충돌했다. 턱과 발로 서로 엮여 있어서 개미 한 마리가 어디서 끝나고 다른 한 마리가 어디서 부터 시작되는지 알 수 없었다. 서로 발로 밀치며 싸우는 소리와 외골격들이 부딪치고 부러지는 소리가 났다. 그런 과정에서 뒤집어진 개미들은 다른 방향에서 잡아당기는 바람에 무기력하게 다리만 흔들고 있는 경우도 있었다. 커다란 원 안에서 알파개미가 누구 것인지 알 수 없는 머리와 흉곽을 끌고 가기도 했다.

그 개미들의 물결이 언덕에서 내려오더니 컬드삭과 군사들이 있는 쪽으로 밀려오기 시작했다.

"대체 무슨 일이지?"

컬드삭이 물었다. 하지만 그는 이미 답을 알고 있었다. 골고다 호가 개미들에게 영향을 미치는 화학 물질을 공중에서 살포한 것이다. 뭔가 개미들을 서로 반목하게 만드는 물질로 보였다.

그는 통역기를 벗었다.

"물러나."

컬드삭이 군사들에게 말했다.

그들은 참호 쪽으로 도망쳤다. 컬드삭의 뒤에서 개미들이 부하들 중 누군가의 몸을 물어뜯는 소리가 들렸다. 군사들은 일제히 그쪽으로 총을 겨눴다.

"발사!"

사정거리 안쪽에 들어가자마자 컬드삭이 외쳤다. 온몸이 찢기는 것보다는 차라리 총에 맞는 편이 나았다. 앞에서 총구가 뿜어내는 섬광들이 별처럼 반짝거렸다. 총알들이 컬드삭의 머리 옆을 스치듯 지나가고, 귓가에 소리가 울렸다. 컬드삭은 첫 번째 줄에 만든 참호 쪽으로 달려갔다. 하지만 바로 뒤에 알파개미가 있다는 것을 알았다. 그래서 그는 참호로 뛰어드는 대신 건너서 지나갔다. 컬드삭은 개미들이 총소리가 이어지기 전에 참호에 있던 군사들을 밖으로 끌어내 옆으로 집어 던지는 소리를 들었다.

그는 두 번째 줄에 만든 참호 쪽으로 넘어갔다. 양옆에서 군사들이 계속해서 총을 쏘고 있다. 컬드삭의 발밑에 개 한 마리가 몸을 숙인 채 숨어 있었다. 그 개를 훈련시킬 시간이 없었기에 컬드삭은 총을 빼앗아 들고 쏘기 시작했다. 알파개미들은 자리에서 일어나 다른 시신들을 넘어 계속해서 앞으로 전진하고 있었다. 독성 물질 때문에 정신이 혼미해져 입을 벌리고 혀처럼 생긴 기관을 내밀고 있는 개미들도 있었다. 그 모습이 마치 거대한 개를 보는 것 같았다.

컬드삭은 탄창을 다 쓰자 새로 탄창을 장전했다. 그는 개미의 두개골 아랫부분을 노렸다. 거길 맞으면 개미들의 동작이 느려졌다. 컬드삭은 조준하고 발사했다. 총구의 섬광과 함께 날아간 포탄이 목표물에 박혔다. 컬드삭은 알파개미들이 쓰러져 죽을 때 다리를 들어올린다는 사실을 알아차렸다.

알파개미가 컬드삭의 왼쪽에 있는 참호를 공격했다. 개미가 참호 위에 앉자 공포에 질린 신병이 몸을 웅크렸다. 컬드삭은 알파개미의 흉곽과 복부를 겨냥해 총을 쐈다. 참호 밑으로 피가 흐르기 시작했음에도 그 괴물 개미는 계속해서 움직였다. 컬드삭은 그쪽으로 기어가 떨고 있는 군사를 잡고 끌어냈다.

그리고 그는 자리에서 일어나 갑자기 뛰기 시작했다. 컬드삭은 참호 끝까지 가서 밖으로 올라갔다. 서쪽 해안에 낡은 요트와 고깃배들이 도착한 게 보였다. 배에서 내린 것은 인간들 편에서 싸운 동물들이었다. 그들은 손에 라이플총을 들고 무릎 깊이까지 물에 잠긴 채 걸어왔다. 컬드삭이 보기에 침입자들은 숙주 세포를 인계받은 바이러스와 비슷했다.

컬드삭의 군사들은 혼란에 빠졌다. 모든 상황들이 아주 짧은 순간, 스냅사진을 찍는 것처럼 일어났다. 장교는 도망치는 군사에게 총을 쐈다. 피가 뚝뚝 떨어지는 꼬리를 잡은 고양이가 알파개미를 피해 비명을 지르며 도망쳤다. 개 두 마리가 머리가 떨어져 나간 채 난동을 부리는 알파개미에게 짓밟혀 불구가 된 것처럼 보이는 동료를 옮기고 있었다.

'여왕이 죽었다.'

컬드삭은 생각했다. 여왕은 모든 것을 알고 있다. 하지만 지금 여왕은 이 상황을 알지 못했다. 때문에 컬드삭은 확신했다. 통역기는 그와 여왕을 밀접하게 연결해 주었다. 그래서 컬드삭은 여왕이 떠났다는 것을 느낄 수 있었다. 여왕의 부재로 이 우주는 텅텅 비었고, 그가 알고 믿고 사랑하던 모든 것들이 공허해졌다.

이렇게 될 거라고는 생각하지 못했다. 여왕이 모두를 지켜 주고, 인간들이 다시는 아무도 해치는 일이 없게 해 줄 거라고 생각했다. 그는 여왕의 메아리라도 들으려고 애를 썼다. 컬드삭은 목과 심장에서 여왕의 슬픔이 느껴지기를, 여왕이 그에게 나누어 주었던 특권에서 오는 절망감이 느껴지기를 기다렸다. 그 부담감은 그를 강하게 만들어 주었다. 컬드삭은 여왕을 위해 그 고통을 삼킬 것이며 여왕이 이 모든 일들을 다시 할 수 있게 자신이 순교자가 되겠다고 약속했었다. 여왕은 컬드삭과 함께할 것이며 그들이 자신의 전부라고 했다.

하지만 이제는 아무 희망이 없었다. 여왕은 떠났다. 컬드삭, 모두에게 잊힌 이름을 가진 보브캣은 또 다시 혼자가 되었고 그를 따르던 자들은 또 다시 이 세상에서 버려지게 될 것이다.

누군가 그의 귀에 대고 이제 어떻게 해야 하는지를 물었다. 그 순간 컬드삭은 자신이 그날 죽게 될 것임을 알았다. 해방감이 들지도 않았고 무섭지도 않았다. 그저 그가 사냥을 얼마나 그리워하고 있었는지를 느꼈을 뿐이다.

하늘에서 빠른 속도로 떨어지면서 와와는 자신이 착륙하기를 기다리고 있는 화염 방사기들을 볼 수 있었다. 선발로 내려온 군인들이 화염 방사기를 들고 개미 떼를 향해 불길을 뿜어내고 있었다. 거대한 오렌지색 뱀 같은 불길이 몸을 흔들며 알파개미들을 잡아먹고 있었다. 올레산 때문에 완전히 미쳐 버린 개미들은 몸이 불타고 있는 와중에도 작은 개미들을 계속 죽이고 있었다.

와와는 그 개미들의 본거지에서 50미터 떨어진 곳에 힘들게 착륙했다. 그녀는 권총집에서 총을 꺼내려고 애를 썼지만 머리 위에서 자꾸만 낙하산이 바람에 펄럭이며 방해했다. 머리가 네모난 소령은 착륙하면 다른 건 신경 쓰지 말고 제일 먼저 낙하산을 떼어내라고 말했다. 하지만 와와는 그 말을 잊고 있었다. 그녀가 낙하산에 휘감겨 있는 동안 블랙 햇츠는 올레산의 효과가 사라지기 전에 고통스러워하는 알파개미를 쏴 죽이기 위해 우르르 몰려갔다.

와와는 일행을 찾기 위해 연기로 된 벽을 뚫고 지나가야 했다. 후발로 나선 블랙 햇츠는 화염 방사기 대신 기관총으로 무장하고 개미들을 향해 총을 쏘고 있었다. 나중에는 자신들이 속았다는 사실을 알아차린 개미들도 있었지만 작은 개미들은 계속해서 그들을 끌어당기며 반격했다.

온갖 소음 속에서 와와는 한 가지 소리를 확실하게 알아들었다.

웃음소리.

인간들은 신체 부위가 절단되거나 피를 철철 흘리는 치명적인 부상을 입은 채로 비틀거리면서 걸어가는 개미들까지도 끝까지 공격했다. 인간들 중 열의가 넘치는 누군가가 죽어가는 알파개미를 쫓아가 뒤통수에 대고 총을 쐈다. 개미가 바닥에 쓰러지면서 남자는 그 밑에 깔렸다. 동료들은 개미 시신에 깔린 남자를 꺼내 주면서 농담을 했다.

"거기 숨은 거야?"

군인들 중 한 사람이 개미 목을 잘라가지고 와서 다른 블랙 햇츠 대원 앞에 던졌다. 그 남자가 깜짝 놀라 그 머리에 총을 쏘자, 처음 장난을 쳤던 남자가 웃음을 터뜨렸다.

"닥쳐."

두 번째 남자가 말했다.

그들은 전원 컬드삭의 부대가 기다리고 있는 섬의 반대편으로 이동했다. 앞으로 나아가면서 블랙 햇츠가 할 일은 올레산의 화학 신호에 영향을 받은 개미들의 시체가 동물들이 파놓은 참호까지 이어져 있다는 것을 확인하는 것 밖에 없었다. 인간 습격대는 앞으로 나가면서 이상한 소리를 질렀다.

"와! 와우! 와아우!"

개가 울부짖는 소리처럼 들렸지만 그건 경계나 절망이 아니라 기쁨에서 우러난 소리였다.

인간들은 죽은 개미들 위로 올라가고 방어시설을 짓밟았다. 동물들은 이미 바다로 후퇴한 뒤였다. 와와가 전속력으로 달려간 덕에 살아있는 적군의 모습을 간신히 볼 수 있었다. 그녀는 후퇴하더라도 동물들의 숫자가 줄어들 거라는 사실을 알고 있었다. 그중에는 총에 맞은 부상자들까지 있었다. 와와는 허공에 대고 총을 발사했다. 그녀도 이 난리 통에 최소한의 기여는 했다는 것을 알리기 위해서였다. 그곳은 지반이 딱딱해서 피가 스며들지 않았다. 그래서 세 번째 줄에 있는 참호에 이르렀을 즈음에는 마치 빨간 양말을 신고 있는 것처럼 발이 붉게 물들었다. 하지만 와와는 계속 뛰어서 총을 들고 있는 미친 망나니 같은 동료들을 따라잡았다.

앞쪽에는 해안으로 상륙한 동료들이 있었다. 그들은 한 옥타브 낮은 목소리로 소리치고 있었다.

"야아아아!"

축포라도 쏘는 것처럼 하늘에 대고 총을 쏘는 인간들도 있었다. 블랙 햇츠가 새로 만난 동료들에게 소리쳤다.

"이리 와!"

누군가 외쳤다.

"파티에 온 걸 환영해!"

와와는 그들이 배를 타고 와서 건널 판자를 대고 내렸거나 작은 배를 타고 노를 저어 해변까지 왔다는 것을 알 수 있었다. 어떻게든 이 해변에 도착한 지원 부대가 콜드삭 부대의 유일한 탈출로를 막았다.

블랙 햇츠가 언덕 밑에서 멈춰 서더니 엄폐물을 찾아 흩어졌다. 순간 와와의 머리 바로 옆으로 총알이 날아왔다. 그녀는 즉시 죽은 알파개미의 배 뒤로 몸을 숨겼다. 그런데 그 개미는 아직 죽지 않았던 모양인지, 옆으로 누운 채 고개만 와와 쪽으로 돌렸다. 와와는 개미의 고개가 다시 축 처질 때까지 미친 듯이 총을 쏴 댔다.

그녀가 자리에서 일어났을 때 블랙 햇츠는 동굴을 에워싸고 있었다. 총구처럼 생긴 동굴 입구에서 총성이 요란하게 울려 퍼졌다. 총성이 멈추자 자만심 많은 인간들 몇 명이 입구로 다가가 진입을 시도했다. 그러자 다시 총성 세 발이 연달아 울렸고, 진입을 시도했던 세 사람은 다 죽었다. 그 뒤로 더 많은 총격이 이어졌다. 동물들은 모래주머니로 동굴에 방어벽을 쌓았고 탄약도 충분히 가지고 있었다.

와와가 가까이 접근하려고 할 때 누군가 그녀의 어깨에 손을 올렸다. 그녀가 돌아보자 모트가 쳐다보고 있었다.

"쉽게 찾았네요."

그가 말했다.

모트는 꼬리를 잡고 있었다. 시뻘건 주먹은 온통 상처투성이였다. 그는 벌집이 된 개미 시신을 총으로 밀어냈다. 모트의 발밑에는 작은 암캐가 네 발로 선 채 얌전히 기다리고 있었다. 와와는 투견 장에 갔던 날 밤 이후로 이런 개를 처음 봤다.

"저 인간들은 냄새가 지독하군."

모트가 말했다.

총성이 이어졌다. 인간들이 동굴 안에 있는 동물들에게 항복하라고 소리쳤다. 와와도 그 작은 공방전에 합류하고 싶었다. 모트는 계속 그녀의 어깨에 손을 올리고 있었다.

"저기에 중위가 끼지 않길 바랄 거요."

"누가요?"

"대령이요. 그냥 인간들과 싸우게 내버려 둬요."

"대령은 죽지 않을 수도 있어요."

와와가 말했다.

"죽을 거요."

와와는 모트의 손을 밀친 뒤 동굴 앞으로 뛰어갔다. 블랙 햇츠 대원들이 그녀에게 피하라고 소리쳤다.

"사격 중지!"

와와가 외쳤다.

"아니. 사격 중지는 안 돼."

누군가 뒤에서 소리쳤다.

"대령님, 거기 있는 거 알아요! 대령님!"

와와가 외쳤다.

그녀 머리 옆으로 총알이 날아왔다. 동굴 안에서 쏜 것이다. 경고 사격이었다. 예전 전우에 대한 예의였다. 군인들은 바위와 엄폐물 뒤에서 몸을 숙였다.

"물러나라."

누군가 말했다. 머리가 네모난 소령이 알파개미의 절단된 배 뒤에 무릎을 꿇고 앉아 있었다. 소령의 우락부락한 얼굴 왼쪽에는 피와 진흙이 묻어 있었다.

"대령님, 제발 항복하세요! 안 그러면 저 사람들이 대령님을 죽일 거예요!"

와와가 외쳤다.

"물러나라고 했다!"

소령이 외쳤다. 와와가 말을 듣지 않자, 소령이 불만스러운 얼굴로 모트를 돌아보았다.

"가서 물러나라고 해봐요!"

"말해도 듣지 않을 겁니다."

모트가 말했다.

"대령님. 제발 항복하세요. 난 당신을 용서했어요. 우린 당신을 용서할 수 있어요. 아직 늦지 않았어요."

와와가 말했다.

그건 이 전쟁에서 그녀가 해야 할 일이었다. 예전에 컬드삭은 와와를 구해 주었다. 이제는 그녀가 그를 구할 차례였다.

머리가 네모난 소령이 와와에게 달려갔다. 그리고 그녀가 어깨에 메고 있는 배낭을 잡고 자리에 앉힌 뒤 자신도 주저앉았다. 또 다시 총알이 휙 날아왔다. 군인들이 모두 발사 준비를 했다.

"멈춰요!"

와와가 외쳤다.

"여기 가만 있어."

소령이 말했다.

"항복할 기회를 줘야 해요."

"이미 기회를 줬어. 여기서 중위가 할 일은 아무것도—"

소령은 와와가 권총 손잡이에 손을 올리는 것을 알아차리고 말을 멈췄다. 권총의 끝 부분이 소령의 배를 겨냥하고 있었다.

"저 집고양이를 전사라고 생각하지? 난 언제든 당신을 쏠 수 있고 죽어가는 걸 지켜볼 수도 있어. 아르콘은 이런 일이 있을 거라고 말했지. 당신 부하들한테 보브캣을 항복시키라고 말해."

와와가 말했다.

"저자도 그들 중 하나야."

"당신이 날 구했으면 대령도 구할 수 있을 거야. 이제 가서 말해."

와와가 말했다.

소령이 대답을 하려고 입을 열다가 연이은 총성에 몸을 피했다. 동굴에 숨어 있던 동물들이 방어벽을 넘어 밖으로 나왔다. 그리고 인간들을 향해 돌격했다. 동물들은 전부 넷이었다. 와와는 소령을 밀치고 자리에서 일어 났다.

"안 돼!"

그녀가 소리쳤다.

총성이 울려 퍼졌다. 동물 셋이 쓰러졌다. 하지만 마지막으로 남은 보브 캣은 어깨에 총을 맞고도 으쓱하더니, 총을 쏘면서 앞으로 나왔다. 그리고 운이 나쁜 인간의 몸 위에 올라갔다.

"대령님, 그만해요! 날 봐요! 나예요! 이건—"

컬드삭은 그 군인을 찢어 버렸다. 와와는 그 소리를 들었다. 군인의 거 친 숨소리 바로 뒤에, 말 그대로 젖은 천이 찢어지는 것처럼 축축하게 젖 어있는 소리가 들렸다. 바로 그때 컬드삭이 와와를 쳐다보았다. 와와는 숨 이 턱 막히는 것 같았다. 비명을 질렀을지도 모른다. 그 자리에서 들리는 소음들이 뭔지 알 수 없었다. 컬드삭의 눈은 개미들처럼 모든 방향을 다 보고 있는 것 같으면서도 초점이 없었다. 그 순간까지도 와와는 컬드삭이 자신을 기억하고 있을 것이며 서로 이해할 것이고, 이 새로운 세상에서 제 대로 살 수 있는 마지막 기회를 받아들일 거라고 믿고 있었다.

컬드삭의 털은 이제 피로 물들어 분홍색으로 보였다. 그는 시체를 방패 로 쓰려는 것처럼 들어올렸다. 컬드삭은 자리에서 일어나 다른 군인을 또 다시 공격했다. 그러자 군인들의 그를 향해 집중 사격을 했다. 컬드삭은 그 자리에서 쓰러졌다. 쏟아지는 총알 세례에 온몸이 너덜너덜해지기 전까지, 그는 적을 향해 손을 내밀고 있었다. 그때만큼은 인간들도 환호성을 지르지 않았다.

모트가 와와를 붙잡았다. 그 장면을 보지 못하게 그녀의 팔을 잡고 돌려세웠다. 시바는 마치 와와가 주인인 것처럼 와와 옆으로 다가와 몸을 비볐다.

이것이 인간들이 바란 것이다. 와와는 생각했다. 그리고 그 기도는 실제로 이루어졌다.

와와는 모트가 손을 떼는 것을 느꼈다. 다른 건 아무것도 느껴지지 않았다.

제22장

사랑

베수비오는 섬에 있는 거대한 탑에 줄을 묶고 낮게 떠 있었다. 그날 밤 인간들은 그 밑에서 피해자들의 시신을 모두 태웠다. 땅이 너무 단단해서 시신을 묻을 수가 없었기 때문이다. 남은 시신들을 바다에 던졌더니 해변으로 다시 밀려왔다. 그래서 섬의 반대편에 있는 개미의 방으로 통하는 거대한 터널에 떨어뜨리자는 제안도 있었으나 그건 묵살됐다.

이제 터널에는 아무것도 없는 것처럼 보였지만 그래도 인간들은 그곳과 거리를 두었다. 언젠가 인간들은 터널을 탐험할 원정대를 조직할 것이다. 아마도 그럴 일은 없을 테지만, 거기서 개미들이 새로운 여왕을 사육하지 않는다는 것이 확실해진다면 말이다. 지금 위대한 하이메놉테라의 시신은 콜로니의 쓰레기 더미 위에 있고, 여왕의 명령이 없기에 마지막 격리는 취소되었다. 축하해야 할 날이다.

모트는 아침에 떠나기로 하고 배를 한 척 구했다. 양서류 강습 부대원이 타고 온 작은 배였다.

"전사님이 원하시면 무엇이든 드릴 겁니다."

그 배의 주인이 말했다. 모트는 본토로 가더라도 특별한 계획이 없었다. 아마 인간들과 친구들이 계획하고 있는 새로운 정착지와 멀리 떨어진 산에서 오두막을 찾아볼 것이다. 만일 그런 곳을 찾게 된다면 확실하게 단정지을 순 없겠지만 남은 생을 그곳에서 지낼 것이다. 그런 일들은 지금 당장 걱정하기에는 너무 먼 미래의 일 같았다. 모트는 해가 뜬 뒤에 좀 더 생각해 보기로 했다.

다른 이들이 섬의 시신들을 치우고 임시 작전 본부를 세우기 위해 분주히 움직이는 동안, 모트는 여행 준비를 하고 있었다. 시바는 모트의 뒤를 쫓아다녔다. 그는 들어온 배들을 찾아다니면서 물병이나 음식, 도구나 총기류 같은 필요한 물건들을 구했다. 자신도 꼬리가 반 밖에 남지 않은 고양이가 모트의 부상당한 꼬리에 붕대를 감아 주었다. 칼리라는 커다란 골든 리트리버는 모트에게 스위스 군용 칼을 주었다. 그리고 그녀가 사진을 같이 찍자고 해서 모트는 동의했다. 골든 리트리버가 시바에게 쓰라며 목줄을 내놓자, 모트는 부드럽고도 단호하게 거절하며 이런 건 다른 누구한테도 절대 보여주지 말라고 조언했다.

쓸만한 물건을 구하러 다니다보니 거의 하루가 다 지나갔다. 정확하게 말하자면 경외감을 가지고 있는 신봉자들로부터 기증받을 물건을 모으러 다닌 것이지만. 모트는 전쟁이 끝난 이 세상에 무엇이 남아 있을지 잊고 있었다.

시바와 자신에게 필요한 물건들을 충분히 모으고 나서 모트는 개미들이 서로를 공격했던 근처 언덕으로 향했다. 그곳에서 시바가 낙하산 부대원의 헬멧에 담아준 물을 마시는 동안 그는 축하연을 내려다보았다. 인간과 동물 친구들은 모닥불을 피웠다. 높이 치솟은 불길이 비행선의 은색 표면과 수면에 반사되었다. 사람들은 손을 맞잡고 살육의 현장을 돌며 춤을 추고 키스를 나누었다. 뒤로 넘어갈 때까지 음식을 먹고 술을 마셨다. 예전 주인과 예전 노예들이 맥주를 나눠 마실 수도 있다는 것을 모두가 알고 있었다. 하지만 그럴 가능성에 대해 아무도 신경 쓰지 않았다.

승리자들 중엔 경건하면서도 기이한 일을 하는 이도 있었다. 수녀처럼 차려입은 암캐들이 예전에 자신들을 죽이려고 했던 군인들의 시신 앞에서 기도를 했다. 그레고리 장로는 다종 모임에서 노래를 가르쳤다. 알파개미들의 시신을 도끼로 내리찍으면서 모두가 예수의 친구라는 내용의 노래를 불렀다. 알파개미들의 시신이 너무 컸기 때문에 좀 기괴하긴 해도 운반하기 위해서는 꼭 필요한 과정이었다.

전쟁 포로들은 불 앞에 고기 덩어리를 끌고 와 압축하는 일을 했다. 근방에서는 테터 선생의 반 학생들 중 몇 명이 잘린 더듬이 두 개를 놓고 싸우기도 했다. 다른 두 명의 아이들은 더듬이를 가지고 칼싸움을 하다가 어른한테 걸려 꾸중을 듣기도 했다. 하지만 바로 그 어른이 개미의 두개골과 흉곽, 복부 껍데기를 이용해 만든 타악기에 아이들이 찾아낸 그 더듬이를 스틱으로 사용했다.

모트는 군중 속에서 와와를 찾지 못했다. 아무래도 그 편이 나을 것이다. 그들은 서로에게 해야 할 말을 전부 다 했다. 와와는 이제 자신이 함께 구호를 외치는 영장류들의 무리에 속하게 되었다고 스스로 떳떳하게 말할 수 있게 되었고, 세상 모든 일들은 신성한 계획에 따라 일어나는 거라고 생각하며 살아갈 것이다.

그날 늦게 모트가 잘린 꼬리에 붕대를 감고 난 뒤에 엄청난 소동이 일어났다. 사람들이 지르는 소리를 듣고서 모트는 제일 먼저 뭔가 끔찍한 일이 일어난 모양이라고 생각했다. 하지만 그건 환호성이었다. 몇 년 만에 처음으로 마이클이 비행선에서 땅 위로 내려왔기 때문이다. 민머리 간호사의 지시를 받으며 사람들이 마이클의 들것을 운반했다. 간호사는 조금이라도 소년이 흔들리면 그들의 이마를 후려쳤다.

간호사는 마이클이 이 행사에 참석하는 것을 반대했겠지만 장로들의 압력이 있었을지도 모른다고 모트는 생각했다. 그녀가 모트가 있는 쪽을 향해 손을 흔들었다. 아마 누군가 메시아가 언덕에서 내려다보고 있다고 말해 준 모양이었다. 그도 손을 흔들어 주었다. 그 뒤로 두 시간 동안, 사람들은 일손을 놓고 소년의 옆으로 다가가 선지자의 자비에 감사하며 조용히 기도를 올렸다. 간호사는 경호원처럼 팔짱을 낀 채 그 옆을 지켰다.

마이클의 옆에 모여 들었던 사람들이 줄어들자 모트와 시바는 그 옆으로 다가갔다. 행사 때문에 지쳤는지, 마이클은 보이지 않는 뭔가를 잡으려는 것처럼 가냘픈 손을 휘젓고 있었다. 간호사가 사랑과 슬픔과 조바심과 후회를 동시에 나타내며 마이클의 머리를 쓰다듬었다. 그때 간호사는 시바가 있다는 것을 알아차렸다. 그녀는 몸을 숙이고 시바의 귓등을 긁어 주었다. 시바는 그렇게 해 주는 것을 좋아했다.

"어머니 시바, 마침내 돌아왔군요. 우린 당신에 대한 노래를 불렀어요. 알고 있나요? 그래, 그래! 우린 해냈어!"

간호사가 말했다.

모트는 그 간호사도 집안에서 개를 키운 적이 있는 모양이라고 생각했다. 그가 그렇게 자랐던 것처럼.

"친구를 찾아서 다행이에요."

간호사가 말했다.

"감사합니다."

"사실 난 이 모든 일들이 마이클을 죽일지도 모른다고 생각했어요."

간호사가 마이클을 돌아보며 말했다.

"그랬나요?"

"마이클과 여왕의 연결 상태가 너무 강했으니까요. 그래서 여왕의 죽음을 느끼게 되면 마이클도 죽게 될까봐 걱정했죠. 하지만 우리 작은 천사는 아직 여기 있어요. 너무나 순수한 모습으로."

간호사는 마이클의 손을 꽉 잡았다.

"우리들도 이렇게 순수했으면 좋겠어요."

모트는 소년에게 자신과 시바를 더 가깝게 보여주고 싶었다. 그래서 모든 것이 원래대로 돌아왔다는 것을 알게 해 주고 싶었다. 하지만 마이클의 텅 빈 눈이 결코 그런 일은 있을 수 없다는 걸 말해 주었다. 그래서 모트는 마음을 강하게 먹고, 앞으로 다시는 이 아이를 볼 수 없을 거라는 사실을 받아들였다. 적어도 이번에는 조금 수월했다. 시바가 옆에 있으니까.

"알려줄 게 있어요. 다른 사람들한텐 말할 수 없지만 전사님께는 얘기할 수 있어요."

간호사가 말했다.

"뭡니까?"

"여왕이 죽을 때, 마이클이 뭔가를 얘기했어요. 여왕이 마이클에게 알려준 말인 것 같더군요. 아니면 마지막 순간에 마이클에게 보낸 메시지거나."

간호사가 목소리를 가다듬고 말했다.

"사랑은 신보다 강하다."

모트는 시바를 돌아보며 반응을 살폈다. 시바는 그저 만족스러운 듯 뒷다리를 접고 앉아 있었다. 그건 여왕이 배웠던 모든 것을 요약한 것일까, 아니면 자신이 필사적으로 추구한, 절대 이해할 수 없었던 수준 높은 지성 중에서 유일하게 알게 된 것일까? 이제 그 대답을 알고 있는 사람은 온몸을 떨면서 반쯤 죽어있는 이 아이 밖에 없다. 물어볼 수도 없다.

"정말 그렇다고 생각해요?"

간호사가 물었다.

"그렇게 살아야죠."

모트가 대답했다. 그는 마이클 옆으로 다가가 손을 내밀다가 갑자기 멈췄다. 이번에도 간호사가 붙잡아 제지해 주기를 바랐다. 하지만 간호사는 가만히 있었다. 모트는 마이클의 어깨에 손을 올리고, 잘 있으라고 속삭인 뒤 그 자리를 떠났다. 시바는 그 자리에 그대로 남아 있었다. 모트가 부르자 그제야 따라왔다.

언덕으로 돌아온 뒤 모트는 모아 두었던 음식을 조금 먹었다. 시바는 음식을 다 먹자 모트의 허벅지에 머리를 대고 누웠다. 그는 그녀의 귀 뒤를 긁어 주었다. 해가 지자 거대한 모닥불이 주된 광원(光源)이 되었다. 시바의 지친 눈동자에 비친 불꽃이 두 개의 오렌지색 보석처럼 흔들리고 있었다. 시바는 행복한 것 같았다.

모트는 예전에 그녀에게 자신이 강해졌다고 말했다. 어쩌면 그때부터 잘못된 것인지도 모른다. 언제나 그렇듯 그녀를 위한 것이 아닐 수도 있었다. 모트의 강인함은 용기에서 시작되었고, 순식간에 뚫을 수 없는 껍질처럼 단단하게 굳어졌다. 마치 여왕의 외골격처럼. 시바의 강인함은 사랑,

언제나 사랑에서 비롯되었다. 사랑 외엔 아무것도 없었다. 그는 그 정도로 강하지 못했지만 그렇게 되고 싶었다. 시도해 볼 것이다. 모트는 그녀와 자기 자신을 위해 그렇게 할 것이다. 조금이라도 모자라면 그가 견뎌낸 모든 고통들은 가치가 없게 될 것이다. 모트가 그것을 얻지 못한다면 그간 겪어온 슬픔은 아무 소용도 없었다.

모트는 배낭을 열고 약을 찾았다. 단단하고 차가운 작은 알약을 손바닥 위에 올렸다. 모트는 모닥불을 바라보았다. 시바가 무슨 냄새를 맡았는지 코를 킁킁대다가 약을 핥기 시작했다. 모트는 주먹을 쥐었다. 시바가 혼란스러운 눈으로 그를 쳐다보았다. '그거 어디 있어?' 그녀의 눈이 이렇게 묻고 있었다.

모트는 시바가 좋아할지 궁금했다. 그녀는 그를 사랑하지 않을 수도 있었다. 어쩌면 EMSAH에 걸렸을지도 모른다. 모트는 그 자리에서 무슨 일이 있어도 그녀만을 위하겠다고 약속했다. 그는 오랜 세월 그녀를 항상 마음에 품고 있었다. 그들은 서로가 아니면 죽었을지도 모른다.

모트는 다시 손바닥을 펼쳤다. 시바는 사라졌던 것이 나타났음에 기뻐하며 약을 먹었다. 그녀는 다른 쪽 손에도 무언가 감춰져 있을 거라고 기대하는 것 같았다. 그래서 모트는 양 손바닥을 펴고 더 이상 없다는 것을 보여주었다. 그에 대답하듯, 시바는 그의 손가락을 핥아 주었다. 모트는 시바의 목과 귀를 쓰다듬어 주었다.

"시바는 살아있다."

모트가 중얼거렸다. 적어도 하루는 지나야 호르몬의 효과를 볼 수 있을 것이다. 모트는 두렵지 않았다. '더 이상 무엇이 필요하단 말인가?' 시바가 자기에게 코를 비비자, 모트는 생각했다. 어째서 다른 것이 더 필요하다고 생각하는 걸까?

모트는 잠이 들었다. 그의 머리 위로 별들이 빙글빙글 돌았다. 시바도 한 번 더 코를 킁킁 댄 뒤 그대로 잠이 들었다.

모트는 시바가 그의 얼굴에 침을 흘리는 바람에 잠에서 깨어났다. 일출이 가까워지는지 하늘이 점점 환해지고 있었다. 별들이 흐려졌다. 모트는 자리에 일어나 앉았다. 저쪽에서는 격식 있는 의식이 거행되고 있었다. 꺼져가는 모닥불 주위에 모두 모여 있는 가운데 그레고리 장로가 설교를 했다. 그런 다음 그 얇은 책을 읽었다. 모트는 그 말들이 자신이 시바에게 했던 말인 것처럼 느껴졌다.

충분히 쉬었다는 생각이 들자 모트는 자리에서 일어났다. 그리고 시바를 데리고 의식이 진행되고 있는 쪽으로 향했다. 새로 얻은 배를 타기 위해서는 그쪽으로 지나가야만 했다. 상관없었다. EMSAH 군중들은 모트가 메시아로서의 임무를 마치고 혼자 떠난다는 사실을 확실히 알고 있었다.

"이제 모두 다 함께 〈성 프란시스코의 평화의 기도〉를 노래합시다. 동물들의 수호성인이기도 하시죠."

그레고리 장로가 말했다. 그 자리에 모여 있던 신자들은 기쁜 마음으로 서로의 얼굴을 쳐다보며 미소 지었다.

"신께서 정해 주신 이 새로운 우정을 찬미하며 노래합시다."

모두가 노래를 부르기 시작하자 시바가 짖었다. 그 소리에 몇 몇 사람들이 시바가 있는 쪽으로 고개를 돌렸다. 그들은 계속 찬송가를 불렀다.

나를 평화의 도구로 써 주소서

미움이 있는 곳에 사랑을

상처가 있는 곳에 용서를

의심이 있는 곳에 믿음을

한 여자가 '미움이 있는 곳에 사랑을'이라는 구절을 부를 때 머리에 쓰고 있던 개미 머리를 어깨에 걸쳤다. 아마 개미 머리를 헬멧으로 쓰는 모양이었다. 모트는 발끝으로 조심조심 신자들의 주변으로 돌아갔다. 모닥불은 이제 거의 다 타들어가, 가장자리 쪽에는 재만 남아 있었다.

그 불빛이 사람들의 얼굴을 비추었다. 그들은 입을 크게 벌리고 어둠 속에 빛을 가져다주는 찬송가를 힘차게 불렀다.

오, 주여, 내가 결코 구하는 사람이 되지 않게 하소서

위로받기보다는 위로하고

이해받기보다는 이해하고

사랑받기보다는 내 온 영혼을 다해 사랑하게 하소서

노래를 부르는 사람들이 '영혼(soul)'이라는 단어를 길게 끌며 부르자 시바가 울부짖었다. 모트는 시바를 다독거리며 진정시켰다. 그때 그는 두 번째 줄에 있는 와와를 발견했다. 유다 성인의 메달이 주의를 끌었다. 그 메달이 불빛에 반사되어 와와의 가슴 위에서 작은 태양처럼 빛나고 있었다.

모트는 그녀와 시선이 마주칠 때까지 계속 쳐다보았다. 와와는 시선을 내리깔고 있었다. 부끄러워서가 아니라 체념했기 때문인 것 같았다. 그는 지금 당장 그녀가 다시 생각하고 싶지 않은 과거의 일부였다. 와와는 그를 도울 수 없을 것이다. 그녀가 컬드삭을 돕지 못했던 것처럼, 와와는 모트를 그냥 보내줄 것이다. 그도 그녀가 그렇게 하길 계속 원해 왔으니까.

나를 평화의 도구로 써 주소서
용서받기보다는 용서하고,
우리가 받은 것을 모두에게 주고,
죽음으로 영생을 얻게 되리니

하지만 그때 모트는 와와가 시선을 돌려 시바를, 이제 유물이자 유령처럼 보이는 그 개를 보고 있다는 것을 알아차렸다. 앞으로 몇 시간만 지나면 시바도 와와처럼 변할 것이다. 동물보다는 사람에 가까운 모습으로. 와와는 시바가 모닥불 가장자리에 쌓은 돌 주위를 맴돌며 냄새를 맡는 모습을 지켜보고 있었다. 시바는 연기와 잿더미가 날리는 자리에 앉아, 주위를 전혀 의식하지 않고 소변을 봤다. 와와는 심지어 눈도 깜짝하지 않았다. 그녀의 눈빛은 시바의 그런 행동이 당연한 거라고 말하고 있었다. 신자들은 계속 노래를 불렀다. 그 무엇도 그들에게서 그 순간을 빼앗아갈 수는 없었다.

모트는 배로 향했다. 시바가 옆에서 따라왔다.

감사의 말

작은 지면 안에서 감사드릴 분이 너무 많습니다. 이 작품이 나오기까지 오랜 세월이 걸렸죠. 그런 점에서 혹시 놓치는 게 있더라도 양해해 주시기 바랍니다.

먼저 로라 비아지를 비롯해 진 V. 나가 출판 에이전시에서 일하는 훌륭한 직원 분들께 감사의 말을 전하고 싶습니다. 어시스턴트로 일하던 당시, 로라는 진창에서 제 원고를 건져내 동료들에게 이 작품을 읽으라고 설득해 줬죠. 그녀의 말에 따르면 '고양이들과 개들…… 그리고 아, 개미들도 나와요.'라고 했다는군요. 제니퍼 웰츠는 2012년부터 끊임없이 절 지지해 주면서 이 별난 구상이 진짜 소설로 바뀔 수 있게 해 주었습니다. 이제는 제니퍼 대신 총을 맞을 수도 있을 것 같습니다. 시험해 보진 마세요. 진심이니까요.

두 번째로 소호 프레스에 깊이 감사드리는 바입니다. 마크 도텐은 제게 책을 만들 기회를 주었고, 그로부터 몇 달에 걸쳐 이 소설을 고쳐 쓰는 긴 고투가 이어졌습니다. 이 프로젝트는 마크의 끈기와 경험, 낙천주의 덕분에 완성할 수 있었습니다. 더불어 제가 작가로서 배운 점도 많습니다. 말하는 고양이들이 나오는 책을 출판하는 데 동의해 준 브론웬 흐루스카에게도 감사의 말을 전하고 싶습니다. 폴 올리버, 애비 코스키, 레이첼 코왈, 아마라 호시조, 루디 마르티네즈, 재닌 아르고, 그 외 출판사의 모든 직원 분들께도 감사드립니다.

외국에서 살다가 미국으로 돌아온 2002년 무렵에야 제가 지난 몇 년간 부업으로 쓴 글들이 사람들의 인정을 받기 시작했습니다. 그때부터 수많은 사람들이 제 작품을 읽고 의견을 제시해 주었습니다. 제 글을 읽어 준다는 것이 민망하기도 했지만, 그분들의 친절함에 특별히 감사의 인사를 드리고 싶습니다. 톰 리든, 줄리엣 라이스, 사라 키츠만, 한 리, 수잔 캘버트, 찰리 보엠, 아만다 딕스트라, 론 파키오네, 캐롤린 모리스로, 마이크 페일러, 대니얼 아사 로즈, 루크 크리사폴리, 토니 샤퍼, 트로이 댄드로, 캠 터윌리거, 마이크 맥기, 댄 피츠패트릭, 로빈 피츠패트릭, 위핀데르 메한, 주안 카를로스 페이건, 켈리 클라인, 프레디 로페즈, 데인 포슈스타, 사라 페이 리버, 앨리슨 트르잡, 마이크 샘마치치아, 그레이스 라바트, 샘 트롯. (모든 분들의 이름을 빠짐없이 적으려고 했습니다. 혹시 제가 빼놓은 사람이 있다면 그분께 평생 술을 사겠습니다)

에머슨 칼리지에서의 MFA 과정은 몇 년 동안이나 교착 상태에 빠져 자전적 소설을 쓰고 있던 시간에서 절 구해 줬죠. 그 외에도 고마운 일들이 아주 많습니다. 특히 에머슨 디아스포라 멤버들, 이 작품이 미숙한 단계에 있을 때 조언을 해 준 브라이언 헐리, 제인 베른손, 애슐리 웰스, 마이클 헤네시에게 감사의 말을 전하고 싶습니다. 열정적인 지지자이자 지금까지 오랫동안 제게 영감을 주는 친구들입니다.

그리고 아디티 라오에게도 고맙다는 말을 전하겠습니다. 운 나쁘게도 제 자전적인 소설의 편집에 한 학기 내내(!) 참여해 주었습니다. 그 뒤의 또 다른 원고 편집도 너무 잘해 주었죠! 유감스럽게도—진심으로 유감스럽진 않지만—지금은 그녀가 했던 것보다 제가 편집 일을 많이 하긴 했습니다만.

전 믿을 수 없을 만큼 운이 좋은 사람입니다. 저를 지지해 주고 열린 마음으로 대해 주는 유쾌한 가족들이 있으니까요. 아버지, 어머니, 동생 닉. 제가 주인공이 고양이인 책을 출간하게 되었다고 전했을 때 가족들은 모두 같은 말을 했습니다. "세바스찬?" 그리고 그 고양이에게 친구인 개가 있다고 했을 때도 모두 말했죠. "시바?"

신세를 진 모든 분들에게 뭐라고 감사의 말을 전해야 할지 모르겠네요. 그래서 그 모든 분들과 시바의 주인인 스나이더 일가, 그레나다, 보스턴, 뉴욕에 저를 받아 주신 가족 분들께 다음과 같은 말씀을 전하고자 합니다. 지난 몇 년간 여러분이 보여주신 모든 사랑과 지지, 유머에 대해 얼마나 감사하고 있는지 모릅니다. 만일 제가 앞으로 초심을 잃고 변해 버린다면 인생은 아주 짧다는 걸 백만 번째로 상기시켜 주세요. 보통 그 말을 들으면 시야가 넓어지니까요.